MEREDITH DURAN

Eine nächtliche Begegnung

MEREDITH DURAN

Eine nächtliche Begegnung

Roman

Ins Deutsche übertragen von
Inka Marter

LYX
EGMONT

Die Originalausgabe erschien 2011 unter dem Titel
A Lady's Lesson in Scandal bei Pocket Books,
a division of Simon & Schuster Inc., New York, USA.

Deutschsprachige Erstausgabe Februar 2014 bei LYX
verlegt durch EGMONT Verlagsgesellschaften mbH,
Gertrudenstraße 30–36, 50667 Köln

1. Auflage
Redaktion: Jutta Schneider
Satz: Greiner & Reichel, Köln
Printed in Germany (670421)
ISBN 978-3-8025-9252-2

www.egmont-lyx.de

1

Als das Schrillen der Glocke verstummte, war Nell bereits zur Tür hinaus. Sie wusste, dass sie nicht drängeln sollte. Ein- oder zweimal hatte es eine Panik gegeben und jemand war verletzt worden, hatte sich einen Arm oder ein Bein gebrochen. Aber sie konnte einfach nicht langsamer gehen. Seit ihre Mutter immerzu keuchte, fiel auch Nell das Atmen schwerer. Der heftige Gestank in der Fabrikhalle wurde immer unerträglicher, und sie musste beim Rollen der Zigarren ständig husten. Am Ende des Tages kam es ihr beinahe so vor, als wäre nicht mehr genügend Luft vorhanden, um ihre Lungen zu füllen.

Hier draußen im trüben Licht der Dämmerung roch es schwefelig nach Kohlenrauch, aber wenigstens gab es Luft zum Atmen, und darauf kam es an. Nell schlängelte sich durch das Menschengewühl: Junge Frauen blieben stehen, um sich ihre Kopftücher umzubinden, den Burschen aufreizende Bemerkungen zuzurufen und zu schwatzen, als gäbe es dafür keinen schöneren Ort als diese abscheuliche, stinkende Fabrik. Vielleicht gab es den tatsächlich nicht.

Endlich hatte sie das Gedränge hinter sich gelassen. Erleichterung überkam sie, und gleichzeitig hob sich ihre Stimmung. Das war das Gute daran, in einer Fabrik zu arbeiten: Jeder Tag hatte ein glückliches Ende. Gerade wollte sie sich erschöpft an eine Mauer lehnen, als jemand sie am Ellbogen packte.

Sie riss sich los und sah plötzlich Hannah vor sich stehen.

»Du hast mich zu Tode erschreckt!«, keuchte Nell.

Hannahs blasses, sommersprossiges Gesicht strahlte vor Aufregung. »Du bist eine solche Gans, Nellie. Wie hoch ist dein Lohn diese Woche?«

Nell blickte sich nach Lauschern um. »Neunzehn Schilling.« Von der gebeugten Haltung über dem Arbeitstisch war ihr Nacken furchtbar verspannt, und die schmerzenden Finger würden sie die ganze Nacht wach halten, aber neunzehn Schilling hatte sie noch nie geschafft.

Wenn ihr Stiefbruder Michael sich seinen Anteil nahm, würden sie allerdings auf zehn Schilling zusammenschrumpfen. Nicht genug, um einen guten Arzt zu holen und trotzdem noch das Essen für nächste Woche zu bezahlen.

Hannah machte ein langes Gesicht. »Ich hab nur fünfzehn.« Normalerweise schlug sie Nell um fünf Schilling, ihre Hände waren geschickter. »Die Sache gestern hat mich erledigt. Ich kam richtig gut voran, aber dann bekam die Vorarbeiterin einen Anfall, und ich musste den halben Stapel wieder auseinanderrollen. Ach, egal.« Sie strich sich das honigblonde Haar aus der Stirn und wackelte dann mit den Fingern. »Wie findest du meine Handschuhe? Hab ich in Brennans Trödelladen gefunden. Haben mich zwei Tageslöhne gekostet, aber sie sind aus echtem Ziegenleder, hat er gesagt.«

»Oh, sie sind wunderschön.« Eigentlich waren sie zwischen den Fingern eingerissen, und das weiße Leder war abgenutzt und schäbig. An Hannahs Stelle hätte Nell das Geld für etwas Vernünftiges ausgegeben. Zum Beispiel für gute, robuste Wolle. Einen neuen Kessel. Etwas frisches Obst – oh mein Gott, beim Gedanken an einen knackigen Landapfel lief ihr das Wasser im Mund zusammen.

Allerdings hatte Nell Frostbeulen, und Hannah nicht. Wer war also klüger?

Sie nahm Hannahs Arm und zog sie mit sich den Gehsteig entlang. »Zeig sie nicht deinem Vater.« Wenn Garod Crowley herausfand, dass seine Tochter ein paar Münzen für sich behalten hatte, würde es furchtbaren Krach geben.

Hannah lachte. »So dumm bin ich nicht!«

Ein Bursche kam ihnen entgegen und machte ihnen schöne Augen. Nell kannte ihn nicht, also warf sie ihm einen abweisenden Blick zu, damit er weiterging. Er zwinkerte ihr noch kurz zu, bevor er vorbeiging, aber Nell fiel nicht darauf herein – obwohl sie rot wurde: Er hatte Hannah bewundert. Mit dem herzförmigen Gesicht und den großen, samtbraunen Augen war Han in den letzten beiden Jahren gefährlich hübsch geworden.

»Ach übrigens, Nelly – kommst du heute Abend zum *GFS?*«

Nell hatte die Zusammenkunft ganz vergessen. Die Damen der *Girls Friendly Society*, eines Hilfsvereins, der Arbeitermädchen unterstützte, neigten zwar dazu, die Mädchen zu belehren und auf unangenehme Weise in ihren Privatangelegenheiten herumzuschnüffeln. Aber sie besaßen großartige Bücher und liehen sie jedem Mädchen, das sich ihnen anschloss. »Ich wünschte, ich könnte«, sagte sie. Aber Mum ist zu krank, um sie allein zu lassen. Die Mixturen des letzten Quacksalbers haben es nur noch schlimmer gemacht.

»Du musst kommen! Es wird Tee geben!«

»Ich weiß. Wie schön.« Eine gute Tasse Tee hätte Nell wirklich genossen. Dieser Tage konnte sie sich eigentlich keinen leisten, weil sie sparen musste.

Der Gedanke daran dämpfte ihre Stimmung. Sie konnte sparen, so viel sie wollte, sie kriegte nie schnell genug das nötige Geld zusammen. Währenddessen ging es Mum fast stündlich schlechter.

»… es gibt auch Geschenke«, plapperte Hannah weiter. »Du musst unbedingt zur Zusammenkunft kommen!«

»Was bleibt mir denn übrig? Suzie hat heute Nacht Schicht im Motts, und Mum kann nicht allein bleiben.«

Hannah warf ihr einen durchtriebenen Blick zu. »Soll Michael mal auf deine Mutter aufpassen!«

Nell hätte beinahe laut losgelacht. Das wäre ein wahres Wunder. Seit Mum zu krank zum Arbeiten war, wollte Michael nichts mehr mit ihr zu tun haben. Auf einmal erinnerte er sich daran, dass er nur ihr Stiefsohn war. »Bestimmt will er Suzie Gesellschaft leisten.« Er liebte die halbseidene Atmosphäre des Clubs, wo seine Frau hinter der Theke stand, genauso wie den feinen Likör, den Suzie ihm zuschob, wenn sie dort arbeitete.

Er liebte auch Suzies Lohn. Jeden einzelnen Penny riss er sich unter den Nagel, Suzie behielt gar nichts. Nell konnte nicht auf ihre Hilfe zählen.

Einen Geldverleiher brauchte sie. Zwar verliehen die nicht gern an Frauen, aber vielleicht könnte Michael etwas an ihrer Stelle leihen.

Aber würde Michael ihr das Geld geben, wenn er es einmal hatte? Er teilte nicht gern. Letztes Jahr war er zu einem hübschen Geldsegen gekommen, allerdings hatte er jeden Penny davon seinem politischen Club gespendet … Mit Politik hatte er inzwischen nichts mehr am Hut, jedoch sorgten Glücksspiel und Gin dafür, dass seine Taschen leer waren. Falls er ein Darlehen aufnähme und sich weigerte, ihr etwas davon zu geben … Nell wusste nicht, was sie dann noch tun sollte.

Aber eigentlich wusste sie es. Sie wusste ganz genau, wie sie ihre Probleme lösen konnte. Michael würde ihr mit der größten Bereitwilligkeit dabei helfen. Aber das konnte sie nicht. Allein beim Gedanken daran wurde ihr kalt bis ins Mark und speiübel. »Ist die Schüssel zerbrochen, wirft man die Scherben fort«, pflegte Mum immer zu sagen.

Aber Mum sagte auch, dass man nur beten müsste. Bloß weil Nell nicht daran glaubte, war sie noch lange keine Heidin.

Unglücklich sah sie Hannah an. Schon als Kinder hatten sie

im gleichen Haus gewohnt, waren zusammen zur Schule gegangen, hatten an Sonntagnachmittagen auf der Straße Unfug getrieben. Nie hatten sie Geheimnisse voreinander gehabt. Aber in letzter Zeit war das anders. Über manche Dinge konnte Nell aus Scham nicht mit ihr sprechen. *Mein Stiefbruder will eine Hure aus mir machen.* Wie sollte eine junge Frau so etwas über die Lippen bringen? Und welchen Sinn hatte es auch? Hannah könnte ihr nicht helfen, sie hätte höchstens Mitleid mit ihr.

Wobei ein wenig Mitleid sich gerade ganz wunderbar anhörte. Nell nahm all ihren Mut zusammen. »Han, ich muss dir etwas …«

»Oh, sieh nur!« Hannah ließ ihren Arm los und rannte auf ein Schaufenster zu. Die Gaslampen im Fenster erleuchteten eine Reihe von Fotografien.

Nell atmete aus. Sie war erleichtert. Sie würde es schon allein schaffen.

Zu ihrer Überraschung musste sie trotzdem ein paarmal fest blinzeln, um die aufsteigenden Tränen zu unterdrücken. »Ich muss mich beeilen.«

»Ach, komm schon. Nur ganz kurz.«

Seufzend ging Nell zum Fenster hinüber. Es war die allerneueste Tollheit, Fotografien von Schönheiten der feinen Gesellschaft zu erwerben. Michael hatte sich ein paar davon zu Hause an die Wand geheftet, Ladys in protzigen Abendkleidern und mit Diademen auf dem Kopf. Manchmal, wenn Nell Schellfisch über dem Feuer briet, ertappte sie sich dabei, wie sie sie anstarrte. Sie sahen aus wie Puppen, mit schmalen Taillen, so sanft gewelltem Haar. Wenn Nell im beißenden Fischgestank stand, konnte sie kaum glauben, dass diese Geschöpfe in derselben Welt existierten, zur selben Zeit, kaum ein paar Meilen entfernt. Sie kamen ihr so unwirklich vor, als lebten sie weit weg auf dem Mond.

»Die da kenne ich!« Hannah drückte einen Finger gegen die Scheibe und zeigte auf ein hübsches Mädchen in einem dunklen Brokatkleid mit Seidenrosen. »Lady Jennie Churchill, steht das da?«

Vor der Fotografie lag ein kunstvolles Schild, das mit Schreibschrift bedeckt war. Nell warf einen kurzen Blick darauf. »Stimmt genau.«

»Sie ist die Amerikanerin, die den Sohn des Duke of Marlborough geheiratet hat. Er hat die Syphilis!«

Nell zuckte mit den Achseln. »Wer mit Hunden zu Bett geht, steht mit Flöhen auf.«

»Nee, so feine Pinkel gehen nicht zu Straßendirnen. Die halten ihre Mädchen erstklassig aus. Richten einer 'ne protzige Wohnung in St. John's Wood ein, sogar mit eigener Kutsche und Fahrer.«

»Und woher willst gerade du das wissen?«

»Die Leute reden halt.«

Bei diesen Worten zog sich Nells Magen zusammen. Die Leute redeten. Zum Beispiel warfen sie ihrer Mutter vor, dass sie Nell über ihrem Stand erzogen habe und sie deshalb eingebildet sei. Falls sie den Weg beschritt, zu dem Michael sie drängte, würden sie sich bis in alle Ewigkeit daran weiden. »Sie reden Unsinn, nichts weiter.«

»Komm schon, ärger dich nicht! Ein richtiger Gentleman ist nicht so wie die Männer auf der Straße. Nein, ganz bestimmt ist das nur Tratsch über seine Lordschaft.« Hannah runzelte die Stirn und klopfte mit dem Finger an die Glasscheibe. »Trotzdem. Die Arme. Hoffentlich steckt er sie nicht an.«

»Arm ist sie nicht gerade«, murmelte Nell. »Mit den Diamanten um ihren Hals könnten wir beide zusammen fünf Jahre lang Miete und Essen zahlen.«

»Hm.« Hannah schwieg und betrachtete die übrigen Bilder.

Sie zeigte auf eine Fotografie weiter unten in der Reihe. »Schau diese an. Die ist hübsch, oder?«

»Affig. Gib mir einen Haufen Geld, und ich bin auch hübsch.« Nell warf einen besorgten Blick auf die Straße. Die Menge lichtete sich schon. Sobald alle fort waren, war es hier nicht mehr sicher.

»Und hey, sie sieht dir ganz schön ähnlich! Ehrlich, Nell, guck mal!«

Kamen diese Männer da mit konkreten Absichten auf sie zu, oder liefen sie zufällig die Straße entlang? »Gott bewahre mich davor, wie eine Porzellanpuppe auszusehen!«

Hannah kicherte. »Ach, du bist nur eifersüchtig, weil Dick Jackson neulich ein Foto von ihr herumgezeigt hat.«

Nell erkannte einen der Jungen, ein guter, frommer Kerl. Erleichtert wandte sie sich wieder Hannah zu. »Ich habe nichts mit Dickie Jackson zu tun und werde das nicht noch einmal sagen. Er verbringt mehr Zeit im Wirtshaus als bei der Arbeit, und das ist Grund genug. Für mich ist er erledigt.«

»Aber was ist dann los? Findest du sie wirklich nicht schön? Gib wenigstens zu, dass sie dir ähnlich sieht!«

Nell seufzte. Es war kalt hier draußen, und nicht jeder hatte Handschuhe. Aber da war etwas in Hannahs Gesicht, sie sah so sehnsuchtsvoll und ehrfürchtig aus, dass Nell sich schäbig vorkam. Wenn Hannah Freude an diesen albernen Bildern hatte, dann konnte sie noch ein bisschen bleiben.

Sie legte ihre Hände vor den Mund und blies, die Wärme ihres Atems brannte an den Frostbeulen. »Doch, du hast recht. Sie ist wirklich bildhübsch.«

»Jetzt guck sie wenigstens an, bevor du das sagst! Und sag mir, wie sie heißt.«

Seufzend richtete Nell ihre Aufmerksamkeit auf das Schild unter der Fotografie. »Lady Katherine Aubyn, Tochter des Earl of Rushden.« Sie ließ ihren Blick über das Foto wandern und erschrak. »Aber …«

»Lady Katherine«, wiederholte Hannah sanft. »Komisch, dass sie dir so ähnlich sieht.«

Nells Hand zitterte ein wenig, als sie sich ans Kinn fasste. Auch Katherine Aubyn hatte hier ein Grübchen. Ihr Kiefer war ebenso schroff und kantig, ihre Nase genauso lang und schmal und ihre Augen standen ebenfalls weit auseinander.

Ein Kribbeln lief Nell den Rücken hinunter. Das Mädchen sah wirklich aus wie sie. Wie war das möglich? Sie wusste, dass sie nicht schön war, aber dieses Mädchen hatte genau das gleiche Gesicht und sah perfekt aus, ohne jede Falte oder einen anderen Makel. Fast als wäre sie nicht real. Die Fotografie war wie ein Zauberspiegel – Nell sah darin ein anderes Leben, in dem sie reich war, in dem Dienstmädchen Seidenbänder in ihr braunes Haar flochten und ihr teure Perlen um den Hals legten, bevor sie für ein Porträt posierte.

Lady Katherine zeigte ein müdes Lächeln. Es schien breiter zu werden, während Nell sie anstarrte. *Mit meinen Perlen könnte ich tausend Arztbesuche bezahlen*, sagte das Lächeln.

Sie bekam eine Gänsehaut. »Was glaubst du, warum du ihr so ähnlich siehst?«, fragte Hannah.

Nell zog das Tuch fester um sich. Hexerei. Dieses Mädchen hatte ihr Gesicht gestohlen und machte viel mehr daraus. »Langweilig«, sagte sie mit schneidender Stimme. »Sie ist langweilig, so. Keine einzige Falte in ihrem Gesicht. Glaubst du, dass sie jemals furzt, oder hat sie auch dafür ihre Dienstmädchen?«

Hannah lachte. »Mit so viel Geld muss sie gar nicht interessant sein!«

Nell rang sich ein Lachen ab. »Stimmt. Ihr Daddy kauft ihr einen Ehemann, wenn sie selbst keinen findet.«

Irgendwie wurde ihr übel beim Anblick dieses Bildes. Sie hakte sich bei Hannah unter und zog diese mit sich fort.

Ihre Freundin warf einen verlorenen Blick zurück auf das Schaufenster. »Stell dir vor, Nell, wenn man dich hier sehen könnte! Wenn Männer für dein Bild bezahlen würden!«

»Oh Gott, bloß nicht!« Ihre Stimme klang fest genug. »Ich will wirklich nicht, dass Dickie Jackson sich mein Gesicht in die Tasche steckt.«

Hannahs Lachen klang zuerst überrascht, dann traurig, bevor es verstummte. »Oh, Nell. Jetzt aber im Ernst. Wie das wohl wäre? Ein Haufen Geld. Nie wieder Sorgen.«

Nell konnte es sich nicht vorstellen. Aber sie wusste, was für eine Quälerei es war, wenn man zu oft an so etwas dachte. »Das sind zwei verschiedene Paar Schuhe, Han. Reiche Frauen haben nur andere Sorgen.« Das musste einfach wahr sein. Jeder Mensch hatte ein Herz und eine Sorge, die schwer auf ihm lag.

»Ach ja? Ich hätte auch gern solche Sorgen!« Hannah löste ihren Arm von Nell und wirbelte einmal um die eigene Achse. »Oh Mylord, soll ich heute Nacht das Diadem mit den Diamanten oder lieber das mit den Smaragden tragen? Das Kleid aus Samt oder Seide?« Sie klapperte mit den langen dunklen Wimpern und machte einen albernen Knicks. »Oh, Ihr wollt mir noch mehr Geld geben? Ob ich wohl damit auskomme?«

Nell fühlte sich noch etwas benommen, als wäre die verdammte Fotografie aus dem Rahmen gesprungen und hätte ihr eine Ohrfeige verpasst. »Ach, Ihr habt diese ekelerregende Krankheit von einer Eurer Huren mitgebracht?«, gab Nell zurück. »Zu freundlich, Mylord!«

Hannah stemmte die Fäuste in die Hüften. »Das war nur Spaß! Aber ernsthaft, du musst doch neugierig sein. Gib es zu.«

Nell runzelte unwillkürlich die Stirn. »Es ist Zeitverschwendung, sich nach etwas zu sehnen, das man nicht haben kann. Das ist nicht der Weg zum Glück.«

»Glück?« Das Mädchen verzog den Mund zu einem höhnischen Grinsen. »Bin ich etwa glücklich? Mit diesen abgewetzten Handschuhen, die bestimmt eine feine Dame ihrem Dienstmädchen gegeben hat und das wieder dem Küchenmädchen, bevor sie bei Brennan gelandet sind!«

Nell erschrak kurz: So ein Ausbruch passte gar nicht zu Hannah. Aber warum nicht? Vielleicht hatte Hannah nicht so große Sorgen wie Nell, aber auf keine von ihnen wartete eine Zukunft voller Perlen und Luxus.

Inzwischen war Nebel aufgekommen, hing in düsteren, schmutzigen Wolken über dem unregelmäßigen Kopfsteinpflaster. Licht und Geräusche um sie herum waren gedämpft, und die feuchte, kalte Luft kündigte Regen an. Irgendwo in dieser Stadt hatte Lady Katherine es warm und behaglich, aber hier draußen verhieß es eine scheußliche Nacht zu werden, die für eine unglückliche Seele mehr als genügend Kummer bereithielt.

Gott möge uns beide schützen.

Nell band sich das Tuch fester um den Kopf und streckte die Rechte mit den aufgesprungenen roten Fingerknöcheln aus. »Falls du die Handschuhe wegwirfst, ich hätte Verwendung dafür.«

Hannah starrte sie an. Sie presste die Lippen zusammen und verbarg ein Gefühl, das Nell lieber nicht erraten wollte. »Tut mir leid, Nellie. Ich weiß nicht, was in mich gefahren ist.«

»Oh, ich weiß es schon«, sagte Nell sanft. »Ach Hannah, natürlich denke ich auch darüber nach.« Gott im Himmel, in letzter Zeit viel zu oft. Sie konnte kaum schlafen bei all diesen Gedanken. »Aber es ist dumm, sich damit zu beschäftigen. Es tut nur weh.«

Diese Fotografie schien fast wie ein böses Omen. Es gab nur eine begrenzte Menge Glück auf dieser Welt, und das Mädchen mit Nells Gesicht hatte den Anspruch auf ihren Anteil schon geltend gemacht.

Abergläubischer Unsinn, dachte sie. Und sagte: »Denk an die schönen Dinge, Han.«

Hannah atmete tief ein und lächelte sie dann resolut an. »Du hast ja recht.« Sie hakte sich wieder bei Nell unter. »Komm, mein Schatz. Wir sollten besser die Beine in die Hand nehmen; das wird hier gleich eine Waschküche.«

Hannahs Finger sagten etwas anderes als ihr Lächeln. Sie gruben sich so fest in Nells Arm, dass es fast wehtat. So fest, dass Nell sich Sorgen machte, obwohl sie wirklich schon genug ertragen musste. Sie öffnete den Mund, besann sich dann aber eines Besseren. *Ich denke ununterbrochen daran*, hätte sie vielleicht gesagt. *Es ist so ungerecht und liegt mir schwer auf dem Herzen wie ein Stein, wie ein glühend heißer Stein.*

Aber was hätte Hannah davon gehabt? Sie brauchte ein Vorbild – jemanden, der ihr zeigte, dass man akzeptieren musste, was nicht zu ändern war. Man musste es akzeptieren; sonst breitete sich das Feuer in der Brust aus und man verbrannte von innen. Nell spürte bereits, wie das mit ihr geschah. Sie hatte gesehen, wie es mit ihrem Stiefbruder geschehen war. Letzten Herbst hatte Michael gewettert und getobt und wollte die Welt verändern. Er hatte sich den Sozialisten angeschlossen und dabei geholfen, über tausend Mann zu versammeln. Sie waren durch den Hyde Park marschiert, hatten Slogans gerufen und nach Gerechtigkeit verlangt.

Und was hatte es ihnen gebracht? Den Zorn der Polizei. Gebrochene Rippen und zerschmetterte Nasen. Ein paar Tage lang waren sie in den Zeitungen gewesen … und dann war es vorbei. Die Snobs hatten sich wieder ihren Teegesellschaften gewidmet, und Michael hatte zum Gin gegriffen.

Nein. Solche Ideen sollte man besser vergessen.

»Das mach ich«, sagte Hannah und Nell schrak zusammen. Sie hatte gar nicht bemerkt, dass sie den letzten Satz laut ausgesprochen hatte. Doch sie hatte das Richtige gesagt, denn Hannahs Griff lockerte sich. Sie schenkte Nell ein richtiges Lächeln und stimmte eine Ballade an, die gerade auf der Straße die Runde machte. Nell fiel ein, und zusammen liefen sie in flottem Tempo nach Hause.

In der Nacht wurde Nell von dem Geräusch von Schritten geweckt, die direkt neben ihr aufhörten. Als sie die Augen öffnete, sah sie drohend über sich gebeugt Michaels dunkle Gestalt. Keine Armeslänge entfernt ließ Mum einen feuchten, erstickten Atemzug hören.

»Es ist aus mit ihr«, sagte Michael. »Hörst du sie röcheln?«

Hundertmal hatte er das schon gesagt. Sie roch Gin an ihm. Die Dielen knarrten unter seinen Füßen, als er taumelte.

Sie stützte sich auf den Ellbogen. »Wo ist Suzie?«

»Wo ist Suzie«, äffte er sie nach. »Wo zum Teufel soll sie schon sein?«

Zu ihrer Rechten hörte sie ihre Mutter murmeln. *Sag nichts*, beschwor Nell sie still. *Schlaf weiter*. Sie hatte Suzie früher am Abend gesehen – mit einem blauen Auge und rotem, verweintem Gesicht. Obwohl Michael eine Weile ohne Alkohol auskam, war niemand wirklich froh darüber. Seine Abstinenz endete ausnahmslos in einem tagelangen Besäufnis.

Wenn er Streit suchte, konnte er den im hinteren Zimmer haben. Mum brauchte ihren Schlaf.

Nell schob die Decke beiseite und stand auf. Sie spürte ein Kribbeln im Nacken, als sie hinter ihm herging.

Ein dünnes Laken trennte die beiden Räume. Auf der anderen Seite stand eine Petroleumlampe auf dem kleinen Tisch neben der Herdstelle. Nell tastete nach den Streichhölzern, um die Lampe anzuzünden.

Doch Michael packte sie plötzlich am Handgelenk und riss sie herum. Seine heiße, feuchte Hand war doppelt so groß wie ihre. »Hör auf«, sagte er. »Mach bloß kein Licht. Sonst muss ich dein hässliches Gesicht sehen.«

»Ist gut«, flüsterte sie. Mum sagte, in ihm wohne ein Dämon, der sich vom Alkohol ernähre. Nell hörte meistens nicht zu, wenn sie von Teufeln fantasierte, aber in Nächten wie dieser konnte man leicht an so etwas glauben.

Mit der freien Hand tastete sie hinter sich nach der langen Eisengabel, mit der sie Würste über dem Feuer grillte. Sie lag gut in der Hand, ein solides, beruhigendes Gewicht. Nell hatte die Zinken vor einer Woche geschärft.

»Wo ist Suzie?«, fragte sie wieder. *Lieber Gott, lass sie nicht tot sein.* Wenn ein Mann erst einmal anfing, die Fäuste zu gebrauchen, hörte er meistens nicht wieder auf. Eines Tages würde Michael bei einer von ihnen zu hart zuschlagen, fürchtete sie.

»Im Motts.« Sein Lachen war leise und gemein. »Sie macht den Männern schöne Augen, wie immer. Macht mich krank, sie zu sehen.«

Nell wünschte, sie könnte sein Gesicht erkennen. Er kam nach ihrem Stiefvater. Sein Teint war schmutzig braun, aber er war gut gebaut, ein Boxer, gut aussehend und stolz darauf. Solange er nicht die Beherrschung verlor, würde er sich nicht erlauben zu grinsen oder den Mund zu verziehen. Wenn sie ihn nur sehen könnte. Dann wüsste sie genau, wann sie die Gabel gebrauchen musste. »Das ist Teil ihrer Arbeit, Michael. Sie verdient gutes Geld.«

»Ja, oder? Ich frage mich, warum sie so viel bekommt. Und ich glaube, ich weiß es.«

»Ich weiß nur, dass sie dich liebt.« Bedauerlich, aber wahr. Suzie war ein hübsches Mädchen mit einem Dutzend Verehrern gewesen. Fast jeder von ihnen hätte sie besser behandelt als Michael. Wie zahllose Frauen vor ihr hatte sie ihr Glück weggeworfen und war ihrem törichten Herzen gefolgt. Wenn Nell heiratete, würde sie ihren Mann nach besseren Kriterien auswählen: Freundlichkeit, Anständigkeit, ein solides Dach, das ihr einen Unterschlupf bot. Ein Mann, der sie mehr liebte als sie ihn: Das war der sicherste Weg zum Glück.

»Klar, sie liebt mich.« Michael fing zu lallen an, aber der Griff um ihr Handgelenk lockerte sich nicht. »Bist ja fürchterlich besorgt um Suzie! An deiner Stelle wäre ich um mich selbst besorgt.«

»Das bin ich, sobald ich Grund dazu habe.« Wahrscheinlich war sie die Einzige in dieser Wohnung, die halbwegs klar dachte.

»Ich denke, du hast Grund genug. Ich habe von deinem kleinen Gespräch mit der Vorarbeiterin gehört. Was für beeindruckende Ideen du doch hast!«

Nell hielt den Atem an. Sprachen die Leute etwa darüber? Sie hatte Mrs Plimpton nur gebeten, mit dem Fabrikbesitzer über ein paar Fenster für die Halle zu sprechen. Viel Gutes war nicht dabei herausgekommen – die Frau hatte sich schiefgelacht. *Du wirst nicht fürs Atmen bezahlt*, hatte sie gesagt. *Zurück an die Arbeit.*

»Es hat niemandem geschadet«, flüsterte sie. »Nur ein kurzes Gespräch.«

»Du bist eine Närrin. Glaubst du, es schert sie, ob du es bequem hast? Was, glaubst du, bist du in ihren Augen? Genauso ein Stück Schlachtvieh wie all die anderen.«

Die Bitterkeit in seiner Stimme traf Nell. Seine ganze Geschichte klang darin mit, und das besänftigte sie ein wenig. Vor dem Gefängnis hatte er eigene Vorstellungen davon gehabt, was Arbeitern zustand. Er hatte sein Geld in den Kampf für Reformen investiert und nichts als Elend und Kummer zurückbekommen. Sie konnte verstehen, wenn er es für dumm hielt, ihm nachzueifern.

»Ich werde nichts mehr sagen«, sagte sie. »Aber ich habe recht, Michael. Mum ist von der Luft in der Fabrik krank geworden. Und es wäre so einfach, das zu ändern ...«

Seine Nägel bohrten sich in ihren Arm. »Geht mich das was an?«

Nell packte die Gabel fester. Wenn sie ihn wirklich stechen müsste, würde es eine hässliche, lange Nacht werden. »Nein.«

»Sobald sie dich rauswerfen, geht es mich was an. Dann mache ich was mit Dickie ab, egal was du davon hältst.«

»Ist gut«, sagte sie monoton.

»Er hat heute auf der Straße nach dir gefragt. Hatte zehn Schilling in der Hand. Meinte, er gibt sie genauso gern für dich aus wie für ein anderes Mädchen.«

Die Dunkelheit fühlte sich an wie eine Hand, die sich auf ihren Mund presste und ihr den Atem abdrückte. Verdammter Dickie Jackson. Er wusste genau, was er mit solchen Reden anrichtete. Als würde er mit einem roten Tuch vor einem Stier herumwedeln. Er hielt sich für so clever, Michael mit dem Geld zu ködern. Glaubte, es wäre nur eine Frage der Zeit, bis ihr Stiefbruder sie dazu zwang.

Aus dem anderen Raum kam ersticktes Husten. *Oh Gott, lass sie nicht aufstehen. Lass sie zu schwach sein zum Aufstehen.* »Ich habe diese Woche das Doppelte verdient.« Ihre Stimme klang heiser. Ihr Handgelenk pochte.

»Aber du könntest zehn Schilling in einer Viertelstunde machen. Hältst dich für zu gut, was? Glaubst, du bist was Besseres als wir anderen. Was Besonderes.«

Nell schluckte. In letzter Zeit hatte sie selbst manchmal darüber nachgedacht. So viele Mädchen, die sie kannte, hatten an der Mauer schnelles Geld verdient. Warum sollte es ihr anders ergehen? Sicher, sie konnte lesen und schreiben und hatte hart gearbeitet, um etwas zu lernen, aber das machte sie nicht zu etwas Besonderem. Hungernde Menschen waren alle gleich. Und am Ende mussten alle sterben.

Zehn Schilling in einer Viertelstunde. Keine schlechte Ausbeute.

Aber es ging nicht. Es war nicht mal Logik oder Vernunft, die es ihr verboten, sondern etwas tief in ihrem Inneren und hart wie Diamant. Sie konnte diese Möglichkeit zwar in Betracht ziehen, würde aber niemals einwilligen. Es gab einen anderen Weg. Ihr würde irgendetwas einfallen. Wenn nicht der Geldverleiher, dann würde sie stehlen, bevor sie sich vom verdammten Dickie Jackson flachlegen ließ. »Ich zahle für meinen Schlafplatz hier …«

»Von wegen! Mason unten in der Straße sagt, ich könnte zwölf die Woche für deinen Platz kriegen …«

Wut schoss unangekündigt in ihr empor. »Dein Vater hat versprochen, dass wir hierbleiben können!«

Michael ließ sie los. »Deine verdammte Mutter, nicht du. Und sie stirbt, hörst du's nicht?«

»Weil du das Geld versäufst, das sie retten könnte!«

Der Schlag kam plötzlich aus der Dunkelheit. Wie ein Blitz fuhr der Schmerz in ihren Kiefer. Nell krachte auf die Dielen. Sie riss die Augen auf und hörte ihr eigenes ersticktes Keuchen. Das raue Holz brannte unter ihrer Wange.

Im Hintergrund rief Mama: »Cornelia! Geht es dir auch gut?«

»Geht es dir auch gut?«, äffte Michael sie nach. »Die verdammte Queen persönlich!«

Nell rührte sich nicht. Das Gehirn schien in ihrem Schädel zu rasseln, aber sie konnte den Kiefer noch bewegen. Gott sei Dank hatte er den Handrücken benutzt, nicht die Faust.

»Ein fester Tritt«, sagte Michael leise. »Mehr braucht es nicht, eingebildete Schlampe.«

Der Schmerz wurde von ihrem Zorn hinweggeschwemmt. Die dumme, nutzlose Gabel, die sie noch umklammert hielt – sie hätte zustechen sollen, als sie noch Gelegenheit dazu hatte.

»Aber du musst Geld verdienen«, fuhr er fort. »Also gewöhn dich dran, auf dem Rücken zu liegen.«

Vorher bringe ich dich um, dachte sie.

Sie sah den Schattenriss seiner breiten Schultern vor dem Vorhang, bevor er ihn rabiat zur Seite zog. Der Stoff riss ab und fiel zu Boden. Seine Schritte stampften über die bebenden Dielen. Angeln quietschten. Die Haustür fiel zu.

Eine zitternde Stimme ertönte im Nebenraum. »Cornelia? Cor…«

Ein Hustenanfall unterbrach sie und brachte Nell dazu, sich aufzusetzen. Der ganze Raum drehte sich um sie. Vorsichtig wischte sie sich das Blut von der Nase. Ihre Wut schmeckte bitter wie Galle. Sie hasste Michael. Und sie hasste Dickie Jackson. Sie hasste Michael so sehr, dass ihr ganz schwindelig und heiß davon wurde. Wütend schleuderte sie die nutzlose Gabel zur Seite.

Nebenan raschelte es. Mum versuchte, sich aufzusetzen.

Nell atmete tief ein. »Mir geht es gut«, sagte sie, zwang sich aufzustehen und eilte am zerrissenen Vorhang vorbei zu ihrer Mutter. »Schsch, Mum, leg dich hin. Mir geht es gut.«

»Nein«, sagte Mum. Ihr ergrauendes Haar umrahmte das dunkle Gesicht wie ein blasser Heiligenschein. »Gott schütze dich. Gott bewahre dich. Gott behüte uns alle …« Sie drehte den Kopf zur Seite, um zu husten.

Nell legte ihr eine Hand auf den Rücken und stützte sie, als sie sich wieder auf die Matratze zurücklegte. »Alles ist gut, Mum. Schlaf wieder ein.«

»Du musst … ihn um Hilfe bitten. Er ist böse, aber er wird dir helfen.«

»Das mache ich«, murmelte Nell. Sie streichelte die heiße, trockene Wange ihrer Mutter. Das Fieber stieg immer zur Nacht.

Mum drehte gereizt den Kopf weg. »Hör mir zu«, sagte sie. »Schreib ihm. Ich hatte gehofft … ich habe es für dich getan, Cornelia. Seine Wollust, er war ein Teufel. Noch verdorbener und hochmütiger als Michael. Wollust und Verderbnis …«

Großartig. Das Letzte, was Mum jetzt brauchte, war einen ihrer Anfälle. »Beruhige dich bitte. Leg dich einfach still hin.«

»Nein.« Die knochigen Finger gruben sich tief in Nells Arm, als bettelten sie um ihre Aufmerksamkeit. »Wappne dich. Bitte Gott, dich zu beschützen. Aber sag ihm, wer du bist. Sag ihm … ich glaubte, dich zu retten. Wollte einen Teil von ihm behalten. Und auch einen Teil von ihm retten.« Mum wurde von einem heftigen Hustenanfall heimgesucht. Ihr schmaler Leib zerbrach beinahe an dem Versuch zu atmen.

»In Ordnung. Das sage ich ihm.« Dieser verfluchte Michael! Und die verfluchten Malloys von oben, die sich in den Kopf gesetzt hatten, dass Mum eine zweitrangige Heilige wäre. Sie bestärkten sie in ihrem Gerede von Dämonen und Engeln und baten ihre Mutter, Fürsprache für sie zu halten. »Mum, du musst jetzt schlafen.«

»Ich bin bei Verstand.« Eine erstaunliche Sekunde lang klang Mum so bestimmt und klar wie früher, als sie Michael noch mit Ohrfeigen bestrafte, wenn er den Namen des Herrn missbrauchte, und ihn jeden Sonntag dazu zwang, drei Stunden lang mit ihnen allen auf Knien zu beten. »Du musst zu ihm zurückgehen, Cornelia. Ich vergebe dir.«

»Ich gehe. Aber beruhige dich.«

»Du musst zu deinem Vater gehen. Lord Rushden wartet.«

Nell erstarrte. Lord Rushden? Der Vater von dem Mädchen auf der Fotografie?

Bei diesem sonderbaren Zufall sträubten sich ihr die Nackenhaare. »Mum, was meinst du damit?«

»Ach, der Teufel«, sagte ihre Mutter seufzend. »Aber ich vergebe dir.«

»Was vergibst du mir?«, flüsterte Nell.

»Du musst mit deinem Vater sprechen.« Mums Stimme klang plötzlich eigenartig – seltsam mädchenhaft. »Du musst mit seiner Lordschaft sprechen.«

Ihrem Vater? »Mum.« Sie wagte kaum zu atmen. »Was redest du da? Du kannst nicht meinen, dass Lord Rushden …«

»Lass nicht zu, dass er dich in Versuchung führt«, murmelte Mum. »Widerstehe der Sünde.«

»Du fantasierst.« Nell schluckte schwer. »Donald Miller ist mein Vater.« Mum hatte von ihm erzählt. Ein freundlicher, achtbarer Bauer aus Leicestershire, der an Cholera starb, als Nell noch ein Baby war.

»Nein«, sagte Mum, noch immer mit dieser zarten, träumerischen Stimme. »Eine Lüge. Nur Lord Rushden, Cornelia. Vor langer Zeit, früher. Er wird dir helfen. Ich habe dich zu deinem Besten mitgenommen. Nun kann ich nicht länger für dich da sein. Schreib ihm.«

Das Herz schlug ihr bis zum Hals. Es konnte unmöglich wahr sein, aber sie fand keine andere Erklärung: Ihre tugendhafte Mutter hatte gerade zugegeben, dass Nell ein Bastard war. Der Bastard eines Lords.

Kein Wunder, dass sie aussah wie das Mädchen auf der Fotografie.

Nell beugte sich über ihre Mutter und packte hart ihre Hand. »Würde er einen Arzt für dich bezahlen?«

»Ach, Cornelia …« Beim schrillen Lachen ihrer Mutter lief es ihr kalt den Rücken hinunter. »Der Teufel würde noch sehr viel mehr tun.«

2

Es gab kaum etwas Langweiligeres als eine Party, die lediglich die Verderbtheit des Gastgebers unter Beweis stellen sollte. Die Zusammenkunft bei Colton war da keine Ausnahme. Die Wände waren mit dunklem Samt abgehängt, und der Strom war abgestellt worden. Das einzige Licht spendeten eiserne Kandelaber, die man überall im Raum verteilt hatte. Ein jämmerlich aussehendes Streichquartett saß in einer Ecke und schrammelte eine Melodie, die Simon nachträglich als rückwärts gespieltes *Te Deum* erkannte. Über ihren Köpfen hing an einem verdunkelten Kronleuchter ein umgedrehtes Kreuz. Die Dienstmädchen – jedenfalls die, die noch bekleidet waren – trugen Nonnentrachten.

Simon lachte leise auf, als er eintrat. Warum bloß diese ewige Fixiertheit auf Nonnen? Die Gesichter in der lärmenden Menge waren ihm größtenteils bekannt, und wie immer war kein Katholik darunter. Er konnte daraus nur schließen, dass irgendetwas in der anglikanischen Tradition schmutzige Fantasien mit religiöser Thematik hervorrief.

Wenigstens war keine schwarze Messe im Gang. Ein schwacher Trost.

Sobald seine Anwesenheit bemerkt wurde, begrüßte man ihn rechts und links – ein Abgeordneter ließ von einer halb nackten Frau ab, um eine Verbeugung anzudeuten, und drei Magnaten der Stadt prosteten ihm so eifrig zu, dass der größte Teil des Whiskys auf dem Teppich landete. Er nickte liebenswürdig und suchte die Menge nach seiner Beute ab. Dabei drangen erregt gemurmelte Spekulationen an seine Ohren, Bemerkungen über seine realen und imaginären Sünden. Die meisten selbstverständlich imaginär.

Unwillkürlich verzog er den Mund. Der alte Rushden hatte das nie begriffen. Er hatte alles geglaubt, was über den Erben seines Titels geredet wurde. Selbst jetzt verspürte Simon keine Reue, dass er nie versucht hatte, den Mistkerl vom Gegenteil zu überzeugen. Sogar heute Nacht, am Rande des Ruins, wusste Simon, dass es nicht anders hätte sein können. Sein Vormund hatte ihn von Anfang an verurteilt. Simon hatte niemals eine Chance gehabt.

»Rushden!« Harcourt hatte ihn entdeckt und kam näher. Er machte einen Bogen um zwei halb angezogene Herzöge, die ein auf einem Esstisch herumtänzelndes Mädchen dirigierten. Es war kaum älter als fünfzehn, noch fähig, begeistert über solchen Schwachsinn zu lächeln. »Du bist gekommen!«

»Genau wie du«, gab Simon zurück. Sein Blick ruhte noch auf dem Mädchen. Er seufzte, als einer der kleinen Lords unverhüllt nach ihrer Brust griff. Es war verlockend, ihr mit einem Geldstück die Flucht zu finanzieren, allerdings würde sie es wohl nicht annehmen. Diese Party war wahrscheinlich die beste Verdienstmöglichkeit, die sie je bekäme.

Er wandte sich Harcourt zu: »Und warum bist du hier?« Harcourt war der Letzte, der Bedenken gegen ausgelassene Gelage hegte, aber diese Leute waren nicht ausgelassen, sie posierten nur voreinander. Er verkehrte gewöhnlich in besserer Gesellschaft.

»Ich weiß, ein trauriger Anblick.« Harcourt fuhr sich schwankend durch das fuchsrote Haar, wobei ihm eine Locke in die Stirn fiel. »Aber heute Nacht ist sonst nichts los. Ich dachte, du wärst bei Swanbys Soiree! Hat dein neuester Protegé nicht heute dort gespielt?«

Simon nickte. »Bis vor einer Stunde.« Er hatte Andreasson, dem schwedischen Pianisten, dessen Talent er zurzeit unterstützte, geraten, ein paar eher disharmonische Stücke zum Besten zu geben. Lady Swanbys Gäste hatten die Musik angeblich geliebt. Morgen würden sie voller Begeisterung davon berichten, allein um damit zu prahlen, dass man sie eingeladen hatte. »Hat ziemlichen Eindruck gemacht.«

Trotz seiner Bemühungen musste Harcourt seine düstere Stimmung herausgehört haben, denn er runzelte die Stirn und trat näher. »Es ist doch nicht schlecht gelaufen, oder?«

Der Gedanke überraschte Simon, und er musste lachen. »Natürlich nicht.« Seine Entdeckungen waren immer *en vogue*. Wer der künstlerischen Meinung des Earls of Rushden widersprach, riskierte, für einen Hinterwäldler gehalten zu werden.

Natürlich könnte sich das ändern, sobald bekannt wurde, dass er absolut pleite war.

»Was plagt dich dann?«, fragte Harcourt.

Simon zuckte mit den Schultern und angelte sich einen Drink vom Tablett eines vorbeigehenden Dieners. Das Getränk brannte giftig und chemisch auf der Zunge. Es hatte eigentlich keinen Sinn, das Gerichtsurteil zu verschweigen; die morgigen Zeitungen würden es durch das ganze Land posaunen.

Aber als er das leere Glas sinken ließ, merkte er, dass er noch nicht bereit war, darüber zu sprechen. Er war noch viel zu entgeistert, um es in Worte zu fassen. Nur eins war sicher: Sein Vorgänger, der neunte Earl of Rushden, war geisteskrank gewesen. Nur ein Verrückter würde sein Vermögen einer lebenden und einer toten Tochter vererben und es zwischen ihnen aufteilen. Nur ein Verrückter konnte ein Testament aufsetzen, das den nachfolgenden Earl zur Mittellosigkeit verdammte, was unweigerlich dazu führte, dass der Familienbesitz zerfiel,

Bedienstete entlassen wurden und die Ländereien verwahrlosten.

Aber das tat nichts zur Sache. Das Gericht hatte trotz allem beschlossen, das Testament des alten Rushden zu bestätigen.

Irgendwo in der Hölle freute der Mistkerl sich über seine Rache.

Simon stieß einen langen Seufzer aus. Nein, er würde keine Zeit mehr mit diesem Unsinn vergeuden. Sollten die Journalisten sich an Erklärungen abarbeiten. »Nichts plagt mich«, sagte er, und nach einer Weile war er sich sogar ziemlich sicher, dass er es wirklich so meinte. Das Leben war ein großer, alberner Witz. Nur ein Narr nahm es ernst.

Harcourt wirkte immer noch skeptisch, also setzte Simon als Zugabe ein Lächeln auf. »Hast du Dalziel hier irgendwo gesehen?« Bisher war es kein guter Tag gewesen, doch er konnte immer noch ein gutes Ende nehmen.

»Ach was!« Harcourt grinste. »Hat er dir das Buch etwa immer noch nicht ausgehändigt? Da kann ich dir gern behilflich sein.« Er unterstrich sein Angebot mit einem demonstrativen Knacken seiner Fingerknöchel. Seit er bei den *Royal Fusiliers* ausgeschieden war, wusste er nichts mit sich anzufangen, und nichts heiterte ihn schneller auf als die Aussicht auf eine Prügelei.

Simon hatte nicht damit gerechnet, so weit gehen zu müssen. Aber warum nicht. Schließlich hatte Dalziel das Geld angenommen, das Manuskript aber nicht herausgerückt. Nach einem so langen und unaussprechlich ärgerlichen Tag verlangte das nach Blutvergießen. »Unbedingt«, sagte er mit einem Achselzucken.

Mit Harcourt an seiner Seite stürzte er sich in die Menge. Von allen Seiten kameradschaftlich geknufft, wurden sie mit hochgezogenen Augenbrauen und gelallten Aufmunterungen bedacht. Als Simon einem Grüppchen von Männern auswich, das dem Finanzminister dabei zusah, wie er einer brünetten Schönheit den Habit vom Leib riss, empfand er plötzlich finstere Heiterkeit. Die Mittelschicht schwafelte in ihren Zeitschriften so ernst über den Lohn harter Arbeit, Erfindergeist, Wissen und das rechte Leben. Ein einziger Blick in diesen Raum wäre ein höchst effektiver Gegenbeweis. Ihr Land wurde von lüsternen, zu groß geratenen Schuljungen regiert.

»Colton wird außer sich sein, dass du hier bist«, bemerkte Harcourt. »Er hat schon nach dir gefragt. Meinte, er hätte dich seit Wochen nicht gesehen.«

Colton war der Gastgeber dieser Veranstaltung. Da er sich unbedingt als Lebemann beweisen wollte, hatte er sich um die Freundschaft jedes halbwegs verrufenen Gentlemans bemüht, den er ausfindig machen konnte. Es war mühsam, ihm aus dem Weg zu gehen, aber ihn zu ermutigen war tödlich. »Ich sage ihm, dass ich auf der Suche nach Gott war«, sagte Simon trocken. »Das sollte sein Interesse dämpfen.«

Als ihm die eigenen Worte in den Ohren widerhallten, klangen sie weniger albern als bedrohlich. Der Gerichtsbeschluss ließ ihm keine andere Wahl, als sich eine wohlhabende Braut zu suchen. Und leider Gottes hatten Lebemänner nur in bekehrtem Zustand eine Chance auf dem Heiratsmarkt.

Die Menge teilte sich, und er entdeckte Dalziel. Der Mann stand nicht weit entfernt hinter einem langen Tisch, auf dem eine unbekleidete Frau als Servierplatte für Kanapees und andere Leckereien diente. Dalziel aß, wenn er angespannt war. Im Moment bediente er sich eifrig bei Käse und Trauben.

Sein animalischer Instinkt hatte die Gefahr registriert: Er blickte auf und musste zweimal hinsehen, bevor er begriff, wem er in die Augen sah.

»Rushden«, keuchte er. Zitternd vor Schreck ließ er die

Hände sinken, die direkt auf der Nase der hübschen Servierplatte landeten. Als diese instinktiv seine Hand wegschlug, geriet Dalziel gefährlich ins Wanken, erlangte aber gerade noch sein Gleichgewicht zurück und wandte sich prompt ab, um zu fliehen.

»Hiergeblieben!« Drei große Schritte und Harcourt hatte Dalziel an der Schulter gepackt, ihn herumgedreht und mit solcher Kraft gegen die Wand geschleudert, dass ein Kerzenleuchter in der Nähe klirrte.

Simon schlenderte gelassen hinterher. Die liebenswürdige Dame auf dem Tisch lächelte ihn an und nahm ihm das leere Glas ab.

»Besten Dank«, sagte er.

»Tun Sie mir nicht weh!«, quiekte Dalziel.

»Halt's Maul«, brüllte Harcourt Dalziel an. »Du kannst von Glück sagen, dass ich dir nicht die Eingeweide herausreiße. Was meinst du, Rushden, für den Anfang ein kräftiger Kinnhaken?«

Dalziel winselte. »Nein, nein – um Himmels willen! Bitte …«

Simon schob die Hände in die Taschen und betrachtete den Mann von oben bis unten. Dalziel war eigentlich eher rotwangig, jetzt war sein aufgedunsenes Gesicht jedoch so fahl wie italienischer Käse. Bisher hatte er eindeutig Spaß gehabt. Seine Weste war nicht richtig zugeknöpft, und die Manschetten klafften auseinander. Konnte man sich auch auf einer Orgie nachlässig kleiden? Simon stellte die Frage zurück, um später darüber nachzudenken. »Sie haben etwas, das mir gehört«, sagte er.

Dalziels Mund setzte sich in Bewegung. Mit den aufgerissenen Augen sah er so erschrocken aus wie ein kleines Tier, das plötzlich von hellem Licht angestrahlt wurde. »Bitte, ich … ich will keinen Ärger.«

»Erbärmlich«, bemerkte Harcourt.

»Es ist gar kein Ärger nötig«, sagte Simon. »Geben Sie mir einfach das Buch.«

»Ich habe es nicht!«

»Aber nicht ohne Mut«, bemerkte Harcourt beeindruckt.

Simon brachte seinen Freund mit einem Blick zum Schweigen und beugte sich dann zu Dalziel vor. »Dieses Spielchen ist langweilig. Sie sind nicht clever genug, es zu spielen, und Ihnen wird nicht gefallen, wie es ausgeht.«

Farbe drängte in Dalziels Gesicht zurück. »Das ist kein Spielchen«, winselte er. »Sie haben die Bedingungen nicht eingehalten!«

»Bedingungen? Sie haben mir einen Preis genannt, ich habe ihn akzeptiert.« Das Manuskript war nicht besonders wertvoll, ein echter Sammler hätte kein Interesse daran gehabt. Aber Simon schon, und da Dalziel das wusste, hatte er einen unverhältnismäßig hohen Preis verlangt. »Jetzt sagen Sie nicht, dass einhundert Pfund Sie nicht zufriedengestellt haben«, fügte Simon mit unverhohlener Schärfe hinzu.

»Null«, flüsterte Dalziel.

»Wie bitte?«

»Null«, presste er zwischen den Zähnen hervor.

»Frechheit«, knurrte Harcourt. Er packte den Hals des Mannes fester, sodass seine Fingerknöchel weiß wurden und Dalziel einen Schmerzenslaut hervorstieß.

»Null!«, schrie er und lief dann so heftig rot an, als ob er sich für seinen Ausbruch schämte.

Simon lachte verwundert. Dieser Mann war eine Witzfigur. »Null ist eine Zahl«, sagte er. »Keine Erklärung. Versuchen Sie es noch einmal.«

Dalziels Blick schoss von einem zum anderen. »Ich habe versucht, Ihren Scheck einzulösen«, sagte er schnell. »Die Annahme wurde verweigert!«

»Ein Irrtum«, sagte Harcourt. »Sie hätten um Rücksprache mit Rushdens Bankier bitten sollen!«

»Morris, natürlich, ich habe mit ihm gesprochen.« Dalziel schluckte. »Es war kein Irrtum. Morris sagte … er sagte, Ihre Konten seien eingefroren!« Er sank mit einem kleinen Keuchen in sich zusammen und kniff die Augen zu.

Diese Reaktion und die Bemerkung, die ihr vorausgegangen war, schienen so bizarr, dass Simon sich fragte, ob der Mann irgendeinen Anfall hatte. »Was ist los mit Ihnen?«

Dalziel öffnete ein Auge einen Spaltbreit. »Bitte schlagen Sie mich nicht!«

Simon trat einen Schritt zurück. »Ich hege keineswegs die Absicht.« Er würde nie einen Mann schlagen, der nicht vorhatte, sich zu verteidigen. Allerdings ginge es wohl ebenfalls zu weit, ein Wort über Dalziels offensichtliche Verweichlichung zu verlieren.

Harcourt starrte ihn mit aufgerissenen Augen an. »Doch, wir sollten ihn schlagen. Das ist ein verteufelt böses Gerücht, Rushden. Die Leute könnten denken – sie denken – na, was auch immer!«

Dass ich ruiniert bin.

Guter Gott! Hatte Grimston wirklich so schnell reagiert?

Simon wandte sich ab, um seine Gefühle hinter einem Blick in die Menge zu verbergen. Ja, natürlich hatte Grimston sofort gehandelt. Er war der Vormund der einzigen Tochter, die dem alten Rushden geblieben war. All ihr Geld ging durch seine Hände. Da er schon immer auf jeden einzelnen Penny des Vermögens scharf gewesen war, würde er zweifellos einen guten Teil davon für sich abzweigen, bevor Kitty die Volljährigkeit erreichte.

Simon fuhr sich mit der Hand durchs Haar und wollte sich gerade wieder umdrehen, als er sein Abbild in einem der Wandspiegel entdeckte, die man überall aufgehängt hatte, um den Gästen ihre verruchten Fratzen zu zeigen. Er sah einen überdurchschnittlich gut aussehenden, überdurchschnittlich großen Mann, modisch und elegant in einen schwarzen Abendanzug gekleidet, in dessen Gesicht man kaum verhohlene Verblüffung las.

Jetzt lächelte der Mann schwach. Was für ein herrlicher Abgang. Er war das Ebenbild eines Clowns, den irgendein Karikaturist in der satirischen Zeitschrift *Punch* verewigen könnte. Und die Bildunterschrift würde lauten: *Mannhaft und in eleganter französischer Mode blickt der flatterhafte Wüstling der Mittellosigkeit ins Auge.*

Simon stieß einen langen Seufzer aus. Der hochwohlgeborene Bankrotteur. Nicht besonders originell. Glücklicherweise hatte er ein paar kleinere Summen beiseitegeschafft. Immerhin genug, um dieses Buch zu kaufen.

Vielleicht sollte er sich langsam Gedanken machen, wie er seine Gläubiger bezahlen sollte.

Drolliger Gedanke. Wer in London bezahlte schon seine Gläubiger?

Simon lachte. Es klang seltsam, und er betrachtete die Auswirkung in seinem Spiegelbild. Am liebsten wollte er noch länger an der eigenartigen Empfindung festhalten, sich selbst als einen Fremden zu sehen. Es war so viel tröstlicher, schlechte Neuigkeiten zu verarbeiten, wenn man dabei deutlich sehen konnte, dass man ein Esel war. Es fühlte sich kaum noch an wie schlechte Neuigkeiten, eher wie ein seltener Akt der Gerechtigkeit.

Er wandte sich Dalziel zu, der sofort zusammenzuckte. »Ich werde Ihnen das Geld morgen früh nach Hause bringen«, sagte er. »Sie warten dort auf mich.«

»Ja, natürlich«, sagte dieser schnell und dankbar. »Ich warte.«

Simon wedelte spöttisch mit einer Hand. Dalziel stieß sich von der Wand ab und verschwand in der Menge.

Harcourt blickte ihm nach. »Stimmt es?«, fragte er ruhig. »Bist du in Geldverlegenheit?«

»Es genügt wohl der Hinweis, dass ich mich auf dem Heiratsmarkt umsehen werde.« Auf Harcourts verwunderten Blick zuckte er mit den Achseln. Er hatte keine Einwände gegen die Institution der Ehe. Er war sogar einmal verlobt gewesen. Damals hatte er sich nicht nur in die Frau verliebt, sondern auch in die Vorstellung, ihr ein guter Ehemann zu sein.

Nach der Einmischung des alten Rushden hatte seine Bereitschaft zur Brautwerbung natürlich gelitten. Es würde ihm schwerfallen, sich die üblichen Bitten und Schwüre abzuringen und sich vor einer blauäugigen Debütantin zu produzieren.

Der Gedanke daran machte ihn müde. In Frankreich würde man ihm wahrscheinlich einen schweren Fall von Langeweile diagnostizieren, er hielt sein Leiden jedoch eher für einen Fall von Erwachsenwerden.

Harcourt schüttelte den Kopf. »Schlechter Zeitpunkt.«

»In der Tat.« Die Saison war fast vorbei. Er würde den vielversprechendsten Kandidatinnen nach Norden folgen müssen und den Sommer mit Moorhuhnjagd in Schottland vergeuden.

Simon lachte leise. Er konnte nicht glauben, dass es so weit gekommen war.

»Wenn du mich entschuldigst«, sagte Harcourt nachdenklich. »Ich glaube, ich würde Dalziel immer noch gern einen Kinnhaken verpassen. Treffen wir uns später draußen?«

Schlagartig fiel Simon jetzt ein, dass er Lady Swanby versprochen hatte, vor Einbruch der Dämmerung zu ihr zurückzukehren. Er hielt es für eine faire Belohnung dafür, dass sie so guten Geschmack bewiesen und Andreasson hatte spielen lassen. Ihr Mann, meinte sie, habe einen sehr tiefen Schlaf.

»Heute nicht. Vielleicht morgen.« Obwohl er den größten Teil des morgigen Tages wahrscheinlich mit panischen Buchhaltern, Anwälten, Sekretären und Verwaltern diskutieren würde … Manchmal hatte er den Eindruck, die halbe Welt hinge von Lord Rushdens Bankkonten ab.

»Ich gebe die Hoffnung nicht auf«, sagte Harcourt. Mit einem Klaps auf Simons Rücken ging er weg.

Eine tiefe, sinnliche Stimme drang zu ihm hinauf: »Haben Sie sie in die Flucht geschlagen?«

»Was?« Simon sah zu der Frau auf dem Tisch hinunter. Venushügel und Oberschenkel waren mit Nüssen bedeckt. Wenigstens sah sie älter als achtzehn aus. »Nein«, sagte er lächelnd, »ich fürchte, sie waren stärker als ich.« Sein Lächeln wurde zu einem Lachen, als er die Auswahl an Nahrungsmitteln auf ihr betrachtete. »Meine Liebe, ich muss zugeben, ich habe Leckereien noch nie so beneidet.« Er pflückte eine Walnuss aus ihrem Bauchnabel.

»Hören Sie nicht auf«, schnurrte sie. Sie hatte schöne, dunkle Augen, schräg wie die einer Katze. »Sie können alle haben. Und vielleicht noch etwas anderes zum Dessert.«

»Verführerisch«, murmelte er. Leider bändelte er nicht mit Dienstboten an. Das – wieder lachte er – konnte er sich jetzt ohnehin nicht mehr leisten. »Ein andermal vielleicht.« Er küsste ihre Hand und machte auf dem Absatz kehrt in Richtung Ausgang.

Als er den Flur betrat, schlug eine Uhr Mitternacht, und ein erschrockenes Quieken kam von unten.

Anscheinend hatte Harcourt Dalziel eingeholt.

Erneutes Lachen brach aus ihm hervor, mit so verblüffender Macht, dass er stehen bleiben und sich anlehnen musste. Er hatte keine Ahnung, was diese Heiterkeit in ihm auslöste, aber sie wuchs und wuchs, bis sie schließlich alles einschloss:

den kreischenden Dalziel, den alten Rushden, der Manuskripte verschachert hatte wie ein Händler, die Moorhuhnjagd, oh mein Gott, und kleine Debütantinnen in weißen Kleidern, die von ihm forderten, Besserung zu geloben. Simons Mutter, ihre Empörung, wenn sie all diese Neuigkeiten in ihrer komfortablen Sommerresidenz in Nizza erfuhr, und seine eigenen Illusionen, die »großen musikalischen Talente« – er hatte seine Jugend damit verschwendet, ihnen nachzujagen. Nichts hatte mehr Sinn in diesem Augenblick, in dem die Uhr so beharrlich schlug, obwohl es keinen verdammten Unterschied machte, ob irgendjemand wusste, wie spät es war. Die Zeit verging, ob man darüber informiert wurde oder nicht.

Er wischte sich Tränen aus den Augen. Als die Heiterkeit verebbte, bemerkte er ein seltsames Gefühl im Magen. Es war wie ein Schmerz, aber kein Druck, sondern eine Art kalte Leere, die sich ausbreitete wie das dumpfe Blau des Dämmerlichts.

Plötzlich kam es ihm so vor, als wäre er der einzige Mensch auf der Welt.

Lady Swanby wartete. Bei diesem Gedanken atmete er tief ein und stieß sich von der Wand ab. Nein, er sollte Lady Swanby bei Gott nicht warten lassen. Wie ausgesprochen lästig wäre es für sie, sich jemand anderen suchen zu müssen, um die Nacht mit ihm zu verbringen.

Wie Kugeln auf einem Billardtisch, dachte er. So willkürlich prallen wir mit anderen Menschen zusammen und driften wieder auseinander.

Er schüttelte den Kopf über sich selbst, hörte Harcourt unten und setzte ein Lächeln auf. Als er die Treppe hinunterging, salutierte er sicherheitshalber vor der Uhr. »Die Zeit wartet auf niemanden«, murmelte er.

Aber jeden Tag war für irgendjemanden die Zeit gekommen, so viel war sicher.

Wenn die eigene Mutter starb, war das ein Anlass, um über einiges nachzudenken. Manche Menschen waren wie Heilige, so auch Nells Mum: gerecht und fromm, mit einer blassen, dünnen Stimme, mit der sie in stillen Gemächern Gebete murmelte, die niemand hörte. Bei der Totenwache hatten die Leute gesagt, sie sei früher einmal schön gewesen, aber Nell konnte sich das nicht vorstellen. Schönheit war ein breites Grinsen, ein lautes Lachen, das Wasser, das an den Strand bei Ramsgate schlug – Dinge, die auch morgen noch existieren würden, die sich einen Dreck um irgendetwas scherten.

Mum hatte sich immer um alles geschert. Sie war ständig wegen etwas besorgt, und das hatte sie aufgezehrt. Selbst ihr Schweigen war vorwurfsvoll gewesen. *Hast du? Würdest du? Wirst du? Oh, du böses Kind, was soll ich nur mit dir machen?* Eine zerfurchte Stirn, tiefe Ringe unter den Augen, zitternde und vom Tabakrollen fleckige Hände – Jane Whitby war alles andere als schön gewesen, und Nell würde nicht mehr an sie denken.

Und sie würde auch nicht wieder weinen, verdammt! Sie hatte genug geheult. Trauer! Für die Reichen war sie ein Luxus, für die rechtschaffenen Armen eine Pflicht. Nell war weder reich noch rechtschaffen. Höchstens selbstgerecht. Sicher war sie arm. Aber das war es auch schon. Kein Grund zum Heulen.

Sie rang sich in der Dunkelheit ein Lächeln ab. Oh ja, sie kannte ihre Fehler ganz genau. Sie war nicht anständig. Nicht barmherzig. Bescheiden war sie nur, weil sie sich schämte. Und ihr Herz war weder von Frömmigkeit noch von Mitleid oder Geduld erfüllt. Hass trieb sie an. Wut.

Sie war es eigentlich, die ins Gefängnis gehörte, nicht Hannah. Hannah hatte sich nur die falsche Gesellschaft ausgesucht. Aber die Damen der GFS waren an der Wahrheit nicht interessiert gewesen. »Es tut mir sehr leid um Ihre Freundin«, hatte Mrs Watson gesagt. »Aber über Diebstahl können wir nicht einfach hinwegsehen. Sie müssen auf die Gerechtigkeit vertrauen.«

Von wegen Gerechtigkeit! War es etwa gerecht gewesen, Hannah abzuführen? Hannah, die nur den dummen Fehler begangen hatte, Nells Geldbeutel aufzuheben, bevor die Bullen reinkamen, um alle zu durchsuchen. Hannah hatte weder Mrs Watsons Brosche gestohlen noch das Geld genommen.

Nell hatte ihre Tat gestanden, aber niemand hatte ihr zugehört. »Was glauben Sie denn, wie ich die Beerdigung meiner Mutter bezahlen konnte?«, hatte sie geschrien. »Oder die Medizin, die sie vorher brauchte? *Ich* bin die Diebin!«

Hannah hatte es nicht geholfen, aber irgendjemand hatte Nells kleine Rede herumerzählt. Michael hatte es mitbekommen und Nell vor Wut, dass sie die Beute nicht geteilt hatte, die Treppe hinuntergeworfen. Man hatte sogar in der Fabrik davon erfahren. Der Vorarbeiter, der von ihrem Gerede über Fenster und das Recht, die Halle zum Mittagessen zu verlassen, ohnehin irritiert war, nannte sie eine Unruhestifterin und warf sie hinaus.

In Bethnal Green gab es keine Gerechtigkeit. Aber hier in Mayfair würde Nell vielleicht welche finden.

Oh Cornelia, ich habe Angst um dich. Das Böse liegt dir im Blut.

»Recht hattest du, Mum«, flüsterte Nell. Sie hatte sich als Mann verkleidet und war auf blutige Rache aus: Noch böser könnte sie nur mit der Hilfe von Luzifer persönlich werden.

Um lächerliche zehn Pfund hatte sie Lord Rushden gebeten. Hätte er das Geld geschickt, hätte sie nicht stehlen müssen. Aber er hatte nicht einmal geantwortet. Er würde bald merken, dass er sein Leben sehr billig verspielt hatte.

Sie spannte den Abzugshahn, und die Kammer ruckte mit einem hohlen Klicken an ihren Platz. Waffen waren doch etwas Wunderbares. Der Revolver in ihrer Hand glänzte schimmernd. Brennans Werk. Zuerst hatte der Pfandleiher gelacht, als sie nach einer Waffe gefragt hatte, aber der Anblick der Geldstücke hatte ihn schnell ernüchtert. Er hatte nicht einmal gewagt, sie hereinzulegen. Das war nicht gerade typisch für Brennan. »Du hast Schneid, Nell«, hatte er gesagt, als er die Pistole hervorholte. »Ich polier sie ein bisschen für dich auf. Dann ist es ’ne erstklassige Knarre.«

Oh, sie fand alles ziemlich erstklassig – die Pistole, die schicke Droschke, die sie für den Weg hierher gemietet hatte. Heute würde sie keinen Omnibus nehmen. Nicht heute Nacht!

Aber als sie endlich im Inneren des Hauses war, lag ihr der Nachgeschmack der Erniedrigung schal und bitter wie abgestandenes Bier auf der Zunge. *Erste Klasse*, dachte sie voller Verachtung. Obwohl diese Worte Leuten wie ihr so viel bedeuteten, hätten sie genauso gut aus einer fremden Sprache stammen können. Eine Droschke erster Klasse? Die Bewohner dieses Viertels besaßen mehr Kutschen, als man zählen konnte. Und ein Gefährt, das nach Erbrochenem stank, hatte wahrhaftig nichts Erstklassiges. Bei der Erinnerung daran nahm sie einen tiefen, beruhigenden Atemzug und runzelte dann die Stirn.

Die Luft in diesem Flur war die beste, die sie jemals geatmet hatte. Nicht eine Spur von Gas oder Rauch, weder von Kohle noch von Kerzen, noch von sonst etwas. Frische Blumen, Wachs und der Hauch eines exotischen Parfüms verbanden sich zu einem Duft, der ihr das Gefühl gab zu träumen. Reichtum roch sogar nach etwas.

Und man konnte ihn fühlen. Mum hatte es so oft beschrieben, dass sie im Voraus wusste, wie es sich anfühlte: Der Teppich war so dick, dass ihre Füße mit jedem Schritt tiefer einsanken. Es wurde immer schwieriger, sie wieder hochzuheben. Und die Geräusche: Keine Babys schrien nach Essen, keine Kinder kreischten im Treppenhaus. Eine unglaubliche Stille füllte den langen Flur. Das sanfte Ticken einer Uhr lullte sie ein, ihr Atem wurde langsamer. *Beruhige dich*, lud das Haus sie ein. *Fühle … rieche … ruh dich aus.*

Nein! Sie durfte nicht ausruhen. Sie packte die Waffe fester, während sie vorwärtsschlich und die Türen zu ihrer Rechten zählte. Stundenlang hatte sie das Haus vom Schutz der Bäume auf dem Platz aus beobachtet. Als die Lichter nach und nach erloschen, hatte sich die Bewegung auf diesen Bereich konzentriert. Es musste die fünfte Tür sein.

Der kristallene Knauf fühlte sich kalt und glatt unter ihren Fingern an. Zum Unglück für seine hochwohlgeborene Lordschaft leisteten seine Diener gute Arbeit. Die Tür öffnete sich ohne ein Quietschen.

Lautes Schnarchen rasselte durch den Raum. Heilige Mutter Gottes! Wenn sie den Abzugshahn nicht wieder entspannt hätte, hätte sie sich vor Schreck in den Fuß geschossen. Das wäre so charakteristisch für sie gewesen. Aber offenbar hatte Gott keinen Sinn für Ironie, wofür sie ihm rasch einen tief empfundenen Dank sandte.

Mit drei vorsichtigen Schritten ging sie in die Mitte des Raumes. Rasch entdeckte sie den Urheber des Geräuschs, einen korpulenten Mann mit beginnender Glatze, der auf einer Pritsche in der Ecke schlief. Das musste der Diener sein, und wenn sie sich nicht irrte, konnte sie selbst aus dieser Entfernung Gin riechen. Sie rollte mit den Augen und huschte an ihm vorbei zur nächsten Tür, die sich ebenfalls lautlos öffnete. Nell schlüpfte hindurch und zog sie mit einem leisen Klicken hinter sich zu.

Als sie sich umdrehte und ihr Blick auf das breite Bett am anderen Ende des Raums fiel, hielt sie unwillkürlich den Atem an. Jetzt war sie also hier. Am Ende ihres Weges. Sie schluckte. Ein Durcheinander von untrennbar miteinander verwobenen Gefühlen stieg in ihr hoch. Trauer. Enttäuschung. Wut.

Nur Angst hatte sie keine. Das wäre dumm.

Trotzdem blieb sie stehen, um kurz durchzuatmen und sich zu orientieren. Der Raum war groß. Ein Pult, ein Toilettentisch, die übliche Zusammenstellung von Möbeln, die ein Hausmädchen mit schmerzenden Handgelenken auf Hochglanz poliert hatte. Die Vorhänge waren aufgezogen, durch das offene Fenster hörte man den Wind in den Blättern rauschen und die winzigen Schritte eines Nachttiers im Garten. Der Mond stand hoch über einer Wolkenbank, sein Licht erhellte das Rosenmuster auf dem dunklen orientalischen Teppich.

Ein grimmiges Lächeln umspielte ihren Mund. Nell hatte genügend Sinn für Dramatik, um von diesem Angebot der Natur Gebrauch zu machen. Sie stellte sich mitten in den Mondschein und richtete die Waffe auf das Bett.

»Mylord«, sagte sie ruhig. »Ich bin es, Nell. Sie wachen besser auf und sehen Ihrem Tod wie ein Mann ins Auge.«

3

»Wie ein Mann?« Die träge Stimme kam von rechts. Nell wirbelte herum, die Finger fest um den Griff der Pistole geschlossen. »Gibt es irgendwelche Richtlinien für einen mannhaften Tod?«, fuhr die Stimme in der Dunkelheit fort. »Ich wollte mich gerade aufs Winseln und Heulen verlegen. Aber das ist nun wohl vom Tisch, oder?«

Angestrengt starrte sie ins Dunkle. Sie konnte Rushdens Gesicht nicht sehen, aber die tiefe, belustigte Stimme klang nicht, als ob er in absehbarer Zeit anfangen würde zu winseln, falls sie ihm nicht doch eine Kugel verpasste. »Treten Sie näher«, sagte sie.

»Damit Sie besser zielen können? Das wäre wohl eher unklug.«

Sie zögerte. Das war nicht der saubere Mord, den sie sich ausgemalt hatte. Außerdem klang Rushden ein klein wenig zu jung, um ihre Mutter vor dreiundzwanzig Jahren gevögelt zu haben.

Allerdings hatte Mum ihn einen Teufel genannt. Und Teufel alterten nicht. »Ein kleiner Hinweis«, sagte sie mit schneidender Stimme. »Ein Mann versteckt sich nicht feige im Dunkeln. «

Als Antwort erklang ein leises Lachen. »Stimmt wohl.«

Dann trat er in den vom Mondlicht erhellten Bereich.

Hämmernd schlug ihr das Herz bis zum Hals, als wollte es aus ihr herausbrechen. Wenn dieser Mann das Werk des Teufels war, dann war es ein Wunder, dass nicht mehr Männer ihre

Seele verkauften. Er war groß, breitschultrig und schlank. Mit schwarzem Haar, vollen, harten Lippen und spöttischen Augen.

Und so nackt wie in der Stunde seiner Geburt.

Das leise, kaltherzige Lachen passte zum Ausdruck seiner Augen. Fein, weiß und perfekt blitzten die Zähne im Mondlicht. Es war sicher herrlich, er zu sein und zu jeder Mahlzeit frisches Fleisch zu kriegen.

»An Ihrer Stelle würde ich nicht lachen«, sagte Nell.

»Nun, aber das müssen Sie mir wenigstens erlauben. Im Übrigen befinde ich mich leicht im Nachteil, wie Sie sehen.«

Sie blickte nach unten. Nein, er war nicht nur *leicht* im Nachteil. Ein schwacher Trost, dass er bei dem Licht wahrscheinlich nicht sah, dass sie rot wurde.

»Gefällt Ihnen, was Sie sehen?«, murmelte er.

Vielleicht war es doch hell genug. Hatte dieser Mann etwa Freude daran, hier splitternackt zu stehen, während eine Kanone auf sein hübsches Gesicht gerichtet war? »Wollen Sie mich ablenken?«

»Daran sollten Sie wohl keinen Zweifel hegen«, antwortete er.

Nell nickte. Sie konnte sich vorstellen, dass er seinen Körper dabei für nützlich hielt. Zwar hatte sie schon ein paar solcher Fatzkes von Weitem gesehen, aber die waren eher weich und schwabbelig gewesen. Der hier nicht.

Außerdem hatte er nicht einmal im Entferntesten Mums Alter.

Eine Erinnerung zog deutlich herauf. *Lord Rushden hat Sport nicht geliebt*, hatte ihre Mutter jenes eine Mal gesagt, als sie über ihn gesprochen hatte. *Die meiste Zeit verbrachte er im Inneren des Hauses. Er nahm kaum Anteil an der Arbeit auf seinen Besitzungen. Wahrscheinlich war deshalb so viel Sünde in ihm, nichts liebt der Teufel mehr als untätige Hände.*

Ihre Kehle war wie zugeschnürt. Mum hatte sich nie darauf verstanden, Dinge zu beschreiben. Zweifellos hätte sie vergessen können zu erwähnen, dass ihr Liebhaber großartig aussah und den Körper eines Boxers hatte. Aber um ausgerechnet diesen Körper mit Mums Beschreibung zusammenzubringen, brauchte Nell etwas mehr Fantasie, als ihr zur Verfügung stand.

Verdammter Mist!

Das war nicht der richtige Lord.

Er legte den Kopf etwas schief. Die Haltung eines Mannes, der über etwas nachdachte. Sie hob die Pistole höher. »Versuchen Sie es gar nicht erst«, warnte sie.

»Oh, niemals«, sagte er leichthin. »Sie werden feststellen, dass ich selten etwas versuche.«

Der Typ redete ziemlich viel Unsinn mit seiner hochtrabenden, affektierten Stimme. »Wer sind Sie?« Und was zum Teufel sollte sie mit ihm machen? Sie konnte ja schlecht ihren Fehler zugeben und einfach zur Tür hinausspazieren.

Seine dunklen Brauen wanderten nach oben. »Meine Liebe. Wollen Sie damit sagen, Sie haben nicht einmal meinen Namen in Erfahrung gebracht, bevor Sie beschlossen, mich zu erschießen?« Er lachte wieder. »Dieser Tag wird immer besser.«

Es gab nicht viele Männer, die mit einer Pistole vor der Nase noch so herablassend waren, aber sie hätte sich denken können, dass die paar sich alle hier in Mayfair aufhielten. »Besonders schlau sind Sie wohl nicht, oder? Da ich die Waffe habe, sollten Sie derjenige sein, der vor mir katzbuckelt.«

»Katzbuckelt?«

Verflucht! Plötzlich war er viel näher als vorher. Nell sprang einen Schritt zurück. »Keine Bewegung!«

Langsam hob er die Hände. »In Ordnung«, sagte er. »Ich bin eine Statue.«

»Statuen bewegen sich nicht«, sagte sie kurz. Seine Hände blieben an ihrem Platz. »Viel besser. Und vielleicht sollten Sie im Hinterkopf behalten, dass ein paar wirklich hübsche Statuen keine Köpfe haben.«

Ein schwaches Lächeln zeigte sich auf seinen Lippen. »Sicher. Ich behalte das im Hinterkopf.«

Langsam holte sie Luft. »Sie sind nicht Lord Rushden.«

Sein Zögern war nur kurz, aber sie bemerkte es trotzdem. »Der bin ich in der Tat.«

»Sie sind nicht alt genug!«

»Ah. Begehrten Sie möglicherweise, den vorigen Titelträger zu sprechen?«

Mums Unterricht war zumindest für eines gut gewesen. Die meisten Leute aus Bethnal Green hätten diesen Kerl nicht verstanden. Hätte Nell nicht so viele Nächte über Büchern zugebracht, die sie sich kaum leisten konnten, ginge es ihr genauso. »Wollen Sie damit sagen, dass Sie der neue Earl of Rushden sind?«

»Genau.«

Nell rührte sich nicht. Sie wartete, bis die Tragweite dieser Nachricht bei ihr ankam. Es traf sie so hart wie ein Faustschlag von Michael und hatte in etwa die gleiche Wirkung. Auf den ersten Schmerz folgte eine Welle so dunkler Hoffnungslosigkeit, dass sich ihr Griff um die Pistole lockerte. »Wann?«

»Vor acht Monaten«, sagte er.

Acht Monate. Ihre Lungen sogen so heftig die Luft ein, dass es Nell beunruhigte. Es fühlte sich beinahe an wie ein Schluchzen. Es hatte also nie eine Hoffnung gegeben. Sie war sogar zu spät, um sich zu rächen.

»Wie ich sehe, ist das eine schlechte Nachricht für Sie.«

Die Bemerkung des Mannes machte ihren Kopf wieder klar. Es war keine schlechte Nachricht, dass der alte Rushden tot war, das bedeutete nur, dass sie jetzt umsonst an den Galgen kommen würde. Weil sie einen Mann mit einer Pistole bedroht hatte, der überhaupt nichts mit ihr zu tun hatte. Es sei denn …

»Sind Sie sein Sohn?«, fragte sie. Mum hatte nicht erwähnt, dass sie einen Bruder hatte. Vielleicht würde ein Bruder Anteil nehmen und ihr helfen.

»Cousin dritten Grades«, sagte er.

»Oh.« Das konnte man kaum Verwandtschaft nennen. Sie konnte nicht auf seine Hilfe hoffen.

»Warum hassten Sie diesen Mann?«, fragte er.

Nell kniff die Augen zusammen. »Was kümmert Sie das?«

»Meine Liebe, Sie zielen mit einer Pistole auf mich. Mich kümmert alles, was Sie denken.«

Die geschmeidige Antwort ließ ihre Instinkte aufhorchen. Er war viel zu glatt. Er musste irgendeine Vorstellung davon haben, was ihre Beweggründe waren.

»Sie wirken … unschlüssig«, sagte er.

Sieh einer an, wie scharfsinnig. Sie war bereit gewesen zu sterben, wenn sie dabei ihren Vater mit ins Grab nehmen konnte. Gerechtigkeit für ihre Mum: Das hätte sie gern erreicht. Aber sie war kaum erpicht darauf, sich zu opfern, um einen Fremden für seine merkwürdigen Kunstpausen zur Rechenschaft zu ziehen.

Die Pistole wog schwer in ihrer Hand. Nell korrigierte den Griff und sah, dass er das bemerkte. In einer Minute würde er irgendetwas unternehmen. Zwar redete er träge wie ein Lord, die Muskeln kamen jedoch sicher nicht davon, dass er den ganzen Tag auf seinem Hintern saß.

»Ich will nicht auf Sie schießen«, sagte sie. »Ich hatte zwar vor, jemanden zu töten, aber das sind nicht Sie. Trotzdem. Wenn Sie mir zu nahe kommen, denke ich vielleicht noch mal darüber nach.«

»Ich will nicht erschossen werden«, sagte er. »Also werde ich Ihnen nicht zu nahe kommen.«

Sie nickte einmal. »Was schlagen Sie also vor, wie können wir dieses kleine Rendezvous zu einem befriedigenden Abschluss bringen?«

»Sie haben wirklich eine interessante Art, mit Worten umzugehen. Manchmal klingen Sie, als hätte man Sie in irgendeiner Bruchbude großgezogen. Und manchmal … Wo haben Sie dieses Vokabular gelernt?«

»Geht Sie nichts an!«

»Und plötzlich kommen Sie mir so bekannt vor.«

»Das bilden Sie sich nur ein.«

»Ich frage mich gerade, wie alt Sie sind, Nell.«

Es gefiel ihr nicht, wie er ihren Namen aussprach. Da war ein Interesse in seiner Stimme, das sich viel zu persönlich anfühlte.

»Lassen Sie mich raten«, sagte der Mann. »Etwa zweiundzwanzig?«

Gut geraten. Oder vielleicht hatte über die Bastarde des alten Earls Buch geführt – obwohl sie sich nicht vorstellen konnte, aus welchem Grund.

Insgesamt schien es ihr eher ein schlechtes Zeichen.

»Wie ist Ihr voller Name?«

»Verdammnis«, sagte sie ausdruckslos. »Außerdem habe ich nachgedacht und erschieße Sie vielleicht ohnehin. Je weniger Aubyns auf der Welt, desto besser für alle anderen.«

»Das habe ich selbst oft gedacht.« Er schenkte ihr ein exzentrisches, zufriedenes Lächeln. »Wirklich, wir stimmen bemerkenswert überein.« Er machte eine Pause. »Ich habe mich nicht vorgestellt. Mein Name ist Simon. Nicht Aubyn, wie Sie sicher erfreut sind festzustellen. Simon St. Maur, zu Ihren Diensten.« Mit einer überschwänglichen Geste, bei der sie zusammenzuckte, deutete er eine Verbeugung an. Eine splitterfasernackte Verbeugung.

Er hatte Muskeln an Stellen, von denen sie nicht einmal wusste, dass man sie beugen konnte.

Nell räusperte sich. »Der geistesgestörte Verwandte, nehme ich an?«

»Man hat mich tatsächlich öfters so bezeichnet. Aber lassen Sie mich raten«, er blickte ihr prüfend ins Gesicht. »Nell ist die Abkürzung von Cornelia.«

Kein Grund gleich in Panik auszubrechen, sagte sie sich. Nell war für kaum etwas anderes die Abkürzung. »Falsch«, sagte sie. »Penelope.«

»Sagen Sie, Nell«, seine Stimme klang nachdenklich, »wollten Sie wirklich Ihren eigenen Vater töten?«

So ausgedrückt klang es in biblischer Weise böse. Böse genug, dass Nell für einen winzigen Augenblick unaufmerksam war, und mehr brauchte er nicht. St. Maur stürzte nach vorn, und bevor sie abdrücken konnte, hatte er ihr die Waffe aus der Hand geschlagen.

In der nächsten Sekunde hörte man einen fürchterlichen Krach. St. Maur drehte ihr die Arme auf den Rücken und drückte sie nach oben, während er sie vor sich festhielt. Nell rang und kämpfte und hörte ihn ein- oder zweimal ächzen. Die Kappe rutschte ihr vom Kopf, und sie blies sich die Haare aus dem Gesicht, als sie sich mit aller Kraft hin- und herwarf.

»Gott verdammt …« Der Rest seiner Worte verlor sich in einem Keuchen, als sie es schaffte, den Kopf zu verdrehen und ihn in die nackte Schulter zu beißen. Fest, heiß und salzig.

Laut stieß er einen Fluch aus, und hinter ihr öffnete sich plötzlich eine Tür.

»Polizei!«, rief jemand. Wahrscheinlich der stockfleckige Diener. Nell riss das Knie hoch, aber St. Maur drehte sich geschickt zur Seite, und sie musste sowohl von seiner Schulter als auch von ihrem Gleichgewicht ablassen. Jetzt hatte er sie. Sie wand sich in einem letzten Versuch, sich zu befreien, aber nein. Sie war bewegungsunfähig wie ein aufgespießter Schmetterling, und bald wäre sie genauso tot.

»Keine Polizei«, sagte St. Maur. »Machen Sie das blaue Zimmer bereit.«

»Das blaue Zimmer!«, kam die entsetzte Antwort. »Sir, bestimmt ist die Dachstube …«

»Aber das blaue Zimmer kann man abschließen.« Mit einem Blick zu ihr fügte St. Maur hinzu: »Von außen.«

Die Tür schlug wieder zu. Mit der freien Hand griff er ihr ins Haar und riss ihren Kopf nach hinten, sodass sie sich ansahen. Ihr verwirrtes Gehirn stellte ein weiteres Mal fest, dass er ein wirklich gut aussehender Vertreter seiner Spezies war: Seine Augen waren von einer verschwommenen Schattierung zwischen Grün und Grau. Jeder Knochen in seinem Gesicht war scharf geschnitten und ausgeprägt, von unbarmherziger Vollkommenheit.

»Sie sollten mich besser loslassen«, sagte oder besser krächzte sie. Keine gute Position, um Drohungen auszustoßen.

Er zog eine schwarze Augenbraue hoch. »Ich glaube, sie haben für heute genügend Befehle erteilt.«

Nell verzog spöttisch die Lippen zu einem Grinsen, als sich eine neue Tatsache bemerkbar machte. »Sie sind ein bisschen pervers, oder?« Seine Erektion war hart wie ein Schürhaken.

Der schamlose Grobian täuschte nicht einmal vor, ihre Worte missverstanden zu haben, sondern schenkte ihr ein träges Lächeln, das ihr die Kehle zuschnürte und die Wangen blutrot färbte. »Absolut«, sagte er. »Und was ist mit Ihnen?«

»Mit *mir*?«

»Was soll ich von Ihnen halten?«

»Nichts«, fauchte sie. »Ich bin niemand.«

»Oh, sicher nicht«, widersprach er. »Ein verwirrtes, kleines Mädchen, das mag angehen.« Er ließ ihr Haar los und strich ihr über die Wange. Es war nur eine leichte Berührung, und doch stellten sich ihr die Härchen im Nacken auf. »Und möglicherweise … ein Wunder.« Er senkte die Stimme. »Das Produkt der Fantasie eines verzweifelten Mannes? Vielleicht.«

»Sie sind verrückt«, flüsterte sie. Total übergeschnappt.

»Hm. Wieder vielleicht.« Er ließ seine Hand über ihre Kehle gleiten, zeichnete sanft die Linie ihres Schlüsselbeins nach. Es machte nicht den Anschein, als würde er damit aufhören wollen. »Aber vielleicht auch nur sehr klug.« Jetzt berührte er ihre Schulter und massierte sie fest mit dem Daumen. Nell wurde stocksteif unter der Berührung. Sie würde ihm die Augen auskratzen.

»Betrete niemals nachts das Schlafzimmer eines Mannes«, sagte er mit leiser Stimme, »er könnte dich fälschlicherweise für seinen Traum halten.«

Plötzlich bekam sie Angst. »Nehmen Sie Ihre Hände weg.«

»Oh, das könnte ich natürlich. Aber nach diesem Tag … Nach einem solchen Tag und einer so erbärmlichen, von jemand anderem eingefädelten Niederlage fällt es mir wirklich schwer, Befehle zu befolgen. Können Sie sich vorstellen, dass Ihr Leben von einem Schurken auf den Kopf gestellt wird? So viele zerplatzte Hoffnungen. Und dann taucht die Tochter des Schurken auf und hat auch noch vor, Ihnen den Kopf wegzupusten.«

Damit war sie gemeint. Und mit dem Schurken meinte er ihren Vater. »Ich habe ihn nicht gekannt«, sagte sie schnell. »Wirklich nicht. Ich habe nichts mit ihm zu tun …«

Er presste ihr die Finger auf den Mund. Heiß und rau. Ihr wurde flau im Magen. »Schsch«, sagte er sanft und beruhigend, als wäre sie ein Baby. »Das macht nichts. Sie sind trotzdem des Rätsels Lösung. Und Sie haben mich pervers genannt. Ich möchte Sie nur ungern enttäuschen.«

Verwundert beobachtete sie, wie er sich hinunterbeugte, um sie zu küssen. *Großartig*: eine gute Gelegenheit, ihm das Knie in die Weichteile zu rammen.

Aber er legte ihr wieder die Hand auf den Hinterkopf, packte ihr Haar und presste sie fest an sich, als er den Mund auf ihre Lippen legte.

Sie schnappte nach ihm.

Lachend zog er seinen Kopf ein wenig zurück. »Temperamentvoll!«

»Ich beiße Ihnen die Zunge ab«, warnte sie ihn.

»Wirklich?« Er sah amüsiert aus. »Sollten Sie nicht schicklicherweise um Gnade betteln? Vor der Polizei und so weiter?«

Sie erstarrte. War das ein Angebot? Hatte er gerade ihren Körper verlangt und ihr im Austausch die Freiheit angeboten?

Sein Lächeln hatte jetzt etwas Vielsagendes. »Das ist Ihre Chance«, sagte er und beugte sich wieder zu ihr hinunter.

Nell hielt ganz still, als seine Zunge zwischen ihre Lippen schlüpfte. Das würde sie schon aushalten. Nur eine Idiotin würde so ein Angebot ausschlagen.

Aber sein Mund war so … warm. Ganz anders als sie erwartet hatte. Seine Lippen waren behutsam, als sie sich gegen ihre drängten. Plötzlich wurde ihr schwindelig. Das war nicht richtig. Er müsste ihr wehtun. Sie war schon früher geküsst worden, hastiges Gefummel, gegen das sie sich mit Fausthieben und Ohrfeigen verteidigt hatte, aber es war nie so gewesen wie jetzt.

Er zog sich ein wenig zurück, sie spürte seinen heißen Atem an ihrem Mund. »Und? Wie geht es uns?«

»Hau ab«, murmelte sie.

Mit einem kleinen Lachen widmete er sich wieder seiner Aufgabe.

Nell zögerte nur kurz. Entweder würde er die Polente rufen oder nicht, aber vielleicht hatte er gemeint, was er sagte: Vielleicht könnte sie ihn ein bisschen freundlicher stimmen, und er ließ sie gehen. Sie öffnete den Mund und erwiderte seinen Kuss.

Als Reaktion darauf gab er einen interessierten Laut von sich. *Mmmh.* Sein harter Körper war der ganzen Länge nach an sie gepresst. Er war einen Kopf größer als sie, aber ihr Hals tat nicht weh. Er hatte sich etwas vorgebeugt. Und er leckte ihre Mundhöhle wie ein Kind die letzten Reste in der Puddingschüssel. Sein Mund schmeckte nach Brandy, heiß und gut und dunkel und klug. Mit langen, schmalen Fingern tastete er an ihrer Wirbelsäule entlang abwärts, massierte vorsichtig ihren unteren Rücken, fand den Schmerz und rieb ihn fort. Nell spürte, wie eine animalische Hitze in ihr anschwoll, als dieser kräftige, nackte Mann sich an ihr rieb und sie mit dem Mund verschlang. Warum auch nicht? Sie hatte keine andere Wahl.

Das Zittern in ihrem Bauch nahm zu. Sie würde sich ihm hingeben. Diesen großen, starken Körper mit ihr tun lassen, was er wollte.

Stell deine Bedingungen, sagte eine kalte Stimme in ihr.

Abrupt riss Nell sich los, nicht um zu kämpfen, sondern um atemlos zu sagen: »Wenn ich es mit Ihnen mache, müssen Sie versprechen, mich gehen zu lassen.«

Sein Mund hatte ihr Ohr entdeckt, aber bei diesen Worten hielt er inne. Sie hatte den sonderbaren Eindruck, dass sie ihn irgendwie erschreckt hatte.

Er zog sich von ihr zurück. Mondlicht spiegelte sich in den graugrünen Augen. Dichte, dunkle Wimpern umrahmten diese Augen, die sie jetzt so aufmerksam musterten, dass ihr Eindruck sich verstärkte: Ja, sie hatte ihn überrascht. Und das mochte er nicht. Er runzelte die Stirn.

»Ich befürchte«, sagte er, »es handelt sich um ein Missverständnis. Mir schwebt ein vollkommen anderes Arrangement vor.«

Am nächsten Morgen wachte Nell wutschnaubend auf. Sie wurde noch wütender, weil die Tür noch immer verschlossen war. Weil niemand kam, als sie dagegenhämmerte. Weil sie den Mann letzte Nacht nicht einfach direkt erschossen hatte. Sie hatte genug davon, wie ein Hund herumkommandiert zu werden. Ganz offensichtlich war er ein arroganter Bastard und noch dazu pervers, wie er selbst zugegeben hatte. Sie hätte der Welt einen Gefallen getan, wenn sie ihn getötet hätte.

Vor allem war sie wütend darüber, wie gut sie geschlafen hatte. Nachdem man von einem Schuft so übel behandelt worden war, sollte man wenigstens ein klitzekleines bisschen schlecht schlafen. Aber das Bett war ein Traum, das weiche, kuschelige Paradies eines Sünders, mit Daunenkissen und einer Matratze, die nicht einmal ein Quietschen von sich gab, wenn man auf ihr herumhüpfte. Nell hatte geschlafen wie ein Baby, oder schlimmer noch, wie eine Frau ohne Gehirn im Kopf. Beim Gedanken an diese Dummheit durchzuckte sie kalte Angst. Die Tür war von außen abgeschlossen! St. Maur hätte hereinkommen und alles Mögliche mit ihr anstellen können, während sie schlief.

Jetzt ging sie im Schlafzimmer auf und ab, und ihre Laune wurde mit jedem Schritt schlechter. Keine zehn Minuten entfernt litten und hungerten Menschen. Gute Menschen. Mädchen, die von Sonnenauf- bis Sonnenuntergang arbeiteten, Babys, die nicht darum gebeten hatten, auf diese Welt zu kommen. Und hier gab es Häuser voll mit Zeugs. Schicke, aus Seide gewebte Laken, weich wie Babyhaut. Hübsche Waschtischchen aus dunklem Holz, das wie Kirschen glühte, wenn Licht darauffiel. Gardinen von der Farbe des Sommerhimmels, schwer, glänzend und geschmeidig. Die samtbeflockte Tapete war so weich unter ihren Fingern – mit geschlossenen Augen könnte sie fast glauben, sie streichelte den Bauch eines Häschens.

Und der Hocker in der Ecke! Man sollte nicht denken, dass man viel Aufhebens um so ein Möbelstück machen würde, aber dieser Hocker war mit einer so feinen Stickerei bezogen, dass ihre Finger schon wehtaten, wenn sie die Stiche nur ansah. Unglaublich! Die Reichen verwöhnten sogar ihre Ärsche!

Hätte Nell ein Messer gehabt, hätte sie die Stickerei herausgeschnitten – ein dämlich aussehendes, unterernährtes Mädchen mit einem Einhorn, das seinen Kopf in ihren Schoß gelegt hatte – und locker für fünf Pfund verkauft.

Aber sie hatte kein Messer mehr. Letzte Nacht hatten zwei brutale Diener sie festgehalten, während ein stumpfnasiges, sauertöpfisches Hausmädchen sie durchsucht und das Messer, das Nell in ihrem Stiefel aufbewahrte, sofort gefunden hatte.

Aus welchem Grund St. Maur sie hier festhielt, anstatt sie der Polizei zu übergeben, fragte Nell sich lieber nicht. Da war vieles, über das sie nicht nachdachte, während sie auf und ab ging. Zum Beispiel, dass er ihren Namen kannte. Es war egal. Die Leute in Bethnal Green sprachen nicht mit Fremden; er würde sie nur schwer ausfindig machen, wenn sie erst einmal entkommen war. Nein, sie musste an wichtigere Dinge denken – zum Beispiel daran, was sie stehlen könnte. Ziemlich viel, hoffte sie. Das hatte sie ja wohl verdient, wo sie dem verdammten St. Maur schließlich sein armseliges kleines Leben gelassen hatte.

Zuerst kam das Buch auf dem Nachttisch. Geprägtes rotes Leder und Goldschnitt. Nell hatte in ihrem Leben schon eine Menge Bücher gelesen, aber noch nie ein schöneres in der Hand gehabt. Auch der Inhalt machte einen wundervollen

Eindruck: irgendeine Geschichte über einen verfluchten, magischen Stein. Mum hätte es geliebt – solange sie nicht in einer dieser Stimmungen war, in denen sie nur die Bibel las.

Beim Gedanken daran bekam Nell einen Kloß im Hals. Sie schluckte schwer, während sie mit dem Finger über die Prägung des Einbands fuhr. Seit Mum gestorben war, hatte Nell nicht mehr gelesen. Ihr Zorn war zu heftig gewesen, als dass geschriebene Worte zur ihr durchgedrungen wären.

Doch an diesem Morgen fühlte sie sich, als wäre sie nach einem langen, sinnlosen Besäufnis erwacht. Die Dumpfheit war fort. Ihre Sinne schienen so scharf zu sein, dass sie vor allem zurückschrak. Selbst das Spiel des Sonnenlichts auf dem Teppich, der bewegte Schatten der Blätter, ließ sie zusammenzucken.

Ruhig atmete sie aus. Für das Buch würde sie einen guten Preis bekommen. Sie schob es unter die Matratze und sah sich um, was es sonst noch gab.

Als sie die Schritte im Flur hörte, hatte sie ein paar kleine Dinge zusammen: ein Spitzendeckchen, das auf dem kleinen runden Tisch unter einer Vase gelegen hatte, die kleine Porzellanfigur eines komisch aussehenden Milchmädchens, zwei silberne Kerzenständer. Sie schob alles zum Buch unter die Matratze, und als die Tür aufging, setzte sie sich drauf.

»Wie vornehm«, flötete sie, als St. Maur hineinkam – mit einer feinen goldenen Uhr in der Uhrentasche und einer Krawatte so weiß wie die erste Windel eines Säuglings. Das schwarze Haar war aus dem Gesicht gekämmt und schmiegte sich in dichten, gekräuselten Wellen an den Kopf. »In Klamotten seh'n Sie gleich viel besser aus«, sagte sie und hätte diese Lüge immer und immer wiederholt, selbst wenn er sie gefoltert hätte. »Mir taten schon die Augen weh, was die gestern Nacht aushalten mussten.«

Sein ungezwungenes Lächeln sah echt aus. Ein Grübchen

tauchte plötzlich auf seiner rechten Wange auf. Ein Beweis dafür, dass es gelogen war, wenn Priester behaupteten, Gott wäre gerecht. Was war bitte gerecht daran, einem reichen Mann so ein Gesicht zu schenken?

»Aber, aber, meine Liebe«, sagte er und lehnte sich an die Wand neben der Tür. Weder verschränkte er die Arme, noch winkelte er das Knie an oder tat sonst irgendetwas, um einschüchternd zu wirken. Stattdessen hakte er die Daumen in die Hosentaschen und ließ seinen Kopf so lässig zur Seite kippen wie ein Berber, der mit offenen Augen ein Schläfchen machte. »Lassen Sie uns das Gespräch nicht unehrlich beginnen. Ich bin auch ohne Kleider ein schöner Anblick, und das wissen wir beide.«

Diese Antwort hatte sie wirklich nicht erwartet. Sie hatte wohl ein paar Gecken kennengelernt, aber man musste schon ziemlich unverschämt sein, um auf Beleidigungen mit Eigenlob zu reagieren. »Sie tragen den Kopf ziemlich hoch«, sagte sie, wider Willen beeindruckt.

»Zweifellos«, gab er zurück.

Es war still, als sie sich gegenseitig musterten. Er hatte ein perfekt emotionsloses Gesicht aufgesetzt. Wahrscheinlich sahnte er am Spieltisch ordentlich ab, und Nell war sich sicher, dass er spielte. Er hatte den Mund eines Sünders, die Oberlippe beschrieb einen spitzen Bogen, die Unterlippe war voll und breit. Dieser Mund war in einigen Dingen sehr geschickt, wie sie gestern am eigenen Leib erfahren hatte. St. Maur konnte gut damit umgehen.

Beim Gedanken daran wurde sie nervös. Für die Länge eines Atemzugs sah sie weg, dann wieder hin. Sein breiter werdendes Lächeln verlieh ihm etwas Verruchtes, Sinnliches. Offensichtlich fühlte er sich viel zu wohl in seiner Haut, als dass gute Umgangsformen ihn kümmern würden.

»Sie sehen zufrieden aus«, sagte er.

Tat sie das? Anscheinend hatte auch sie ihre Gesichtszüge gut im Griff. »Ich bin auch zufrieden«, log sie. Wie eine Katze, die man ins Wasser wirft. »Ein hübscher, kleiner West End Urlaub, fast eine Gratisübernachtung in einem vornehmen Hotel. Frisch und ausgeruht für die Polente, nicht wahr.«

Überrascht zog er die Augenbrauen hoch. Aber Nell hatte das Gefühl, dass er das nur spielte. »Verzeihung, ich dachte, ich hätte mich letzte Nacht klar ausgedrückt. Ich habe nicht die Absicht, die Polizei zu rufen. Ich hoffe nicht, dass Ihnen diesbezügliche Befürchtungen den Schlaf geraubt haben.«

Es war wirklich eine gute Frage, warum sie das nicht getan hatten. Warum er nicht die Polizei rief, war eine andere, aber sie würde ihr Glück gewiss nicht durch zu viele Fragen herausfordern. »Nett von Ihnen. Aber wenn ich nicht ins Zuchthaus komme, dann gehe ich jetzt besser.«

»Sie müssen irgendwo hin?«

Nell bemühte sich, weiterzulächeln. Eigentlich musste sie zum Pfandleiher. »Sicher. Ich kann ja nicht einfach bei der Arbeit fehlen.«

»Wo arbeiten Sie denn?«, fragte er.

Sie lachte, obwohl es nicht komisch war. »Das wüssten Sie wohl gerne!«

»In der Tat, das wüsste ich gern.«

Das Ausmaß seines Interesses deutete auf eine lästige Möglichkeit hin. »Sagen Sie bloß nicht, dass Sie einer von diesen Leuten sind, die ständig Gutes tun müssen.« Mit denen war sie fertig. Verdammte Heuchler. Kamen nach Bethnal Green mit besorgtem Stirnrunzeln, köderten Mädchen mit Versprechungen, obwohl sie nichts zu bieten hatten als Vornehmtuerei und diese dämlichen Decken. Möge Gott ihr helfen, wenn sie jemals wieder so eine zu Gesicht bekäme. Immer aus der gleichen langweiligen grauen Wolle und immer mit einem Stempel »Lady Soundsos Armenfonds«. Damit die Mädchen bloß nicht auf den Gedanken kamen, sie zu versetzen und sich etwas Ansehnlicheres zu kaufen als die hässlichen Lumpen, die jedem Menschen mit Augen im Kopf ihre Armut entgegenschrien. »Sehen Sie sich woanders um, wenn Sie jemanden retten wollen«, sagte Nell. »An Almosen von Weltverbesserern bin ich nicht interessiert.«

Sein Gesichtsausdruck blieb unbewegt. »Obwohl ich ernsthaft bezweifle, dass die Beschreibung auf mich passt, werden Sie das genauer erklären müssen. Was zum Teufel ist ein Weltverbesserer?«

Sie beäugte ihn skeptisch. »Ich bin mir sicher, dass Sie welche kennen.«

»Erklären Sie es mir, und ich denke drüber nach.«

»Das ist eine ganz komische Sorte.« Sie sprach langsam, aber ihre Gedanken überschlugen sich. Wozu all das Gerede? Wenn er nicht vorhatte, die Polizei zu rufen, warum hatte er sie hierbehalten? »Einige von ihnen wollen uns Gott näherbringen. Die anderen sind eher von Ihrem Schlag, Leute, deren Leben so bequem ist, dass sie sich langweilen. Sie kommen nach Bethnal Green und wollen wissen, wie wir leben, dann erklären sie uns, was nicht mit uns stimmt, gehen wieder zurück in ihre eleganten Häuser und tun gar nichts.«

Er zog eine Augenbraue hoch. »Sie meinen Menschen, die Wohltätigkeitsarbeit verrichten.«

Von wegen. »Arbeit habe ich da noch nie einen verrichten sehen, aber ich kann mir vorstellen, dass sie lügen und das behaupten. Klar.«

Sein Lachen klang überrascht. Nell reagierte mit einem durchtriebenen kleinen Lächeln.

Ihm selbst verging die Heiterkeit wieder. Er runzelte die

Stirn und sah sie jetzt eindringlicher und aufrichtiger an als bisher. Als wäre ihm gerade erst bewusst geworden, dass sie genauso ein Mensch war wie er, dass sie einen Kopf hatte und die Fähigkeit, ihn zu benutzen. »Meine liebe Lady Cornelia«, sagte er, »Sie …«

»Nell reicht vollkommen.« Was sollte das vornehme Geschwätz? »Und wie ich schon sagte, ich heiße Penelope.«

»Hmm.« Er betrachtete sie schweigend. »Anscheinend haben Sie von Ihrem Vater seine ganz besondere Art von Liebreiz geerbt«, sagte er schließlich und fügte mit einem Lächeln hinzu: »Beharrlichkeit.«

Etwas Gutes über ihren Vater zu hören, selbst wenn es nur eine verkappte Stichelei war, kam ihr falsch vor, als würde die Welt sich auf den Kopf stellen, der Himmel hinunterfallen und die Erde aufsteigen. Andererseits war ihr Vater tot, und sie konnte es St. Maur kaum übel nehmen, ihn zu loben. Die Toten sollte man loben, selbst die Bösen. Es waren die Lebenden, die einem Ärger machten.

»Danke«, sagte sie. »Freut mich zu hören. Vielleicht sollte ich meinen Liebreiz jetzt dazu benutzen, hier zu verschwinden, ich habe nämlich keinen Scherz gemacht. Einige Menschen müssen sich ihr Brot mit Arbeit verdienen.«

Jetzt erschrak er sichtlich. »Brot! Guter Gott, Sie müssen kurz vor dem Verhungern sein.« Er beugte sich vor und riss an einer Schnur, die aus der Wand kam. Wahrscheinlich ein Klingelzug. In der Fabrik hatten sie welche für Notfälle eingebaut, die waren allerdings nutzlos. Als sie mal an einem gezogen hatte, war die hydraulische Presse trotzdem für geschlagene fünf Minuten weitergelaufen. Und hatte in dieser Zeit noch etwas anderes gepresst als nur Tabak. Eine Frau war gestorben.

Bei der Erinnerung lief ihr ein Schauer den Rücken hinunter.

»Nehmen Sie Kaffee, Tee oder beides?«

»Ich nehme einen Omnibus.« Nell legte ihre ganze Willenskraft in den Blick, den sie ihm zuwarf. »Oder ich nehme ein Pfund, falls Sie mir den Wochenlohn bezahlen wollen, den ich verliere, wenn ich nicht bei der Arbeit erscheine.«

»In Ordnung«, sagte er so schnell, dass sie fast empört war. So beiläufig bot er ihr so viel Geld an?

Aber natürlich tat er das. Zwanzig Shilling waren für ihn ein Fliegendreck.

Ihr wurde übel. Sie hätte mehr fordern können. Fünfundzwanzig. Sogar dreißig.

Aber ohne das Zeug unter der Matratze würde das auch nicht reichen. Sie brauchte ein ziemliches Vermögen, um Hannah rauszuholen. Ein Hausmädchen mit Haube steckte seinen Kopf durch die Tür. Nicht die sauertöpfische Dürre von gestern Nacht, sondern ein blasses, dralles Ding, das Nell einen ängstlichen Blick zuwarf. Nell musste sich auf die Zunge beißen, um nicht laut »buh« zu rufen.

»Ein Tablett für die Dame«, sagte St. Maur zu der Gans. »Kaffee und Tee. Und vielleicht …« Nell fing seinen amüsierten Blick auf. »Schokolade. Zusammen mit dem üblichen Frühstück«, fügte er hinzu.

Das Mädchen riss die Augen auf. »Sehr wohl, Mylord.« Bevor sie floh, sank sie rasch in einen Knicks.

Nell starrte ihr nach. Ihr Gesichtsausdruck musste ihre Gedanken verraten haben, denn St. Maur fragte: »Was ist? Hat sie Sie verärgert?«

»Natürlich nicht.« Aber sie fand es haarsträubend, mitanzusehen, wie ein Mädchen den Kopf senkte und knickste wie eine Sklavin. »Ich begreife einfach nicht, wie man in Stellung gehen kann.«

»Warum nicht?«

»Für den Anfang, weil man vor Leuten wie Ihnen knicksen muss.« Sie zögerte. Plötzlich war sie sich nicht sicher, warum sie ihm gegenüber so feindselig war. Fairerweise musste man sagen, dass er ziemlich nett darauf reagierte, dass sie bei ihm eingebrochen war und gedroht hatte, ihn zu erschießen. Er wollte ihr sogar ein Pfund geben.

Aber genau darauf reagierte sie gereizt. Obwohl sie es nicht verdiente, war er freundlich. Also wollte er etwas. Und was sollte ein Mann wie er ausgerechnet von ihr wollen?

»Ach, ich weiß nicht«, sagte er leichthin. »Drei Mahlzeiten am Tag, eine komfortable Unterkunft und Sicherheit – das ist doch einen gelegentlichen Knicks wert, nicht wahr?«

»Ich denke, es kommt darauf an«, murmelte sie.

»Worauf?«

»Darauf, wie viel Ihnen Ihr Stolz wert ist.«

Mit einer trägen, lässigen Bewegung stieß er sich von der Wand ab. Sofort sprang sie vom Bett auf und stellte sich in die Reichweite des Kerzenständers. Sein Mund mochte schön und klug sein, aber wenn er noch einmal versuchte, sie zu küssen, würde sie ihm den Schädel einschlagen.

St. Maur schlenderte zu ihr herüber und musterte kurz die Matratze. Nell sank das Herz in die Magengrube. Aber selbst wenn er die Ausbuchtungen bemerkt hatte, äußerte er sich nicht dazu. »Ich gehe davon aus, dass Sie Ihren Stolz außerordentlich schätzen«, sagte er nur, während er sich umdrehte.

Damit berührte er einen wunden Punkt. Sie war so tief gesunken, dass sie sogar gestohlen hatte. Aber es war für ihre Mum gewesen, und deshalb war es in Ordnung, sagte sie sich.

Am Ende hatte der Arzt trotzdem nichts mehr tun können. Jetzt war Mum tot, und Hannah saß im Gefängnis.

»Stolz ist das Einzige, was einem niemand nehmen kann«,

sagte sie. Man konnte ihn nur ziemlich leicht selbst kaputt machen.

Er zog eine Augenbraue hoch. »Ich hätte eine Frau mit einem blauen Auge niemals für so naiv gehalten.«

Das hatte sie vollkommen vergessen. Sie berührte den Bluterguss. Michael war gestern völlig durchgedreht. Wäre sie ihm nicht entwischt, hätte er sie wahrscheinlich umgebracht.

Der Blick, der sich auf St. Maurs Gesicht zeigte, trieb ihr die Röte ins Gesicht. Sie brauchte sein Mitleid nicht. »Denken Sie von mir, was Sie wollen«, sagte sie. »Hat Ihnen schon mal jemand den Stolz genommen?«

»Nicht mir.« Er setzte sich aufs Bett, und bei dem Lächeln, das in seinen Mundwinkeln zuckte, wurde ihr mulmig. Er wusste genau, dass etwas unter der Matratze lag, das nicht dorthin gehörte. »Aber dem letzten Earl erging es anders«, fuhr er fort. »Jemand nahm ihm seinen Stolz, oder, auf die Gefahr hin, sentimental zu klingen, seinen Stolz und sein Glück.«

Wahrscheinlich sollte die lange Pause es spannend machen. »Spucken Sie's schon aus«, sagte Nell.

»*Sie* wurden ihm weggenommen.«

Ihr entfuhr ein Prusten. War sicher nicht schwer gewesen, einen Bastard wegzuholen, den sowieso niemand wollte. Aber sie sprach den Gedanken nicht aus. St. Maur versuchte irgendwie, sie hereinzulegen. Bis Nell seine Absichten durchschaut hatte, würde sie ihre Überlegungen für sich behalten.

Er schien ihr Schweigen zu durchschauen. »Sie besitzen sehr viel Disziplin«, murmelte er. »Keine Manieren, aber ein hohes Maß an Selbstbeherrschung.«

Jetzt war da etwas Neues in seinem Blick, etwas Besonnenes und Abwägendes, das ihr eine Gänsehaut über den Rücken jagte. »Was bin ich, ein Pferd auf einer Versteigerung? Möchten Sie einen Blick auf meine Zähne werfen?«

»Nein«, sagte er und lächelte langsam. »Heute ist wirklich Ihr Glückstag, Miss Nell-nicht-Cornelia, denn ich möchte Sie so, wie Sie sind.«

Sie wurde nervös. Jetzt kam es. Worauf auch immer er es abgesehen hatte, jetzt würde er damit herausrücken.

Aber er tat es nicht. Er sah sie einfach von oben bis unten an, musterte sie mit seinen bemerkenswerten Augen – im Moment eher grau als grün. Vielleicht sah er wegen der Wimpern so gut aus. Sie waren dicht und dunkel und umrahmten seine Augen wie der Kohlstift einer Hure.

Eine Hure würde allerdings nie jemanden so ansehen. Er betrachtete sie mit Berechnung. Er überlegte nicht, was er bieten sollte. Er dachte darüber nach, ob er überhaupt bieten sollte oder sich nicht einfach nehmen, was er wollte.

Bei dieser Erkenntnis begann Nells Herz zu hämmern, die heftigen, schweren Schläge trieben sie dazu, aufzustehen und bereit zu sein. Er war ein großer, muskulöser Mann, leichtfüßig für seine Größe. Es würde nicht einfach werden, ihm zu entwischen. Aber wenn es auf Gewalt hinauslaufen sollte, käme sie lieber gleich zur Sache. »Also?«, sagte sie. »Was wollen Sie von mir?«

Er blickte zu ihr hoch. »Wie finden Sie dieses Haus?«

Sie kniff die Augen zusammen. »Es ist hübsch«, sagte sie argwöhnisch.

»Hätten Sie gern selbst eines?«

Ein erschrockenes Lachen entfuhr ihr. Er lächelte lediglich.

Mein Gott, wollte er auf diesen Unsinn etwa eine ernsthafte Antwort? »Warum nicht?«, sagte sie. »Ich würde den Pfandleihern für ein paar Monate ordentlich zu tun geben.«

Nachdenklich sah er sie an. »Sie meinen, Sie würden es ausräumen? Nein, nein, Sie bräuchten in diesem Szenario kein Geld. Sie wären selbst wohlhabend.«

Aber sicher doch! Dieser Typ hatte definitiv nicht mehr alle Tassen im Schrank. »Hört sich großartig an«, sagte sie vorsichtig. »Warum geben Sie mir nicht schon einmal einen Vorgeschmack? Sagen wir fünf Pfund, nur um auszuprobieren, wie es sich anfühlt.«

»Das lässt sich machen«, sagte er. »Aber dazu wäre eine Vereinbarung zwischen uns vonnöten.«

Klar. »Lassen Sie mich raten. Hat diese Vereinbarung etwas damit zu tun, dass ich die Röcke hebe?«

»Oh nein«, sagte er sanft. »Meine Liebe, ich möchte Ihnen nur zu Ihrem wahren Platz in der Welt verhelfen. Zu Ihrem rechtmäßigen Erbe.«

»Erbe«, sagte sie ausdruckslos.

»Genau«, gab er zurück.

Er redete wirres Zeug. »Und was sollte das sein?«

»Fragen Sie zuerst, wer. Da ist einmal Ihre Zwillingsschwester: Lady Katherine Aubyn.«

Ihre Kinnlade fiel herunter. Das Mädchen auf der Fotografie im Schaufenster? Eine Halbschwester, ja, aber ein Zwilling? Das würde ja bedeuten …

Ein Grinsen zuckte in ihren Mundwinkeln. »Hätte nicht gedacht, dass Sie Sinn für Humor haben.«

»Wie kurzsichtig von Ihnen«, gab er zurück, klang jedoch nicht beleidigt. »Aber ich mache keine Witze.«

Nein, das sah Nell jetzt, er machte keine Witze. Bei ihm rappelte es im Oberstübchen. Er war total verrückt.

4

Nachdem Nell eben gelacht hatte, bis ihr die Wangen schmerzten, setzte sie sich nun an das beste Frühstück ihres Lebens. St. Maur wollte ihr schon einmal alles erklären, aber sie wusste nur zu gut, wie ermüdend Verrückte waren, wenn man sie ermutigte, ihrer Fantasie freien Lauf zu lassen – nicht umsonst war sie bei ihrer Mum aufgewachsen –, und so wedelte sie nur mit der Hand und konzentrierte sich aufs Essen.

Essen? Nein, das war ein viel zu gewöhnliches Wort für das, was man ihr vorgesetzt hatte. In Bethnal Green würde man es einen Genuss nennen, aber sie ertappte sich dabei, wie sie nach Worten suchte, die sie bisher niemals gebrauchen konnte. Worte aus den Büchern, die sie Mum immer vorgelesen hatte: *himmlisch*, *ergötzlich*, *deliziös*. Sie verschwendete keine Zeit damit, das Frühstück lange zu bewundern. Lieber wollte sie es schnell in den Magen bekommen, bevor St. Maur noch einfiel, dass er gern etwas abhätte.

Keine schwere Aufgabe. Sie begann mit den Stachelbeer-Scones und häufte dick Sahne obendrauf. Dann ging sie zu Toast-Ecken mit Butter und Erdbeermarmelade über, dann zu gekochten Eiern und einer Wurst, die nach einem grasartigen, aber leckeren Gewürz schmeckte. Den Kaffee kippte sie direkt hinunter, am Tee nippte sie immer wieder zwischendurch, und die Schokolade – oh heilige Mutter Gottes, die Schokolade stellte sie nach einem einzigen Schluck wieder weg. Sie erkannte eine Dummheit, wenn sie sie probierte.

St. Maur schenkte sie während des gesamten Festmahls keine Beachtung. Er hingegen sah sie die ganze Zeit an, als hätte sie ihn nicht gerade einen Verrückten genannt oder ihm befohlen, den Mund zu halten. So geduldig war nur eine Katze, die vor einem Mauseloch wartete und sich lediglich von Zeit zu Zeit das hübsche, saubere Fell leckte. Sein Blick wurde immer finsterer, während sie weiteraß. Fast hatte sie das Gefühl, dass seine hübschen Manieren nur eine Maske waren – eine Maske, die man besser nicht lüftete.

Am Ende, als kein einziger Krümel mehr übrig war, wischte sie sich die Finger ab und faltete die Serviette zusammen – echtes, besticktes Leinen, aber da er sie keine Sekunde aus den Augen ließ, konnte sie sie schlecht einstecken. Sie holte Luft. »Nun, vielleicht muss ich nach Hause rollen, aber ich werde Sie lächelnd verlassen.«

»Die Schokolade hat Ihnen nicht geschmeckt?« Das Finstere war jetzt auch in seiner Stimme zu hören. Irgendetwas hatte ihn verärgert. Aber was auch immer es war, es kümmerte sie herzlich wenig.

Nell hob das Kinn. »Nein.« Die Schokolade war himmlisch, aber wenn sie sie ausgetrunken hätte, könnte sie den Geschmack nie vergessen und würde ihr Leben lang mehr davon wollen. Es war nicht gut, etwas zu begehren, was man nicht haben konnte. Was Nell nicht kannte, würde sie auch nicht vermissen.

Und aus diesem Grund, dachte sie beim Aufstehen, war es das Beste, so schnell wie möglich von hier zu verschwinden. St. Maur musste nur für eine Minute den Raum verlassen, damit sie ihre – nun ja, korrekt ausgedrückt seine – Sachen einpacken könnte. »Ich gehe dann«, sagte sie. »Würde nur kurz noch den«, sie räusperte sich, »Nachttopf benutzen.«

St. Maur erhob sich ebenfalls. »Gewiss. Aber ich hoffe, dass Sie mir vorher gestatten, Ihnen das Haus zu zeigen.«

Er sprach so höflich, als hätte er mit einer Lady von gleichem Stand zu tun. Nach einer Weile war es ein bisschen nervig, da er ihr ja offensichtlich nur etwas vormachte. »Ich kann Ihnen genau sagen, wie Ihr Haus aussieht«, sagte sie. »Ich bin gestern hier eingebrochen und muss Sie darauf aufmerksam machen, dass das Schloss an Ihrem Gartentor absolut wertlos ist. Der Rest ist ja ganz hübsch, man könnte einen Sommer lang ein paar Grafschaften damit ernähren, aber mehr brauche ich nicht zu sehen.«

Er nickte. »Nur eine Sache. Eines möchte ich Ihnen zeigen, bevor Sie gehen.«

Hoffentlich war es keine Waffe. »Sie gehören doch nicht zu den gefährlichen Verrückten, oder?«

Seine Mundwinkel zuckten, als ob er ein Lächeln unterdrückte. »Ich hoffe doch nicht. Würden Sie sich sicherer fühlen, wenn ich Ihnen Ihr Messer zurückgebe?«

»Und die Pistole«, sagte sie prompt. Sie musste sie zu Brennan zurückbringen.

Aber nein: »Die Pistole bewahre ich für Ihren nächsten Besuch auf«, sagte er und machte auf dem Absatz kehrt. »Zwei Minuten, Nell. Ich warte draußen.«

Er schloss die Tür hinter sich. Sie rannte zur Matratze und riss das Spitzendeckchen heraus. Das Buch passte um einen Zentimeter nicht in die Innentasche ihrer Jacke, genauso wenig wie die Kerzenständer. Verdammt. Sie stellte sie an ihren Platz zurück und schnappte sich dafür schnell die Leinenserviette vom Tisch und auch Gabel und Messer. Die waren schwer genug, um aus Silber zu sein. Eine wertvolle Minute verschwendete sie mit dem Versuch, den bestickten Stoff vom Hocker zu lösen, aber er war zu dick und sie konnte nicht hineinschneiden.

Die Hausführung. Vielleicht konnte sie im Vorbeigehen ein paar Sachen einstecken. Nell stopfte das Besteck in die Tasche und eilte aus der Tür. St. Maur stand ein paar Schritte weiter im Flur und betrachtete träge eine Steinbüste von einem hässlichen, großnasigen Mann mit Perücke. »Ist Ihnen wie aus dem Gesicht geschnitten«, sagte sie, als sie bei ihm angekommen war.

»Sehr freundlich von Ihnen«, sagte er trocken und ging weiter.

Nach kurzem Zögern folgte sie ihm. Er bewegte sich so geschmeidig und lässig wie ein Kater, die Hände in den Taschen. Ein so glänzendes und teures Exemplar eines Gentlemans hatte sie noch nie leibhaftig gesehen. Den sollte mal jemand fotografieren. Bei den Damen würde er sich bestimmt gut verkaufen. Er sah über die Schulter zurück und ertappte sie dabei, wie sie ihn anstarrte. Mit gerunzelter Stirn sah sie weg – und betrachtete aufmerksam ihre Umgebung.

Trotz ihrer Prahlerei hatte sie letzte Nacht viel zu viel Angst gehabt, um Einzelheiten wahrzunehmen. Der Flur war einfach … unverschämt schön. Die Täfelung hatte eine geschnitzte Zierleiste. In den rotbraunen Teppich waren in feiner Arbeit goldene Blumen eingewebt. Messingleuchter glänzten an den Wänden. In der Luft lag ein balsamischer Wohlgeruch nach Wachs und Zitronen. Es roch nach etwas Gutem, das man gern kaufen würde. Ein Duft, der einen in unruhigen Nächten in den Schlaf lullen würde.

Kein Wunder, dass er so lässig ging. Wahrscheinlich hatte er nie eine Sorge gekannt.

Zu ihrem Ärger entdeckte Nell nichts, das klein genug war, um es einzustecken. »Was wollen Sie mir denn zeigen?«

»Nur ein, zwei Briefe.«

»Briefe?« Sie warf ihm einen schrägen Blick zu. »Ich hätte etwas Aufregenderes erwartet.« Oder etwas Wertvolleres.

Er zuckte mit den Schultern. »Sie werden sie aufregend genug finden.«

»Das bezweifle ich.«

Plötzlich blieb St. Maur stehen, offensichtlich war ihm ein Gedanke gekommen. »Ich muss Sie um Verzeihung bitten. Falls Sie nicht lesen können …«

»Ich kann lesen«, fiel Nell ihm ins Wort. »Und wissen Sie, warum ich es gelernt habe? Damit niemand mir etwas vorliest, was nicht dasteht. Diesen Trick können Sie also vergessen.«

Er schenkte ihr die Sorte Lächeln, das sie bei müden Müttern mit aufsässigen Kindern beobachtet hatte: ohne Gefühl dahinter. »Ich nehme das zur Kenntnis«, sagte er, als er weiterlief.

Nell rollte mit den Augen und ging ihm nach.

Als sie um eine Ecke bogen, öffnete sich der Flur zu einer breiten Galerie. Zu beiden Seiten führten geschwungene Treppenfluchten abwärts, die im Erdgeschoss aufeinander zu liefen. Die Tür unten war wahrscheinlich der Ausgang. »Hier biege ich ab«, sagte sie und ging auf eine Treppe zu.

Als Nell plötzlich seine Hand auf ihrem Arm spürte, zögerte sie. Hätte er sie fester gepackt oder an ihr gezerrt, dann hätte sie ihn einfach abgeschüttelt und ihm als Zugabe noch einen Schlag in die Magengrube verpasst. Bereit dazu war sie. Aber er hielt sie nicht einmal richtig fest. Seine Finger lagen einfach nur dicht über dem Ellbogen auf ihrem Oberarm. Eine warme, ruhige Berührung, die sie aus irgendwelchen Gründen stehen bleiben ließ.

Ihr kam ein komischer Gedanke. Seine Berührung hatte etwas Magisches. Sie hätte wetten können, dass sie nicht die erste Frau war, die er mit zwei Fingern eingefangen hatte.

»Bitte«, sagte er.

Nell drehte sich um und sah ihn an. Schon lange hatte niemand mehr dieses Wort zu ihr gesagt. Ihr gefiel die Ironie daran, dass ausgerechnet er es sagte. St. Maur sah genau so aus, wie ein Herr dieses Hauses aussehen sollte – reich gekleidet, ein gutes Stück zu gut aussehend und mit dieser undefinierbaren Ausstrahlung, die scheinbar alle vermögenden Leute hatten: Sie fühlten sich wohl, waren unglaublich ungezwungen und hatten vor nichts und niemandem Angst.

Wovor sollte er sich auch fürchten? Die Welt sah sicher auf einen Blick, dass er eine wichtige Person war.

Nell schluckte, um den Kloß in ihrem Hals loszuwerden. Es war albern, aber in seiner Gegenwart bekam sie ein bittersüßes Gefühl. Wahrscheinlich hatte er Möglichkeiten, von deren Existenz sie keine Ahnung hatte. Für ihn waren sie selbstverständlich, während ein Mädchen wie sie seine Seele verkaufen müsste, um auch nur einen Blick darauf zu erhaschen.

»Was haben Sie vor?«, sagte sie, nachdem sie tief Luft geholt hatte. »Warum sind Sie dermaßen an einem Bastard des alten Earls interessiert? Und erzählen Sie mir keinen Quatsch.«

Er zog eine Augenbraue hoch. »Offensichtlich habe ich mich nicht klar ausgedrückt, Nell«, sagte er. »Sie sind kein Bastard.«

Simon bekam Kopfschmerzen, wenn er dieses Mädchen betrachtete. Oder vielleicht war Schwindel die korrekte Bezeichnung. Sobald er ihr schmales, missmutiges Gesicht ansah, spürte er, wie sein Gehirn zögernd und wankend die Information verarbeitete, die die Augen ihm lieferten. Nell sah Lady Katherine wirklich erstaunlich ähnlich – wenn man ein paar Kilo Körpergewicht, ein paar Hundert Pfund für Kleidung und Schmuck sowie zweiundzwanzig Jahre bester Erziehung abzog.

Und natürlich das blaue Auge. Er würde herausfinden, wer das getan hatte.

Er fragte sich, wie es Kitty gefiele, dass ihre Zwillingsschwester aus der Gosse in Bethnal Green stammte. Nell war der lebendige Beweis, dass eine Aubyn weder Kosmetik noch Mode brauchte, um zu beeindrucken. Aber an ihr zeigte sich auch, wie sehr Kittys Aussehen ihrem gehobenen Lebensstil zu verdanken war. Die Augen beider Schwestern waren von einem angenehmen, dunklen Blau, aber diesen Stich ins Violette bekamen sie nur im Kontrast zu bestimmten Farben. Nells Kleidung – eine vollkommen lächerliche, übergroße Jacke und ausgebeulte Kniehosen – legte nahe, dass Schmutziggrau nicht dazugehörte. Ihre Magerkeit betonte die Wangenknochen, für die Kitty so bewundert wurde, aber sie ließ auch das harte Kinn mit dem Grübchen und dem quadratischen Kiefer deutlicher hervortreten, den Kitty so oft hinter einem Fächer verbarg.

Er konnte es kaum abwarten, die beiden einander vorzustellen. Kitty war sehr überzeugend gewesen, als sie Simons Antrag, Lady Cornelia für tot zu erklären, angefochten hatte. Das hatte zu seiner Strategie bei der Testamentsanfechtung gehört, und Kitty hatte leidenschaftlich widersprochen. *Tief in meinem Herzen weiß ich, dass sie noch lebt*, hatte sie vor dem Richter gejammert.

Sicher wäre sie überrascht zu erfahren, dass sie recht gehabt hatte.

Natürlich war es immer noch möglich, dass diese Frau nur ein uneheliches Nebenprodukt von Lord Rushdens Eskapaden war. Eine Betrügerin, die das Glück hatte, Katherine ähnlich zu sehen, und genügend Verstand, den Namen der verschwundenen Erbin anzunehmen. Von Cornelias Verschwinden vor sechzehn Jahren hatte damals wirklich jeder gewusst, weiß Gott.

Aber war das überhaupt wichtig? Sie sah Katherine ähnlich genug, um ihr Zwilling zu sein, und man konnte ihr sicherlich beibringen, die richtigen Erinnerungen aufzusagen. Wenn man sie erst mal ein bisschen aufgepäppelt hatte und in ein Kleid von Worth oder Doucet steckte, würde niemand bestreiten, dass sie eine Aubyn war.

Zumindest nicht bis sie den Mund aufmachte.

»Wohin bringen Sie mich?«, fragte sie, obwohl es etwas schrill herauskam und eher wie *Wo'n bringsemich* klang.

Nun, niemand würde erwarten, dass die sprachlichen Fähigkeiten einer Sechsjährigen eine so schlechte Behandlung überlebten. Und dieses Mädchen war schlecht behandelt worden. Das sah man deutlich an der Art, wie sie ihre Augen von rechts nach links schnellen ließ, als könnte plötzlich ein bösartiger Räuber im Flur auftauchen. Langsam dämmerte ihm, dass er selbst zu dieser Kategorie gehörte, da sie einen gleichbleibenden Abstand von ihm hielt – ein bisschen mehr als eine Armeslänge, wie er schließlich begriff. Sie passte auf, dass niemand sie anfassen konnte.

»In die Bibliothek«, antwortete er. Er überlegte, ob er ihr sagen sollte, dass sie beruhigt sein könne. Er hatte im Moment nicht die Absicht, sie zu berühren. Aber noch immer war er verblüfft über die Wirkung, die sie letzte Nacht auf ihn gehabt hatte. Zugegebenermaßen war er unbekleidet gewesen, was die Gedanken eines Mannes häufig in erotische Richtungen lenkte. Und sie hatte sich recht begeistert in seinen Armen gewunden. Aber abgesehen von der Tatsache, dass sie wie ein Rinnstein roch und man mehr Knochen als Kurven an ihr sah, war sie die Brut seines Vorgängers und Kitty wie aus dem Gesicht geschnitten. Das allein hätte sein Interesse wirkungsvoller abkühlen müssen als ein Eiskübel.

Aber die Anziehung wuchs. Sie blühte auf wie eine Pflanze in einem heißen, tropischen Dschungel. Er konnte kaum glauben, dass er etwas so Schmutziges mit dem Mund berührt hatte, im hellen Morgenlicht hatte er den verkrusteten Dreck auf ihrem Hals gesehen. Aber es war so: Er hatte nicht nur ein strategisches Interesse an ihr, er fühlte sich auch von ihr angezogen. Er war fast schamlos neugierig auf sie – und darauf, was er selbst in ihrer Gegenwart tun würde. Wie ein Mann, der sich aus selbstmörderischer Neugier an den Rand eines Abgrunds wagt, prüfte er sich jetzt: Wollte er sie, weil sie die vom Himmel gesandte Antwort auf sein Problem war? Oder einfach nur, weil er sie haben konnte – direkt hier, wenn er wollte, auf jede auch nur erdenkliche Weise?

Noch gestern hatte er zu wissen geglaubt, was es bedeutete, vollkommen machtlos zu sein: von einem toten Mann beraubt und besiegt zu werden. Enttäuschung und demütigende Hilflosigkeit hatten ihn lange genug wach gehalten, um das leise Klicken der sich öffnenden Tür und die vorsichtigen Schritte zu hören.

Wenn er Trost gesucht, sich nach Bestätigung gesehnt oder irgendein Zeichen gebraucht hätte, dass er im Grunde doch nicht hilflos war – er hätte kaum einen besseren Beweis bekommen können als sie. Dieses Mädchen war eine regelrechte Lektion in wahrer Verletzlichkeit. Sie war mit einem so veralteten Revolver in sein Haus eingebrochen, dass dieser nur aus reinem Glück nicht zufällig losgegangen war. Falls er beschließen sollte, sie im Gegenzug in einem Zimmer gefangen zu halten, bis seine Dienerschaft den Mut aufbrächte, zu protestieren – was Tage, vielleicht sogar Wochen dauern könnte –, hätte er trotzdem nichts zu befürchten.

Sobald jemand die Polizei riefe, müsste er nur erklären, unter welchen Umständen sie ins Haus gelangt war, und sie würde sofort ins Gefängnis wandern. Sie war niemand – noch nicht –, und er war der Earl of Rushden.

Sein Vorgänger hatte ihm nicht alle an den Titel geknüpften Vergünstigungen aberkennen lassen können. Selbst wenn er beinahe mittellos war, hatte er doch immer noch die Privilegien seines Namens, während sie – einfach vollkommen hilflos war.

Allerdings schien ihr dieser traurige Zustand nicht bewusst zu sein. Nicht eine einzige Bitte um Verzeihung hatte er aus ihrem Mund gehört. Wenn er jetzt darüber nachdachte, hatte sie nicht einmal Bitte gesagt.

Um ehrlich zu sein, hatte nur er dieses Wort bisher ausgesprochen.

Er lachte leise. Natürlich fühlte er sich von ihr angezogen. Frechheit hatte er schon immer bewundert.

Simon überholte sie und öffnete die Tür der Bibliothek. Der ritterliche Reflex brachte ihm einen scharfen Blick ein. Dann schlängelte sie sich an ihm vorbei in den Raum und blieb abrupt stehen. »Oh Gott«, hörte er sie flüstern.

Nun, wenigstens von der Bibliothek war sie beeindruckt. Sie war lang und schmal geschnitten, und dank eines geizigen Vorfahrens, der die Fenstersteuer gefürchtet hatte, besaß sie keine Fenster. Etwa in der Mitte führten zwei Wendeltreppen an den Wänden hoch zu einer schmalen Galerie, die um den ganzen Raum herumführte und auf der weitere Regale angebracht waren. Wahrscheinlich war es wirklich beeindruckend.

»Das sind viele Bücher«, murmelte sie.

Nicht so viele, wie es eigentlich hätten sein müssen. Manchmal war Simon immer noch erstaunt über die engherzige Grausamkeit des alten Rushden, der die Bücher seiner Frau verkauft hatte. Der alte Mistkerl hatte sie beinahe verschenkt, nur um ein Exempel zu statuieren und den Menschen zu kränken, der diese Bücher so sehr geliebt hatte. Die Countess.

»In letzter Zeit bin ich so was wie ein Sammler geworden«, sagte Simon. Jedes einzelne Buch der Countess würde eines Tages wieder in diesen Regalen stehen, und wenn er sein ganzes Leben dafür bräuchte.

»Sie müssen den ganzen Tag nur lesen«, bemerkte das Mädchen.

Er lachte. Sie warf ihm einen befremdlichen Blick zu. »Darum geht es nicht«, gab er zurück.

»Es sind Bücher«, sagte sie ausdruckslos. »Worum sollte es sonst gehen?«

Einen Moment lang schwieg er. Eigentlich war es eine gute Frage. Als kleiner Junge hätte er das auch fragen können. Zahllose Stunden hatte er mit Lesen verbracht und fasziniert entdeckt, wie wundersam vergessene Geschichten waren – seltsame Fakten, die die Welt nicht mehr gebrauchen konnte – und dass sie Beachtung verdienten. Er hatte sich für ziemlich schlau gehalten, weil er diese Geschichten verstand und die Countess auf Dinge hinwies, die sogar sie übersehen hatte. So großzügig hatte sie ihn gelobt. *Ich habe noch nie auf diese Weise darüber nachgedacht. Was für eine brillante Idee, Simon.*

Die Erinnerung an seine kindliche Genugtuung brachte ihn zum Lächeln. »Ich bevorzuge das Einzigartige«, sagte er. »Wörtlich genommen. Viele dieser Manuskripte sind sehr selten und zu empfindlich, als dass man sie lesen könnte.« Er legte eine bewusste Pause ein. »Obwohl eine rauere Behandlung durchaus etwas Vergnügliches hat.«

Sie starrte ihn verständnislos an. »Sie bewahren sie also gut auf, damit jemand anders sie später ruinieren kann?«

Hatte sie seine Andeutung überhört oder hielt sie ihn zum Narren? Letzteres machte ihn neugierig. In der Regel nahm man nicht an, dass Angehörige der Unterschicht ein reiches Innenleben hatten, geschweige denn Sinn für Humor. Hinter den düsteren Augen und blassen Gesichtern schien sich nichts als wohl begründeter Zorn zu verbergen, höchstens noch – wenn man den nervösen Gesprächen auf Dinnerpartys Glauben schenkte – Fantasien von den aufgeschlitzten Kehlen der Reichen.

Wenn man es recht überlegte, wurde Humor eigentlich niemandem außerhalb der High Society zugeschrieben. Selbst die Mittelschichten schienen von außen betrachtet eher langweilig und furchtbar moralisch.

Simon betrachtete das Mädchen, wie es die Arme verschränkte und sich umsah. Ein schmuddeliges kleines Ding mit scharfem Verstand und einer ebensolchen Zunge. Überhaupt nicht, was er von einer kleinen Ratte aus einem Armenviertel erwartet hätte. Sie war zarter als Kitty, etwas kleiner, schmaler in den Schultern – zweifellos das Klügste, was ein Körper tun konnte, wenn man ihn mit Haferschleim und Wasser großzog. Aber ihr Hals war lang und wunderbar schlank. Und der quadratische Kiefer war kräftig genug, um einen Finger zu verletzen, der ihm leichtfertig zu nahe kam. Vielleicht sollte er diese Theorie ausprobieren. Sie ignorierte ihn mit irritierender Gelassenheit und sah nun hoch zu den Oberlichtern, die der alte Rushden hatte einbauen lassen. Ihr Gesichtsausdruck …

Ihm stockte der Atem bei ihrem Gesichtsausdruck. Da war so lebendiges Staunen in ihren Augen, dass er selbst nach oben blickte und das Wunder auch sehen wollte.

Aber da gab es nur die Oberlichter, die nach wie vor nichts Besonderes waren.

Es war albern, enttäuscht zu sein.

Wieder sah Simon sie an. Vielleicht waren die Oberlichter für sie wirklich eine Art Wunder. Zweifellos stammte sie aus einem dieser dunklen, dicht bevölkerten Slums, wo Glas immer zerbrochen war und heruntergekommene Bruchbuden den Himmel säumten. Diese Welt musste vollkommen fremd für sie sein. Alles war sauber, glänzend, makellos, alles war fremd und neu und wartete darauf, von ihr entdeckt zu werden.

Ein sonderbares Gefühl machte sich in seinem Magen breit. Es gefiel ihm überhaupt nicht. Wie absurd war es bitte, neidisch auf sie zu sein, selbst für einen winzigen Augenblick. Ehrfürchtig bestaunte sie Glas, bewunderte Architektur, sie war die einfachste Erklärung dafür, wie Kathedralen funktionierten. Ganze Generationen waren von dieser Ehrfurcht zu religiösen Gefühlen verleitet worden, die ihr leidvolles Dasein rechtfertigten. Sie war nur ein naives Ding, das man erbärmlich leicht in Staunen versetzen konnte.

Er räusperte sich. »Es ist nur Glas«, sagte er. Aber er konnte die Augen nicht von ihr wenden. Und am merkwürdigsten war, dass er selbst von diesem strahlenden Gesicht betrachtet werden wollte. Wenn er es selbst nicht fühlen konnte, wollte er doch eine Weile hineinstarren, bis es ihn nicht mehr verletzte.

Jetzt senkte sie den Kopf. Sie verzog den Mund, als würde sie sich über sich selbst lustig machen. Trotzdem sah er noch das schwindende Erstaunen in ihrem Lächeln, das sie nicht unterdrücken konnte. »Ich habe so etwas noch nie gesehen«, gab sie zu.

Während dieser sieben Worte klang sie fast sprachgewandt.

Diesen Eindruck hatte er schon das zweite Mal. Er betrachtete sie aufmerksam und fragte sich, ob sie vielleicht mehr vom Englisch der Queen erinnerte, als sie durchblicken ließ.

»Dieser ganze Raum ist …« Sie drehte sich einmal um die eigene Achse, mit den knochigen Händen hielt sie sich an ihrem Hemd fest. Ihre Finger sahen blass und kränklich aus, die Knöchel waren so weiß, als hätte sie nicht genügend Blut für den ganzen Körper. »Er ist wunderschön«, sagte sie – schnell und grob, als schämte sie sich dafür.

Was eigentlich merkwürdig war. Schließlich sprach sie nur eine Tatsache aus. Für die Bibliothek war ziemlich viel Geld ausgegeben worden. Die feine Eichentäfelung an den Wänden, die geschnitzten Bücherregale, die gewirkten französischen Teppiche, das Porzellan und die auf den niedrigen Tischen verteilten Kunstobjekte waren von verschiedenen Vorgängern unter großen Kosten angeschafft worden – und fielen jetzt leider Gottes nur den direkten Nachkommen des letzten Earls zu. Er wusste das sicher, da er während der letzten Tage mit Händlern des Antiquitätenschwarzmarkts verhandelt hatte, wie viel diese Dinge einbringen könnten, wenn sie plötzlich »verloren gingen«.

Vielleicht musste er sie jetzt gar nicht mehr verlieren. Ein belebender Gedanke. Also weiter. »Wegen der Briefe …«

»Wo ist das?«

»Pardon?« Er folgte ihrem Blick zu einem Gemälde über der Tür. Darauf war ein irritierend kostspieliges Anwesen zu sehen, das ihm aufgebürdet worden war. Die alten, zerfallenen Gebäude waren das Gefängnis seiner elenden Jugend gewesen. Jemand hätte schon vor hundert Jahren den Schneid haben sollen, es niederzureißen, bevor diese ganzen Komplikationen mit dem Erbe überhaupt angefangen hatten.

»Gibt es das wirklich?«, fragte sie.

Verdutzt drehte er sich wieder zu ihr um. »Ja. Paton Park.«

»Wo liegt das?«

»In einer gottverlassenen Ecke in Hertfordshire. Warum fragen Sie?«

Sichtlich zögerte sie. »Es ist …«

Er wartete noch einen Moment, aber sie zuckte mit den Achseln und schien das Interesse zu verlieren. Stattdessen blickte sie auf ihre Füße hinunter und trat auf dem Boden herum. »Auch sehr schick, das hier.«

Der hier freiliegende Fußboden war mit bemalten Kacheln bedeckt – es sah spanisch aus. Wollte sie etwa zu jedem Gegenstand eine Bemerkung machen? »Ja, es ist sehr hübsch.«

Sie lächelte schwach. »Wahrscheinlich gerade hübsch genug.«

Hatte sich da ein trockener Tonfall in die Stimme der Lady geschlichen? Er schenkte ihr ein Lächeln, eine feine, reumütige Mischung aus Selbstzerfleischung und offenem Charme. Es wäre für beide einfacher, wenn sie ein wenig Gefallen an ihm fände. »Ich gestehe, dass ich meine Aufmerksamkeit normalerweise den Büchern schenke, nicht dem Raum, in dem sie untergebracht sind.«

Sie ließ den Blick über die Regale schweifen. »Sie müssen ziemlich viel Aufmerksamkeit zu verschenken haben.«

Die Entgegnung, die ihm sofort dazu einfiel, gab ihm zu denken. Sie war sexuell und vollkommen unangebracht. Beinahe lachte er. Hier war ein Gassenmädchen mit zerlöcherten Ärmeln. Ihr näher zu kommen, wäre so hygienisch, wie in einem Dreckloch zu baden.

Aber vielleicht war das ein Grund für ihren Zauber. Ein Hauch von primitiver Perversion.

Der andere Grund war natürlich die süße, dunkle Gerechtigkeit, die darin lag, die Tochter seines Vorgängers zu schänden.

Der Gedanke daran erfüllte ihn mit einem warmen Gefühl, das für seinen Aufenthalt im Jenseits nichts Gutes verhieß.

Sie ging zurück und ließ sich in einen gepolsterten Lesesessel fallen. Unwillkürlich wanderte seine Augenbraue nach oben. Die heftige Bewegung und die ebenso heftige Wirkung, die diese auf ihre Anatomie hatte, ließen keinen Zweifel daran, dass sie kein Korsett trug.

Gütiger Gott. Sie trug Männerhosen, roch nach Tabak, Fisch und Zwiebeln. Natürlich trug sie kein Korsett.

Er ertappte sich dabei, wie er leise lachte, als sie ihm noch einen dieser Blicke zuwarf. Mit aufgerissenen Augen und fast etwas mitleidig. Sie hielt ihn wirklich für verrückt. Das konnte man ihr kaum vorwerfen. Anscheinend war er nicht ganz bei Trost.

»Was ist denn jetzt mit dem Brief?«, krächzte sie.

»Richtig.« Er durchquerte den Raum und zog eine Ausgabe von Homers *Odyssee* aus dem Regal. Der erste Brief, der zwischen den Seiten steckte, war mit der Zeit weich geworden, weil immer wieder jemand mit den Fingern darübergestrichen hatte. In den letzten Jahren hatte sich der alte Mann nicht mehr so gut konzentrieren können, aber seine beiden Obsessionen hatte er mit der gewohnten Klarheit verfolgt: Simon Steine in den Weg zu legen und Cornelia zu finden.

Simon focht eine kurze Debatte mit sich aus, während er wieder zu ihr ging. Wahrscheinlich würde sie es nicht zugeben, falls sie nicht gut lesen konnte. Sie hatte deutlich gesagt, dass sie stolz war. Aber wenn sie die Briefe nicht verstand, würde er sie ohne Zweifel verlieren. Ihr Misstrauen ihm gegenüber war mindestens genauso groß wie ihr Interesse an Geld, wenn nicht größer. Sie würde ohne einen Blick zurück hinausspazieren und sich später sagen, dass es das Beste gewesen war, um nicht ins Gefängnis zu kommen.

Aber sie zu verlieren war kein akzeptables Ergebnis. Sie gegen ihren Willen hier festzuhalten könnte im Hinblick auf das größere Ziel allerdings problematisch werden.

Simon ignorierte, dass sie ungeduldig eine Hand ausstreckte, und lehnte sich an den Rand des schweren Tisches. »Der erste ist von Jane Lovell«, sagte er.

»Von wem?«

Das Licht fiel von oben in einem bestimmten Winkel auf ihr Gesicht, und die Sommersprossen und die steile Sorgenfalte auf ihrer Stirn verschwanden. Sie sah mädchenhaft aus. Unschuldig. Wahrscheinlich war sie auch unschuldig, zumindest in jeder Weise, die in diesem Augenblick von Bedeutung waren. Plötzlich spürte er, dass der Moment heikler war, als er sich vorgestellt hatte.

Der kurze Anfall von Mitleid irritierte ihn. Letzte Nacht hatte er stundenlang wach gelegen und über sein Glück gestaunt. Einem Geschenk des Himmels gleich war sie ihm einfach in den Schoß gefallen, und um nichts in der Welt – am wenigsten wegen ihr – würde er diese Gelegenheit verstreichen lassen. Mitleid war nicht nur unnötig, es war noch dazu vollkommen scheinheilig.

»Ich glaube, es war die Frau, die Sie aufgezogen hat«, sagte er. »Aber vorher war sie die Kammerzofe Ihrer Mutter. Die Kammerzofe der Countess of Rushden.«

»Sprechen Sie weiter.«

Ihr Gesicht war eine Maske, so wenig gab es preis. Als er jetzt fortfuhr, beobachtete er sie, achtete wachsam auf den geringsten Riss in ihrer Selbstbeherrschung. »Diese Frau hat Sie Ihren Eltern gestohlen. Anscheinend hatte sie eine Affäre mit Ihrem Vater – oder eher gesagt ein einmaliges Zusammentreffen. Seinen Angaben nach war es kein längeres Arrangement.«

Sie stieß einen leisen und unfeinen Laut aus, der klang, als würde er aus ihrer Nase kommen. Als sie die Lippen verzog, erkannte er Verachtung. »Einmaliges Zusammentreffen«, sagte sie. »Wahrscheinlich Ihr hübsches kleines Wort für Vergewaltigung.«

»Nein«, sagte er. »Dergleichen habe ich nie gehört.«

»Klar haben Sie das nicht.«

Ihre Worte hatten einen höhnischen Beigeschmack. Eine plötzliche Erkenntnis entlockte ihm ein Lächeln: Diese Situation war auf einzigartige und großartige Weise ironisch. Wehrlose Frauen waren überhaupt nicht sein Typ, aber wenn herauskam, dass ein Gassenmädchen bei ihm die Nacht verbracht hatte, wäre niemand überrascht. Angenehm erregt vielleicht, aber nicht erstaunt. *Er ist unverbesserlich*, würde man in seinen Kreisen sagen und sogar den Kopf schütteln, während man ihm unbekümmert weiter Einladungen zum Dinner schickte.

Cornelias eigener Vater hatte Geschichten von Simons Großtaten verbreitet und damit sichergestellt, dass ihn keiner seiner Standesgenossen tadeln würde, falls er es ihr gegenüber an Respekt fehlen ließe.

Unerklärlicherweise verunsicherte ihn diese Vorstellung. »Wie auch immer Sie es nennen, das Ergebnis war das gleiche«, sagte er. »In Folge verlor der alte Earl das Interesse an ihr, und Jane Lovell nahm es nicht gut auf. Sie scheint den Verstand verloren zu haben. Aus Rache nahm sie eine der Töchter des Earls mit, als sie floh. Diese Tochter hieß Cornelia.«

Noch immer sah sie ihn auf dieselbe leere, stille Weise an. »Kein besonders seltener Name.«

»Sie haben eine Zwillingsschwester«, sagte er. »Die Ähnlichkeit ist verblüffend.«

Ein nicht unbedeutender Anteil dieser Ähnlichkeit lag in der Art, wie Nell ihre lange, hochmütige Nase hob und ihn darüber hinweg anstarrte. Auch noch der letzte Rest von Simons Zweifeln flog davon. Während der vergangenen drei Saisons hatte Kitty Aubyn Dutzende ihrer Mitdebütantinnen mit genau diesem Blick eingeschüchtert. Und aus Nells Augen konnte dieser Blick einen erwachsenen Mann dazu bewegen, noch einmal gründlich über seine Pläne nachzudenken.

»Okay«, sagte sie. »Sie glauben, ich war das Mädchen, das von dieser Frau gekidnappt wurde.«

»Ja.« Er schwieg, denn jetzt war er selbst von Staunen überwältigt. Es fühlte sich berauschend an und so neu, dass er es auskosten wollte.

Die verdammte Cornelia Aubyn. Sechzehn Jahre lang hatte der alte Rushden das Land durchforstet, um sie zu finden. Und jetzt saß sie vor ihm.

Simon räusperte sich. »Sie hat Sie nicht entführt, um Lösegeld zu fordern, sollte ich vielleicht dazu sagen. Sie hat sie einfach mitgenommen.« Er nahm den Brief. »Diese Notiz hat sie hinterlassen. Da steht: ›An Seine Lordschaft …‹«

»Ich kann selbst lesen«, sagte sie. »Geben Sie her.« Sie beugte sich vor und nahm ihm den Brief aus der Hand. Als sie das Schreiben betrachtete, huschte etwas über ihr Gesicht, Überraschung, Verwirrung, er konnte es nicht genau sagen. Ihre Stimme verriet nichts, als sie jetzt langsam, aber deutlich las. »›Sie werden bezahlen, was Sie mir genommen haben. Sie haben mich als niedrig stehend verschmäht, jetzt wird Ihre Tochter leben wie eine Niedrigstehende. Und ihre Schwester wird bei Ihnen nach Trost suchen. Ich hoffe, zu ihr sind Sie besser als zu mir.‹«

Nell zuckte mit den Achseln und gab ihm den Brief zurück. »Klingt wie totaler Unsinn.«

»Das Gefasel einer Verrückten«, stimmte Simon zu. »Aber Sie verstehen, was es bedeutet.«

»Eigentlich nicht.«

»Dann haben Sie nicht zugehört. Sie selbst sind die Tochter, die entführt wurde. Sie sind die legitime Tochter von Lord Rushden und seiner gesetzlich angetrauten Ehefrau. Sie …«

»Ich höre zu«, sagte sie scharf. »Und ich bin nicht taub, Sie müssen also nicht so schreien.«

Simon schwieg einen Moment. »Ich habe nicht geschrien.«

Jetzt wirkte das Mädchen unbehaglich. Sie starrte ihre Hände an und zog mit einer ruckartigen Bewegung die Schultern hoch. »Kann schon sein.«

Jemand schrie sie an, dachte Simon, und zwar häufig. Eine furchtbare Möglichkeit kam ihm in den Sinn. »Guter Gott. Sind Sie verheiratet?«

Ihre Augen wurden schmal. »Achtmal«, sagte sie. »Letzte Woche sind noch zwei dazugekommen. Was geht Sie das an?«

Tatsächlich ziemlich viel. Aber dies war wohl nicht der richtige Moment, sich zu erklären. »Reine Neugier. Erzählen Sie, machen Sie mir eine Freude.«

Sie presste die Lippen zusammen. »Nicht mein Job«, sagte sie. »Dafür können Sie jemanden bezahlen.«

»Gut gekontert.« Sie war von einer erfrischenden Klugheit. Und wahrscheinlich war sie heute Morgen wirklich wegen des Lohns besorgt gewesen, der ihr entging, nicht wegen eines Ehemanns, der sich aufregte, wenn sie nicht nach Hause kam.

Nein, dachte er. Sie ist nicht verheiratet.

Lächelnd blickte er auf den Brief. Selbst wenn er religiös gewesen wäre, hätte er niemals daran gedacht, für Cornelia Aubyns Heimkehr zu beten. Aber diese außergewöhnliche Erbin, deren Verschwinden damals die gesamte Nation in Angst und Schrecken versetzt hatte, war in seinem Schlafzimmer aufgetaucht, noch dazu in Gestalt einer schmuddeligen Fabrikarbeiterin, die nichts von ihren Ansprüchen ahnte. Nicht ahnte, dass sie das Recht hatte, alles zu fordern.

Ich kann ihr alles Mögliche erzählen, dachte er.

Die Versuchung war so dunkel und mächtig, dass er spürte, wie sich die Haare in seinem Nacken aufrichteten.

Oder überhaupt nichts.

Der alte Rushden drehte sich sicher im Grab um. Jahrelang hatte er Simon als niederträchtigen Mistkerl beschimpft. Jetzt war seine kostbare Tochter wieder aufgetaucht, und zwar bitterarm, obwohl ein verdammtes Vermögen von einer Million Pfund auf sie wartete.

Es war schon komisch, wie die Welt immer wieder ins Gleichgewicht geriet.

Simon atmete aus. »Dieser andere Brief«, sagte er mit bemerkenswerter Ruhe, »ist einer von vielen, die der Earl in den Jahren vor seinem Tod erhielt. Aber vorher sollte ich vielleicht erwähnen, dass Ihr Vater nach Ihnen gesucht hat. Er hat ganz England durchkämmt. Es gab Zeitungsartikel, Zeichnungen von Ihnen und Jane Lovell in Bahnhöfen, alles.«

Der tiefen Falte zwischen ihren Augenbrauen nach zu urteilen, runzelte Nell Aubyn häufig die Stirn. »Woher wissen Sie das alles?«

»Nächsten Januar werde ich dreißig«, sagte er. »Ich kann mich daran erinnern. Und ich habe noch einen anderen Grund, die Details zu kennen. Zwei Jahre vor Ihrem Verschwinden wurde der verstorbene Earl mein Vormund.«

Der alte Rushden hatte sich seinen Nachfolger selbst heranziehen wollen. Simons Eltern hatten nicht protestiert. Sie waren so geblendet von der Aussicht, dass ihr Sohn ein Earl werden würde, dass sie ihn einfach übergeben hatten. Seine Mutter hatte höchstens ein- oder zweimal geweint, nahm Simon an.

»Aha«, sagte Nell. »Dann hätte ich Sie doch erschießen sollen. Sie sind ja praktisch er!«

Simon lächelte schwach. »Nach Ansicht Ihres Vaters ähnelt ihm wohl niemand auf der Welt weniger als ich.« Rushden war immer sehr stolz auf seine Abstammung gewesen. Es hatte ihm nicht gefallen, sich auf der lumpigeren Seite des Stammbaums einen Nachfolger zu suchen. Und dazu kam der Zorn, dass ihm das ungerechte Schicksal keine Söhne vergönnt und noch dazu eine Tochter geraubt hatte.

Diese Tochter grinste nun. »Sie wollen sich rausreden und hoffen, nicht doch noch eine Kugel zu kassieren.«

»Überhaupt nicht«, sagte er höflich. »Außerdem habe ich Ihre Pistole bereits in Gewahrsam.«

Hoffnungsvoll sah sie sich im Raum um. »Ich könnte Ihnen den Schädel mit dem Schürhaken einschlagen.«

»In der Bibliothek gibt es kein Feuer. All das alte Papier ...«

»Wo ist das Messer?«

»Geduld«, murmelte er. »Sie dürfen mich später abstechen. Kommen wir zunächst zu dieser Angelegenheit zurück. Die Sache ist die: Er hat überall nach Ihnen gesucht. Aber obwohl es nicht die geringste Spur von Ihnen gab, hatte jeder Irre im gesamten Vereinigten Königreich eine Theorie zu Ihrem Verbleib. Mit der Zeit ließ die Flut der Briefe nach, aber selbst in den letzten Monaten seines Lebens kamen noch ein oder zwei, deren Verfasser behaupteten, Ihren Aufenthaltsort zu kennen.«

Er hatte irgendetwas Falsches gesagt. Erst zitterte sie am ganzen Körper, als ob sie eine elektrische Leitung berührt hatte, dann wurde sie so steif, wie andere Frauen es nur mithilfe eines Korsetts bewerkstelligten. »Haben Sie seine Briefe bekommen?«

Simon zermarterte sich den Kopf nach möglichen falschen Antworten. »Nein, dafür hatte er einen Sekretär.« Seinen ältesten, engsten Freund, der jetzt Kittys Vormund war. Grimston hatte stets eine hohe Meinung von sich selbst gehabt. Nie hätte er zugegeben, dass er im Austausch für die Summen, die Rushden ihm »lieh«, als Sekretär fungierte. Aber seit Simon sich erinnern konnte, hatte Grimston sich um Rushdens Korrespondenz gekümmert.

Plötzlich fiel ihm auf, dass Nell kreidebleich geworden war. »Und die Briefe, die ankamen, nachdem er den Löffel abgegeben hatte?«, fragte sie.

Seine Instinkte ermahnten ihn, dass Vorsicht angebracht war. »Der Testamentsvollstrecker hat sich ihrer angenommen.« Auch Grimston.

»Wie heißt er?«, fragte sie geradeheraus.

»Später«, sagte er, da sie diese Information offenbar wichtig fand. Vielleicht könnte das bei den Verhandlungen mit ihr von Nutzen sein.

Mit grimmiger Miene nickte sie kurz. »Gut«, sagte sie. »Dann zeigen Sie mir mal diesen Brief, den der Sekretär seiner Lordschaft ausnahmsweise für lesenswert hielt.« Sie streckte die Hand aus.

Simon gab ihr den Brief. Es war nur eine Kopie, das Original befand sich in Grimstons Besitz und war von seinen Anwälten dem Gericht vorgelegt worden. Sie versuchten damit die Theorie zu stützen, dass Cornelia noch am Leben war. Herrliche Ironie des Schicksals, aber Nells sonderbare Bemerkung lenkte Simon ab. Das konnte nur eines bedeuten. »Haben Sie ihm geschrieben?« Wenn Grimston Briefe von ihr erhalten und lieber vernichtet hatte … nun, das verhieß Schwierigkeiten. Dann stünde ihm eine ziemlich blutige Schlacht bevor.

Trotzdem verspürte er erregte Vorfreude bei der Aussicht darauf. Einmal hatte er gegen Grimston und Kitty verloren. Ein zweites Mal würde das nicht geschehen. »Psst«, sagte sie barsch. »Ich lese.«

Diesmal las sie schweigend. An einer Stelle zitterten ihre Wimpern, als hätte sie erschrocken etwas begriffen, aber als sie ihm den Brief zurückgab, sagte sie nur: »Da wollte jemand ziemlich viel Geld haben.«

»Ja.« Wahrscheinlich waren fünfzig Pfund für sie ein Vermögen.

»Hat er bezahlt?«

Simon nickte.

»Nur um herauszufinden, wo ich war?«

Die Frage klang ehrfürchtig und jagte ihm einen befremdlichen Schauer über den Rücken. »Es ist nicht besonders viel Geld, Nell.« In Monte Carlo hatte er das den Croupiers als Trinkgeld gegeben.

»Vielleicht nicht für Sie«, zischte sie.

So würden sie nicht weiterkommen. »Natürlich hat er bezahlt. Er wollte Sie unbedingt finden.«

»Aber man hat ihm nie gesagt, wo ich war, oder?«

Es war interessant, dass sie so unsicher klang. Er hatte den Brief für einen Erpressungsversuch gehalten oder für einen cleveren Schwindel, den Grimston angezettelt hatte, um Kittys Fall zu unterstützen. Die ungelenke Handschrift und die verstümmelte Rechtschreibung waren ihm viel zu übertrieben vorgekommen, um real zu sein. »Glauben Sie, dass der Verfasser Sie wirklich kennt?«

Sie antwortete nicht. »So viel Geld an einen Fremden zu zahlen … dafür braucht man eine dicke Brieftasche.«

Simon biss sich auf die Zunge. Allein für Detektive und Anzeigen hatte der alte Rushden sicher das Fünfhundertfache ausgegeben. »Ihr Vater war ein sehr wohlhabender Mann«, sagte er. »Und er hat sein gesamtes Vermögen seinen Töchtern hinterlassen.« Jeden verdammten Penny, jedes einzelne Anwesen, bei dem er die an den Earlstitel gekoppelte Erbfolge umgehen konnte. In den letzten Monaten vor seinem Tod hatte er Männer auf die Besitzungen geschickt, die wie Geier an einem Kadaver fraßen. Sie hatten alles Wertvolle verkauft, dessen sie habhaft werden konnten, und den Gewinn in einen Fonds für die Mädchen umgewandelt.

»Sie haben gesagt, ich wäre eine dieser Töchter«, sagte sie leise.

Endlich bekam die Habgier die Oberhand. Simon lächelte ihr aufmunternd zu. »In der Tat, ich bin überzeugt davon.«

Ein zynisches kleines Grinsen huschte über ihr Gesicht. »Dann geben Sie mir also wirklich die zehn Pfund.«

Verdammt, konnte ihr Gehirn sich nicht von diesen albernen Summen wegbewegen? Fünf, zehn, fünfzig – was sollte das?

Sieh dich um, wollte er sagen, aber er hielt sich zurück, dieser Moment war von großer Bedeutung. »Wenn Sie beweisen können, dass Sie wirklich Cornelia Aubyn sind, werden Sie sehr viel mehr Geld bekommen.«

»Ah.« Es war kaum mehr als ein Ausatmen, aber plötzlich sah sie müde aus. »Zahlen. Wie sollte ich das jemals beweisen können?« Sie sah ihn rasch von der Seite an. »Aber über zehn Pfund würde ich mich wirklich freuen.«

Er kannte diesen Blick. Das rasche Abwägen eines Straßenköters, der in einer achtlosen Hand ein Brötchen entdeckt hatte.

Der Vergleich war fast zu treffend. Allzu lebhaft erinnerte er sich daran, wie sie gegessen hatte, wobei das kaum die richtigen Worte waren. Wie sie *über das Essen hergefallen war*, brachte die Sache besser zum Ausdruck. Als er ihr beim Frühstücken zugesehen hatte, hatte ihn ein unbehagliches Gefühl geplagt, das jetzt wieder an die Oberfläche kam und das, wie er verspätet erkannte, seinem Gewissen entsprang.

Nun, es war nicht schwer, dieses lange nicht benutzte Organ wieder zum Verstummen zu bringen. Er log ja schließlich nicht. Selbst wenn Kitty ihn mit schwesterlichen Gefühlen überraschen sollte – oder, unwahrscheinlicher noch, mit einem Hang zum Fair Play –, ihr Vormund würde sich nicht als so engelhaft herausstellen. Simon hatte Grimston schon lange im Verdacht, Kitty selbst heiraten zu wollen. Wahrscheinlich überlegte er nur noch, wie er das bewerkstelligen konnte, ohne einen Skandal zu provozieren. In jedem Fall würde er alles in seiner Macht Stehende tun, damit das Vermögen seines Mündels nicht auf die Hälfte reduziert werden würde – vor allem nicht von einem unbekannten Gassenmädchen mit ungeklärten Loyalitäten.

Cornelia würde Simons Hilfe brauchen, um an ihr rechtmäßiges Erbe zu kommen.

»Ich bin bereit, Ihnen zu helfen«, sagte er. »Es gibt verschiedene Möglichkeiten, wie man bei einer solchen Angelegenheit vorgehen kann. Natürlich wird man vor Gericht gehen müssen, und dafür braucht man erst einmal Geld. Aber ich könnte Ihre Bemühungen finanzieren.« Er hatte noch Geld auf ein paar geheimen Konten.

Sie schenkte ihm ein durchtriebenes kleines Lächeln, schief und so breit, dass man ein paar Zähne sah. Von absonderlicher Attraktivität. »Aber Sie werden mir nicht umsonst helfen.«

Oh ja, er hatte sich nicht geirrt: Dieses Lächeln war das eines Raubtiers. Ein Alligator gratulierte dem anderen: *Ich weiß genau, was du hier tust.*

Vielleicht wusste sie es. Vielleicht durchschaute sie ihn mehr als die meisten anderen Leute.

Aber vielleicht durchschaute sie ihn überhaupt nicht, denn plötzlich fragte er sich, ob er ihr nicht sowieso geholfen hätte, aus schierer, triebhafter Neugierde heraus. Sie hatte ziemlichen Schneid. Wann würde sie anfangen zu zittern?

»Vielleicht helfe ich Ihnen nur zum Vergnügen«, murmelte er. »Was meinen Sie?«

Sie kam näher. Simon stützte die Ellbogen auf die Oberschenkel und beugte sich ihr entgegen. Hätte ihr Vater diese Szene vorausgesehen, wäre er schon viel früher an einem Herzinfarkt gestorben: Sein verhasster Erbe und die verloren geglaubte Tochter, die sich wie Liebende einander zuneigen. »Einen Betrüger kann man nicht betrügen«, sagte sie.

Ihre Selbstbeherrschung war großartig. Eine Herausforderung, der er nicht widerstehen konnte. »Selten«, sagte er. »Aber es macht immer Spaß, es zu versuchen.«

Eine schmale Augenbraue wanderte nach oben. »Vielleicht könnten Sie endlich mal direkt werden.«

Langsam wurde sein Lächeln breiter. Er würde auf alle

erdenklichen Arten direkt werden. Aus einer Laune heraus streckte er die Hand aus und berührte ihr Gesicht.

Erstarrt sah sie ihn mit ihren herrlichen blauen Augen an, als er ihre Wange streichelte. Nein, nicht herrlich: Sie ähnelten zu sehr Kittys Augen. Unter dem Dreck war ihre Haut so weich wie neuer Samt, und bei dieser Entdeckung bekam er eine Gänsehaut. Ein merkwürdiges Lustgefühl durchflutete ihn, heftig, gierig, eigenartig stolz. Ein Gefühl, das er normalerweise mit der Entdeckung seltener Begabungen verband, besonderer Talente, die andere übersehen hatten. Es war die Siegesfreude eines Piraten: die Erregung, die man dabei verspürte, vergrabene Schätze zu finden und an sich zu nehmen.

Alles für mich, dachte er.

»Nehmen Sie die Hand weg«, sagte sie, »oder ich schlage Ihnen die Zähne ein.«

Fast hätte Simon sie gebeten, es zu versuchen. Sie kämpfte so gut mit ihrem Köpfchen. Sicher war es unterhaltsam sich anzusehen, was sie mit ihren Fäusten ausrichten konnte.

Aber die Umgebung erforderte eine behutsamere Art der Verführung. Empfindliche Bücher lagen hier herum. Sie könnten leiden, wenn er das Mädchen auf der Tischplatte nahm.

Widerstrebend zog er die Hand weg, legte sie auf den Oberschenkel und hielt sich vorsichtshalber an diesem fest. Wie sie wohl aussah, wenn sie erst mal gebadet hatte. *Wie Kitty*, behauptete beharrlich sein Verstand, aber seine Intuition glaubte das nicht. Ihre Augen leuchteten zu kämpferisch und wach, um sie mit denen ihrer Schwester verwechseln zu können.

»Also die Wahrheit.« Simon schwieg und räusperte sich. Hatte er je eine solche Frau gehabt? Natürlich angelte er nicht im East End nach Bettgenossinnen. Aber diese bizarre Anziehung schien weniger mit dem Dreck als mit ihrem Verhalten zu tun zu haben.

Den Umständen entsprechend war seine Begierde zu einem Teil besitzergreifend. Recht originell, diese Art des Begehrens. Aber nur natürlich. Wenn sein Plan aufgehen sollte, durfte niemand anders dieses Mädchen haben. Nur er allein.

In der Tat war sie wie für ihn gemacht. Keine Familie, die man besänftigen müsste. Keine langweiligen Erwartungen von Romantik und Ritterlichkeit. Überhaupt keine Erwartungen.

Simon wurde bewusst, dass ihre Stimmung sich geändert hatte. Sie war an den Rand des Sessels gerutscht und hatte ihr Gewicht auf die Ballen verlagert, wie um blitzschnell aufspringen und fliehen zu können.

Er zwang sich, sich zurückzulehnen und ein Bein überzuschlagen. Das Bild eines gelassenen Mannes. Nicht dass er nicht Spaß daran haben würde, sie zu jagen. Aber das funktionierte immer besser, wenn eine Frau auch gefangen werden wollte.

Seine Haltung übermittelte die gewünschte Nachricht. Sie entspannte sich wieder.

Jetzt lächelte er das Mädchen freundlich an und lieh sich ihre Worte. »Um also direkt zu werden: Ich habe den Titel des Earls geerbt und besitze ein paar verrottete und unprofitable Besitztümer. Ihr Vater hat mit großer Mühe dafür gesorgt, dass ich sonst nichts bekomme.«

Ausdruckslos sah sie ihn an. »Warum?«

Simon zuckte mit den Achseln. »Er hatte eine sehr hohe Meinung von der Dynastie der Aubyns. Mein Betragen … hat diesen Ansprüchen nicht genügt. Jedenfalls ist das gesamte Vermögen an die Töchter gefallen – zurzeit nur an Katherine. Deshalb ist mein Erbe gefährdet. Die Besitztümer werden verwahrlosen. Ich habe nicht das Geld, um sie zu unterhalten oder instand zu setzen, und das ist allgemein bekannt oder wird es bald sein. Zusammen mit einigen anderen Tatsachen« – vor allem seinem Ruf – »hindert es mich daran, eine rasche Lösung für meine finanziellen Schwierigkeiten zu finden, wie zum Beispiel …«

»… eine Amerikanerin zu heiraten«, sagte Nell. »Eine mit Geld, wie das Weibsstück von dem Churchill.«

»Genau, wie das Weibsstück von dem Churchill.« Sie gebrauchte so fabelhafte Wörter. »Sie sehen also, ich bin …«

»… ganz schön im Arsch.«

Die Worte, ihre heiße, sofortige Wirkung, trafen ihn unvorbereitet. Simon presste die Lippen aufeinander und sah sie von oben nach unten an. »Hmm.« Es gab so viele mögliche Erwiderungen. So viele Hemmungen seinerseits.

»Exakt«, sagte er beim Ausatmen. »Durch Ihr wunderbares Wiederauftauchen bieten sich allerdings …« Er lächelte. »Andere Möglichkeiten. Ich kann Ihnen helfen, Ihren Platz in dieser Welt zurückzufordern, Nell. Aber es muss sich auch für mich auszahlen.«

»Und wie soll das gehen?«

Merkwürdig, dass er ihren Tonfall und ihre Miene immer noch nicht lesen konnte. Er war daran gewöhnt, Menschen zu verstehen. Oft verstand er sie sogar besser als sie sich selbst.

Natürlich hätte Simon ihre Unergründlichkeit auf einen Mangel an Tiefe zurückführen können, aber während ihrer kurzen Bekanntschaft hatte sich etwas anderes gezeigt. Andererseits verstand er sie vielleicht nicht, weil ihre Tiefe so fremd, so absolut Unterschicht war. Ohne sie über längere Zeit bloßzulegen, könnte er kaum darauf hoffen, sie je zu begreifen.

Tja. Anscheinend war er zu einem Snob geworden, was seinen nächsten Satz umso absurder machte.

»Das ist ganz einfach«, sagte er. »Heiraten Sie mich.«

5

Hinter Glas sah die Welt ganz anders aus. Nell presste die Stirn an das Fenster, und die goldenen Troddeln, die vom hochgerafften Rouleau herabbaumelten, kitzelten sie im Gesicht. Nach dem Regen in der letzten Nacht war die Straße von Pfützen gesäumt, und im Vorbeifahren spiegelte sich darin Nells blasses Gesicht, das aus dem auf Hochglanz polierten Gefährt blickte. Die Kutsche war riesig und schwarz wie ein Ungeheuer und wurde von vier kräftigen Pferden mit stahlgrauem Fell gezogen.

Mit der Handfläche fuhr Nell über die polierte Täfelung und hielt sich an einer in Samt eingeschlagenen Handschlaufe fest. Sie flogen geradezu über die Straßen. Nell fühlte sich wie schwerelos. Von der Erde befreit trieb sie in Düften von geöltem Leder, poliertem Holz und einer waldigen, männlichen Note. St. Maur, der gegenüber saß, roch genauso, wie sie sich immer einen Wald vorgestellt hatte. In Nottingham oder im schottischen Hochland. Dunkel, mit dem Hauch von etwas Wildem.

Möglichkeiten, Möglichkeiten. Wirbelnd kreisten sie in Nells Kopf umher, auch wenn sie noch sosehr versuchte, sich auf das Ziel zu konzentrieren.

Sie war nicht einmal hoffnungsvoll. Nur verwirrt. Das hier konnte nicht real sein, nichts davon.

»Wir sind fast da«, sagte St. Maur. Nell lehnte sich in ihrem Sitz zurück und klammerte sich jetzt an einen Knopf, der auf dem weinroten Lederpolster unter ihr festgenäht war. St.

Maur war hingegen ziemlich real. Unter der Krempe seines Seidenzylinders wellte sich das dichte, tintenschwarze Haar unordentlich an den Schläfen. Einen Arm auf der Rückenlehne seines Sitzes ausgestreckt, die langen Beine lässig übereinandergeschlagen, sah er sie an. Sein Mund lächelte, und seine Augen waren wachsam. Keine gute Kombination, um das Vertrauen eines Mädchens zu gewinnen.

Sie war die echte Tochter eines Earls, hatte er gesagt.

Irrsinn.

Aber warum sollte er lügen?

Die Vorstellung war wie ein Feuerwerkskörper, der wieder und wieder in ihrem Kopf explodierte. Nell schüttelte den Kopf und sah wieder aus dem Fenster.

Aus dieser Höhe sahen die Menschen viel kleiner aus. Ihre Gesichter verschwommen bei der schnellen Fahrt. Sie erkannte nur offene Münder, Augen, die nach oben gerichtet waren. Die Leute glotzten der großen, vorbeirasenden Kutsche hinterher. Sprangen zurück, um ihre Füße oder Hälse zu retten.

Eigentlich war sie es gewohnt, selbst fast überfahren zu werden. Hinter der Kutsche, das wusste sie, wurden Fäuste erhoben, wie stumme und hoffnungslose Beschimpfungen. Aber in den feinen Gefährten bemerkte das niemand.

»Sie könnten etwas langsamer fahren«, sagte sie.

»Ich dachte, Sie hätten es eilig.«

Das stimmte. Sobald er gesagt hatte, dass er Hannah freibekommen könnte, waren ihre Verwunderung, ihre Skepsis in sich zusammengefallen. Angesichts dieses Angebots hatten Zweifel keine Bedeutung mehr, Fragen waren Zeitverschwendung. »Ich habe es eilig«, sagte sie. »Macht aber keinen Unterschied. Sie könnten etwas langsamer fahren.«

Einen Augenblick lang musterte er sie. Dann beugte er sich vor, und sie atmete zischend ein. Es zuckte leicht in seinen

Mundwinkeln. Er hatte bemerkt, dass sie ganz leicht zur Seite ausgewichen war, als er die Hand hob, um hinter ihr an eine Scheibe zu klopfen. Er war jetzt so nah, dass sie seine Wärme spürte. Ihr Puls beschleunigte sich, und unwillkürlich hielt sie den Atem an, als hinter der Scheibe ein Gesicht erschien: einer der Lakaien.

Eine kleine Luke öffnete sich. »Eure Lordschaft?«

»Ein wenig langsamer«, sagte seine Lordschaft und lehnte sich träge und geschmeidig wie eine Schlange wieder zurück. Ihre Blicke trafen sich. Erwartungsvoll hob er eine Braue.

Grimmig presste sie die Lippen aufeinander und schwieg. Es gehörte sich einfach, langsam zu fahren. Er verdiente nicht auch noch Dank dafür. Und seine Geschichte ergab sowieso keinen Sinn. Die Briefe bewiesen gar nichts. Der eine war von Michael gewesen, dem größten Lügner der Welt. Immerhin wusste sie jetzt, wo letztes Jahr plötzlich das viele Geld hergekommen war: Fünfzig Pfund hatte er vom alten Earl erpresst.

Aber der andere Brief? Vielleicht hatte die Schrift eine leichte Ähnlichkeit mit Mums gehabt, aber nicht eindeutig genug. Und es konnte einfach nicht wahr sein. Wenn Jane Whitby nicht ihre Mutter war, wer war sie dann gewesen? Sicher keine Frau, die anderen Leuten die Kinder stahl.

Die Kutsche fuhr unter einem Torbogen hindurch in einen kleinen, ummauerten Hof. Auf knirschendem Kies kam das Gefährt zum Halten. Die Tür wurde geöffnet, und ein Mann in einer tristen, grünen Livree klappte das schmale Treppchen aus.

St. Maur erhob sich, ein großer Mann auf engem Raum. Nell presste die Waden gegen den Sitz, aber diese Maßnahme erwies sich als unnötig. Er duckte sich lässig, drehte sich um und kletterte die Stufen hinab auf den Boden. Das wässrige Sonnenlicht glänzte auf der Krempe des Zylinders, der einen tiefen Schatten über seine Augen warf.

Rasch strich er mit Daumen und Zeigefinger darüber und rückte den Hut gerade. Der Lakai trat vor, um die lange, schwarze Jacke abzuklopfen. St. Maur legte den Kopf zurück, bis ihre Blicke sich trafen.

»Es dauert nicht lange«, sagte er. »Sie warten in der Kutsche.«

Plötzlich fielen ihr Hunderte möglicher Schwierigkeiten ein. Sorge brachte sie dazu aufzustehen. »Aber woran wollen Sie sie erkennen?«

»Setzen Sie sich wieder hin«, erwiderte er nur, trat einen Schritt zurück und wartete, bis sie gehorchte.

Starr vor Wut nahm sie zähneknirschend Platz. Er hatte ihr überhaupt nichts zu sagen! Sobald die Umstände es erlaubten, würde sie ihm das klarmachen.

»Hannah Crowley«, sagte St. Maur ruhig. Er prüfte den Sitz seiner Handschuhe, strich sie glatt und zupfte an ihnen herum, während der Lakai gebückt hinter ihm stand und das Jackett abbürstete. »Das stimmt doch?«

»Ja, aber man könnte Sie hereinlegen und eine andere freilassen. Vielleicht sitzt ja auch eine Freundin von denen da drin. Sie könnten versuchen …«

»Das werden sie nicht«, sagte er. Ohne Prahlerei, er stellte einfach eine Tatsache fest. Niemand würde es wagen, ihm einen Streich zu spielen.

Der Lakai richtete sich auf und trat zurück. St. Maur stand jetzt allein im Torweg vor der hässlichen grauen Fassade des Gefängnisses. Fragend legte er den Kopf schief. »In Ordnung?«

Langsam nickte sie.

Er schenkte ihr ein schwaches Lächeln. »Haben Sie ein wenig Vertrauen«, sagte er. Er machte auf dem Absatz kehrt, und während er die Stufen hinaufstieg, nickte er jemandem zu, den sie nicht sehen konnte.

Dann schlug die Tür der Kutsche vor ihrer Nase zu.

Nell lehnte sich zurück. *Haben Sie ein wenig Vertrauen*. Die Anweisung wurde lustiger, je länger sie darüber nachdachte. Vertrauen in ihn? Warum? Warum in Gottes Namen sollte sie zu einem Mann wie ihm auch nur das geringste bisschen Vertrauen haben? Die Kleidung, die er trug, kostete wahrscheinlich einen Jahreslohn in der Fabrik. Er war gerade so gelassen in das Gefängnis spaziert, als ginge er auf einen Ball. Gewöhnliche Ängste machten keinen Eindruck auf ihn. Wahrscheinlich fand er es drollig, dass sie sich Sorgen machte.

Haben Sie ein wenig Vertrauen. War es in seiner Welt so leicht, jemandem zu vertrauen? Vielleicht konnte er sich nicht einmal eine Situation vorstellen, in der ihm ein wenig Vorsicht nützlich wäre. Wenn das Leben so einfach war, der Boden eben und mit Teppichen gedämpft, dann musste man nicht einmal aufpassen, wo man hintrat.

Sie hörte noch das Echo seiner Stimme in der stillen Kabine. Hinreißend. Leise, sanft, vornehm – seine Vokale waren so klar wie Bruchstücke von Diamanten. Mum hatte so gesprochen. Die Leute hatten sie dafür ausgelacht. Sie säße auf einem zu hohen Ross im Vergleich zu den wenigen Pennys in ihrer Tasche.

Gegenüber auf der Bank lag ein Taschentuch. Es schimmerte im sanften Licht der seitlich angebrachten Lampe. Sie nahm es in die Hand. Weich und glatt, von der Farbe des Sommerhimmels, mit feiner Weißstickerei an den Rändern. Das Monogramm *SR* war in eine Ecke gestickt.

Nell steckte es ein. Nur für den Fall, sagte sie sich.

Langsam ließ sie den Kopf gegen die Rückenlehne sinken. Für welchen Fall? Wollte sie diese Irren wirklich gewähren lassen?

Ich habe dich mitgenommen, hatte Mum gesagt.

Nach jener Nacht hatte Mum sich geweigert, noch einmal über Rushden zu sprechen. Bald war sie nicht mehr klar genug gewesen, um überhaupt zu sprechen. Aber das hatte sie geflüstert: *Ich habe dich mitgenommen*. Und: *Zu deinem Besten*.

Mum war immer ein bisschen verrückt gewesen. Aber wie sollte man es nennen, wenn sie ein fremdes Kind gestohlen hatte?

Wenn sie mich gestohlen hat.

Nell schluckte. Zu denken, dass das Mädchen auf dem Foto mehr war als ihre Halbschwester, war zu merkwürdig, ihr wurde fast übel davon. Wenn St. Maur recht hatte, dann hatten sie gemeinsam in einem Mutterleib gelegen.

Aber Nell hatte Zwillinge gekannt, die Miller-Mädchen vom Ende der Straße. Die waren unzertrennlich. Beendeten gegenseitig ihre Sätze. Liebten einander mehr als ihre Ehemänner ... So eine Verbindung, hätte sie die vergessen können? Sie hatte Katherine Aubyns Fotografie gesehen, aber es hatte ihr Herz nicht berührt – nur einen dunklen Teil in ihr, Neid, Bitterkeit und Wut.

Aber selbst wenn St. Maurs Geschichte nicht stimmte ... Unwillkürlich betrachtete sie das Innere der Kutsche. Selbst dieser kleine Raum war feiner als alles, was sie je ihr Eigen genannt hatte. Von wegen! Feiner als alles, was sie bis letzte Nacht überhaupt zu Gesicht bekommen hatte. Lampen aus geschliffenem, in Messing eingefasstem Glas, polierte Holztäfelung, kleine Gobelins, die unter ihren Füßen lagen – in so einer Kutsche konnte man wohnen.

Heiraten Sie mich, hatte er gesagt.

Nell griff in ihre Tasche und tastete unter dem Taschentuch nach der Zehnpfundnote, die er ihr zum Beweis gegeben hatte, dass er es ernst meinte. Ein- oder zweimal hatte sie eine Banknote in der Hand gehabt, aber diese fühlte sich anders an, vielleicht weil sie so sauber war. Frisch und knisternd, als käme sie geradewegs aus der Bank.

War es überhaupt wichtig, wer sie war? St. Maur meinte, dass die Leute es bedenkenlos glauben würden. Warum auch nicht? Sie sah ja wirklich aus wie dieses Mädchen.

Sie schloss die Augen und holte tief Luft. Ihre Kehle war knochentrocken. Wenn er mit Hannah zurückkäme, vielleicht … Vielleicht würde sie ihm dann ein wenig Vertrauen schenken. Aber nur ein wenig. Wenigstens würde sie dann sehen, wo das alles hinführte.

Minuten vergingen. Das Gefährt zitterte, wenn andere vorbeirollten. Schritte näherten sich der Kutsche, und die Tür schepperte unter drei heftigen Schlägen. Jetzt hörte sie eine wütende Stimme, die forderte, dass man die Tür öffnen und die Kutsche wegfahren solle, verdammte Frechheit, den Eingang zu blockieren. Sofort überschlugen sich zwei schrille Stimmen und verlangten eine Entschuldigung. Lord Rushdens Kutsche, eine wichtige Angelegenheit, man solle Respekt zeigen.

Und als Erwiderung dann eine geflüsterte Entschuldigung. Demütig wurde um die Vergebung seiner Lordschaft gefleht, usw.

Wie festgewachsen saß sie da, als die Schritte sich entfernten. Also funktionierte es wirklich. Noch nie hatte sie eine so feige Katzbuckelei miterlebt, aber schließlich bekam man in Bethnal Green auch nicht gerade oft Gelegenheit dazu. Nicht viele Lords hatten Grund, die Peacock Alley zu besuchen.

Wieder näherten sich Schritte. Die Stimmen, die eben noch das Recht seiner Lordschaft verteidigt hatten, zu parken, wo es ihm gefiele, flüsterten miteinander. Das Herz pochte ihr bis zum Hals, und sie richtete sich auf. Die Tür zitterte und öffnete sich dann.

Hannahs blasses Gesicht sah zu ihr auf. »Oh Nell«, rief sie und brach in Tränen aus.

»Deshalb soll ich mit zu ihm zurückkehren und ihn heiraten«, schloss Nell. Im Bewusstsein, dass St. Maur draußen wartete, sprach sie leise. Die Kutsche würde Hannah nach Hause bringen, aber entsprechend der Vereinbarung sollte Nell hier bei ihm in Mayfair bleiben. Offensichtlich bestand er auf allen Details. Er war nicht einmal ins Haus gegangen, sondern wartete auf der Treppe vor dem Eingang. »Kannst du das glauben?«

Hannah befeuchtete sich die Lippen. »Nein.«

»Es ist ein bisschen verrückt, oder?« Nell nahm Hannahs Hand. »Arme Kleine. Du siehst hundemüde aus.«

Hannah nickte und blickte auf die Hand in ihrem Schoß, in der das zerknautschte blaue Taschentuch lag. Nell hatte es ihr gegeben, als sie auf dem Weg zum Grosvenor Square zu weinen angefangen hatte. St. Maur hatte den Besitzerwechsel mit einer hochgezogenen Augenbraue und einem schwachen, aber ostentativen Lächeln zur Kenntnis genommen.

Jetzt weiß ich Bescheid, hatte dieses Lächeln besagt.

Ja, jetzt wusste er Bescheid. Sie war nicht nur eine Möchtegernmörderin, sondern auch eine Diebin.

Sie wollte lieber nicht darüber nachdenken, wie eng sich ihre Kehle in einer Schlinge anfühlen würde. Stattdessen konzentrierte sie sich auf Hannah, deren zitternde Hand sie hielt. »Alles ist wieder gut«, sagte sie und drückte die Freundin an sich. »Und Hannah …« Warum sollte sie keine großen Träume haben. »Denk doch nur. Das bedeutet, ich könnte reich sein. Unglaublich reich!«

Einen Moment lang war es still. Hannah sah auf und runzelte die Stirn. »Aber du bist nicht dieses Mädchen, Nell.«

»Vielleicht nicht, aber …« Nach kurzem Zögern sagte sie hastig: »Da hängt so ein Gemälde in St. Maurs Bibliothek, und ich schwöre dir, dass ich diesen Ort schon einmal gesehen habe.« Sie hatte darüber nachgedacht. »Ich habe das Haus darauf sofort erkannt. Und du hast selbst gesagt, dass ich aussehe wie die Frau auf der Fotografie.«

»Ja, schon, aber du hast gesagt …« Hannah warf einen schnellen Blick zur Tür, die noch immer geschlossen war. »Du hast gesagt, du bist das uneheliche Kind von ihrem Vater«, flüsterte sie. »Vielleicht hast du das Haus ja als kleines Kind gesehen.« Sie zog die Nase kraus. »Aber ich kann nicht glauben, dass du das all die Jahre vor mir geheim gehalten hast! Du hast kein Wort davon gesagt!«

»Aber bevor Mum krank wurde, hat sie Rushden nie erwähnt.« Warum hatte sie es nicht erzählt? Nell spürte, wie sich ihr der Magen zusammenkrampfte. »Wenn dieser Typ recht hat, hatte sie einen guten Grund zu schweigen.«

Hannah gab einen ungeduldigen Laut von sich und riss sich los. »Ich kann nicht glauben, was du da sagst. Glaubst du, deine Mum wäre zu so etwas fähig gewesen? Mrs Whitby war vielleicht ein bisschen blöde, aber um das Kind einer anderen Frau zu stehlen, muss man schon richtiggehend geistesgestört sein!«

Nell wurde rot. Die Worte sprachen ihre eigenen Gedanken aus. »Ich meine ja nicht, dass sie verrückt war. Aber falls sie es getan hat …« Sie holte Luft. »Na ja, vielleicht hatte sie einen Grund dafür. Vielleicht hatte sie Angst um mich. Vielleicht war ich irgendwie in Gefahr oder …« Nell verstummte. Hannah sah sie an, als würde sie am heiligen Sonntag fluchen.

»Hier«, sagte Hannah schroff und warf ihr das Taschentuch hin. »Nimm es zurück. Wenn du zur Hure wirst, will ich nichts von dem Geld!«

Nell schüttelte den Kopf. Ihr wurde bang ums Herz. »Er hat von Heirat gesprochen, nicht davon zu vögeln.«

Hannah schnaubte. »Bisher warst du eigentlich nie so dumm.«

Nell starrte auf das feine Taschentuch, das neben Hannahs sommersprossigen, abgearbeiteten Händen auf der Bank lag. »Du hast ja recht, dir Sorgen zu machen«, sagte sie ruhig. »Du hast auch mit Mum recht. Natürlich hätte sie so etwas nie getan.«

»Nein, das hätte sie nicht.« Hannah schob das Kinn vor. »Aber ich kann mir schon denken, warum du auf ihn hereingefallen bist«, gab sie gnädig zurück. »Er ist ein ziemlich hübscher Kerl, und ich bin froh, dass er mich hier rausgeholt hat. Aber er ist ein Lump, dich so hereinlegen zu wollen. Wenn er mit dir ins Bett will, könnte er wenigstens ehrlich sein!«

Da saß der Haken. »Ich glaube nicht, dass er lügt.« Nell zuckte mit den Achseln. »Was würde er dabei gewinnen? Männer wie er glauben, dass sie jedes Mädchen kaufen können. Und gerade mich soll er wollen?« Sie schnitt eine Grimasse. »Ich bin vielleicht keine Vogelscheuche, aber es ist doch eher unwahrscheinlich, dass er sich ausgerechnet wegen mir so viele Umstände macht.«

Hannah schürzte die Lippen. »Du bist hübsch, Nellie. Dickie Jackson sagt immer…«

»Ach, dieser Schwätzer! Du hast es schon kapiert. Ich bin nicht du. Wenn ich du wäre, würde er sich vielleicht irgendwelche Geschichten ausdenken, um dich zu kriegen. Aber, seien wir mal ehrlich, Han.«

»Ich weiß nicht …«

»Vergiss das mit Mum«, sagte Nell hastig. »Aber was auch immer die Wahrheit ist, er glaubt diese Geschichte. So oder so habe ich nichts zu verlieren, wenn ich zu ihm zurückkehre.«

Außerdem hatte St. Maur zu viel gegen sie in der Hand, als dass sie es wagen könnte, sein Angebot abzulehnen. Aber damit wollte sie ihre Freundin nicht belasten.

»Oh ja, ich wette sogar, dass er die Geschichte glaubt«, sagte Hannah düster. »Bis zu dem Tag, an dem er dich heiraten soll. Dann wirst du schon sehen, was er glaubt. Er wird dich ohne einen Penny sitzen lassen. Nichts wird dabei herauskommen!«

Nell gab ein ungeduldiges Schnauben von sich. »Vielleicht, aber hör zu, Hannah: Er hat versprochen mich einzukleiden – eine ganze neue Garderobe, hat er gesagt, damit er mich seinen Leuten vorstellen kann. Stell dir nur vor, was ich mit drei oder vier Kleidern anfangen könnte – keine billigen, sondern Seide und Satin, wie auf den Fotografien.«

Von dieser Vorstellung aufgemuntert hielt sie inne. Es wäre demütigend, sein Angebot nur anzunehmen, weil er sie sonst festnehmen lassen könnte. Aber dieser Plan war richtig klug. Selbst wenn sie von ihm nichts zu befürchten hätte, würde sie diese Möglichkeit in Betracht ziehen. »Wenn er wegen der Heirat seine Meinung ändert, habe ich immer noch die Kleider. Überleg mal, wie viel Brennan auch nur für ein einziges bezahlen würde!«

Hannah trommelte mit den Fingern auf den Ledersitz. »Ich weiß nicht. Klar, sie würden einen hübschen Preis bringen«, sagte sie leise. »Aber wenn er die Polizei auf dich hetzt, weil er behauptet, du hättest sie gestohlen?«

»Aber das könnte er jetzt auch schon tun.« Im Augenblick glaubte er natürlich, dass sie ihm von Nutzen war. Sobald sich das änderte, könnte er sie nur so zum Spaß den Hunden zum Fraß vorwerfen. »Es gibt ein Risiko«, gab Nell zu. »Aber auch nicht größer als das, das ich sowieso schon eingegangen bin.«

Hannah presste die gefalteten Hände an den Mund. Bei der angestrengten Gebetshaltung wurden ihre Lippen blass. Nell verstummte, weil sie begriff, dass ihre Freundin gleich ein Urteil abgeben würde.

»Du hast gesagt, er will dein Geld«, sagte Hannah schließlich. »Er will dich heiraten. Wenn er dich nicht auf den Arm nimmt, dann will er dich wirklich heiraten.« Sie blinzelte schnell und bekreuzigte sich dann. »Möge deine Mum mir vergeben … du könntest eine Countess werden, Nell.« Ihre Augen weiteten sich. »Eine *Countess!*«

Nell öffnete den Mund, konnte aber nichts sagen. Eine *Countess*. Das Lachen fühlte sich ein bisschen hysterisch an. »Was für eine verrückte Idee. Wenn du dieses Haus nur von innen sehen könntest …« Oder ihn darin. St. Maurs Gleichgültigkeit gegenüber dem Luxus, in dem er lebte – die Ungeduld, mit der er sich in der Bibliothek umsah, als gäbe es nichts, was ihn interessierte –, so war es, wenn man wirklich in diese Welt gehörte.

Das würde sie nie fertigbringen.

»Er ist ein ziemlicher Hingucker«, murmelte Hannah. Sie warf Nell einen seltsamen Blick zu. »Magst du ihn denn? Würdest du ihn gern heiraten?«

Nell lehnte sich zurück. Der Ledersitz fühlte sich an wie eine warme, stützende Hand im Rücken, die sie aufrecht hielt, während die Schmetterlinge im Bauch wieder losflatterten. »Er ist … clever«, sagte sie. »Aalglatt.« Natürlich war er mehr als das. Die Augen eines Magiers, der Mund des Teufels. Lächeln, das kam und ging wie Quecksilber.

Er hatte sie geküsst. Wenn sie seinem Plan zustimmte, würde er mehr wollen.

»Es wird nicht zu einer Hochzeit kommen«, sagte sie.

Skeptisch legte Hannah den Kopf schief. »Jedenfalls sieht er nicht böse aus.«

»Nein. Ich weiß nicht.« Bisher hatte er sie nicht bedroht,

aber ein Mann seiner Sorte hatte wahrscheinlich raffiniertere Methoden, um jemanden zu schikanieren. »Das werde ich wohl herausfinden.«

Das gefiel Hannah gar nicht. »Wenn er böse wäre, würdest du die Kleider liegen lassen und wegrennen.«

Nell verzog den Mund. Leicht gesagt für Hannah. Sie hatte eine Familie, die sie liebte und immer unterstützen würde. »Die Kleider nehm ich auf jeden Fall mit«, sagte sie trocken.

Ihre Blicke trafen sich und sie lachten.

»Ein violettes«, sagte Hannah nach einer Weile sehnsüchtig. »Du musst unbedingt ein violettes haben – so eins, wie wir damals bei Brennan gesehn haben.«

Jenes Kleid war herrlich gewesen, aber zu teuer, um es überhaupt nur anzufassen. »Ja«, sagte Nell. »Und ein Paar weiße Handschuhe, neu und ungetragen.«

»Ungetragen«, hauchte Hannah.

»Und Seidenstrümpfe. Warum nicht? Und ein neuer Unterrock ...« Nell verstummte. »Ich muss das einfach tun. Es ist eine Chance, oder? Die muss ich nutzen.«

Hannah sah auf das Taschentuch. »Selbst wenn du nur zehn mehr von diesen ...«

»Behalt es.«

»Nein, das könnte ich nicht!«

Nell schenkte ihr ein schiefes Lächeln. »Doch, du kannst.« Dann griff sie in ihre Jacke und holte die Zehnpfundnote aus der einen und Gabel und Messer aus der anderen Tasche. »Bewahre auch das für mich auf. Wenn ich in zwei Wochen nicht zurück bin, gehören sie dir.«

»Oh mein Gott.« Mit zitternden Händen nahm Hannah das Diebesgut in Empfang. »Das ist ... das ist ein Vermögen! Und die – sind die aus Silber?«

»Ja, ich glaube schon.«

»Aber … ich kann das nicht annehmen, Nell!«

Nell atmete tief ein. »Wenn alles gut geht«, sagte sie, »komme ich mit Sachen zurück, die hundert Mal so viel wert sind oder mehr.« Die Vorstellung erschreckte sie. »Hundert Mal so viel«, flüsterte sie. »Plus die Kleider.«

Hannah und sie starrten sich in verwundertem Schweigen an. *Hundertmal, plus die Kleider.* Nach diesen Worten gab es nicht mehr viel zu sagen.

6

Die Räume, die St. Maur ihr überlassen hatte, waren doppelt so groß wie ihre Wohnung in Bethnal Green.

Nell stand in der Mitte des Schlafzimmers neben einem langen Sofa ohne Armlehnen, das sich der Länge nach an das Fußende des Bettes schmiegte. Die Stille im Haus war gespenstisch. Man hörte nichts außer dem entfernten Ticken der Uhr im Gang.

Sie drehte sich halb um. Die Matratze war groß genug für vier. Eine bestickte Tagesdecke aus blasser, graugrüner Seide lag darüber. Hübsche Farbe. Passte beinahe zu den Augen seiner hochwohlgeborenen Lordschaft.

Bei diesem Gedanken zog sich ihr der Magen zusammen. Sie wollte ihn nicht mögen, aber für Hannahs Freiheit schuldete sie ihm etwas, und das wusste er. Als Nell in Begleitung seiner Haushälterin die Treppen hochgestiegen war, hatte er unten gestanden und zugesehen. Und sein Lächeln hatte etwas mehr als nur erfreut gewirkt. Es war selbstgefällig.

Nell wusste nicht, was er mit ihr vorhatte. Sie hatte keinen blassen Schimmer, was im Kopf eines reichen Mannes vor sich ging. Aber sie kannte eine Handvoll gut aussehender Jungen, und sobald sich so ein Lächeln auf ihren Gesichtern zeigte, musste ein Mädchen sich in Acht nehmen.

Sie schlang die Arme um sich. Lieber wollte sie jetzt nicht an ihn denken. Stattdessen bewunderte sie die Kissenbezüge, weißer als Wolken und passend bestickt, die sich wundervoll anfühlten und deren Schönheit nur für den Kopf bestimmt war, der sich darauf bettete. Überall gab es weiße Sachen, Spitzendeckchen, Laken und St. Maurs Halsbinde, die wahrscheinlich im Dunkeln leuchtete. Wundern würde es sie jedenfalls nicht.

Vielleicht mochte er Weiß, um zu demonstrieren, wie perfekt seine Bediensteten es sauber hielten. Und was im übrigen London weiß genannt wurde, war im Vergleich eigentlich grau, das war wohl klar.

Sie ging auf den Sitz am Fenster zu, blieb aber nach einem Schritt stehen. Der Teppich unter ihren Füßen war so weich!

Sie hockte sich hin, um ihn zu berühren. Dann drückte sie die Handflächen darauf. Er federte. Sie zog in Betracht, auf allen vieren darauf herumzukriechen, fürchtete aber, dass jemand hereinkommen und sie dabei erwischen könnte. Die ältere Dame, die sie hochgebracht hatte, Mrs Collins, hatte gesagt, dass bald jemand kommen würde, um ihr aufzuwarten.

Ihr *aufzuwarten!*

Zu rasch richtete sie sich wieder auf. Kein Wunder, dass ihr schwindelig wurde. Durch die offene Tür zu ihrer Linken konnte sie das Wohnzimmer sehen, wo man hinging, um zu wohnen. Schlafen tat man im Schlafzimmer, was scheinbar nicht zum Wohnen dazuzählte. Hinter dem Wohnzimmer waren ein richtiges mechanisches Wasserklosett und ein Ankleidezimmer, denn das riesige Schlafzimmer mit der ausladenden Garderobe und dem Toilettentisch bot natürlich auf keinen Fall genügend Platz, um sich darin anzuziehen.

Lachen sprudelte aus ihr heraus. Sie hielt sich den Mund zu, dann runzelte sie die Stirn und hob die Hand vor die Nase. Ein Hauch von Parfüm hing daran.

Verblüfft blickte sie nach unten. Die Teppiche waren parfümiert!

Die Tür ging auf. Sie wirbelte herum und sah, dass ein Mädchen aus dem Flur hereinkam – das sauertöpfische Hausmädchen, das gestern ihr Messer gefunden hatte. In den Armen trug sie einen Korb, auf dem ganz oben ein Haufen zusammengefalteter Kleider lag. Im Türrahmen blieb sie stehen und machte mit gesenkten Augen und in perfekter Balance einen Knicks.

Letzte Nacht hatte sie natürlich nicht geknickst.

Nell beäugte sie und den Korb. Sie war nicht gerade freundlicher Stimmung. »Wofür ist das?«

Aus hellbraunen Augen sah sie kurz zu ihr auf. »Nachthemd und Morgenrock, frische Kleider und die Sachen für Ihr Bad, Miss.«

Aha, heute war sie also schon Miss! »Und wie heißt du?«

»Polly.«

»Nun, Polly, vielleicht möchte ich gar nicht baden.«

Das Mädchen trat von einem Fuß auf den anderen. »Seine Lordschaft hat mich angewiesen, ein Bad für Sie einzulassen.«

Soweit Nell wusste, wollte seine Lordschaft, dass sie sich nackt auszog, damit er sich einschleichen und sie wieder küssen konnte. Das würde er vergeblich versuchen. Mit Hannah hatte sie besprochen, sich auf keinen Unsinn einzulassen, bevor er sein Versprechen wahr machte und sie heiratete. Der schnellste Weg ins Unglück wäre, sich ein Kind andrehen zu lassen. »Ich bin viel zu müde dafür. Gibt es hier keinen Waschtisch?« Gewöhnlich kam sie mit einem Krug Wasser und einem Lappen aus.

»Seine Lordschaft hat um ein Bad gebeten«, sagte Polly.

Nell zögerte. Pollys blonder Knoten war ordentlich und glatt. Demnach hatte das Mädchen nicht sehr hart gearbeitet. »Musst du die Eimer schleppen?«

Dem Mädchen entfuhr ein leiser, ungläubiger Laut. »Wir haben Leitungen, Miss.«

»Schön für dich«, sagte Nell. Aber es waren so viele Treppen bis ins Erdgeschoss, und plötzlich überkam sie Müdigkeit. »Ich möchte lieber nicht warten. Eine Schüssel tut es auch.«

Das Mädchen warf Nell einen befremdlichen Blick zu und stolzierte dann forsch an ihr vorbei ins Boudoir. Dort blieb sie stehen, um die frische Wäsche abzulegen, bevor sie verschwand.

Neugierig tapste Nell ihr hinterher und entdeckte, dass es noch einen Raum gab, dessen Tür geschickt von der Tapete kaschiert wurde. Weiße Kacheln bedeckten den Boden, und über der blassblauen Tapete glänzte eine Lackschicht. In der Mitte des Raums, unter einem kleinen Oberlicht aus buntem Glas, führten zwei Holzstufen zu einer großen, in edles Mahagoni eingefassten Emaillewanne. Zwei Kupferrohre waren so angebracht, dass sie ins Innere der Wanne zielten. Kam das Wasser wirklich bis hier oben?

Das Hausmädchen hatte den Korb auf einem Messingwägelchen abgestellt und kniete sich jetzt hin, um an einem der Hähne zu drehen. »Er klemmt«, sagte sie ächzend, bevor der Hahn nachgab und sie rückwärts auf den Hintern fiel. Man hörte ein hohles Klopfen und dann einen metallischen Schlag wie von einem Hammer.

»Was für ein unchristlicher Lärm«, sagte Nell. »Und ich habe auch keine Lust auf ein Eisbad, wohlgemerkt.«

»Nur einen Augenblick.« Polly zupfte an ihrer Haube und rappelte sich wieder auf.

Plötzlich sprudelte Wasser aus einem der Rohre und plätscherte in die Wanne.

Nell klammerte sich so heftig am Türrahmen fest, dass ihr die Knöchel schmerzten. Das Wasser dampfte.

»Es ist warm?«, fragte sie.

»Ja«, seufzte das Mädchen. »Sogar zu warm. Sobald genug drin ist, muss ich das Rohr wieder zudrehen und kaltes Wasser dazulaufen lassen.« Sie warf Nell einen Blick zu, der besagte, dass nicht alle Leute so viel Aufhebens verdienten, und strich dann das Handtuch im Korb glatt. »Seine Lordschaft ist sehr modern«, sagte sie steif.

»Das sehe ich.« Nell hätte wohl eher »magisch« gesagt. Sie konnte die Augen nicht vom sprudelnden Wasserhahn abwenden. Es floss wie ein Bächlein! Aus dem Wasserkran im Hof bei der Wohnung in Bethnal Green kam nur zwei- oder dreimal die Woche Wasser, und nie nach einem vorhersehbaren Plan. Außerdem war es ein dünnes braunes Rinnsal. Wenn jemand baden wollte, bedeutete das stundenlange Arbeit – man musste die Eimer füllen und die Treppe hinaufschleppen und außerdem einen Eimer über dem Feuer heiß machen, damit man im kalten Nass nicht erfror.

Und hier drehte man nur einen Hahn auf.

Sobald das warme Wasser etwa acht Zentimeter hoch stand, drehte das Hausmädchen es ab und das kalte Wasser auf. »Sie können sich jetzt auskleiden, Miss.«

Nell räusperte sich. »Vor dir?«

»Sicher, vor wem sonst?«, fragte das Mädchen mit scharfer Zunge. »Ich bin schließlich hier, um Sie zu baden, oder?«

»Ich glaube, ich kann mich allein waschen«, gab Nell zurück.

Die Hände in die Hüften gestemmt drehte das Hausmädchen sich um. »Aber das ist nicht richtig so. Da sind Seife und Lotionen und andere Dinge, die ich auftragen muss.«

Nell starrte sie an. »Bei Gott, Mädchen, hast du keine Selbstachtung? Mir war klar, dass Hausmädchen so ziemlich alles machen, aber du meinst ernsthaft, dass du einer Lady die Dose schrubbst?«

Das Mädchen klappte die Kinnlade hinunter. »Ich muss doch sehr bitten!«

»Du kannst bitten, worum du willst – und sicher tust du das

auch! Aber bitte woanders, denn ich kann sehr gut allein baden!«

»Wirklich? Sie riechen nämlich nicht gerade so, als ob Sie das könnten«, gab das Mädchen zurück.

»Das ist ja wohl lächerlich! Ich rieche lieber nach Zwiebeln, als vor einem Reichen zu katzbuckeln. Hast du keinen Stolz? Warum bist du überhaupt in Stellung gegangen? Für seinen Unterhalt Sklavenarbeit verrichten – das kann ja wohl nicht deine Vorstellung von Leben sein!«

Das Mädchen schnappte hörbar nach Luft. »Ich stinke jedenfalls nicht nach Wurst und Zwiebeln, wie Sie sicher bemerkt haben, Miss!«

Nell verstummte. Dagegen konnte sie nichts sagen. »Du bist ganz schön streitlustig.« Diese Erkenntnis stimmte sie dem Mädchen gegenüber ein wenig freundlicher. »Schade, dass du keine eigene Meinung haben darfst. Halt deine scharfe Zunge lieber zurück, sonst wird sie dir noch abgeschnitten.«

Das Lachen des Hausmädchens klang ungläubig. »Aber sicher doch. Glauben Sie nicht, dass ich nicht wüsste, was Leute wie Sie über Mädchen in Stellung sagen. Ihr denkt, wir wären Hunde, stimmt's? Während ihr in euren dreckigen kleinen Bruchbuden zu acht in einem Raum schlaft und die Pennys für Gin gegen die Kälte zusammenkratzt. Ist ja schön und gut, dass ihr euch zu eurer sogenannten Freiheit gratuliert, obwohl eure Kleider zerlumpt sind und ihr wie die Ratten im Dreck lebt!«

Was für ein trauriger Haufen falscher Informationen. »Du hast zu lange den Predigten der Reichen gelauscht, Schätzchen. So schlimm ist es nicht.«

Das Mädchen langte in den Korb und schnappte sich eine der Flaschen. Als sie den Korken rauszog und etwas von der klaren Flüssigkeit ins Wasser kippte, zog ein himmlischer Duft durch den Raum, irgendeine süße, durchtriebene Blume, die

Nell an Mondlicht und eine warme Sommerbrise denken ließ. »Wenn ich das nächste Mal für Sie Sklavenarbeit verrichte, riechen Sie wenigstens besser«, murmelte Polly. Aber als sie sich wieder umdrehte, wanderte ihr Blick an Nells Gestalt hinunter, und sie runzelte auf eine Weise die Stirn, die Nell überhaupt nicht behagte. »Ich wette, ich könnte Ihre Rippen zählen.«

Nell kämpfte gegen den Impuls an, die Arme vor dem Bauch zu verschränken. »Und wenn schon.«

»Sie haben nicht ein Gramm Fleisch zu viel auf den Knochen. Wenn das Freiheit sein soll, nehme ich lieber mein Schicksal auf mich. Ich esse besser, ich schlafe besser und ich mache mir keine Sorgen über die Zukunft. Sagen Sie über mich, was Sie wollen, aber tun Sie nicht so, als hätten Sie und Ihre Freunde es nicht gern auch so bequem.«

Sie schob das Kinn hoch und ging an Nell vorbei aus dem Raum. Aber sie schlug nicht die Tür zu, wie es sich eigentlich für eine wütende Frau gehörte. Sie war für den Dienst ausgebildet und schloss die Tür ganz sanft.

Das leise Klicken hatte etwas Bedrohliches, aber es kümmerte Nell nicht. Ihr war schnurzpiepegal, was ein kriecherisches Hausmädchen zu sagen hatte.

Das Wasser lief noch. Sie schaffte es, den Hahn gleich beim ersten Versuch zuzudrehen, und fühlte sich gleich besser. Ganz bestimmt brauchte sie kein Hausmädchen für solche Verrichtungen.

Prüfend hielt sie die Hand ins Wasser, das wärmer war als eine Sommernacht. Zwiegespalten blickte sie von der Badewanne zur Tür und wieder zurück. Es wäre Verschwendung, das Wasser nicht zu benutzen, nur aus Angst, dass St. Maur auftauchen könnte. Und es wäre feige.

Mit klopfendem Herzen entledigte sie sich ihrer Kleider und stieg ins Wasser.

Jesus, Maria und Josef. Die Wärme ging ihr durch Mark und Bein. Als sie sich hinsetzte, spürte sie, wie sich Muskeln entspannten, von deren Existenz sie bisher nicht einmal etwas geahnt hatte. Die Wanne war lang genug, dass sie die Beine ausstrecken und sich zurücklehnen konnte. Fast war sie sogar tief genug, um auf dem Wasser zu treiben.

Die Decke war ebenfalls gekachelt. Jedes Quadrat war mit unterschiedlichen Mustern bemalt, dunkelblaue Schnörkel vor lavendelblauem Hintergrund.

Da rechts hatte eine die Farbe des Himmels.

Nell starrte an die Decke, ihr Kopf war so ruhig und zufrieden wie ihr Körper. Was hatte dieses Mädchen ins Wasser geschüttet? Wenn es eine Blume mit diesem Geruch gab, musste sie ihren Namen wissen.

Nachdem sie eine Weile an gar nichts gedacht hatte, setzte sie sich auf und griff nach dem Korb. Die kleinen Flaschen enthielten Flüssigkeiten von unterschiedlicher Farbe, und jede roch besser als die andere – eine nach Mandeln, eine andere nach Erdbeeren, die nächste nach Rosen. Sie kippte sich etwas von dem Zeug mit dem Rosenduft in die Hand, schäumte es auf und verteilte es auf Armen und Brust. An den dunkleren Stellen schrubbte sie ein wenig.

Als sie bei den Rippen angelangt war, holte sie tief Luft. Das Hausmädchen hatte recht gehabt. Seit ihrem letzten Bad war sie magerer geworden. Unterhalb der Rippen sank ihr Bauch ein wie die Wange einer alten Frau. Sie strich sich mit der Hand über die Höhlung, und ihr fuhr ein eigenartiger kleiner Schreck in die Knochen. Das gleiche zittrige Gefühl kannte sie von früher aus der Fabrik, wenn ihr bei der Arbeit an der Schneidemaschine beinahe etwas passiert wäre. Sobald ihr bewusst geworden war, dass sie gerade fast einen Finger verloren hätte, hatte sie noch stundenlang unter Schock gestanden.

»Nun«, sagte sie sanft. Sie musste einfach essen, das war alles. Sie würde alles essen, was man ihr vorsetzte, und vielleicht sogar um mehr bitten. Was auch immer bei St. Maurs Plan herauskam, sie würde bei ihrem Aufenthalt hier ein wenig zunehmen, und allein dafür lohnte es sich schon.

Sie schluckte den Kloß im Hals hinunter.

Das hatte sogar etwas Positives: Sie musste sich keine Gedanken mehr darüber machen, wie sie St. Maurs Avancen abwehren konnte. Garantiert hatte er nur Interesse vorgetäuscht, damit sie sich ein wenig geschmeichelt fühlte. Auf keinen Fall konnte er eine Frau begehren, die selbst das Hausmädchen als Klappergerüst bezeichnete.

Nell glitt tiefer ins Wasser, tauchte mit Gesicht und Haaren unter und rubbelte sich ordentlich den Kopf. Als sie wieder an die Oberfläche kam und tief Luft holte, schnitt sie eine Grimasse. Es lag ein ziemlicher Gestank in der Luft.

Sie drehte sich in der Wanne um, sodass Wasser über die Ränder spritzte, und musste lachen, als sie den Ursprung des unangenehmen Geruches entdeckte. Jetzt, wo sie sauber war, konnte sie endlich ihre Kleider riechen.

So roch sie also normalerweise.

Das Lachen verstummte. Gott im Himmel. Wie wollte St. Maur irgendjemanden davon überzeugen, dass sie in diese Welt gehörte?

Wenn er wirklich glaubte, dass sie jemals für eine Lady durchging, war er dümmer, als er aussah.

Simon wusste, dass die meisten seiner Standesgenossen sich vor Verabredungen mit ihren Verwaltern und Geschäftsleuten fürchteten. Vor dreißig Jahren, als Reichtum noch hauptsächlich auf Landbesitz beruhte, waren diese Treffen wahrscheinlich mit viel Glanz und Gloria abgehalten worden. Aber seit dem Zusammenbruch der Getreidepreise tendierten die Diskussionen über Saaten und Ernten und neue Maschinen eher dazu, deprimierend zu sein. Man musste hart dafür arbeiten, den Kopf über Wasser zu halten, sogar und vielleicht vor allem, wenn man hunderttausend Morgen besaß.

Aus all diesen Gründen freute Simon sich auf diese Gespräche. Selbst die Zerstreuung durch das Fabrikmädchen brachte ihn nicht dazu, die geplante Verabredung abzusagen. Gespräche über Bodenqualität und Niederschlagsmengen befriedigte irgendeinen dunklen, altmodischen Winkel in seiner Seele. Es war herrlich, ganze Teile dieser Welt sein Eigen zu nennen! Selbst die beflissenen Briefe, die die Zuwendungen seines Verwalters an verarmte Pächterfamilien begleiteten, schrieb er gern.

Als er einen solchen nun unterzeichnete, während fünf Männer ihn schweigend dabei beobachteten, dachte er daran, dass auch sein Vorgänger es ausgekostet hatte, Earl zu sein. Die Hauptfreude des alten Rushden hatte aber wohl mehr darin bestanden, ohne Begründung handeln zu können und niemandem Rechenschaft zu schulden. Für sich selbst hatte Simon einen anderen Weg gefunden. Auf seine Beweggründe bildete er sich allerdings nicht viel ein: Er spielte einfach gern den Helden. Um auf die Gelegenheit zu verzichten, eine Familie mit einem Geschenk von fünfzig Pfund zu retten und dadurch ihre unvergängliche Bewunderung zu gewinnen, musste man deutlich bescheidener sein als er.

Als sein Sekretär den Brief in Empfang nahm und ihm einer der Buchhalter über die Schultern sah und den Inhalt des Schreibens erfasste, gab Letzterer einen erstickten Laut von sich. »Mylord – wir waren doch übereingekommen – Ihre Mildtätigkeit ist zwar edel, aber …«

»Ich erinnere mich durchaus«, sagte Simon. Es war verlockend, jetzt schon zu verkünden, dass seine finanziellen Schwierigkeiten bald vorüber wären. Aber er würde sich zurückhalten, bevor er nicht mit seinem Anwalt gesprochen hatte. »Schicken Sie ihn ab. Nur wegen fünfzig Pfund werden wir schon keine roten Zahlen schreiben.«

Nachdem er die Männer hinausbegleitet hatte, begab er sich nach oben. Das Haus war stiller als ein Grab. Die Stille hatte etwas Einschneidendes, Erwartungsvolles, wie wenn man scharf Luft holte, bevor man die entscheidenden Worte sprach. Ein Hausmädchen ging zehn Schritte vor ihm über den Flur, erschrak bei seinem Anblick, machte einen raschen Knicks und verschwand mit gesenktem Kopf im Dienstbotengang.

Unten war es sicher nicht so still. In der Küche würde man ausgiebig über die Identität seines Gastes spekulieren. Seine Haushälterin hatte sich beinahe verschluckt, als er sie angewiesen hatte, Nell in den Räumen der Countess unterzubringen.

Und vor ebendiesen Räumen, die schon so bald zum festen Inventar des Londoner Klatsches gehören würden, war er jetzt unwillkürlich stehen geblieben. Die geschlossene Tür wirkte unverdientermaßen interessant. Ob sie wohl abgeriegelt war?

Ihm gefiel der Gedanke nicht, dass sie vielleicht eine Barriere zwischen ihnen errichtet hatte. Nachdenklich legte er eine Hand auf den Knauf.

Gerade wollte er ausprobieren, ob die Tür verschlossen war, als er im Flur ein Geräusch hörte und sich umwandte. Eines der Hausmädchen, Holly, Molly oder so ähnlich, kam mit einem Tablett näher. Als sie ihn entdeckte, verlangsamten sich ihre Schritte und sie senkte den Kopf, um aufmerksam den Boden zu betrachten.

Bisher hatte er immer geglaubt, dass Ängstlichkeit eine natürliche Folge gesellschaftlicher Distanz war. Und natürlich ging sie Hand in Hand mit Ehrerbietung. Aber jetzt kam ihm in den Sinn, dass er als Hausherr weniger gütig war, als er selbst von sich geglaubt hatte. Seine Dienerschaft huschte um ihn herum wie verschreckte Mäuse, Nell aber hatte nichts Ängstliches an sich.

»Ist das für Lady Cornelia?«, fragte er.

Das Mädchen zuckte zusammen, als hätte er es geschlagen. Oh, er hatte es getan: Er hatte seinen Gast mit seinem richtigen Namen genannt. Morgen Abend oder übermorgen würde das im West End die Runde machen. Eine Lady Cornelia in den Gemächern der Countess of Rushden. Wer war sie? Ohne Anstandsdame? Was konnte das für eine Lady sein? Und Cornelia? Ein merkwürdiger Zufall, oder? Aber das konnte doch nicht … nein, bestimmt nicht.

»Ja, Eure Lordschaft«, antwortete das Hausmädchen. »Mrs Collins sagte – wegen des Auges …«

»Arnika«, riet er. Auf dem Tablett lag ein gefaltetes Tuch und eine Schüssel mit dampfender, klarer Flüssigkeit, wohlriechend und minzig.

»Ich … ja, Eure Lordschaft.«

Simon lächelte. Was für eine großartige Gelegenheit. Ohne zu zögern hob er die Hand und wollte gerade klopfen, als die Tür wie von Magie aufging.

Nell Aubyn stand auf der Schwelle, und ihr erschrockener Blick passte perfekt zum leisen Keuchen des Hausmädchens. Sie trug ein weites, kurzärmliges Nachthemd mit einem Ausschnitt, der tief genug war, dass man die stark hervortretenden Schlüsselbeine sah.

Für einen Moment überrumpelte ihn dieser Anblick. Die Magerkeit gab zusammen mit dem blauen Auge ein verstörendes Bild ab. Selbst wenn man es völlig objektiv betrachtete, tat er diesem Mädchen einen Gefallen. Warum kam er sich dann plötzlich wie ein Schurke vor?

Rasch schob er den Gedanken beiseite. »Guten Abend«, sagte er und nahm das Tablett aus den schlaffen Händen des Hausmädchens, bevor er eintrat. »Das ist dann alles«, warf er ihr über die Schulter zu, während er den Eingang mit seinem Körper blockierte.

Die Tür fiel zu und schloss ihn mit seiner zukünftigen Braut ein – die jedoch einen Schritt zurückwich. Sie war eindeutig nicht vorbereitet auf traute Zweisamkeit. So müde und dürr sie auch aussah, das Bad hatte ihre angeborene Schönheit deutlicher zum Vorschein gebracht. Das nerzbraune Haar war von kupferfarbenen Strähnen durchzogen, die der Dreck überdeckt hatte. In nassen Wellen fiel es bis über die kantigen Ellbogen hinab, die Spitzen lockten sich auf der Höhe der Taille. Sie roch nach Rosen.

Der Geruch machte ihn wieder klarer. Es war ein Glück für sie, dass sie hergekommen war. Niemand würde sie schlecht behandeln. »Hat man Ihnen keinen Morgenrock gebracht?«, fragte er.

Sie schob den Kiefer vor und verzog das Gesicht. Kein schöner Anblick, aber irgendwie fesselnd. Alles an ihr wirkte übertrieben – als wäre sie ein kleines bisschen lebendiger als jeder, den er kannte.

»Er war kratzig«, sagte sie.

»Oh. Das geht natürlich nicht. Morgen wird eine Schneiderin kommen. Außerdem wird jemand zu Markhams gehen und für die erste Zeit etwas Konfektionsware einkaufen.«

Sie nickte müde, packte den Ausschnitt des dünnen Nachthemds und zog ihn etwas nach oben. Als sie danach Fäuste machte, durchfuhr ihn ein köstlicher Schock. Sie hatte Armmuskeln. Kleine, perfekt geformte Bizepse, die sich deutlich wölbten, während ihre Knöchel weiß wurden.

Er starrte sie offen an, damit sie sein Interesse bemerkte.

Er hatte noch niemals Muskeln an einer Frau gesehen. Glatt, blass und rundlich, das waren die natürlichen weiblichen Eigenschaften. Nachgiebig, gepolstert. Die Muskulatur in Nells Armen wirkte obszön. Unnatürlich und faszinierend zugleich. Der Beweis für eine Realität, von der er nichts ahnte, für eine Geschichte, die er nicht kannte und die er sich nicht vorstellen konnte: ihr anderes Leben als ein Mädchen, das arbeiten ging, um seinen Lebensunterhalt zu verdienen. Sie versorgte sich selbst, arbeitete für das Geld, mit dem sie Brot kaufte.

Simon blickte auf und war für einen Moment so geschockt, als hätte man ihn mit kaltem Wasser übergossen: Er sah in das Gesicht von Kitty Aubyn.

Kitty hätte gekreischt, wenn jemand sie in einem solchen Zustand der Nichtbekleidung gesehen hätte. Nell dagegen richtete sich auf und schob das Kinn vor. Wieder sah er die einzigartige Kraft ihres Willens, das blühende, kraftvolle Leben. Selbst ihr nasses Haar schien vor Lebendigkeit zu zittern, während sie ihn anstarrte.

Nell war nicht im Geringsten von ihm verunsichert.

Dabei wollte er sie verunsichern.

Am liebsten hätte er ihren Bizeps ganz vorsichtig zwischen die Zähne genommen und die Rosen abgeleckt, bis nur noch der Geruch ihrer Haut übrig war.

Er lächelte sie an. War vollkommen hilflos dagegen. Er war froh, dass sie bei ihm eingebrochen war, um ihn zu töten.

»Ich habe keinen Witz gemacht«, sagte sie. »Sie brauchen nicht so komisch zu gucken.«

Simon zuckte mit den Achseln. »Ich fürchte, ich selbst bin der Witz.« Unter den gegebenen Umständen war es unvermeidlich, dass sie ihn anzog. Aber seine primitive Natur spielte auch eine Rolle dabei. Er begehrte sie nicht trotz ihrer Muskeln, sondern gerade deswegen.

Wie um alles in der Welt hatte sie solche Kraft entwickelt?

»Als was genau haben Sie gearbeitet?«, fragte er, als sie gleichzeitig den Mund öffnete und überstürzt sagte:

»Ich habe die Tür nur aufgemacht, um festzustellen, ob sie von außen abgeschlossen ist.« Dann hielt sie die Luft an und stieß dann hervor: »Ich habe nicht nach Gesellschaft gesucht oder mit Ihnen plaudern wollen.«

Er hielt inne. »Man kann diese Tür nicht von außen verschließen.«

»Ich arbeite in einer Tabakfabrik.«

Jetzt lachte Simon, nicht über ihre Antwort, sondern über dieses merkwürdige kleine Zwiegespräch, bei dem ihm ganz schwindelig wurde. »*Habe* gearbeitet«, sagte er. »Sie arbeiten da nicht mehr.«

Sie runzelte die Stirn, als wäre diese Neuigkeit zweifelhaft. »Richtig.«

Oh, sie würde London auf den Kopf stellen. Und plötzlich sah Simon auch, warum er sie so interessant fand: Sie war einmalig. Einzigartig. Die verschwundene Erbin hatte sich in ein Fabrikmädchen verwandelt. Dass sie ihm gefiel, gehorchte einem Muster in ihm, dachte er – er fand verstecktes Potenzial, entwickelte sonderbare und seltene Talente. Und ihre Anwesenheit hier bei ihm hatte in so vielerlei Hinsicht großes Potenzial. Für seine Bankkonten. Für seinen persönlichen Vorteil und sein Vergnügen. Um sich auf Kosten von Kitty und Grimston zu amüsieren. Und für die späte Rache an einem toten Mann.

Plötzlich wurde sie rot, ein zarter rosa Fleck breitete sich über ihren Hals aus. Aufmerksam sah er zu. Er war neugierig, wie weit er sich ausdehnen würde, und gleichzeitig erstaunt, dass eine Frau mit Muskeln überhaupt errötete. »Werden Sie am ganzen Körper rot?«, fragte er.

Ihr Kinn ruckte in Richtung Tür. »Raus.«

Jetzt versuchte sie auch noch, ihn herumzukommandieren. Unklug. Das Haus gehörte ihm. Hier würde er tun und lassen, was er wollte.

Aber der Anblick ihres geschwollenen Auges brachte ihn dazu, sich eine scharfe Antwort zu verkneifen. Erst vor Kurzem hatte jemand versucht, sie in ihre Schranken zu weisen, und Simon war sich sicher, dass der Versuch gescheitert war. Nell war wirklich zäh – eine Eigenschaft, die er bewunderte.

»Ich bin eigentlich mit einem Auftrag hier«, sagte er. Er neigte den Kopf und wies auf das Tablett in seiner Hand. »Ob Sie es glauben oder nicht, ich spiele hier selten das Hausmädchen. Aber Ihr Auge muss behandelt werden.«

Die Schwellung war nicht so schlimm. Es hinderte sie jedenfalls nicht daran, beide Augen skeptisch zusammenzukneifen. »Es ist nur eine Beule«, sagte sie.

Dieser Bemerkung und der Bedeutung dahinter – dass sie Verletzungen dieser Art für unerheblich hielt – konnte er nicht zustimmen. Er klang etwas barscher, als er vorgehabt hatte. »Sie sind ein wertvolles Gut. Wie ich Ihnen erklärt habe, sind Sie viel Geld wert. Sie müssen mir erlauben, mich um Sie zu kümmern.«

Nach kurzem Zögern nickte sie einmal widerwillig. Anscheinend hatte er genau den richtigen Ton getroffen. Solange sie seine Fürsorge als Teil einer großen finanziellen Transaktion ansah, hätte sie nichts dagegen.

Es war absurd, dass dieser Gedanke in ärgerte. Seine Fürsorge war ja wirklich Teil einer großen finanziellen Transaktion. Der Plan, diese frische, strahlende Haut zu berühren, war nur ein kleines Extra.

»Sollen wir hier im Wohnzimmer bleiben?«, fragte er. »Oder erscheint Ihnen das Schlafzimmer passender?«

Ein leiser, empörter Laut drang aus ihrer Kehle: Hrrmpf. Sie drehte sich um und führte ihn zum Kamin, wo zwei lederne Ohrensessel vor dem schwach brennenden Feuer standen. Links davon gab es eine versteckte Tür, die zu seinen Gemächern führte. Er hoffte, dass sie das noch nicht herausgefunden hatte.

Steif ließ Nell sich auf einen der Sessel hinab. Simon stellte das Tablett auf den kleinen Tisch zu ihren Füßen – ein skurriler Spaß, diese häusliche Verrichtung –, faltete das Handtuch auf ein Drittel zusammen und tauchte es in die Schüssel.

Als er sich vor sie hinkniete und die Hand nach ihrem Gesicht ausstreckte, wich sie deutlich erschrocken zurück. »Das kann ich auch allein.«

»Ja«, sagte er. »Das könnten Sie.«

Ohne weitere Widerworte abzuwarten, drückte er ihr das Tuch gegen die Wange. Sie sollte besser begreifen, wo ihr Platz in dieser Partnerschaft war. Selbst eine rein finanzielle Verbindung begünstigte einen der Vertragspartner. »Wer hat Ihnen das angetan?«, fragte er beiläufig.

»Geht Sie nichts an«, murmelte Nell. Die feuchte Wärme fühlte sich angenehm an, aber es war nicht klug, ihn so nah an sich heranzulassen. Als sie die Augen schloss, um seinen Anblick auszublenden, spürte sie seinen Arm, der fest und warm gegen ihren drückte. Ein törichter Teil von ihr wollte sich an ihn lehnen. Sie war noch nie im Leben so verwöhnt worden, und das machte ihr Gehirn morsch.

»Vielleicht geht es mich nichts an«, murmelte er, »aber ich würde es trotzdem gern erfahren. Wer war es?«

Seine Berührung war so sanft an ihrer Wange. Er ging mit ihr um, als wäre sie zerbrechlich, besonders. Eine Lady.

Diese Vorstellung war absolut zum Lachen.

Nell versuchte, von ihm abzurücken. Nicht so weit, dass es ihm auffiel, sie wollte nur seine Wärme nicht mehr spüren. Ohne Zweifel war sie eine vollendete Närrin, eine Fliege, die sich von Lord Spinne einfangen ließ. *Was für ein luxuriöser Salon, Sir. Aber natürlich schlafe ich in Ihrem Netz.* Klug, gut aussehend, ein Earl … wenn er wollte, könnte er sie unter seinem Absatz zertreten.

Was nicht hieß, dass sie ihm das leicht machen würde. Sie war aus härterem Stoff gemacht als Glas.

»Also?«, fragte er.

Selbst sein Atem roch teuer. Dem Geruch nach zu urteilen hatte er Brandy getrunken. Nell richtete ihre Aufmerksamkeit auf seine Hände, braun gebrannt wie die eines Mannes, der in der Sonne arbeitete. Natürlich schloss der dicke Goldring an seinem Finger diese Vorstellung aus. Kein Bauer hatte je so etwas getragen.

Allein aus Neugier sprach sie nun. »Was würden Sie tun, wenn ich es Ihnen erzählte?«

»Ich würde dafür sorgen, dass er es bereut.«

Unwillkürlich sah sie ihm in die Augen. Er blinzelte, als wäre er nicht weniger überrascht als sie selbst. Dann lächelte er sein launenhaftes kleines Lächeln. »Sehen Sie! Benehme ich mich nicht schon wie ein perfekter Ehemann?«

Sie konnte ein schwaches Lächeln nicht unterdrücken. »Meiner Erfahrung nach sind es die Ehemänner, die überhaupt erst zuschlagen.«

Die Heiterkeit verschwand aus seinem Gesicht. »Wenn das stimmt, ist es eine traurige Tatsache.«

»Ihr Angebot hört sich gut an«, sagte sie. Vielleicht war dieser Typ gar nicht so schlecht. »Aber es ist nicht nötig.«

»Gehört zum grundlegenden Service«, sagte er ausdruckslos.

Sie schnaubte. »Dann sind Sie wohl ziemlich beschäftigt,

St. Maur. Mir fallen sofort ein Dutzend Frauen ein, die Ihre Dienste benötigen würden.«

Mit dem kleinen Finger fasste er unter ihr Kinn und schob ihr Gesicht hoch, sodass sie sich ansahen. Aus dieser Nähe konnte sie seine Iris deutlich sehen: Ein schmaler Ring aus Kohle umgab grüne und blassgraue Fasern, die an den Pupillen in einen goldenen Reif übergingen. Wunderschöne Augen. Seine Brauen, ausgeprägte, pechschwarze Striche, näherten sich einander, als er die Stirn runzelte. »Gehören Sie häufig dazu?«, fragte er.

Ungeduldig stieß sie den Atem durch die Nase aus. Sein Mitleid würde ihr wahrscheinlich einen Vorteil bringen, aber sie ertrug es einfach nicht. »Nein«, sagte sie. »Ich kann selbst auf mich aufpassen.«

Einen weiteren Augenblick sah er sie an, aber wenn er Zweifel daran hatte, behielt er es für sich. Er ließ ihr Kinn los und konzentrierte sich wieder auf ihre Wange. Als sie spürte, wie das Tuch abwärts in Richtung Kiefer wanderte, wurde sie stocksteif. Es fühlte sich zu sehr nach einer Liebkosung an. Sie musste daran denken, wie er sie heute Morgen berührt, wie er sie letzte Nacht geküsst hatte. Sie war eine solche Idiotin, nicht besser aufzupassen. Wie ein Trinker, der Gin roch, spürte sie, wie jede einzelne Zelle in ihr erwachte.

Es war sonderbar, dass Körper einander von Anfang an begehren konnten. Anders als Seele und Verstand traf das Fleisch sofort eine Entscheidung – weshalb der Verstand umso wichtiger war. Rasch riss Nell ihm das Tuch aus der Hand. »Sie setzen sich da hin«, sagte sie und klopfte mit der Hand auf den anderen Stuhl. Mit absichtlich breitem Akzent fügte sie hinzu: »Ich kann das allein mit mei'm Auge.«

Spöttisch salutierend legte er zwei Finger an die Schläfe und tat wie ihm befohlen. Sie atmete tief durch, um sich zu beruhigen. Würde er wirklich dafür sorgen, dass Michael es bereute? Sie hatte mit genügend Iren im Pub geflirtet, um zu erkennen, wenn jemand leer daherschwätzte. Lag es an seinem Gesicht, dass sie so dämlich war? Der Kiefer war markant und quadratisch, die Wangenknochen ausgeprägt. Das Einzige, was ihn davor bewahrte, richtig hübsch zu sein, war der Höcker auf der Nase, aber es war wirklich knapp. Langbeinig, breitschultrig, flacher Bauch … er war zu schön, um wahr zu sein.

Genau wie diese ganze Sache.

»Irgendetwas stinkt hier gewaltig«, sagte sie. »Ein Mann wie Sie, ich kann mir kaum vorstellen, dass es Ihnen schwerfällt, eine Braut zu finden. Was ist der wahre Grund für diesen Schwindel?«

Er lehnte sich im Sessel zurück. Als er die Absätze auf einem kleinen Hocker abstützte, der vor dem Kaminschirm stand, zeichneten sich die kräftigen Muskeln im Oberschenkel ab. Für einen Augenblick sah sie ihn vor sich, wie er nackt ausgesehen hatte. Groß, mager und muskulös, wie ein Tier, das für die Jagd gemacht war.

»Ich habe die Wahrheit gesagt«, sagte er nachdenklich. »Und es scheint mir erstaunlich, dass Sie auf meinen Plan eingegangen sind, obwohl Sie an meinen Absichten zweifeln. Hatten Sie vielleicht das Gefühl, dass Ihnen nichts anderes übrig blieb? Wer hat Ihnen das blaue Auge verpasst?«

Ein Laut entfuhr ihr, reine Wut. »Das geht Sie nichts an!«

Für einen Moment betrachtete er sie. Auf seinen Lippen zeichnete sich ein Lächeln ab. »Hmm.« Er nahm die Stiefel vom Hocker und stellte sie flach auf den Boden. Dann beugte er sich, die Ellbogen auf die Oberschenkel gestützt, zu ihr vor. Die Vorsätzlichkeit seiner Bewegung, der langsame Übergriff in ihren Raum, brachte ihren Pulsschlag zum Stolpern. »Alles was mit Ihnen zu tun hat, geht auch mich etwas an, seit

Sie Ihren Fuß in dieses Haus gesetzt haben. Ist das nicht großartig?«

Er sah viel zu selbstsicher aus. Als wüsste er etwas, das sie nicht wusste. Sie legte das Tuch beiseite, wollte die Hände lieber frei haben. »Ich habe nie zugestimmt, dass Sie in meinem Leben herumwühlen.«

»Sie haben zugestimmt, mich zu heiraten, oder? Als meine zukünftige Braut sind Ihre Sorgen auch meine. Eigentlich ganz einfach.«

Was für ein Haufen Blödsinn. Die Ehefrauen, die sie kannte, hielten vor ihren Männern mehr geheim, als sie mit ihnen teilten. »Was ist mit Ihren Sorgen?«, fragte sie. Man konnte die Skepsis in ihrer Stimme hören. »Werden die auch zu meinen?«

»Sie dürfen mich fragen, was sie wollen.«

Das war keine Antwort. »In Ordnung«, sagte sie. Sie würde ihn testen. »Sie sind ein gut aussehender Filou. Sie haben hübsche Manieren, einen Titel und ein Haus obendrein. Warum finden Sie kein reiches Mädchen, das Sie heiratet?«

»Aber ich habe doch eines gefunden«, sagte er leichthin. »Sie sitzt mir gegenüber und sieht in ihrem Nachthemd ganz bezaubernd aus. Gott segne Stoffe, die kratzen.«

Fassungslos spürte Nell, wie sich Schamesröte in ihrem Gesicht ausbreitete. Was sollte das nun wieder? Eigentlich war sie weder schüchtern noch prüde. »Machen Sie sich nicht über mich lustig.«

»Sie glauben nicht, dass Sie bezaubernd sind?«

Seine Augen waren beinahe klebrig. Ein Mädchen konnte leicht darin hängen bleiben. »Ich bin keine Lady.« Aber das klang irgendwie nicht richtig. Sie runzelte die Stirn im Verdacht, gerade sich selbst gegenüber unfair gewesen zu sein. Mit einem hilflosen Achselzucken fügte sie hinzu: »Jedenfalls nicht von Ihrer Sorte. Keine … richtige Lady, meine ich.«

»Ah, deswegen.« Er seufzte und starrte ins Feuer. »Die meisten richtigen Ladys sind ziemlich lästig. Sie stellen Ansprüche, denen ich nur ungern gerecht werden würde. Und ihre Väter sind ebenfalls ein Problem, da sie in der Regel meinen Ruf missbilligen.«

Bisher hatte er diesen Ruf nicht erwähnt. »Warum? Was ist mit Ihrem Ruf?«

»Ich hatte eine ziemlich wilde Jugend.«

Die musste wirklich verdammt wild gewesen sein, wenn die Leute trotz des Adelstitels vor ihm zurückschreckten. »Haben Sie jemanden umgebracht?«

»Nein.«

Sie hatte ein kurzes Zögern bemerkt. »Seien Sie ehrlich.«

Er sah sie offen an. »Ich finde es selten sinnvoll zu lügen, Nell.«

Ausweichender als ein Dieb, der von einem Schutzmann verhört wurde. »Aber manchmal tun Sie es trotzdem?«

Er lächelte schief. »In Ordnung. Also raus damit. Die schlimmsten Gerüchte, die Sie zu hören bekommen werden.« Er lehnte sich zurück und beäugte sie. »Ich bin ein Säufer. Nicht wahr: Ich trinke gern, bin aber selten richtig betrunken. Ein Lebemann und Lüstling: bis zu einem gewissen Maß vielleicht, aber nicht wahllos. Nur geladene Gäste, wie man so schön sagt. Ein Spieler: ja, aber ich habe nie um Beträge gespielt, die über meine Mittel hinausgingen.« Er verstummte kurz, schwarzer Humor verdunkelte sein Gesicht. »Obwohl es in meiner jetzigen Situation ziemlich einfach wäre. Gemeinhin spiele ich jedenfalls nur wegen des Vergnügens, andere Leute um ihr Geld zu bringen. Was noch? Ah – böse Perversionen. Nun, ich denke, das hängt davon ab, wie man ›böse‹ definiert. Einige Leute haben furchtbare Angst vor Kreativität. Substanzen, die im Gegensatz zu Alkohol nicht erlaubt sind: ja, gelegentlich. Aber ich bin von keiner abhängig.« Er hielt inne. »Anarchismus, Teufelsanbetung, beides falsch … gibt es noch etwas? Lassen Sie mich einen Moment nachdenken.«

Entgeistert sah sie ihn an. »Mehr kann es wohl kaum geben.«

»Höchstens ein paar Bagatellen«, gab er mit einem fröhlichen Lächeln zurück.

Die Diskrepanz zwischen seinem Tonfall und den Eingeständnissen ging ihr auf die Nerven. Seine Worte schienen ihn nicht im Geringsten zu erschüttern. »Es macht Ihnen nichts aus?«

»Was?«

»Dass die Leute Lügen über Sie erzählen?«

Leicht neigte er den Kopf zur Seite. »Warum sollte es? Abgesehen von den Unannehmlichkeiten bei der Suche nach einer wohlhabenden Braut.«

»Wegen der Wahrheit?« An seiner Stelle müsste sie sich wirklich zusammenreißen, um diese verlogenen Gesichter nicht zu zerkratzen.

Sein Grübchen kam zum Vorschein. »Die Wahrheit ist so viel langweiliger«, sagte er. »Und die Leute wollen unterhalten werden. Dafür sorge ich.« Einen Augenblick lang schwieg er und sah aus, als würde dieser Gedanke ihn amüsieren. »Vermutlich steckt in jedem ein Geschichtenerzähler. Und ich inspiriere diese Geschichten. In dieser Hinsicht bin ich so etwas wie …« Plötzlich lachte er. »Eine Muse für die gelangweilte Oberschicht.«

»Eine Muse.«

»Gestalten aus der griechischen Sage. Inspirierten …«

»Dichter und Künstler und was auch immer«, beendete sie seinen Satz. »Ich dachte, es waren Frauen.«

»Waren es auch.« Er beugte sich vor und musterte sie eingehend. »Sie lesen also doch.«

Sie verdrehte die Augen. »Muss ich Ihnen fünfmal sagen, dass ich meine Buchstaben gelernt habe, bevor Sie mir glauben?«

Er gab ein amüsiertes Schnauben von sich. »Ich hatte nicht gedacht, dass man in der Volksschule griechische Literatur durchnimmt.«

Gott im Himmel. »Leute, die sich keine Bücher leisten können, benutzen Leihbüchereien.« Die meisten davon waren furchtbar, aber die GFS hatte eine fantastische Sammlung. Das war der einzige Grund, warum sie beigetreten war.

»Gewiss.« Er betrachtete sie. »Sie müssen mich für einen fürchterlichen Snob halten.«

»Sie sind ein Snob.« Leute seines Schlags waren allesamt Snobs. »Warum? Glauben Sie etwa, dass Sie keiner sind?«

»Nein. Ich gebe es zu.«

Sie grinste. »Anscheinend geben Sie so einiges zu, was andere Leute lieber abstreiten würden.«

Langsam breitete sich ein Lächeln auf seinem Gesicht aus. »Sie sind nicht schwer von Begriff.«

»Das hat auch nie jemand behauptet.« Wie konnte er so etwas nur denken? Es kratzte an ihrer dummen Eitelkeit. »Vielleicht lassen Sie sich von der Tatsache täuschen, dass ich immer noch hier sitze«, sagte sie. »Eine kluge Frau würde zweifellos schnellstens verschwinden. Sie haben selbst gesagt, dass Sie keine gute Gesellschaft abgeben.«

»Oh nein«, sagte er, und wieder kam sein Grübchen zum Vorschein. »Sie haben mich missverstanden, Nell. Bei mir sind Sie sogar in der allerbesten Gesellschaft: Ich verspreche Ihnen, dass Sie sich nie langweilen werden.«

Sie schnaubte. »Um Langeweile mache ich mir keine Sorgen.«

»Dann sind Sie eine sehr glückliche Frau.«

Was für ein dummes Geschwafel. Er redete daher wie ein Kind. »Sie sind der Glückliche. Sonst wüssten Sie, dass man an Langeweile Freude haben kann. Die Beste aller Freuden: Es bedeutet, dass man sich um nichts zu sorgen braucht.«

Er beugte sich so schnell vor, dass sie nicht mehr zurückweichen konnte. Mit den Fingern strich er über ihre geschwollene Wange, sein Daumen lag neben ihrem Mundwinkel. »Wegen mir müssen Sie sich keine Sorgen machen«, murmelte er. »Ich habe in meinem Leben noch nie eine Frau verletzt.«

Als sie die Berührung seines Daumens so nah an ihren Lippen spürte, ging ein Beben durch ihren Körper. Es war wie das erste Zittern eines zu fest geschlossenen Topfdeckels, bevor er absprang. Ihr Körper mochte es. Das konnte schon mal vorkommen. Es hieß noch lange nicht, dass sie dem Beachtung schenken musste.

Nell räusperte sich. »Sie müssen mich nicht berühren, um dieses Argument zu unterstreichen.«

»Aber ich berühre Sie gern.« Er musterte sie einen Moment lang. »Merken Sie das nicht?«

Sie begriff, dass er sie küssen wollte. Sein Griff war nicht fest. Sie hätte zurückweichen können. Aber wenn man zurückwich, glaubten Männer manchmal, man hätte Angst vor ihnen. Und sobald sie das dachten, taten sie alles Mögliche, um herauszufinden, ob es stimmte.

Langsam senkte er den Kopf. Seine Lippen berührten ihren Mund einmal, zweimal, so leicht, dass sie es kaum spürte. Vielleicht hatte sie ihn falsch eingeschätzt. Diese Küsse fühlten sich nicht an wie Lust, sondern als wolle er symbolisch sein Versprechen besiegeln.

Dann zog er sich ein wenig zurück. Sein Gesicht war keine fünf Zentimeter von ihrem entfernt, und er sah sie an. »Machen Sie mit?«

Eine merkwürdige Frage, umso beunruhigender, da sie Einfühlungsvermögen bewies. Er hatte bemerkt, dass sie ihn abwehren wollte. Ihr gefiel überhaupt nicht, wie deutlich er sie durchschaute. »Ich bin nicht hier, um für Sie die Hure zu spielen«, sagte sie mit harter, leiser Stimme.

»Nein«, stimmte er zu. »Das werden wir uns für das Ehebett aufheben. Aber in der Zwischenzeit ein Kuss.«

»Den ich Ihnen letzte Nacht schon gegeben habe«, sagte sie. »Einer reicht.«

Er zog einen Mundwinkel nach oben. Ein spitzbübisches kleines Lächeln. »Wenn das Ihre Meinung ist, war es ein schlechter Kuss. Sie müssen mir auf jeden Fall die Gelegenheit zugestehen, das wiedergutzumachen.«

»Nein.« Sie wusste genau, wo das hinführte. Sie hatte ein Dutzend Mädchen gesehen, die von Kerlen mit Talent zum Süßholzraspeln ruiniert worden waren. »Ich werde nicht Ihren Bastard austragen, St. Maur.«

Er sah sie an. »Wir müssen uns dringend unterhalten«, sagte er, »falls Sie glauben, dass Küsse zu Kindern führen.«

»Ich weiß genau, was zu Kindern führt, und ich werde es auf keinen Fall tun.«

»Nun, dann sollte ein einfacher Kuss doch in Ordnung sein, unfruchtbar, wie er ist.«

Sie öffnete den Mund und war sprachlos. »Sie sind wirklich hinterlistig mit Worten«, sagte sie schließlich.

Er grinste. »Ich glaube, ich muss auf meinem Kuss bestehen«, sagte er und kam wieder näher. Aber diesmal glitt er von seinem Sessel hinunter vor ihr auf die Knie und griff ihr ins Haar, als er seine Lippen erneut auf die ihren legte.

Ach, er fühlte sich so gut an. Heiß und stark. Mit der Zunge fuhr er an ihrer Unterlippe entlang, und ihre Gedanken verhedderten sich. Als sie keuchte, drang er in ihren Mund ein und packte ihr Haar fester. Glut wurde in ihr entfacht, löste ihre Anspannung und wärmte ihr die Kniekehlen.

Nein. Nell kämpfte, um den Überblick über ihre Gedanken zu behalten. *Dummes, dummes Mädchen.* Ein Mann, der auf sein Vergnügen aus war, war blind und hilflos und ein leichtes Ziel. Aber wenn die Frau es auch wollte, welche Macht blieb ihr dann noch?

St. Maur war wirklich geschickt. Er küsste sie, als gäbe es nichts außer diesem Kuss, als genüge er sich selbst und es gäbe keine Eile oder Hast oder ein größeres Ziel dahinter. Sein Mund bewegte sich langsam und bewusst. St. Maur gab einen tiefen Laut von sich, als ob er etwas Köstliches probierte. Dann spürte sie seinen Daumen an ihrem Mund, wie er in einer verträumten Linie über ihre Haut fuhr, als wollte er unterstreichen, was er mit ihr tat.

Mit ihr tat. Er sollte überhaupt nichts mit ihr tun.

Als sie sich versteifte, protestierte er murmelnd. So ein leises Geräusch, so sonderbar bei einem Mann: beinahe verletzlich. Sein Griff wurde sanfter, wenn sie wollte, konnte sie sich von ihm zurückziehen. Aber mit den Fingern fuhr er ihre Wange hinab, als wolle er sie nicht gehen lassen, fuhr weiter hinab, eine flüchtige, warme Berührung an ihrem Hals, ein sanfter Druck auf ihrem Schlüsselbein. Kein Drängen, kein Grabschen. Nur Schmeicheln. *Fragen.*

Ihr Körper entflammte. Die Spitzen ihrer Brüste. Zwischen den Beinen. Eine Offenbarung breitete sich in ihr aus, schmolz und zog sich zusammen: diese Orte, an denen Männer so interessiert waren, spielten selbst auch eine Rolle. Wenn er fragte, antwortete ihr Körper ihm.

Sie legte ihm eine Hand auf den Arm. Unter dem dünnen Batist des Hemds fühlte er sich fest und heiß an, stark und kraftvoll. Sein harter Bauch presste sich an ihre Knie. Er kam näher, beugte sich über sie. Seine Größe lag in den langen Beinen, also war er auch kniend noch groß. Mit der freien Hand griff sie in sein Haar. Es war weicher und dichter als jedes Haar, das sie bisher berührt hatte. Das Haar eines reichen Mannes, genährt durch lebenslanges gutes Essen.

Dieser Gedanke brach den Zauber. Sie stieß ihn fort. Augenblicklich zog er sich zurück, verlagerte das Gewicht in einer fließenden Bewegung auf die Füße und machte keine Anstalten, ihr noch einmal näher zu kommen. Er hockte nur da und atmete heftig. Sein Haar war zerwühlt, seine Halsbinde hatte sich gelöst. War sie das gewesen?

Er atmete aus und fuhr sich mit der Hand durch das zerzauste, schwarz glänzende Haar. Er war so schön wie eine Sommernacht und doppelt so teuer wie der Mond. Als ihr Blick auf seine verwunschenen, haselnussbraunen Augen traf, leckte er sich die Lippen. Nell begriff, dass er sie schmeckte.

Ihr wurde noch heißer, und sie errötete so heftig, dass ihr Gesicht wahrscheinlich in Flammen aufging.

Träge lächelte er. »Ich bin wirklich froh, dass Sie beschlossen haben zu bleiben«, sagte er.

Sofort sprang sie auf, ohne ihre weichen Knie zu beachten. »Wenn Sie froh bleiben wollen«, sagte sie zitternd, »dann verschwinden Sie auf der Stelle. Sonst …«

Aber er war bereits aufgestanden. Nach einer lässigen, braven Verbeugung ging er zur Tür.

Als die sich hinter ihm schloss, lief Nell ein Schauer über den Rücken – als ob sie gerade noch einmal entwischt war. *Aber nicht ihm*, dachte sie.

Erschrocken, dass in seiner Umarmung die größte Bedrohung von ihr selbst ausging, schlang sie die Arme fest um sich.

7

»In diesem Fall erspart uns schlichte Habgier einen ziemlichen Haufen Ärger«, sagte Daughtry trocken, den Blick auf den Frühstücksteller gerichtet. Er war ein schlanker, silberhaariger Mann, dessen deutlich gewölbte Brauen und dunkle, unter schweren Lidern liegende Augen ihm ein kritisches, skeptisches Aussehen verliehen, ganz gleich, was gerade der Gegenstand seiner Betrachtungen war. Im Moment zum Beispiel der Speck, den er gerade auf die Gabel spießte.

Simon fragte sich häufig, ob Daughtrys Gesicht der Schlüssel zu seinem Erfolg war. Kaum etwas war an einem Anwalt so beruhigend wie Pessimismus. »Sie meinen«, sagte er, als er seine Kaffeetasse hob, »dass Grimston und sein Mündel nicht damit einverstanden waren, Cornelia für tot erklären zu lassen.«

»Genau.« Daughtry kaute schweigend und presste dann die Serviette an die Lippen, wobei er exakt den faltigen Bereich abdeckte. Selbst das Frühstück aß er wie ein Advokat, langsam und methodisch.

»Das ergab natürlich Sinn«, fuhr Daughtry fort. Er nahm die Gabel in die Hand und zielte auf die zitternde Mitte seines weich gekochten Eis. Anscheinend überlegte er, aus welchem Winkel er das Eigelb am besten in Angriff nehmen könnte, gab den Plan zu Simons Enttäuschung jedoch wieder auf und legte die Gabel auf den Teller zurück. »Gemäß den Bedingungen für die Treuhand können Katherine und Cornelia erst voll über ihr Vermögen verfügen, wenn sie heiraten oder das Alter von fünfundzwanzig Jahren erreichen. In der Zwischenzeit erhält

Sir Grimston eine jährliche Summe für ihren Unterhalt und ihre Ausbildung. Hätten wir mit dem Antrag, Cornelia für tot erklären zu lassen, Erfolg gehabt, wäre diese Summe halbiert worden und Grimston und infolgedessen auch Lady Katherine hätten weitaus weniger zur Verfügung.«

Simon nickte. »Aber Cornelias Wiederauftauchen hat die gleichen Auswirkungen.«

»Ja.«

»Wir müssen uns also auf einen harten Kampf gefasst machen.«

Daughtry räusperte sich. »Wir sollten vorsichtshalber davon ausgehen.«

»Ich bin schon gespannt, wie sie das abstreiten wollen. Sie sieht Kitty zum Verwechseln ähnlich.« Simon zögerte. Die Bemerkung hinterließ einen unangenehmen Nachgeschmack. Sie warf ein komisches Licht auf die lange Stunde, die er letzte Nacht wach gelegen hatte. Während er freudig Pläne schmiedete, wie er Nell ausziehen und verführen konnte, hatte er Kitty gegenüber ganz andere Gefühle. »Es sind Zwillinge«, ergänzte er. »Natürlich sehen sie sich ähnlich. Ich wollte damit nicht sagen, dass die Ähnlichkeit über das Aussehen hinausgeht.«

Daughtry missverstand die Bedeutung seiner Worte. »Ja, darin liegt wahrscheinlich die Schwierigkeit. Selbst wenn die Ähnlichkeit mit Lady Katherine so außergewöhnlich ist, wie Sie sagen, müssen wir beweisen, dass sie nicht irgendein uneheliches Kind seiner Lordschaft ist. Das Kindermädchen kann zu Muttermalen und Ähnlichem befragt werden. Und es wird ebenfalls wichtig sein, die Identität der Frau zu bestimmen, die Lady Cornelia aufgezogen hat. Gestatten Sie mir, die Firma Shepherd and Sons für diese Zwecke zu empfehlen.« Er wandte sich um und warf dem bebrillten Sekretär, der neben der Anrichte platziert worden war, einen kurzen Blick zu. Der unterdimensionierte Bedienstete nickte und machte eine Notiz. »Ein sehr diskretes Trio«, fuhr Daughtry fort. »Und sie kennen sich in den übleren Bezirken ein bisschen aus. Ich war immer sehr zufrieden mit ihrer Ermittlungsarbeit.«

»Exzellent.« Simon war egal, wer es tat, solange es getan wurde. »Was noch?«

»Ah … ja.« Daughtry räusperte sich und legte einen Finger an die Lippen – offenbar war das ein Zeichen, denn der Sekretär sprang von seinem Stuhl auf, machte eine tiefe Verbeugung und bat darum, den Raum verlassen zu dürfen.

»Großartig«, sagte Simon, als sich die Tür hinter dem Mann schloss. »Sie haben ihn auf Handzeichen trainiert?«

Daughtrys Lippen deuteten einen knappen und äußerst flüchtigen Hauch eines Lächelns an. »Diskretion ist meine Parole, besonders in Dingen der …« Er zog eine stahlgraue Braue hoch. »Liebe?«

Simon lachte. »Mein Gott, Daughtry. Haben Sie Ihren Sinn für Humor all die Jahre versteckt gehalten?«

»Niemals«, sagte Daughtry. »Jedoch in der Annahme, dass Sie beabsichtigen, der Dame Obdach zu geben …«

»Das tue ich.« Auf keinen Fall würde er riskieren, ihre Spur in irgendeinem Rattenloch in den Slums zu verlieren. »Was ist damit?«

»Ihnen muss klar sein, dass ihr wunderbares Wiederauftauchen das öffentliche Interesse erregen wird. Wenn Lady Katherine und Grimston hartnäckig sind, könnte ein richterliches Verhör notwendig werden.«

»Damit habe ich gerechnet.« Vor sechzehn Jahren waren die Zeitungen voll von ihrem Verschwinden gewesen. Ihr Wiederauftauchen würde sich kaum als weniger auffällig erweisen.

»Es wird Spekulationen zu ihrem Aufenthaltsort vor ihrer

Rückkehr geben. Wenn es einen unauffälligen Ort gäbe, wo man sie unterbringen könnte … vielleicht bei Lady St. Maur?«

Simon ließ ein Schnauben hören. »Bei meiner Mutter?« Sie würde Nell in Lauge tauchen wollen und zur Sicherheit noch einmal abkochen. Von allen Menschen würde sie als Letzte daran glauben, dass Cornelia in Gestalt eines verwahrlosten Mädchens aus den Slums wieder aufgetaucht war. Es war ihr schon immer schwergefallen, Anschein und Wahrheit als zwei unterschiedliche Kategorien zu betrachten. »Völlig unmöglich. Außerdem ist sie über den Sommer in Nizza.«

»Gut. Aber wenn ihre Ladyschaft hier bei Ihnen untergebracht ist …« Daughtry verstummte für einen Moment. »Verzeihen Sie, aber Sie müssen begreifen, wie das für andere aussieht.«

»Ziemlich skandalös, ohne Zweifel. Na und? Schließlich muss sie ja keinen Ehemann suchen. Den werde ich wohl in zufriedenstellender Weise abgeben.«

»Sie haben also vor, sie sofort zu heiraten?«

»Sobald klar ist, dass sie die Erbschaft bekommt. Ohne Aufschub.«

Mit zusammengepressten Lippen nickte Daughtry und konzentrierte sich dann darauf, seine Manschette glatt zu streichen.

Für einen Mann, der normalerweise etwa so steif war wie eine fünf Tage alte Leiche, war diese unaufmerksame Handbewegung ein außerordentlich deutliches Anzeichen von Zweifeln. »Sagen Sie einfach, was Sie denken, Daughtry«, sagte Simon.

»Als Ihr Rechtsbeistand muss ich alle möglichen Folgen in Betracht ziehen.« Daughtry zuckte mit den Schultern. »Sobald sie als Lady Cornelia anerkannt ist, wird Sir Grimston ihr Vormund sein, und zweifellos wird er erpicht darauf sein, seine … ähm … Pflicht zu erfüllen, sozusagen.«

Und genauer gesagt von ihr zu profitieren. Sie war erst zweiundzwanzig. Grimston würde noch drei Jahre in den Genuss kommen, ihren nicht zu verachtenden Nachlass zu kontrollieren, falls sie unverheiratet blieb. »Er wird alles tun, um sie von mir fernzuhalten.«

Eine dunkle Vision stieg vor ihm auf: Trotz beträchtlicher Investitionen in Lady Cornelias Auferstehung würde er vielleicht mitansehen müssen, wie Nell ihm entrissen wurde. Grimston würde die Hochzeit so lange wie möglich aufschieben wollen. Und Nell vielleicht sogar ermuntern zu debütieren.

»Und wenn ich sie sofort heirate?«, fragte er. »Sagen wir, bevor sie in die Gesellschaft eingeführt wird?«

»Das wäre hilfreich für unsere Sache«, sagte Daughtry sofort. »Sollten wir wirklich vor Gericht gehen, können Sie sich sicher vorstellen, dass es einem Richter leichter fällt, die adlige Geburt einer Countess anzuerkennen als die einer Frau von ungewissem Leumund, die unter fragwürdigen Umständen unter dem Dach eines … Gentlemans lebt.«

Zwar sagte er nicht *eines Mannes von ihrem Ruf*, aber Simon hörte es trotzdem deutlich heraus.

»Aber falls irgendetwas schiefläuft«, gab Simon zurück, »bin ich ein bankrotter Lord, der sich ein mittelloses Mädchen aus der Gosse aufgehalst hat. Nicht wirklich ideal, oder?«

»Aber nein.« Daughtry sah überrascht aus. »Dem wäre nicht so. Falls die Dame nicht Lady Cornelia ist, hätten Sie keine Wahl, als eine Annullierung der Ehe zu beantragen.«

Simon, der gerade nach dem Kaffee griff, erstarrte in der Bewegung. »Würde die denn gewährt werden?«

»Sobald ihr betrügerische Absicht nachgewiesen werden kann, wäre Ihre Einwilligung in die Ehe nichtig. Das ist einer der verlässlichsten Gründe für eine Annullierung. Unvorstellbar, dass das Gericht keine volle Sympathie mit Ihrer Situation hätte.«

Simon lachte in sich hinein. »Aber das ist ein … durch und durch hinterlistiger Plan, Daughtry.«

Der Anwalt verzog den Mund zu einem gerissenen Lächeln. Man brauchte keinen Sinn für Humor, um ein selbstgefälliger, hämischer Mistkerl zu sein. »Es wäre unerfreulich«, gab er zu. »Aber es läge vollkommen im Rahmen des Gesetzes.«

»Das Gesetz ist ein Esel«, murmelte Simon. Wer hatte das gesagt? Shakespeare. Er nahm einen großen Schluck. Korrekter wäre: Das Gesetz ist ein Upperclass-Esel. Wer sonst hatte irgendeine Hoffnung, es zu seinem Vorteil zu verdrehen? »Sie hat keine Chance.«

Daughtry lächelte wieder. »Nein, hat sie nicht.«

Simon sah zum Fenster hinaus. Ein schöner Tag, die Morgensonne schien fröhlich durch die glänzenden Blätter.

Eigentlich war es nicht sein Stil, mit armen Schluckern Spiele zu treiben. Man spielte nicht mit Leuten, die die Regeln nicht kannten oder nicht ausgerüstet waren, um sie einhalten zu können.

Aber es gab selten die Aussicht auf einen so überwältigenden Gewinn – und nicht nur für ihn. Auch Nell würde davon profitieren. In vielerlei Hinsicht profitierte sie sogar sehr viel mehr als er. Ihm würde das Geld lediglich erlauben, weiter das Leben zu führen, das er gewohnt war, aber sie könnte sich ein sehr viel besseres Leben leisten. Sie könnte leben, wie sie wollte: Außer seinem Anteil an der Erbschaft würde Simon nichts von ihr verlangen.

Und wenn sie scheiterten? Es würde Nell nicht schaden, ein paar Monate hier zu leben. Sie würde das Haus satt und gut gekleidet verlassen. Ein netter kleiner Urlaub von harter Arbeit, dachte er. Wenn sie wollte, konnte sie bei ihrem Auszug auch noch etwas Tafelsilber mitnehmen.

»Die Detektive sollen sofort anfangen«, ordnete er an.

»Wahrscheinlich ist es entscheidend zu beweisen, dass Jane Lovell die Frau war, die sie aufgezogen hat. Lady Cornelia nannte sich Nell Whitby, gab aber zu, dass sie den Namen von ihrem Stiefvater hatte. Wenn Janes Heirat legitim war, dann könnte man mit den Aufzeichnungen der Kirchengemeinden beginnen.«

»Sehr gut. Und soll ich einen Besuch im Büro des Erzbischofs von Canterbury arrangieren?«

Sie brauchten eine spezielle Heiratserlaubnis, wenn sie die übliche Frist und Bekanntmachung der geplanten Eheschließung nicht abwarten wollten.

»Tun Sie das«, sagte Simon. »Offensichtlich haben wir nichts zu verlieren.« Und alles zu gewinnen.

Die Tür ging auf. Seine zukünftige Frau betrat den Raum, und entsetzt stellte Simon fest, dass sie beinahe in Lumpen gekleidet war.

»Guter Gott«, hörte er Daughtry murmeln.

Tief verwurzelte Manieren überwanden seine Verblüffung. Zusammen mit Daughtry erhob er sich.

»Morgen«, sagte sie fröhlich und warf beiden ein munteres Lächeln zu.

»Auch Ihnen einen guten Morgen«, gab Simon zurück. Ihr Anblick setzte einen unsanften Schlusspunkt hinter die rauschhafte Begeisterung, die er beim Pläneschmieden empfunden hatte. Er hatte vollkommen vergessen, wie wenig sie doch nach einer verschwundenen Erbin aussah. Da war einmal die Tatsache, dass sie nur Haut und Knochen war. Und dann die Aufmachung, die sie unverständlicherweise irgendwo aufgetan hatte: ein trister grauer Rock mit ungleichmäßigem Saum, eine lange schwarze Jacke, deren Ärmel oberhalb der knorrigen Handgelenke endeten. Und eine Melone. Wo zum Teufel hatte sie eine Melone her?

Im dezenten Luxus seines Salons sah sie wie die Pointe eines Witzes aus. Oder eher wie ein Ausrufezeichen. Jetzt hatte sie die Speisen auf der Anrichte bemerkt, und jede Zelle ihres Körpers strebte darauf zu.

Simon atmete tief durch und unterdrückte seinen Ärger. »Bedienen Sie sich«, sagte er.

Sie nickte und steuerte auf das Büfett zu.

Langsam sank er in seinen Stuhl zurück. Die ungerührte Miene, die Daughtry ihm gegenüber zur Schau stellte, hatte einen Preis verdient. Silber schlug gegen Porzellan. Ein melodieloses Summen drang an seine Ohren. Nell lud sich in bester Laune Essen auf den Teller.

Es herrschte Schweigen, bis sie sich an den Tisch setzte.

»Wo haben Sie diese Kleider her?«, fragte er.

Sie hob die Brauen. »Eines der Hausmädchen hat sie mir gebracht. Danke.«

Er biss sich auf die Zunge. Offensichtlich ahnte sie nicht, dass sie die Zielscheibe eines grausamen Scherzes geworden war.

Daughtry warf ihm einen undurchdringlichen Blick zu. Er spürte, wie seine Wut heftiger wurde und durch die Peinlichkeit eine ungekannte Schärfe bekam. Noch vor Mittag würde er jemanden feuern. Niemals würde er seinen Dienstboten so einen albernen Aufstand durchgehen lassen, genauso wenig wie diesen lächerlichen Dünkel.

Mit Mühe nahm er seine Gabel und konzentrierte sich auf seine Wurst.

Ein feuchtes Platschen ließ ihn aufblicken. Ein größeres Stück Ei war neben Nells Teller gelandet.

Man würde ihre Tischmanieren etwas … aufpolieren müssen.

An Appetit schien es ihr allerdings nicht zu mangeln.

Daughtry legte seine Gabel nieder und unterzog die Tischdecke einer genauen Untersuchung. Simon konnte ihm das kaum vorwerfen. Es kam einem fast unanständig vor, Nell beim Essen zuzusehen. Sie beugte sich über den Teller, als müsste sie ihn beschützen, während sie den Inhalt rasch und stetig mit der Gabel in sich hineinschaufelte. Beim Kauen warf sie ihnen beiden misstrauische Blicke zu. Schockiert begriff er, dass Nell sie beim Essen beobachtete und abschätzte, ob sie sich von den Speisen auf der Anrichte noch nachnehmen würden oder, besser gesagt, wie viel für sie übrig wäre, wenn sie ihren Teller geleert hatte.

Die Tür öffnete sich und ein Hausdiener trat ein, um die gleiche Frage zu erörtern. Nell erschrak und war sichtlich erleichtert, als der Mann wieder ging, ohne etwas abzuräumen.

Mitleid, dachte Simon, fühlte sich an wie eine Krankheit, ein wachsender Tumor, die Art von schmerzhaftem Krebs, die den Patienten dazu brachte, das Skalpell zu begrüßen, das ihn für immer entfernte.

Er wandte den Blick von Nell ab und betrachtete die Gemälde an den Wänden. In der Ecke sah der alte Rushden finster auf sie hinab, so steif wie die Leiche, die er inzwischen war, aber irgendwie selbstgefällig. Der Mund war in dieser leichten Kurve gefroren, die weniger ein Lächeln als ein verächtliches Grinsen gewesen war. Es hatte fast immer auf seinen Lippen gelegen: In seinen Augen hatte fast die ganze Welt unter ihm gestanden.

Vielleicht hatte Nell Glück, dass Rushden ihre Rückkehr nicht mehr erlebt hatte. Simon war sich sicher, dass er ihr nicht wohlwollend begegnet wäre.

Der Gedanke verstärkte sein Unbehagen. Er selbst begegnete ihr auch nicht gerade wohlwollend. Obwohl er gerade beschlossen hatte, einen Dienstboten zu feuern, weil er sich über sie lustig gemacht hatte.

Wieder öffnete sich die Tür: Es wurde Nachschub gebracht. Nell drehte sich auf ihrem Stuhl um, sichtlich gefesselt vom Anblick gebackener Pilze, Hammelkoteletts, gebratenem Barsch und gekochten Tomaten. Als der Diener die Speisen auf die Anrichte stellte, lehnte sie sich zurück, atmete tief durch und legte zum ersten Mal, seit sie begonnen hatte, die Gabel zur Seite.

Simon räusperte sich. »Es gibt immer noch mehr. Und wenn Sie auf etwas Bestimmtes Appetit haben, müssen Sie nur fragen.«

Sie warf ihm einen abwägenden Blick zu. »Das werde ich«, sagte sie, und in ihren Worten klang eine Art Herausforderung mit.

»Fragen Sie«, sagte er. »Was hätten Sie gern?«

Sie nahm die Gabel wieder auf und drehte sie zwischen den Fingern, während sie überlegte. »Ich werde noch darüber nachdenken«, sagte sie. Ein seltsames Lächeln kroch über ihren Mund, als sie ihre Aufmerksamkeit wieder dem Essen widmete.

Nein, mehr noch: als sie begann, mit dem Essen zu kommunizieren.

Zuerst wurden ihre Bissen langsamer. Das nächste Milchbrötchen brauchte eine ganze Minute, um zu verschwinden.

Dann, als sie mit einer Schüssel Beeren und frischer Sahne weitermachte, erklangen diese leisen Laute in ihrer Kehle.

Nachdem sie damit fertig war, hielt sie inne, um sich die Finger abzulecken.

Und dann seufzte sie, ein voller Klang, bei dem ihre Brust sich hob und senkte. Ihre Zunge kam zum Vorschein und leckte einen Rest Sahne aus dem Mundwinkel.

Mit einem weiteren Milchbrötchen ging dann alles wieder von vorne los.

Er saß reglos da und kam sich wieder wie ein Idiot vor –

wenn auch nur vage, auf irgendwie unklare Weise. Nell bemerkte seinen Blick nicht. Warum sollte sie auch? Sie wurde gerade von Erdbeeren überwältigt. Von Brötchen hingerissen, von Devonshire Double Cream verführt. Jeder Zentimeter an ihr war rosig und vibrierte vor schwelgerischem Genuss. Für ihn hatte sie keine Energie übrig.

Was eigentlich gut war, dachte er. Er hatte nämlich keine Ahnung, was sein Gesicht ihr verraten hätte, hätte sie sich die Mühe gemacht, ihn anzusehen. Sein Mitleid war verschwunden – hatte sich plötzlich aufgelöst –, um einem sehr viel weniger vergeistigten Gefühl Platz zu machen.

Simon warf einen Seitenblick auf Daughtry. Der Mann sah entsetzt aus.

Worüber Simon absurderweise lächeln musste. Ach ja, Daughtry war von der biederen Sorte. Ganz anders als er selbst.

Es war aber nicht nur Lust, die ihn gepackt hatte. Das in ihm ansteigende Gefühl war fast eine Offenbarung. Niemals hatte er jemanden gesehen, der so viel Vergnügen verspürte. Und weswegen? Frühstück.

Sie nahm eine Tasse, roch daran und lächelte. Sein rühriger Koch hatte sich daran erinnert, dass ihr zum Frühstück Schokolade serviert werden sollte. Jetzt zögerte Nell keine Sekunde: sie hob die Tasse, und der reine weiße Bogen ihres Halses schrie beinahe nach der Berührung seiner Hand.

Als sie die Tasse wieder abstellte, war sie leer.

Ihm kam es fast so vor, als ob es bei dieser Offenbarung auch um Neid ging. Schokolade mochte in Bethnal Green etwas Ungewöhnliches sein, aber Brot und Beeren musste sie kennen. Es war bizarr, aber er neidete ihr die Freude, die sie daraus zog. Es war eine große Gabe, so tief in weltliche Genüsse eintauchen zu können. Schon lange hatte er nicht mehr gefühlt, was er in ihrem Gesicht las.

Was für eine sonderbare Idee, etwas von ihr lernen zu können. Es war sicher Jahre her, seit er etwas Neues entdeckt hatte, das ihn mit all seinen Sinnen gefangen nahm.

Vielleicht war sie so etwas Neues.

Ihre Blicke trafen sich. »Sie starren mich an«, sagte sie.

»Wirklich?« Es bekümmerte ihn nicht allzu sehr.

Sie wischte sich den Mund ab und sah dann nach unten, suchte mit dem Blick die Krümel, die ihr heruntergefallen waren. Röte erblühte auf ihren Wangen: Wahrscheinlich lag nicht nur ein Krümel auf ihrem Schoß, sondern so einige.

Aber auch wenn ihr jetzt auffiel, wie übel sie der Etikette mitgespielt hatte, nahm sie sich nicht zurück. Wieder sah sie ihm in die Augen. Schob das Kinn hoch und starrte ihn über die Nase hinweg an. Über Kittys Nase.

Das versetzte ihm einen kleinen Schock. Bei Gott, sie sah Katherine Aubyn einfach zu ähnlich.

»Sie müssen die Ähnlichkeit doch bemerken«, sagte er zu Daughtry. Er selbst bekam Kopfschmerzen davon. Kaum hatte er es vergessen, traf es ihn im nächsten Augenblick wie ein Schlag ins Gesicht.

Der Anwalt riskierte zögernd einen Blick, als fürchte er sich davor, was er zu sehen bekäme. »Da ist eine bemerkenswerte Ähnlichkeit. Ich glaube durchaus, dass sie Zwillinge sind. Trotzdem würde ich sagen, dass man einem ahnungslosen Beobachter verzeihen kann, wenn er es …«

»… übersieht. Natürlich.« Vor Gericht zu fordern, dass diese Frau als die legitime Tochter eines Earls anerkannt wurde, würde auch den höflichsten und sensibelsten Menschen auf die Probe stellen. Gerechtigkeit würde einen Hauch gutes Zureden benötigen, ein kleines bisschen Zauberei. Ein passendes Korsett, dachte Simon, und eine große Portion Wäschestärke. »Wir müssen sie natürlich zurechtmachen. Eine Modistin, eine richtige Kammerzofe, vielleicht jemand, der Benehmen mit ihr trainiert – ich habe schon einiges arrangiert.«

»Sehr gut«, sagte Daughtry erleichtert.

Nell hob die Hand an ihr Ohr und schnippte mit den Fingern. »Nein, nicht taub«, sagte sie. »Nur unsichtbar, nehme ich an.«

»Natürlich nicht«, sagte Simon sofort. »Vergeben Sie uns. Mr Daughtry hier wird unsere Bemühungen, Ihnen zu Ihrem Geburtsrecht zu verhelfen, koordinieren. Und für heute …« Er verstummte, als er plötzlich die etwas säuerliche Note in ihrem Blick bemerkte. Sie sah nicht freundlich aus.

Vielleicht hätte er sie nicht noch einmal küssen sollen. Wenn er sie verführte, könnte das ihr eigentlich klares Arrangement verkomplizieren.

Aber sie war deswegen nicht beleidigt gewesen. Ihre Reaktion hatte nicht den Anstrich von jungfräulicher Sittsamkeit gehabt. Nachdem sie den Kuss abgebrochen hatte, hatte sie eher … verwundert ausgesehen.

Er lächelte, seine Eitelkeit amüsierte ihn. Nun, sie war seine zukünftige Frau: Eigentlich war es klug und sogar ritterlich, um sie zu werben.

Aber jetzt musste er eine Sache erledigen: einen Dienstboten feuern. »Wir fangen heute einmal damit an, Sie der Dienerschaft vorzustellen.«

Es waren über zwei Dutzend Bedienstete.

Als die Untergebenen sich in der großen, überkuppelten Eingangshalle in einer Reihe vor ihr aufstellten, ertappte Nell sich dabei, wie sie unwillkürlich zählte. Nachdem die Belegschaft, die die Herrschaft bediente, mit Knicksen und Verbeugungen fertig war, war Nell bei neun angekommen. Danach kamen noch fünfzehn weitere, die sie eigentlich nicht zu sehen bekam.

Nell knirschte mit den Zähnen, während die Vorstellung sich in die Länge zog. Es behagte ihr nicht, dass jemand sich vor ihr verbeugte. Unwillkürlich wich sie immer weiter zurück, und die verdammte Dienerschaft kam immer näher. Eine Reihe von vorrückenden Kriechern, unerbittlich in ihrem geistlosen Gehorsam gegenüber dem Herrn und Meister.

St. Maur fand ihr Zurückweichen amüsant. Einmal musste er sogar lachen und fragte, ob sie einen Stuhl wünsche. Sie antwortete erst gar nicht, aber ihr Blick fegte ihm das Lächeln aus dem Gesicht. Er kannte nicht einmal ihre Namen! Dafür brauchte er die Hilfe der Haushälterin und dieser wandernden Leiche von Butler, Hankins.

Sobald alle Namen genannt worden waren, murmelte St. Maur etwas in Hankins' Ohr. Der gab den Hausmädchen daraufhin ein Zeichen, wieder vorzutreten, eine Reihe von Mädchen in identischen schwarzen Kleidern, identischen Spitzenschürzen und Hauben – äußere Zeichen ihrer Entscheidung in Stellung zu gehen. Sechs Automaten.

An diesem Punkt fiel St. Maur wieder ein, dass sie seine Angestellten waren und nicht einfach nur Darsteller in einem Schmierentheater, das er abhielt, um sie gelangweilt zu inspizieren. Er zeigte Interesse. »Eine Frage«, sagte er zu Nell gewandt, seine Stimme hallte mit leichtem Echo durch den Raum. »Welche dieser Frauen hat Ihnen die Kleidung gebracht, die Sie gerade tragen?«

Sie holte Luft, um zu antworten, machte schon den Mund auf, als irgendetwas sie davon abhielt. Die Stille nahm auf einmal zu: Der dressierte Zirkus vor ihr hatte aufgehört zu atmen. Mit den Augen suchte sie Polly, aber als sie die Blässe des Mädchens bemerkte, blickte sie über die ganze Reihe der Mädchen hinweg bis zur Haushälterin.

Aha! Nell kannte die Art, wie diese Frau den Kiefer vorschob. Das genaue Abbild der typischen Vorarbeiterin, die Gefahr wittert. Die Unzufriedenheit des Dienstherrn war kundgetan worden. Als Mrs Collins nun nach dem Grund dafür Ausschau hielt, nach jemandem, den sie bestrafen konnte, um sich selbst Ärger zu ersparen, verschränkte sie Arme wie Schinken unter dem mächtigen Bug ihrer gerechten Brust und ließ einen kampfeslustigen und inquisitorischen Blick über die Reihe der Hausmädchen gleiten.

Die ausnahmslos alle Nell ansahen.

Nell räusperte sich. »Ich weiß es nicht mehr.«

Eine kurze Pause. Noch immer wagte niemand zu atmen. Nell sah nicht zu Polly hin, auch wenn sie sich nichts vormachte: Über einen dankbaren Blick von dem sauertöpfischen kleinen Ding hätte sie Genugtuung empfunden.

Sie widerstand der Versuchung und richtete ihre ganze Aufmerksamkeit auf den Herrn des Hauses, der sie mit mildem, aber entschiedenem Unmut betrachtete. Ach, wie fürchterlich, wenn die Untergebenen aus der Reihe tanzten! Wie unglaublich irritierend, wenn die Armen sich weder als verdienstvoll noch dankbar erwiesen.

»Sehen Sie noch mal hin«, sagte er, und hätte Nell nicht einen Hauch von Enttäuschung in seinem Tonfall wahrgenommen, hätte sie es gar nicht bemerkt. Sie hatte ihm den Spaß verdorben. Er hatte nicht erwartet, auf dieses Vergnügen verzichten zu müssen. Armer Kerl. Womit sollte er sich jetzt nur beschäftigen?

»Gut«, sagte sie leichthin, nachgiebig, zu begriffsstutzig, um die so komplexe Aufgabe des Dienstherrn auf der Spur eines unverfrorenen Rebellen zu verstehen. Sie tat so, als würde sie die Mädchen genau betrachten. Polly blickte starr und mit leeren Augen geradeaus, nur ihre aufeinandergepressten Lippen verrieten die Nervosität, die in ihrem Inneren toben musste.

Nell berührte ihren Rock. Er war aus guter Wolle, fühlte sich weich an. Aber anscheinend war er nicht so fein, wie sie gedacht hatte.

Sie schüttelte den Kopf und setzte für Seine Lordschaft ein bedauerndes Lächeln auf. »Nein, tut mir leid, ich kann mich wirklich nicht erinnern.«

Nell konnte förmlich sehen, wie es ihm dämmerte. Dumm war er nicht, leider. Seine Augen verengten sich. Dann besann er sich eines Besseren. Sie würde ihn doch nicht etwa anlügen? Wegen einer so unbedeutenden Angelegenheit? Natürlich nicht. Oder doch? Er runzelte leicht die Stirn. Warf ihr einen eindringlichen Blick zu, der einen neuen Gedanken verriet. Doch. Ja, sie würde lügen. Aber warum?

Sie lächelte ihn an. *Sieh nur in den Spiegel,* dachte sie. *Sieh dir dein hübsches, glattes Gesicht an, die breiten, kräftigen Schultern, die geraden, weißen Zähne und die Augen, die du jede Nacht beruhigt schließt, weil du dir nie Sorgen um deinen Unterhalt machen musstest.*

Er blinzelte. Machte eine Bewegung, als würde er vor ihr zurückweichen. Dann fing er sich wieder und – entgegen all ihren Erwartungen – lächelte. Erst vorsichtig, aber dann plötzlich grinste er sie schief an. Es verschlug ihr den Atem. So ein offenes, unverfrorenes Zugeständnis, dieses Lächeln. Für einen Augenblick fühlte sie sich dumm, geblendet, verblüfft.

Hier stand ein Mann, der mit guter Laune verlieren konnte. Der seine Wut für wichtigere Dinge aufhob. Der jetzt lachte, ein tiefes, sanftes Lachen, mit dem er seine Niederlage und auch ihre Klugheit anerkannte. Er schien sich sogar über ihre Klugheit zu freuen.

Hörbar atmete sie aus, ein *Pfifft*, bei dem sie zusammengezuckt wäre, wenn sie nicht noch immer mit dem Klang seines Lachens beschäftigt gewesen wäre, das wie Pelz an ihr rieb und ihr eine Gänsehaut auf die Arme trieb. »Meinetwegen«, sagte er leise und belustigt. »Meinetwegen, Nell.« Über ihren Kopf hinweg sagte er zu Hankins: »Sie können gehen.« Und um das zu unterstreichen, machte er eine Handbewegung: Fort. Husch.

Was Nell sofort aus ihrer schlafwandlerischen Betäubung riss. Plötzlich empfand sie das heftige Bedürfnis, ihm die Zähne einzuschlagen. Menschen waren keine Fliegen, und das hier war kein Spiel. Fast hätte jemand seine Existenz verloren. Und nur weil St. Maur beweisen musste, wie gefährlich es war, ein Rückgrat zu besitzen.

Die Dienstboten traten ab, kleine, disziplinierte Soldaten in einer einzigen Linie. Gott allein wusste, wann sich die Formation auflöste. Nell hätte wetten können, dass das hinter der nächsten Ecke geschah, sobald sie außer Sicht waren. Eine hübsche Vorführung von bravem Gehorsam. Sie ahnte, hoffte fast, dass sie grinsten, sobald sie abgebogen waren.

Neben sich hörte sie St. Maur. »Sie interessieren mich«, sagte er, und sein Tonfall verriet, dass ihn diese Tatsache überraschte, ihm mehr bedeutete, als es eigentlich sollte. Nun, ein Mann, der überrascht war, wenn ihn etwas interessierte, war ihrer Ansicht nach nur ein hundsmiserabler Abklatsch von Leben.

Mit einem Hauch von Ungeduld sah sie ihn an. »Sie interessieren mich nicht.« Nicht jetzt. Nicht nach dieser Szene.

Und auch darüber war er erschrocken. Ganz leicht legte er den Kopf schief, als könnte er sie so besser sehen. Sie bemerkte einen kurzen Blick an ihr vorbei – wahrscheinlich wollte er sichergehen, dass der Butler und die Haushälterin nicht zuhören konnten. Schließlich durfte man vor seinen Untergebenen nicht offen sprechen.

»Habe ich Sie verärgert?«, fragte er. »Ich wollte das vorher nicht sagen, aber Ihre Kleidung ist absolut …«

»Brauchbar«, sagte sie. »Das Erste, was ich seit Langem trage, das kein einziges Loch hat. Und? Sind Sie erschüttert?«

Er starrte sie an. Sprachlos. Gut. Nell verschränkte die Arme und genoss es, ihn sprachlos zu sehen, auch wenn es nicht lange anhielt.

Denn er erholte sich ziemlich schnell. »Dann freuen Sie sich sicher zu hören, dass oben noch mehr Kleider liegen«, sagte er. »Direkt aus dem Laden. Vor weniger als einer Stunde geliefert.«

»Gut.« Sie hoffte, dass ein violettes dabei war. »Aber das hier ist für heute in Ordnung.« Für alles Gold der Königin hätte sie dieses Kleid heute nicht ausgezogen. Sie lächelte.

Er kniff die Augen zusammen. Ihre Unnachgiebigkeit verwirrte ihn. »Wenn Sie das wünschen, meinetwegen. Aber Sie müssen verstehen, dass Ihr Erscheinungsbild wichtig ist.« Zögernd runzelte er die Stirn. »In dieser Sache, meine ich. Allgemein gesprochen halte ich nichts davon.« Er verzog das Gesicht zu einer halbseitigen Grimasse. Ihm war klar, dass er kaum von ihr erwarten konnte, ihm zu glauben. Nicht jetzt, nicht nach der Vorstellung, die er gerade organisiert hatte. »Um Ihre Identität zurückzufordern«, sagte er, »wäre es hilfreich, wenn Sie entsprechend aussähen. Das meinte ich.«

Sie nickte. Das ergab Sinn. »Kommt heute noch jemand, für den ich entsprechend aussehen muss?«

Er zögerte. »Nein. Das heißt – ich habe eine Modistin herbestellt. Sie wird Ihre Maße für ein paar Kleider nehmen, die etwas mehr *au courant* sind als das, was man bei Markham's bekommt. Und es kommt eine Frau, die Daughtry empfohlen hat. Eine Lehrerin für Benehmen. Aber …« Anscheinend ging ihm die Luft genauso aus wie der Eifer, sie überzeugen zu wollen. »Niemand Wichtiges.«

Mit einem sarkastischen kleinen Grinsen fragte sie sich, wen er wohl für wichtig hielt. Jedenfalls keinen der fünfundzwanzig oder mehr Personen in seinem Haushalt. Keinen, der eine wirkliche Fähigkeit oder einen Dienst anzubieten hatte. Und laut Definition gehörte sie auch dazu: Sie war für ihn nichts weiter als ein Haufen Geld. Sie sollte auf keinen Fall vergessen, dass seine Höflichkeiten leeres Geschwätz waren. Sein Charme war nur eine Geschäftsstrategie.

»Ausgezeichnet«, sagte sie. »Lassen Sie mich wissen, wann diese Leute kommen.« Sie drehte sich auf dem Absatz um und machte sich auf den Weg durch die Halle.

»Ach … wo gehen Sie hin?«

Sie drehte sich um. Eine Hand lag auf seinem Kopf. Armer, hübscher Kerl. Er sah aus, als ob sie ihn aus der Fassung gebracht hätte. Sicher eine unangenehme Lage für ihn. Wahrscheinlich hatte er keine Ahnung, was er mit einem menschlichen Wesen machen sollte, das nicht dazu abgerichtet war, ihm zu gehorchen.

»Ich gehe in Ihre Bibliothek«, sagte sie. Nell wusste ganz genau, was das Beste an diesem ganzen Arrangement war: Sie hatte Tausende von Büchern zu ihrer Verfügung. Und anders als er würde sie sie nicht für später aufbewahren. »Ich hoffe, das ist in Ordnung für Sie. Oder möchten Sie mir lieber etwas zu arbeiten geben?«

Langsam ließ er die Hand sinken. »Nein«, sagte er. »Die Bibliothek ist gut.«

8

Das bodenlange Überkleid aus blassblauer Wolle war mit gelben Borten besetzt, die breiten Aufschläge waren erst seit so kurzer Zeit in Mode, dass sie noch nicht bei den Pfandleihern aufgetaucht waren. Das Überkleid öffnete sich locker an der Vorderseite und gab den Blick auf ein kurzes Mieder aus rosaroter Seide und einen passenden Unterrock frei. Die breite blaue Schärpe um die Taille schimmerte wie Wasser. Bestimmt Satin.

Als Nell ihr Spiegelbild betrachtete, begann sie zu grinsen. Sie sah aus wie auf einem Gemälde. Selbst der Hintergrund passte perfekt: Die späte Morgensonne fiel durch das hohe Fenster und schimmerte auf den Vorhängen aus Goldbrokat. Hinter der Glasscheibe wogte grünes Eichenlaub im Wind, dazwischen blitzte immer wieder blauer Himmel auf. Was für ein herrlicher Morgen. *Konzentrier dich auf die schönen Dinge.* Daran hatte sie sich immer gehalten. Sie würde jetzt nicht an Mum denken oder sich von irgendetwas betrüben lassen. Sie würde diesen Moment genießen.

»Ist vielleicht bisher das schönste«, sagte sie zu Polly. Neun andere Kleider lagen schon auf dem Sofa am Fußende des Bettes. Wahrscheinlich hatte sie das jedes Mal gesagt, aber: »Diesmal wirklich. Das ist das beste.«

»Könnte schon sein.« Polly tauchte wieder im Spiegelbild auf. Sie hatte sich eine halbe Stunde lang an Nells Haar zu schaffen gemacht und setzte jetzt für die nächste Runde an.

Nell schlug ihre Hände weg. »Ich sehe mich gerade im Spiegel an!« Sie drehte sich einmal und wandte den Kopf um, damit sie sich aus allen Winkeln sehen konnte. Langsam wurde ihr klar, warum St. Maur nicht viel von ihrem Aufzug gestern gehalten hatte.

In Bethnal Green würde niemand sie so wiedererkennen. Nur reiche Mädchen konnten sich so blasse, empfindliche Farben leisten, ohne Angst vor dem Schmutz, den man darauf so leicht sah.

»Das Blau steht mir«, sagte sie leise.

»Oh ja, das tut es.«

Pollys Zustimmung war nur Kriecherei und zählte nicht. Aber ihrer eigenen Meinung konnte Nell schließlich trauen. Das Überkleid hob das Blau ihrer Augen hervor. Das Rosa des Mieders wiederholte sich in den Wangen. Ihre Taille kam durch den vorteilhaften Schnitt sehr schön zur Geltung. Sie sah richtig hübsch aus. Sie, Nell Whitby!

Der Teufel führt dich in Versuchung, hörte sie Mum im Geiste fauchen.

Und wenn schon. Da sie sich bereits in den Klauen des Teufels befand, hatte sie wohl das Recht auf ein oder zwei Versuchungen. »Ich könnte kaum eine bessere Farbe tragen«, sagte sie herausfordernd.

»Wohl nicht«, sagte Polly. »Jedenfalls – ist es eine ziemlich knappe Entscheidung zwischen diesem und dem lila Nachmittagskleid.«

»Oh, das violette Kleid bewahre ich erst mal auf.« Das war für Hannah. »Ich werde es nicht tragen.«

Wieder schlich das Hausmädchen ins Spiegelbild. Es drehte die Hände vor der Taille, nervös wie eine Maus auf offenem Feld. »Ich sollte Ihr Haar noch einmal zurechtmachen, wenn Sie erlauben.«

Nell betrachtete ausdruckslos ihren Pony, den Polly mit einem heißen Eisen zu Ringellocken gedreht hatte. »Es ist gut, wie es ist«, sagte sie. Eine Frisur für Damen, die nie das Haus verließen. Sobald man einen Fuß nach draußen in die Feuchtigkeit setzte, würden die Locken sich auflösen.

Bei dem Gedanken musste sie grinsen. »Diese Kleider sind für Ladys, die nie etwas Nützliches tun.« Die Säume der offenen Jacke würden sich an jeder Ecke verfangen. Mit den engen Ärmeln könnte sie niemals einen Korb auf den Tisch heben. Kleider, die dafür gemacht waren, nichts zu tun. Der Gedanke gefiel ihr.

»Das vermute ich mal«, sagte Polly zögerlich. »Aber sie stehen Ihnen, Mylady.«

Mylady! Nell wandte sich vom Spiegel ab und warf dem Mädchen einen schiefen Blick zu. »Heute Morgen Anweisungen bekommen?«

Polly errötete und senkte den Blick: Es war klar, dass sie sich diese Anrede nicht allein ausgedacht hatte.

»Wenn wir zurechtkommen sollen«, sagte Nell freundlicher, »dann nenn mich bei meinem richtigen Namen – und lüg mich nie an.«

»Ich würd Ärger kriegen, wenn ich Sie so nenne.«

Nell betrachtete Polly, mit ihrer weißen Haube auf dem Kopf. »Na gut«, gab sie widerwillig zurück. »Dann nenn mich, wie du musst.«

Polly sah auf, ihre runden Augen waren ernst. »Aber ich habe nicht gelogen. Sie sehen wirklich wunderschön aus. Und nicht nur wegen des Kleides. Aber wenn Sie es nicht mögen, können wir die anderen noch einmal anprobieren ...«

»Und noch mal zwei Stunden damit zubringen?« Man stelle sich das vor, so viele Kleider zu haben, dass man zwei Stunden brauchte, um alle einmal anzuziehen! St. Maur hatte obendrein einen Haufen Seidenunterröcke bestellt, Strümpfe in fröhlichen, lebendigen Farbtönen, Hüte und Umhängetücher und zehn Sets wollener Unterwäsche. Der Kleiderhaufen auf dem Sofa war fast einen Meter hoch.

Als Nell noch einen Blick auf die umgestülpten Schachteln warf, meldete sich Unbehagen. Fast konnte sie glauben, in einem Märchenland aufgewacht zu sein. Aber dies war die Realität. Ein Happy End kam selten vor. Sie hatte jedenfalls noch nie eines miterlebt.

Eine kluge Frau würde sich nicht gestatten, es sich hier gemütlich zu machen. Sie würde niemals davon ausgehen, dass ihr Glück von Dauer wäre. Sie würde wachsam bleiben und sich weiter nach Möglichkeiten umsehen, denn was einem so leicht zugefallen war, konnte genauso schnell wieder verschwinden. Unter der Matratze hatte sie ein Lager mit Silber und Spitze angelegt – und jeden Tag kam ein Stück dazu.

An den Kleidern konnte sie ja trotzdem Freude haben.

Sie lächelte an sich herab, betrachtete den unglaublichen Anblick ihrer rauen Hände vor dem feinen Seidenunterrock und hob den Rock, damit sie größere Schritte machen konnte. »Ich sollte gehen«, sagte sie. Seine hochwohlgeborene Lordschaft wartete unten, um sie einer Dame vorzustellen, die ihr Manieren beibringen sollte. Er hatte auch einen Tanzlehrer und einen Lehrer für Aussprache erwähnt.

»Ja«, sagte Polly leise. »Ich …« Heftig stieß sie den Atem aus. »Ich muss Ihnen danken, Mylady, ich weiß nicht, welcher Teufel mich geritten hat, Ihnen gestern einen so bösen Streich zu spielen …«

»Schon in Ordnung.« Nell zwinkerte ihr zu. »Wir hatten Streit, also wolltest du mir wohl eins auswischen. Hauptsache jetzt ist alles wieder in Butter zwischen uns.«

»Oh ja, alles in Butter«, sagte das Hausmädchen voller Inbrunst. »Mehr als in Butter, Mylady. Fast … in Sahne, würde ich sagen.«

Nell überraschte sich selbst mit einem Lachen. »Du bist mir eine. Zeig mir den Weg in den Morgenraum, Kleine.«

»Noch nicht ganz.« Simon ließ die Hände über die Tasten gleiten und deutete die problematische Passage an. »Haben Sie keine Angst vor Übertreibung. Sie verstecken das Fis mitten in der Phrase.«

Als die erwartete Antwort ausblieb, blickte er auf und ertappte Andreasson dabei, wie er die gegenüberliegende Wand anstarrte. Dahinter lag der Ballsaal. Das Klavier im Ballsaal war vor einigen Minuten verstummt und man hörte die erhitzten Töne eines Streits.

Ein weiteres Kreischen drang zu ihnen. Der fragende Blick, den Andreasson Simon zuwarf, ließ erahnen, dass die Fantasie mit ihm durchging.

Aber es klang wirklich, als würde die Frau im Nebenraum gefoltert.

Simon klickte mit seinen Nägeln auf eine Taste. Obwohl Nell behauptete, die Bedeutung von manierlichem, salonfähigem Auftreten zu verstehen, sprach sie nicht gut auf die Lehrer an, die Simon angestellt hatte. Simon hatte den Eindruck, dass der Unterricht nur eine unwillkommene Störung beim Lesen, Schlemmen oder … Umziehen war. Jedes Mal, wenn er sie sah, trug sie ein anderes Kleid. Sie stolzierte umher wie ein Pfau.

Ihren übermütigen Trotz konnte er durchaus verstehen. Er wusste, wie unangenehm und deprimierend es war, ständig belehrt und herumkommandiert zu werden. Jetzt fuhr er mit der Hand über die Tasten und spielte eine Tonleiter, eine sinnlose kleine Übung, so vertraut und tröstlich wie die Luft in seinen Lungen. Der alte Rushden zum Beispiel hatte damals nach Nells Verschwinden alle Klaviere aus Paton Park entfernen lassen. Er hatte behauptet, dass Simons Musikleidenschaft zu geistiger Verwirrung und schwacher Gesundheit führe. Das hatte das Fass zum Überlaufen gebracht und die freundlichen Bande, die es vielleicht noch zwischen ihnen gegeben hatte, schließlich zerrissen.

Wenn Rushden die Klaviere in Ruhe gelassen hätte – wenn er doch nur bereit gewesen wäre, Simon dieses eine Vergnügen zu lassen –, dann hätte es anders zwischen ihnen laufen können. Aber dass Simon sich so sehr ins Klavierspiel vertiefte, hatte Rushden als Bedrohung seiner Autorität wahrgenommen. Als Earl war er der einzige Mensch, der rechtmäßig Freude geben und nehmen durfte.

Ach ja. Jedenfalls wusste Simon sehr gut, dass autoritäre Herrschaft niemals zu fröhlicher Zusammenarbeit seitens der Regierten führte. Er war bereit, Nells Getue zu tolerieren. Er bewunderte sogar ihren Schneid. Und dann war da ihr Mund und die Erinnerung daran, was er damit getan hatte …

»*Sie können sich verpissen!*«

Der gedämpft zu ihnen dringende Fluch ließ Andreasson zusammenzucken. Sein englisches Vokabular war vielleicht begrenzt, aber als Musiker verstand er natürlich den Tonfall.

Simon gestattete sich ein schwaches Lächeln. »Bitte vergeben Sie meiner Cousine. Ein liebes, junges Mädchen, die Londoner Gepflogenheiten sind noch neu für sie. Ich fürchte, sie mag ihren Tanzlehrer nicht.«

»Oh.« Der Schwede zupfte verlegen an seiner Weste. Er war knochendürr, blond, und obwohl Simon einen Meter achtzig groß war, überragte Andreasson ihn um einen ganzen Kopf. Ständig zog er an seiner Kleidung herum, wahrscheinlich wussten seine Schneider nicht, wie sie so viel Masse unterbringen sollten. »Ist er sehr streng?«

»Nein. Er ist einfach nur Franzose.« Nell hielt nicht sehr viel von dieser Nation. Sie hatte auch eine neue Kammerzofe aus Paris. Seitdem Sylvie versucht hatte, Nell nach dem Diktat der Mode zu schnüren, hatte diese die Zofe im Verdacht, sie zu Tode quetschen zu wollen.

Welche Ausrede Nell hatte, um Mrs Hemple zu misstrauen, die angestellt worden war, um Nell Benehmen beizubringen, wusste Simon nicht. Die Frau war so englisch wie ein Nierenfettkuchen. Aber Nell nahm ihr unter anderem übel, dass sie behauptete, Nell könne nicht richtig sitzen. »Ich habe mein ganzes Leben gesessen«, hatte Nell ihn heute Morgen beim Frühstück angefaucht. »Bisher hat sich noch kein Stuhl über mich beschwert. Das Weibsstück spinnt.«

Jetzt drang eine männliche Stimme mit deutlich französischem Akzent durch die Wand. »*Isch 'abe genug!*«

Im Klavier ertönte ein tiefer Akkord. Simon nahm die Hand von der Tastatur. Eigentlich hatte Nell ein Ziel, für das sie mit diesen Lehrern arbeitete. Aber es gab keine Anzeichen dafür, dass sie das ernst nahm. Letzte Nacht, als er von einem Symphoniekonzert heimgekommen war, hatte er Mrs Hemple heulend in der Eingangshalle vorgefunden, wild entschlossen zu kündigen. Er hatte über eine Stunde auf sie einreden müssen, bis sie sich wieder beruhigt hatte. Das Letzte, was er brauchte, war, dass Nells Lehrer durch die Stadt rannten und sich über ihre Unzivilisiertheit beklagten oder, noch schlimmer, auf Grimstons Geheiß vor Gericht über ihren Charakter aussagten.

»Wir arbeiten später an diesem Stück«, sagte er. Er hatte Nell eine Woche gegeben, um sich anzupassen. Er war nicht wie der alte Rushden, er hatte kein Interesse daran, ihren Geist zu brechen. Aber ihr Geist musste sich dem Hauptziel unterordnen, Lady Cornelia zu werden. Sonst hatte er keine Verwendung für sie.

»Ja«, murmelte Andreasson. »Natürlich, Eure Lordschaft. Wie es Ihnen beliebt.«

Er war absolut fügsam, dieser Schwede. Er wusste, wem er seine momentane Beliebtheit zu verdanken hatte. Simon begleitete ihn hinaus und ertappte sich bei dem Wunsch, dass Nell ebenso klug wäre. Mit diesen Wutanfällen sabotierte sie ihre Chancen. Wenn sie nicht kooperieren wollte, würde er sein Interesse an ihr überwinden und sie wieder vor die Tür setzen. Dann könnte er nach einer reichen Braut Ausschau halten.

Und er würde sich keine Sekunde lang schuldig fühlen. Nell verkannte die Situation. Sie nahm seinen Wohlstand als gegeben hin und glaubte, dass die ganze Sache für ihn nur ein Spaß wäre. Wie falsch sie doch lag. Es gab keine schöneren Tage als die, an denen er neue Seiten seiner Macht entdeckte. Das Oberhaus war dieser Tage ziemlich zahnlos, er hatte seinen Sitz jedoch bei der ersten Gelegenheit eingenommen. Er gehörte zu den besten Clubs, auch wenn er kein Interesse an der Gesellschaft der Mitglieder hatte. Verschiedene Unternehmen hatten ihn in ihren Vorstand gebeten, nicht etwa wegen seines Geschäftssinns – den er nicht hatte –, sondern wegen der Ehre, seinen Namen in den Urkunden stehen zu haben. Simon hatte immer sofort zugestimmt. Die hündische Ergebenheit der Gesellschafter bedeutete ihm nichts, aber ihm gefiel der Gedanke, dass er sie bekommen könnte, falls er je in der Stimmung wäre.

Wohlstand bot einem viele Möglichkeiten. Wenn sie glaubte, er würde das aufs Spiel setzen, war sie gewaltig im Irrtum.

Als er sich dem Ballsaal näherte, merkte er, dass sein Unmut beinahe zu Zorn angewachsen war. Er wusste, dass überstürzte Worte ihm bei der bevorstehenden Konfrontation nicht helfen würden, und so blieb er kurz in der Tür stehen, um sich zu sammeln.

Drinnen hatte Palmier die Fäuste in die Hüften gestemmt und die buschigen weißen Augenbrauen beleidigt in die Höhe gezogen. Nell ging vor ihm auf und ab. Sie hatte sich nach dem

Frühstück umgezogen, und das blassrosa Kleid – zweifellos ein Entwurf für Bankierstöchter, die den Nachmittag damit verbrachten, in einem bürgerlichen Bungalow in Hampstead Blumen zu gießen – eignete sich kaum für ihre aggressiven Schritte. Sie erinnerte Simon an eine Wildkatze mit Halskrause.

Oder an Kitty, dachte er, als er einen Riss in ihrem Saum entdeckte. Ein weiterer Wutanfall war im Anmarsch.

»Sie drehen sich zu schnell«, sagte Nell zu Palmier. »Und wenn ich die verfluchten Röcke nicht heben darf, ist es wohl kaum mein Fehler, wenn sie im Weg sind, oder?«

»Ah! Die Schleppe eines Ballkleids …«

Sie wirbelte auf ihn zu. »Aber ich bin nicht auf einem Ball, oder? Und wenn doch, würde ich sicher nicht mit Leuten wie Ihnen tanzen!«

»Sie würden über'aupt nischt tanzen«, blaffte Monsieur Palmier. »Kein Gentleman würde es wagen, Sie aufzufordern. Selbst ein Elefant ist leichtfüßiger!«

Mit einem Ruck richtete Nell sich auf. Eine unheilvolle Stille breitete sich aus, als der alte Kauz und das Gassenmädchen sich wütend anblitzten.

Nell hasste diesen kleinen Kobold. Sie hatte ihn jetzt sechs Tage hintereinander gesehen, und es hatte eigentlich ganz gut angefangen. Die Schritte von Quadrille, Polka und Gavotte waren ihr vertraut und keine große Herausforderung. Aber sobald die Sprünge eingeübt waren und es ums Schweben ging, strauchelte sie. Sie hatte nie zuvor Walzer oder etwas in der Art getanzt. In den Pubs, in denen sie getanzt hatte, war überhaupt kein Platz für schwungvolle Drehungen gewesen.

»Sie müssen anmutig sein«, sagte er jetzt streng – als würde sie absichtlich herumstolpern. Dieser finstere Blick sollte bei einem so kleinen Mann nicht so furchterregend aussehen, aber er war verschrumpelt wie ein Gnom und hatte merkwürdige weiße, spitz abstehenden Augenbrauen. Er hatte so viel von einem Feenwesen, dass er die Peacock Alley entlanglaufen und die Milchkannen der irischen Frauen einsammeln könnte, ohne dass jemand gewagt hätte, ihn aufzuhalten.

»Das versuche ich ja«, entgegnete sie. »Sie können kaum bemängeln, dass ich die Füße aufsetze. Auch Ladys haben Beine!«

Hinter dem Klavier in der Ecke des Ballsaals ertönte ein Räuspern. »In Gegenwart von Gentlemen spricht man nicht über Beine, Lady Cornelia.«

Nell zog eine Grimasse. Auch Mrs Hemple gehörte zu diesen Leuten, die St. Maur ihr aufgenötigt hatte – eine dieser molligen, selbstzufriedenen, älteren Frauen, die zu allem eine Meinung hatten. Im Moment diente sie als Pianistin, aber eigentlich waren Manieren ihr Spezialgebiet. Sie folgte Nell überallhin, von den Tanzstunden über die Sprechübungen bis hin zum Abendessen und bemängelte jede verfluchte Kleinigkeit, die Nell falsch machte.

Offenbar durften Ladys zum Dinner keinen Käse essen. Nicht einmal Käsegebäck. Sie brauchten wenigstens eine Minute, um ihre Handschuhe auszuziehen, damit es nicht hastig wirkte. Sie sprachen nicht über ihren eigenen Körper. Wahrscheinlich sollten sie gar nicht wissen, dass sie einen Körper hatten. Das könnte vielleicht dabei helfen, nicht über Beine zu sprechen. Welche Beine? Ladys schwebten, nahm Nell an. Wahrscheinlich stellten sie sich vor, Flügel zu haben.

Für einen kurzen Moment sah sie sich selbst, wie sie mit flatternden Armen über den glatten Eichenboden wirbelte. Ein Kichern entschlüpfte ihr.

Palmier fuhr sichtlich auf. »Wenn Sie noch einmal lachen, bleibt mir keine Wahl …«

»Und was?« Sie hatte es satt, dass man sie beurteilte und für unzulänglich befand. Und alle starrten sie an wie ein Tier im Zoo. Aber sie war weder eine Idiotin noch war sie unfähig. Sie hatte ihr Brot mit viel schwierigeren Dingen verdient, als über Fußböden zu schweben oder Ladys beizubringen, wie man sich anständig umdreht oder hinsetzt. »Was wollen Sie dann mit mir machen?« Sie machte einen Schritt auf ihn zu. »Das würde ich gern mal sehen!«

Eine träge Stimme kam aus dem Türrahmen. »Was für eine faszinierende Erziehungsmethode.«

Palmier wirbelte herum, als St. Maur hereingeschlendert kam. »Eure Lordschaft. Ah – wir 'aben eine kleine Pause gemacht.«

Nells Stimmung hob sich. St. Maur sah in seinem taubengrauen Anzug ziemlich reich aus, und wie absurd war es bitte, dass sie sich freute, ihn zu sehen? Aber wenigstens sprach er mit ihr wie mit einem menschlichen Wesen. Das musste er auch, ermahnte sie sich. Es war seine Idee, sie hierzubehalten und diese Farce zu veranstalten. Sie hatte ihn nicht darum gebeten.

Er blieb vor ihr stehen und verbeugte sich kurz. »Lady Cornelia.«

»So heiße ich angeblich.«

Er sah sie eindringlich an, sein Blick wurde fast herausfordernd, während sich Stille ausbreitete.

Sie verdrehte die Augen und streckte die Hand aus, wie Hemple es ihr beigebracht hatte. »Einen guten Morgen«, leierte sie herunter.

Er nahm ihre Hand und drückte sie leicht. »Ihnen auch.« Als er sie wieder losließ, schien die Wärme seiner Finger noch auf ihrer Haut zu verweilen. »Machen Sie weiter, Sir«, sagte er zu Palmier.

Palmier machte einen flinken Schritt vorwärts. »Kinn hoch«, sagte er halblaut. »Denken Sie an Ihre Arme.«

Als könnte sie ihre Arme vergessen! Schließlich waren sie an ihr festgewachsen! Nell biss sich auf die Zunge, unterdrückte aber nicht den mürrischen Blick. Sie würde diesen dämlichen Walzer hinkriegen. Selbst Mum hatte ihr Talent fürs Tanzen bewundert, wenn auch widerwillig. Mum hatte immer gesagt, dass die Tanzerei in Bethnal Green nur ein Vorwand für Sünde und Verderben war.

Sie schob den Gedanken beiseite. Sie durfte jetzt nicht an Mum denken. Sonst käme auch die Trauer zurück, dieser deprimierende Schmerz an genau der Stelle, wo die Stäbe des Korsetts sie am schlimmsten drückten. Sie legte die Faust darauf und atmete so tief ein, wie sie konnte. »In Ordnung«, sagte sie zu Palmier, der ungeduldig von einem Fuß auf den anderen trat. Es brachte nichts, sich wegen ihres Ungeschicks dumm oder albern vorzukommen. Mum hatte gesagt, sie solle Rushden um Hilfe bitten. Solange sie diesen Ort irgendwann mit einer hübschen kleinen Kollektion von Dingen verließ, die sie verkaufen konnte, konnte sie sich als erfolgreich bezeichnen.

Sie trat vor und gab dem Froschfresser die Hand. Mrs Hemple begann zu spielen.

Die ersten Drehungen gingen ganz gut, aber in der hinteren Ecke stolperte sie und übernahm dann irgendwie die Kontrolle: Plötzlich führte sie, anstatt zu folgen, und dann erstarb die Musik, und Palmier riss sich von ihr los.

Er drehte sich so zögernd zu St. Maur um, wie ein Mann, der vor einem Erschießungskommando steht. »Sie macht Fortschritte, aber …«

»Ja, das sehe ich.« St. Maurs Mund wurde schmal, als er sie musterte. Seine Enttäuschung war so offensichtlich, dass sie sich eine hässliche Bemerkung verkneifen musste. Was konnte sie dafür, wenn er so dumm war zu glauben, die Leute würden ihr abnehmen, dass sie in diese Welt geboren war? Und Gott bewahre, falls es stimmte! Die Regeln hier waren scheußlich.

»Das ist alles für heute«, fügte er hinzu, und als hätte er bei einem dieser mechanischen Schaukästen, die auf Jahrmärkten ausgestellt wurden, auf einen Knopf gedrückt, schoss Hemple vom Klavierhocker hoch, und Palmier schnellte zur Tür. Keiner von beiden hatte auch nur einen Zentimeter Rückgrat.

Noch bevor sie den Raum verlassen hatten, fing sie an, sich zu verteidigen. »Meine Beine sind gar nicht das Problem. Dieser Froschfresser …«

»Wie Mrs Hemple richtig sagte, sind Ihre Beine kein angemessenes Gesprächsthema.«

Sie stutzte angesichts dieser kühlen Zurechtweisung. Die Tür schloss sich sanft hinter den Bediensteten, und Nell war mit ihm und der Stille allein. St. Maur legte die Hände auf den Rücken und schob das Kinn vor. Zweifellos erwartete er eine Entschuldigung, eine katzbuckelnde Bitte um Verzeihung, weil sie seine verdammten Erwartungen enttäuschte. Nun, da hatte er falsch gedacht! »Wenn Sie mich über Manieren belehren wollen, sollten Sie selbst mal welche ausprobieren«, sagte sie. »Leute wie Fliegen zu verscheuchen, ohne sie zu verabschieden …«

St. Maur hob die Augenbrauen. »Der Dienerschaft schuldet man keine solche Höflichkeit.«

»Dann ist es keine Höflichkeit«, sagte sie. »Wenn man sie nur bei bestimmten Leuten verwendet, ist es Heuchelei.«

»Ein interessanter Blick auf die Dinge«, sagte er ruhig, »aber für unsere Absichten nicht von Bedeutung. Manieren sind nur ein Spiel, Nell. Und wie bei Spielen üblich, wendet man die Regeln in einigen Situationen an und in anderen nicht.«

Eine ähnliche Logik hatte sie schon mal gehört. »Klingt nach den Regeln eines Betrügers.«

»Meine Güte.« Er zog seine goldene Taschenuhr hervor und klappte sie auf. »Sie sind eine Moralistin?«

»Mir ist Heuchelei zuwider«, sagte sie rundheraus. »Unterschiedlichen Menschen unterschiedliche Gesichter zu zeigen.« Sie hatte immer gewusst, dass die Welt nicht gerecht war, aber sie war nicht darauf vorbereitet selbst zu erleben, mit welcher Leichtigkeit die Wohlhabenden diese Ungerechtigkeit ignorierten. Sollten sie ihre Blindheit ruhig als gute Manieren verbrämen, aber Nell wollte nichts damit zu tun haben.

Er ließ die Uhr zuschnappen und steckte sie wieder ein. »Wie weit werden Sie sich von dieser Abneigung leiten lassen?«, fragte er. »Wären Sie zum Beispiel eine Heuchlerin, wenn Sie lernen würden, Ihre Aussprache zu verändern?«

»Das nehme ich an, wenn ich es wirklich versuchen würde.«

»Aber wenn Sie wollen, sind Sie schon jetzt in der Lage, sich manierlich auszudrücken. Heucheln Sie dann jedes Mal?« Er lächelte. »Oder inspiriere ich Sie?«

Sie zog ein Gesicht. Während der Gespräche beim Frühstück in dieser Woche hatte sie allmählich die Muster seiner aalglatten Logik erkannt. Er drehte ein Argument gern um und wandte es auf seinen Gesprächspartner an. Erst heute Morgen hatten sie eine vernünftige Diskussion über Caliban aus Shakespeares *Der Sturm* geführt. Aus ihrer Sicht war Calibans Unwissenheit keine Entschuldigung für ihn: Er war böse und verdiente den Tod, weil er versucht hatte, Miranda zu vergewaltigen. St. Maur hatte nicht widersprochen, hatte jedoch gefragt, ob ihrer Ansicht nach jemals mildernde Umstände für ein Verbrechen galten. Ob sie jemals in Versuchung geraten sei, jemanden, der ihr einen Gefallen getan hatte, aus Eigennutz zu bestehlen. Und wenn ja, warum?

»Geht's hier um das verdammte Taschentuch?«, hatte sie gefragt.

»Nicht das Taschentuch«, war seine Antwort gewesen.

Offensichtlich wusste er, dass sie das Tafelsilber geklaut hatte.

»Ich schäme mich nicht für die Aussprache, mit der ich aufgewachsen bin«, antwortete sie jetzt. »Wenn ich zwei unterschiedliche Aussprachen beherrsche« – wenn ihr eine ziemlich brillante Imitation von Mums Akzent gelang – »heißt das noch lange nicht, dass ich die eine für besser halte als die andere.«

»Ihre Meinung tut nichts zur Sache«, sagte er rasch. »Ich bitte Sie nur, sich an die Regeln zu halten. In den Kreisen, in denen Sie sich bald bewegen werden, hätte Ihr … üblicher Akzent eine ungünstige Wirkung. Auf eine Darbietung hinzuarbeiten, die zu diesen Kreisen passt, ist also nicht Heuchelei, sondern einfach eine vernünftige Strategie. Dienstboten gegenüber ist das nicht notwendig: Die Diener beurteilen ihre Arbeitgeber nach anderen Gesichtspunkten, ihre Erwartungen sind eher finanzieller Natur.«

»Gut«, murmelte sie. »Wenn das für Sie funktioniert, meinetwegen. Ist Ihre Show, nicht meine.«

»Aber es ist auch Ihre Show«, sagte St. Maur. Seine Stimme klang plötzlich abgehackt. »Es ist immer eine Show, Nell – das gilt für uns alle. ›Die ganze Welt ist eine Bühne‹, wie Shakespeare schrieb.«

»Er schrieb auch, das Leben sei ein von einem Idioten erzähltes Märchen, das nichts bedeutet«, feuerte Nell zurück. »Wenn das stimmt, kann ich mir gleich ein Grab suchen gehen.«

»Aber warum? Warum muss man das alles hier mit einer größeren, edleren Bedeutung rechtfertigen?« Frustriert verzog er seitlich den Mund. »Vergessen Sie nicht, dass der einzige und nicht besonders geheimnisvolle Sinn dieser Übung ist, reich zu werden. Ihr Ziel ist Geld – nichts Erhabenes. Aber sobald Sie es haben, wird es Ihnen einige Vergnügungen garantieren. Genügt das nicht?«

Sie starrte ihn an. »Nein«, sagte sie. »Tut es nicht.« Bevor sie hergekommen war, bevor sie erfahren hatte, was es bedeutete, privilegiert zu sein, hatte sie nicht gewusst, wie weit nach unten Leute von St. Maurs Stand blicken mussten, um Leute wie Nell überhaupt zu sehen. Und das hier war in seinen eigenen Worten die Philosophie, mit der diese Leute rechtfertigten, einfach nicht nach unten zu blicken. »Geld ist keine Tugend. Es sollte nicht das Ziel an sich sein.« Sie stieß ein trockenes, kleines Lachen aus. »Genauso wenig wie Vergnügen. Wenn Sie Ginsüchtige kennen würden, würden Sie das begreifen.«

Er schob die Hände in die Taschen. »Sie sind sehr streitbar in Ihren Ansichten. Das muss ermüdend sein.«

»Es ist nur ermüdend, weil alle glauben, dass ich überhaupt keine Ansichten haben sollte.«

»Ich hoffe nicht, dass auch ich diesen Eindruck erwecke«, sagte er nach einer Pause. »Sie sind sehr scharfsinnig.«

»Das weiß ich.« Trotzdem stimmte das Kompliment sie unfreiwillig milder. Wenn man ständig von Lehrern hin- und hergeschubst und wie ein dickköpfiges Kind behandelt wurde, kam man schon mal auf den Gedanken, von aller Welt für einen Einfaltspinsel gehalten zu werden.

Er lächelte schwach. »Sie haben also etwas Bestimmtes mit dem Geld vor?«

Bisher hatte sie nicht wirklich darüber nachgedacht. Es war sinnlos, von Wundern zu träumen, die wahrscheinlich sowieso nicht wahr wurden. Aber ihr fiel sofort eine Antwort auf die Frage ein. Sie wusste genau, was sie täte, wenn sie ein Vermögen zur Verfügung hätte. »Ich würde die Fabrik kaufen, in der ich gearbeitet habe.«

Simons Lächeln wurde breiter. »Wirklich? Nun, Rache ist süß.«

Nell runzelte die Stirn. »Nicht aus Rache. Um sie zu verändern. Die Arbeiter dort brauchen Fenster.«

»Sie sind eine Reformerin?« Er hob eine Augenbraue. »Sie, die Anklägerin von Weltverbesserern? Darin liegt eine ganz köstliche Ironie.«

»Ich klage Weltverbesserer an, die nichts verbessern.« Auf die Schärfe in ihrer Stimme war sie selbst nicht gefasst. Langsam atmete sie durch. »Vielleicht bin ich ein bisschen durcheinander«, sagte sie entschuldigend. »Dieses Korsett quetscht mich noch zu Tode. Verdammt«, fügte sie hinzu. »Ich wette, ich darf auch nicht über Unterwäsche sprechen.«

»Ganz genau«, gab er zurück, aber man hörte ihm an, dass er beinahe gelacht hätte. »Sehen Sie, Manieren kann man auf ein einfaches Prinzip reduzieren: Erwähnen Sie nichts, was irgendwie interessant sein könnte.« Er hielt inne, ganz offensichtlich war er von seiner eigenen Weisheit unerhört begeistert. Aber als er fortfuhr, durchbrach sein verschmitzter Tonfall diesen Eindruck. »Vielleicht ist es nobel von mir, meinen Bediensteten diese Langeweile zu ersparen.«

»Anscheinend ist es Vorschrift, sich zu langweilen. Selbst dieser Tanz ist langweilig.«

»Wirklich? Ich hatte immer Spaß beim Walzer.«

Nell zuckte mit den Achseln. »Ich dachte, man tanzt, um die Musik zu genießen, nicht um sich die ganze Zeit Gedanken zu machen, welchen Abstand man zu der Person hat, die einen berührt.«

»Ah. Dann ist nicht die Technik das Problem«, sagte St. Maur, »sondern Ihre Einstellung. Der Tanz ist ein langer Flirt – in ritualisierter Form natürlich.«

Sie schnaubte. »Eine ungewöhnliche Art zu flirten, wenn

man mehr darauf achtet, voneinander fernzubleiben, als sich näherzukommen.«

»Gute Frage. Ich würde sagen, dass der Kern eines Flirts mit Distanz zu tun hat und der Möglichkeit, diese zu überwinden.«

»Vielleicht«, sagte sie. »Wo ich herkomme, machen wir das anders. Aber es sollte mich nicht überraschen, wenn Leute Ihres Schlags selbst einen Flirt auf den Kopf stellen.«

Er sah belustigt aus. »Wie … wie macht man es denn bei Ihnen, wenn man flirten will?«

Aus irgendeinem Grund ärgerte sie seine Neckerei. »Ich weiß nicht, wie ich es erklären soll.«

»Dann demonstrieren Sie es doch.«

Sie warf ihm einen ungläubigen Blick zu. »Sie machen Witze.«

»Keineswegs.« St. Maur trat zurück an die Wand und lehnte sich mit einer Schulter dagegen, während er einen Stiefel über den anderen kreuzte. Das war nun wirklich eine sehr passende Haltung für seinen Vorschlag. Jeden Tag hatte ein Dutzend Jungen in dieser Position vor der Fabrik herumgelungert, während sie auf den Gong warteten, um nach den Mädchen schielen zu können.

Aber er war kein Junge. Er war ein Mann, mit den Schultern eines Mannes, den wissenden Augen eines Mannes und einem Mund, der jede Frau unter neunzig in Versuchung führen konnte. In den letzten Tagen hatte er es ihr leicht gemacht, ihm aus dem Weg zu gehen, aber beim Gedanken daran, ihm irgendetwas zu demonstrieren, wurde sie sofort rot. »Ich kann nicht«, murmelte sie.

»Sie haben also nicht geflirtet.«

Er klang leicht enttäuscht. Nells Augen wurden schmal. Sie wusste ganz genau, wann man sie anstachtelte wie einen Hahn auf dem Kampfplatz. »Sie wollen mich nur dazu bringen, es Ihnen zu zeigen.«

»Will ich das?«, fragte er grinsend. »Oder habe ich es schon geschafft?«

Das Grinsen überzeugte sie. Es war albern, nervös zu sein, wenn er sich so kameradschaftlich verhielt. Und wie sehr hatte sie sich nach einer freundlichen Unterhaltung gesehnt! Bis zu diesem Augenblick hatte sie gar nicht bemerkt, wie einsam sie sich gefühlt hatte. Welchen Sinn hatte es überhaupt, hübsche Kleider zu tragen, wenn man sie nicht an einem Mann ausprobieren konnte?

»Na gut. Zuerst werfen wir dem Mann einen aufreizenden Blick zu«, sagte sie in einem Atemzug. »Und dann …«

»Ich dachte, Sie würden es mir demonstrieren«, unterbrach er sie. »Wenn ich einen Vortrag hören will, gehe ich in die Akademie.«

Nell verdrehte die Augen. »Sie glauben wohl, dass Sie ziemlich clever sind, oder?«

»Das weiß ich«, sagte er, und sein Grübchen kam zum Vorschein.

Als sie das Echo ihrer eigenen Worte erkannte, lachte sie. Er war wirklich ein Charmeur. Und er würde mehr bekommen als das, worum er gebeten hatte. Wenn er wüsste. »Sehr gut, Eure Lordschaft«, sie deutete einen albernen Knicks an. »Dann wird Ihnen das Mädchen von der Straße mal was zeigen.«

Nell drehte sich weg und betrachtete ihn aus den Augenwinkeln. Es kostete sie keine Mühe, bewundernd zu gucken. Kaum etwas war so appetitlich wie ein großer, langbeiniger Mann mit schlanker Taille und hübschen, schmalen Hüften.

Dann riss sie den Kopf herum und stolzierte weiter. Nachdem sie bis drei gezählt hatte, blieb sie stehen. »Bitte schön«, sagte sie, als sie sich wieder umdrehte.

Er zog eine Augenbraue hoch. »Das war alles?«

»Das ist die erste Stufe. Flirten ist ja nicht in einer Minute vorbei, St. Maur. Es braucht ein paar Tage, um in Gang zu kommen.«

»Ein paar Tage!«

»Manchmal ein oder zwei Wochen.« Ein wenig aufgebracht starrte sie ihn an. »Mit was für Ladys pflegen Sie denn Umgang zu haben? Sagen Sie bloß nicht, dass diese Mädchen in den lilienweißen Kleidern nach einer Stunde am Ende ankommen?«

St. Maur lachte. »Oh, das hängt davon ab, wie man Ende definiert. Wir können uns gern darüber austauschen.« Etwas vage fügte er hinzu: »Liebend gern würde ich Ihnen eine Vorführung geben.«

Ihr Gesicht glühte. »Darauf wette ich. Aber nein, ich glaube lieber nicht.«

Sein Lächeln brauchte Zeit, um breiter zu werden. »Sie haben recht. Eins nach dem anderen, mit der gebührenden Konzentration. Das ist auch meine Philosophie.«

Zweifelnd beäugte sie ihn. »Sind Sie schon bei Ihrer Vorführung?«

»Aber nein«, sagte er mit komisch unschuldigem Blick. »Also, Nell, aufreizende Blicke. Was kommt dann?«

»Nun, nachdem man dem Typen ein paar Tage lang Blicke zugeworfen hat – und aufgepasst: Wenn er näher kommt, lässt man ihn nicht. Wir stellen uns dann ganz schnell zu unseren Freundinnen und gehen – dabei werfen wir ihm aber noch ein paar Blicke zu.«

»Zweifellos während ihr miteinander herumkichert«, sagte St. Maur betrübt. »Ja, ich habe fast Mitleid mit den Jungen in Bethnal Green.«

»Oh, Sie sollten sich nicht allzu schlecht fühlen. Die haben ihren Spaß dabei.«

»Dessen bin ich mir sicher.«

»Bei der nächsten Stufe lässt man sie näher heran. Sagen wir, der Junge, den man angesehen hat, findet den Mut, sich einfach zu einem zu stellen, ganz nett und ungezwungen. Jetzt wirft man ihm keine aufreizenden Blicke mehr zu, nicht zu diesem Zeitpunkt. Aber man läuft auch nicht weg.«

St. Maur nickte. Aber im Lernen war er nicht schnell. Nell lockte ihn mit dem gekrümmten Zeigefinger zu sich. Sichtlich erschrocken stieß er sich von der Wand ab.

»Wenn ich es demonstrieren soll«, sagte sie, »brauche ich jemanden, an dem ich es demonstrieren kann.«

»Natürlich«, sagte er und ging auf sie zu.

Es war nicht so einfach, die Sitten des East Ends hier in Mayfair anzuwenden. Ihr fiel kein Junge ein, der sich so bewegte wie St. Maur. Niemand in Green hatte die Ruhe, so zu gehen – mit langsamen, fließenden Bewegungen, die an eine satte Raubkatze erinnerten, die einfach nur zum Spaß herumspielte.

Trotzdem, sie hatte sich etwas vorgenommen und würde es jetzt durchziehen. Mit gerundeten Augen wich sie zurück an die Wand. »Sehen Sie? Jetzt ziere ich mich.«

Sein Mund zuckte. »Das tun Sie«, sagte er und ließ einen anerkennenden Blick über ihren Körper gleiten.

»Sehr gut«, sagte sie warm. »Jetzt kommen Sie näher, und ich tue so, als würde ich Sie bis ganz zum Schluss nicht sehen …«

Aber ihr Kopf war völlig leer, als er näher kam und über ihrem Kopf eine Hand gegen die Wand legte.

»Machen Sie weiter«, sagte er so nah, dass ihr beinahe unwohl war. So nah, dass sie das Grün und Grau und Gold seiner Augen erkennen konnte.

Niemand in Bethnal Green roch wie er. Auch hatte niemand solche Lippen. Sie waren ein Wunder, so voll und weich, so gegensätzlich zu den harten Konturen seines Kiefers. Nell fand es schade, dass er sich so regelmäßig rasierte. In jener ersten Nacht hatte er einen attraktiven Bartschatten getragen.

»Was passiert jetzt«, murmelte er – und fügte nach einer viel zu langen Pause hinzu: »In Bethnal Green?«

Sie räusperte sich. »Das macht man nicht so in Bethnal Green.«

»Was macht man nicht?«

Er war groß. Wirklich groß. Sein Bauch war flach, und sie wollte mit der Hand darüberstreichen, weil sie sich daran erinnerte, wie muskulös er ausgesehen hatte. Sie wollte wissen, ob sie die einzelnen Muskeln fühlen konnte, wollte spüren, wie sie sich unter der straffen, heißen Haut bewegten, als er sich weiter hinunterbeugte und sein Atem ihr über das Gesicht strich. Eine heiße Strömung pulsierte zwischen ihren Körpern und erinnerte sie daran, wozu die Natur Männer und Frauen geschaffen hatte, wenn sie sich aneinanderpressten.

Sie schluckte schwer und zwang ihr Gehirn zu arbeiten. »Man … bedrängt ein Mädchen nicht in diesem Stadium. Sonst könnte es weglaufen.«

Und dann schlüpfte sie unter seinem Arm hindurch und tänzelte an der Wand entlang von ihm weg. Ein leichtfertiges Lachen kitzelte sie in der Kehle.

So hatte sie sich schon lange nicht mehr gefühlt, fröhlich und leicht und mit der Lust zu lachen, und wie sonderbar, dass sie das ausgerechnet hier fühlte, in diesem großen, leeren, prachtvollen Saal mit Gold an den Wänden und einem Mann, der ihr mit Meeresaugen nachsah. Er sah so reich und dekadent aus, dass sie schwören könnte, er würde nach Schokolade schmecken, wenn sie hineinbeißen würde, dunkel und vielschichtig und süchtig machend.

»Das war sehr ungezogen von mir«, sagte er, seine Stimme die reine Sünde, so tief, dass ein Mädchen hineinfallen und nie wieder das Tageslicht erblicken könnte. »Im Allgemeinen habe ich sehr viel Freude daran, jeden Schritt zu befolgen, den eine Lady wünscht.«

Offensichtlich war sie hier nicht die Einzige, die Flirtunterricht gab. »Nun, sie haben einen Schritt ausgelassen«, sagte sie, unfähig zu widerstehen.

»Ich warte auf Ihre Anweisungen«, schnurrte er.

Ein sündhafter Impuls durchfuhr sie so schnell, dass ihr gesunder Menschenverstand ihn nicht aufhalten konnte. »Man muss sich ein wenig berühren«, sagte sie und zuckte leichthin mit den Achseln. »Wie zufällig, obwohl es natürlich Absicht ist.«

Seine Augen wurden schmal. Er machte einen bewussten Schritt auf sie zu. »Und man kokettiert, oder?«

Ihr Atem beschleunigte sich. »Das Kokettieren übernimmt das Mädchen«, sagte sie. »Nun, jedenfalls das Reden. Der Junge kokettiert mit seinem …« Körper, wollte sie sagen, als ihre Augen ohne ihr Zutun an ihm hinunterblickten. Sobald sie ihm wieder ins Gesicht sah und bemerkte, wie er sie anblickte, schnürte sich ihr die Kehle zusammen.

»Vielleicht ist es nicht so wichtig«, sagte sie hastig. »Sie müssen eigentlich nicht wissen, wie man mit einem Mädchen aus Bethnal Green flirtet.«

»Oh, ich glaube schon.« Plötzlich stand er wieder direkt vor ihr, legte seine Hand an ihre Wange und streichelte ihr sanft über die Unterlippe. »Ich wüsste wirklich gern«, sagte er heiser, »was einem Mädchen aus Bethnal Green gefallen würde.«

»Sie machen es schon ziemlich gut«, flüsterte sie.

»Und ich strebe danach, noch besser zu werden.« Sein Blick fiel auf ihre Lippen, und seine Miene verdüsterte sich. »Aber Sie«, sagte er, »tun das nicht.«

Es dauerte einen Moment, bis sie begriff, dass die Bemerkung nicht nett gemeint war. »Verzeihung?«

Er ließ seine Hand hinunterfallen und machte einen gemessenen Schritt rückwärts. »Sie geben sich keine Mühe«, sagte er. »Sie verschwenden meine Zeit. Wenn Sie dieses Projekt nicht ernst nehmen, dann … sollten Sie gehen.«

»Gehen?« Sie musste sich einen Augenblick lang sammeln. »Sie haben sich die Sache anders überlegt?«

»Ich habe mir gar nichts anders überlegt«, antwortete er. »Ich habe nie behauptet, dass ich Sie zu Ihrem persönlichen Vergnügen unterstütze. Ich will eine Erbin zum Heiraten. Wenn Sie kein Interesse daran haben, Lady Cornelia zu werden, dann habe ich kein Interesse mehr an Ihnen.«

Panische Angst überfiel sie gleichzeitig mit plötzlicher, brennender Wut. Seine Meinung war ihr keinen Pfifferling wert! Inzwischen hatte sie genügend wertvolles Zeug beiseitegeschafft, sie wäre froh, endlich von hier zu verschwinden! Aber sie hatte geglaubt, noch ein wenig Zeit zu haben, bevor sie wieder auf Michael traf. Sie hatte auch noch keine Pläne für eine neue Arbeit – und wie wagte er überhaupt, ihre Abmachung einfach so aufzukündigen!

»Gehen Sie zurück nach Bethnal Green«, sagte er. »Verschwenden Sie den Rest Ihres zweifellos kurzen Lebens, indem Sie für Pennys in einer Fabrik schuften, die Sie vielleicht hätten kaufen können. Oder bleiben Sie hier und investieren Sie die nötige Arbeit, um Ihr Geburtsrecht zurückzuerhalten.« Er zuckte mit den Achseln. »Ihre Entscheidung. Aber treffen Sie sie schnell. Wenn Sie nicht bereit sind, eine Lady zu werden, dann muss ich selbst andere Pläne machen.«

Er machte auf dem Absatz kehrt und ging zur Tür.

»Warten Sie«, platzte sie heraus.

Ungeduld zeigte sich in jeder Linie seines Körpers, als er sich wieder umdrehte.

Stockend atmete sie ein. Sie hatte gewusst, dass er ihr alles wieder wegnehmen konnte, aber sie hatte geglaubt – es war dumm gewesen, so verdammt dumm –, dass er sie mochte. Und außerdem besaß er so unglaublich viel. Konnte er nicht ein wenig von seinem Vermögen erübrigen, ohne dass sie dafür Männchen machen musste?

Aber sie hatte ihn falsch eingeschätzt. Jetzt war das Märchen vorbei. Ihr Magen wurde flau bei dem Gedanken, nach Bethnal Green zurückkehren zu müssen – ohne konkrete Pläne für einen Job und für den Umgang mit Michael. Es durfte einfach nicht so enden. Wie furchtbar wäre es, auf diesen Moment zurückzublicken und nicht St. Maurs Arroganz daran die Schuld zu geben, sondern ihrer eigenen Dummheit.

Wie *furrrchtbar*. Das war eines der Worte, deren Aussprache ihr Schwierigkeiten bereitete. Mr Aubrey, der Vortragskünstler, tadelte sie immer, weil sie das *R* wie ein *I* aussprach. Es war *furrrchtbar*, sich so schwerfällig und ungeschlacht zu fühlen. In der Schule war sie immer die Beste gewesen. Zahlen, Buchstaben, Geografie, Geometrie – nie hatte sie groß nachdenken müssen. Sie hatte sich immer für klug gehalten, nicht nur für ein Mädchen aus Bethnal Green, sondern generell. Der Gedanke, dass sie sich vielleicht geirrt hatte, war ihr unerträglich.

Vielleicht hatte diese Angst sie daran gehindert, es wirklich zu versuchen.

Sie öffnete den Mund, um all das zu sagen – oder nur »Es tut mir leid«. Aber nichts kam heraus. Ihre Zunge war so schwer und nutzlos und dickköpfig wie ihr Stolz.

Laut erklang St. Maurs Seufzen in der Stille. »Kommen Sie«, sagte er. »Bevor Sie sich entscheiden, möchte ich Ihnen etwas zeigen.«

9

Plötzlich kam Simon der Gedanke, Nell die Galerie zu zeigen. Vielleicht hatte er die Vorteile, die ihre Mitarbeit ihr bringen würde, nicht klar genug herausgestellt. Die Galerie würde sie wirkungsvoll anpreisen.

Als sie um die Ecke bogen, blieb Nell stehen. Wahrscheinlich staunte sie angesichts der gewölbten Kathedralendecke und der langen Wand, in die Buntglasfenster eingelassen waren. »Sterne«, sagte sie sanft. Ihre Hände vergruben sich wie kleine, ängstliche Tiere in den Falten ihres Kleides, als sie sich umsah.

Während er sich dabei ertappte, nur sie anzusehen – und sich plötzlich lebendig daran zu erinnern, wie sie an jenem ersten Morgen in der Bibliothek ausgesehen hatte. Erschöpft und mitgenommen hatte sie zu den Oberlichtern hinaufgesehen und genauso geleuchtet wie jetzt. So hell, dass die Details ihrer zerlumpten Erscheinung vollkommen davon überstrahlt wurden.

Das Leuchten hatte jetzt einen ganz anderen Zauber. Gepaart mit dem sittsamen rosa Kleid verlieh es ihren Gesichtszügen eine neue Bedeutung. Ein Mann konnte den Glanz in ihren großen blauen Augen als Unschuld missdeuten – oder als Geistlosigkeit, sagte er sich. Es war Kittys leerer Blick.

Aber er konnte nicht an der Vorstellung festhalten. Nell trug ihr braunes Haar in einem strengen Knoten, ein Stil, der Kitty nicht gefallen würde. Lächerlicherweise beschwor diese Frisur fehlende Eitelkeit, sie passte zu einem Mädchen, das auf dem Weg in die Kirche den Kopf senkte. Man musste Nell schon besser kennen, um darauf zu kommen, dass dieser kleine, jetzt voller Bewunderung leicht offen stehende, rosa Mund eine scharfe Zunge verbarg, die Flüche herausschleuderte wie ein Seemann.

Simon kannte Nell besser.

Der Gedanke war eigenartig schockierend. Dass ihre Tarnung für ihn so durchschaubar war, kam ihm plötzlich bedeutsam vor. Im Vergleich zu dieser Vertrautheit schien seine Wut belanglos zu sein.

»Es ist wie ein Palast«, sagte sie.

Als ihre Augen, die vor Erstaunen hell erstrahlten, in die seinen blickten, hielt er den Atem an.

Der kehlige Klang ihrer Stimme war nicht das Einzige, was sie von ihrer Zwillingsschwester unterschied. Trotz des schroffen Wortwechsels vor ein paar Minuten machte Nell keine Anstalten, ihre Bewunderung zu verbergen. In der Welt ihrer Schwester, in seiner Welt, war man stets bemüht, unbeeindruckt zu wirken.

Zum ersten Mal im Leben fragte er sich warum. Eine so offensichtliche Freude wie diese hier würde jeder erneut erleben wollen. Jeder Mann würde sie erneut beeindrucken wollen. Und am liebsten wäre er den ganzen Tag lang selbst der Gegenstand so bewundernder Blicke.

Die Richtung seiner Gedanken fing an, ihn zu irritieren.

»Es ist überhaupt nicht wie ein Palast«, sagte er. »Ich muss Ihnen bei Gelegenheit den Buckingham Palace zeigen.«

Das Leuchten verdüsterte sich. Vielleicht glaubte sie nicht, dass er das Angebot ernst meinte. »Jedes frisch getraute Ehepaar muss der Königin vorgestellt werden«, fügte er erklärend hinzu. »Der nächste Empfang ist erst im kommenden Mai, aber«, er machte eine winzige Pause, »falls Sie sich entscheiden zu bleiben, nehmen wir daran teil.«

Ihr Mund verdrehte sich zu einem kleinen Lächeln. Sie schluckte den Köder nicht. »Sie sind verrückt«, sagte sie. »Sie wollen mich der Königin vorstellen?«

Ihr belustigter Tonfall überraschte ihn. Für einen Augenblick, und zweifellos in Kombination mit ihrer sittsamen Aufmachung, stimmte ihn das nachdenklich.

Vielleicht war er wirklich verrückt. Sollten sie wirklich im nächsten Mai noch verheiratet sein – sollte sie vor dem Gesetz als Lady Cornelia anerkannt werden und die Ehe den gewünschten finanziellen Erfolg bringen –, dann folgte daraus trotzdem nicht, dass sie gemeinsam in der Gesellschaft verkehrten. Wie reich sie auch immer wäre, sie blieb ein Kind des East End, ein Mädchen, das im Dreck aufgewachsen war und für seinen Lebensunterhalt gearbeitet hatte. Er konnte sich nicht vorstellen, dass sie sich in seinen Kreisen amüsieren würde.

Er konnte sich auch nicht vorstellen, dass sie irgendetwas Bewundernswürdiges an ihnen entdeckte.

Der Gedanke verstörte ihn. Aber warum eigentlich? Was hieß es schon, wenn ihre Erziehung ihre Fähigkeiten, seine Welt zu würdigen, einschränkte? Seine Freunde würden sie ebenfalls nicht schätzen. Die mondänen Kreise bewunderten seinen Geschmack, er konnte sie dazu bringen, ihm beinahe alles über Kunst zu glauben, das sie nicht verstanden. Aber über Armut glaubten sie alles zu wissen. Sie hatten Hausmädchen und Kutscher, jeder hatte irgendeine amüsante Geschichte über eine Begegnung mit einem aggressiven Gassenjungen. Täglich sahen sie durch die Fenster ihrer Kutschen Schmutz und Dreck. Sie würden in Nell nichts Neues, keine Schönheit erkennen. Nell wäre ihnen sogar furchtbar unbequem: der Beweis, dass unter dem Schmutz Menschen steckten. Sie würde ihnen kaum mehr bedeuten als ein Vorwurf in Menschengestalt.

Es wäre eine Herausforderung, diese Leute umzustimmen. Die größte, die er je angenommen hatte.

Und er liebte es wirklich sehr, wenn er Leute gegen ihren Willen umstimmen konnte.

»Es ist entsetzlich langweilig bei Hof«, sagte er. »Zu warm. Öde. Sie werden es hassen. Aber wenn Sie bleiben, gehen wir hin.«

Sie beäugte ihn kritisch. Kurz sah er wieder Kittys Gesicht und fragte sich, warum es ihm überhaupt etwas ausmachte, wenn sie fortginge. Dann sah er eine Frau mit dunkleren Augen, fast marineblau, die ihn an das Meer fünfhundert Meilen vor der Küste erinnerten. Diese Augen luden ihn ein zu ertrinken.

Er atmete geräuschvoll ein, als sie sprach. »Es ist öde, mit der Königin Umgang zu pflegen? Sie sind wirklich nicht leicht zu beeindrucken.«

Und dann wandte sie ihm den Rücken zu und sah sich die Bilder an.

Konsterniert betrachtete er ihre schmalen Schultern. Wieder einmal, wie bei der verwirrenden Begegnung mit der Dienerschaft letzte Woche, verlor er wegen ihr das Gleichgewicht, als triebe er hilflos und ohne sich irgendwo festhalten zu können auf einem Meer unerfüllter Erwartungen. Sie hatte etwas, das man mit Geld nicht kaufen konnte: übergroße Präsenz.

Er war sich nicht sicher, ob ihm das gefiel. Man musste ihr die Lady abkaufen, aber nur eine Grand Dame wurde dafür bewundert, Männer aus der Fassung zu bringen.

Was sah sie, wenn sie ihn betrachtete? Wollte er das überhaupt wissen?

Nun, für diesen Moment war es ziemlich klar. Sie hielt ihn für einen Angeber.

Guter Gott. Vielleicht war er das sogar.

Zu seinem Ärger und seiner Verwunderung spürte er, wie er rot wurde.

Es war einfach eine dämliche Idee, sie verführen zu wollen. Sie musste aus eigenem, freiem Willen kooperieren. »Wir könnten die Formalitäten überspringen«, sagte er.

Ohne etwas zu erwidern, betrachtete sie die lange Reihe der Porträts. Sie verlagerte das Gewicht auf ein Bein und ließ ihre Hüfte hervorspringen.

Sie ignorierte ihn einfach. Er war so tief erstaunt, dass ihm klar wurde, wie neu das für ihn war. Nur mit Mühe unterdrückte er eine kindische Bemerkung über ihre absolut undamenhafte Haltung.

Er stellte sich neben sie, absichtlich zu nah. Auf einer intuitiven Ebene verstand er ihr betontes Desinteresse. Nachdem er ihr den Fehdehandschuh hingeworfen hatte, bewahrte sie sich ihren Stolz, indem sie demonstrierte, dass sie keinesfalls aus Rücksicht auf ihn bliebe.

Aber sie war zu intelligent, um diese Gelegenheit einfach verstreichen zu lassen. *Stolz bringt dich nicht weiter*, dachte er. *Benutze deinen Kopf, Nell.* Das Arrangement erforderte ein gewisses Entgegenkommen ihrerseits. Sie müsste sich von ihm leiten lassen. Sie müsste anerkennen, dass sie ihm etwas schuldete. »So viel ist klar«, sagte er, »die Kleidung, die ich Ihnen gegeben habe, gefällt Ihnen.«

Sie sah ihn nicht an, es war eher, als zeigte sie ihm eine Dreiviertelansicht von sich. Ihre Nase, Kittys Nase, war wie dafür gemacht, Herablassung zu demonstrieren. »Es sind gute, haltbare Sachen.« Sie klang widerwillig. »Aber ich brauche ein Korsett, das mir besser passt. Und ein wenig Spitze könnte auch nicht schaden.«

Jetzt musste er wirklich lachen. Sicher, er war nicht leicht zu beeindrucken, aber sie anscheinend auch nicht. Aber er wollte sie beeindrucken. Er hatte nicht die leiseste Ahnung, warum er es bis jetzt nicht geschafft hatte.

Um Gottes willen, er verlor langsam den Verstand.

Simon räusperte sich. »Wie ich schon sagte, Ihre jetzige Garderobe ist – oder wäre – nur für den Übergang.«

Nell nickte. »Diese Schneiderin …«

»Modistin.«

Sie warf ihm einen undurchdringlichen Blick zu. »Diese Modistin sagte, sie hätte die ersten Kleider in zehn Tagen fertig.«

Er nickte. Wie schade, dass er die Anprobe vor ein paar Tagen verpasst hatte. Plötzlich malte er sich aus, wie er zu einem günstigen Moment hereingeplatzt wäre und sie im Unterkleid ertappt hätte, mit Maßband umwickelt, die hübschen Lippen zu einem O gerundet, während sie unter seinem prüfenden Blick zitternd errötet wäre.

Doch er war ein Trottel. Sie hätte nicht gezittert. Sie hätte ihm einen Hocker an den Kopf geworfen.

»Wer sind diese Leute?«, fragte sie.

Richtig. Das war der eigentliche Grund, weshalb er sie in die Galerie geführt hatte. Er folgte ihrem Blick zu dem finster blickenden alten Mann vor ihr. »Das sind Ihre Eltern«, sagt er. »Vor Ihnen der letzte Lord Rushden. Rechts daneben Ihre Mutter.«

Nell spürte ein merkwürdiges kleines Hüpfen im Bauch. Sie trat näher an die Bilder heran. Der letzte Earl posierte zu Pferd auf einem weiten Rasen vor dem Gebäude, das sie auf dem Gemälde in der Bibliothek gesehen hatte. Paton Park hatte St. Maur es genannt.

Das Haus war zu schön, um wahr zu sein. Ein Palast aus rosa Backstein inmitten von sanften Hügeln, die grüner waren als St. James im Frühling. Sie sah es jetzt zum zweiten Mal. Bei dem Anblick fühlte sie ein Flattern in der Brust, ein sonderbares Gefühl, das drohte heftiger zu werden, je länger sie hinsah.

Sie schlang die Arme um sich. Zweifellos waren diese sonderbaren Ideen nur Einbildung. Die Kleider und die vornehme Umgebung blendeten sie, und St. Maurs Ultimatum brachte sie zusätzlich durcheinander. Deshalb erfand sie Lügen: *Du erinnerst dich. Du gehörst hierher. Du verdienst das alles.*

Es war so leicht, sich Illusionen zu machen. Mum hatte sich ziemlich viele Illusionen gemacht. Sie hatte sich für besser und frommer gehalten, zu gut für diese Welt. Und was hatte es ihr eingebracht! Den Hohn der Nachbarn in Bethnal Green, die Verachtung der Vorarbeiterin und die schlimmste Arbeit in der Fabrik – ein rascher Weg zu einem schmerzhaften Tod.

Aber bei all ihrem albernen Getue war Mum niemals grausam gewesen. Wenn Nell beschloss, dass sie diesen Ort wirklich wiedererkannte, dann hieße das, dass ihre Mutter eine Countess war und Mum mehr als grausam. Dass Mum etwas unaussprechlich Böses getan hätte.

Sie unterdrückte den seltsamen Drang zu lachen. Das war nicht komisch, absolut nicht. Mum hatte sie geliebt. Dessen war sie sich sicher. Mum war verwirrt gewesen, aber niemals gefährlich.

»Meine Mum war kein schlechter Mensch.« Es kam abgehackt heraus. Es sollte nicht notwendig sein, so etwas zu sagen.«

»Das freut mich.« St. Maur schob die Hände in die Taschen. Wachsam. Abwartend. Kein Urteil in seinem Gesicht, keine Sorge.

Keine Sorge: Das charakterisierte ihn wirklich gut. Mit diesen Worten hätte sie ihn Hannah beschreiben sollen. Er schien vollkommen unbeschwert, aber nicht in der Art eines Kretins. Nell begriff, dass er die Welt sah wie ein Zyniker, der nicht nach falscher Hoffnung suchte.

Aber er ließ auch nicht zu, dass die Welt ihm Sorgen bereitete. Er hatte die Ausstrahlung eines Mannes, der wusste, dass er immer die Oberhand behielte, wenn es zum Kampf käme.

Über sie selbst hatte er ganz gewiss die Oberhand. Sein Angebot war teuflisch. *Sich in jemand anderen verwandeln*. Gewöhnliche Männer feilschten nur um den Körper einer Frau. Sein Angebot war höher, aber auch seine Forderung. Sie sollte das Andenken an einen geliebten Menschen verraten.

Nell kaute auf ihrer Lippe. Sie hatte geschworen, sich niemals zu verkaufen. Aber niemand hatte ihr je so viel geboten. Und was immer es nun bedeutete … sie kannte den Ort auf dem Gemälde.

Wenn sie bei der Bibel schwören müsste, würde sie sagen, dass es eine Erinnerung war.

Sie zwang sich, das Bild noch einmal anzusehen. Nie war sie aus Angst vor etwas zurückgeschreckt, und das würde sie auch jetzt nicht tun. »Da ist eine Brücke. Eine geschwungene Brücke über einem Fluss.« Nell erinnerte sich – sie hatte davon geträumt –, dass sie Pennys hineingeworfen hatte. Kupfer blitzte im Sonnenlicht.

»Ein Bach, ja«, sagte St. Maur. »Hinter dem Haus.«

Seine Stimme war neutral. Nicht überrascht. Wut durchpeitschte sie. Sie wollte, dass ihn irgendetwas überraschte. Er war der Inbegriff von hochwohlgeboren, immun für die Kratzer und Beulen, die sich andere Menschen im Verlauf ihres Lebens zuzogen. Wahrscheinlich war er noch nie in seinem Leben außer Fassung geraten. »Hat es irgendeine Bedeutung für Sie, ob es eine Brücke gibt oder nicht? Ist es Ihnen denn völlig egal, ob ich diese Cornelia wirklich bin oder nicht?«

Kurz sah er zu ihr hinunter. Sie hielt immer noch die Arme um sich geschlungen. »Ja, eigentlich schon.«

Sie ließ die Arme fallen, damit er ihre Haltung nicht als Zeichen von Angst missdeutete. »Wie schön für Sie. Es ist ja auch nicht Ihre Mutter, die alle eine Wahnsinnige nennen. Und wenn ich mich wirklich an diesen Ort erinnere ...« Dann wäre es sogar wahr.

Was für eine Frau stahl ein Kind? Was konnte eine Frau zu einer solchen Tat treiben?

Dunkel stieg eine verstörende Ahnung in ihr auf. Mum hatte Rushden einen lüsternen Teufel genannt. Und sie war sich immer so sicher gewesen, besser als jeder andere zu wissen, was richtig und falsch war.

St. Maur nahm ihre Hand. Nell erschrak, zog sie aber nicht weg. Sein Griff war fest, und er sah sie offen und ehrlich an, keinen Schalk im Gesicht. »Wenn Sie sich an das Haus erinnern«, sagte er, »dann glaube ich nicht, dass es Ihrer Mutter schadet, wenn Sie es zugeben. Was geschehen ist, ist geschehen. Jetzt bekommen Sie nur einen neuen Blick auf das, was bereits geschehen ist – und zwar vor langer Zeit. Vor fast zwanzig Jahren.«

Geschmeidige Logik. »Und wenn jemand Ihre Mutter eine Kriminelle nennen würde? Wäre Ihnen das auch egal?«

»Oho.« Ein geräuschvolles und ausgesprochen belustigtes Ausatmen. Er ließ ihre Hand los und schob seine wieder in die Tasche. »Ich kann es mir kaum vorstellen«, sagte er. »Aber ihre Reaktion wäre spektakulär. Sie wacht eifersüchtig über ihren guten Namen.« Sein Lächeln war schief. »In dieser Hinsicht kam sie mit Ihrem Vater sehr gut zurecht.«

Nell sah sich ebendiesen Vater wieder an. Er saß auf einem Pferd, Paton Park zeichnete sich in der Ferne ab. Sie hatte eine Vorstellung davon, wie ein Vater auszusehen hatte. Ihr Stiefvater war nicht alt geworden, aber er war gut und lustig gewesen und hatte immer ein Lächeln auf den Lippen gehabt. Sonntags nach der Kirche hatte er ihr frittierte Austern gekauft, und bei Theatervorstellungen durfte sie auf seinen Schultern sitzen.

Dieser Mann sah nicht so aus, als würde er einem kleinen Mädchen erlauben, auf ihm herumzuklettern. Finstere Augen blickten unter schweren, dunklen Brauen hervor. Ein buschiger Backenbart. Sie kannte diesen Blick. Manchmal waren ihr feine Leute in ihren Kutschen aufgefallen, die genauso belustigt und ungläubig gegrinst hatten.

Was für ein Mann ließ sich in dieser Weise malen? Für die Ewigkeit würde er auf andere Menschen hinabsehen.

Trotzdem. Den quadratischen Kiefer könnte sie von ihm haben.

Augen und Nase von seiner Frau.

Sie holte Luft und konzentrierte sich auf die Countess. Hübsche Lady. Sie saß in einem lichtdurchfluteten Salon, eine langfingrige Hand über dem Buch auf ihrem Schoß. Schöne, weiße Schultern. Freundliche Augen.

»War er gemein zu ihr?«, flüsterte sie.

Kurzes Abwarten. »Er war von Natur aus kalt, denke ich.«

»Nein, ich meine, ob er grob zu ihr war. Hat er sie geschlagen?« Mum hatte ihr ohne Bedenken den Hintern versohlt, wenn sie glaubte, dass ihre Seele in Gefahr war, aber solange sie genügend Kraft hatte, hatte sie niemals zugelassen, dass Michael die Hand gegen Nell erhob. Wenn Rushden ein gewalttätiger Typ war, hatte Mum vielleicht gedacht …

»Nicht soweit ich es gesehen habe.« St. Maur schwieg. »Viele Männer leben ihre Wut aus, ohne die Fäuste zu gebrauchen, Nell.«

Sie zuckte gelangweilt mit den Achseln. Das war ihr nicht neu. »Wie ist sie denn gestorben?«

»An gebrochenem Herzen, heißt es. Etwa zwei Jahre, nachdem man Sie entführt hatte.«

Nell verzog den Mund. »Gebrochenes Herz – das ist mal eine Krankheit für reiche Frauen. Wir anderen können uns nur leisten, an richtigen Krankheiten zu sterben.«

Er sah sie an, die Linie seines Mundes war ernst. »Ein kluger Gedanke. Glauben Sie daran?«

Seine Sachlichkeit traf sie unvorbereitet. Er verhielt sich nicht, wie sie erwartet hatte. Er sprach tatsächlich mit ihr, stellte ihr Fragen, als ob die Antworten ihn interessieren könnten.

Wie merkwürdig. Fast zog sie es vor, dass er ein arroganter, selbstherrlicher Blaublüter blieb. »Ich glaube, wenn man an gebrochenem Herzen sterben könnte, dann gäbe es sehr viel weniger Menschen auf der Welt«, sagte sie langsam.

»Ihr Herz war also schon einmal gebrochen?«

»Nein.«

»Sie haben Glück.«

»Ich bin klug.« Nicht so ein strohdummes Mädchen wie Suzie, die sich von einem hübschen Gesicht täuschen ließ und darüber vergaß, was für sie selbst am besten war.

St. Maur betrachtete sie länger, als ihr angenehm war. »Sie sind sehr jung, oder?«

Seine Herablassung ärgerte sie. »Warum? Hat jemand Ihres gebrochen?«

»Oh ja.« Er sagte es leichthin, ohne Zögern. »Gehört wohl zu den Risiken im Leben eines Tunichtguts.«

Sie starrte ihn an. »Wer?« Welche Frau hatte diesem Mann so nah kommen können?

»Eine Frau.«

»Was für eine Frau?«

Er zuckte mit einer Schulter. »Es war offensichtlich die falsche.« Er wandte sich wieder dem Gemälde zu. »Die Countess war nicht dumm oder schwach. Gewiss manchmal zu großzügig. Einfühlsam, liebevoll – alles, was ihr Mann nicht war.«

Nell bemerkte, dass St. Maur der Frage nach der geheimnisvollen Herzensbrecherin elegant ausgewichen war, aber etwas anderes fiel ihr noch deutlicher auf. Seine Stimme wurde warm, wenn er von der Countess sprach. Das war kein Klatsch, den er da wiedergab. »Sie haben sie gekannt?«

»Ja.«

Natürlich – er war das Mündel des alten Earls gewesen. Diese Frau hatte sicher dabei geholfen, ihn großzuziehen.

Langsam runzelte sie die Stirn. Da stimmte doch etwas nicht. »Ihre Mutter – Sie sprechen über sie, als wäre sie noch am Leben.«

»Das ist sie auch.«

»Warum war der Earl dann Ihr Vormund?«

Ein unwirsches Lächeln zeigte sich auf seinen Lippen. »Der alte Rushden fand mich nicht ausreichend vorbereitet für die Ehre, die mir zuteilwerden sollte.«

Sie zögerte. »Ihre Mum hat Sie also einfach … weggegeben?«

Ein Muskel zuckte in seinem Kiefer. Sie hatte einen empfindlichen Nerv getroffen. Gut zu wissen, dass er einen hatte. »Er war begabt darin, andere von seiner eigenen Bedeutung zu überzeugen. Ich glaube nicht, dass es meinen Eltern je in den Sinn kam zu protestieren.«

Wie schrecklich. »Dann haben wir etwas gemeinsam«, sagte sie verblüfft. »Wenn Sie recht haben, wurden wir beide unseren Eltern weggenommen.«

Er sah ihr in die Augen. »Das ist wohl so. Aber Ihre wollten Sie zurückhaben.«

Nicht eine Spur von Selbstmitleid lag in seinen Worten. Aber gerade diese Unerschütterlichkeit verriet, dass er sich bemühte, seine Emotionen zu verbergen.

Auf einmal schämte sie sich. Sie hatte nur in ihm herumgebohrt, um sich Genugtuung zu verschaffen. Jetzt hielt er ihrem Blick stand und konfrontierte sie mit dem Beweis dafür, dass er Gefühle hatte. Der Verrat seiner Eltern hatte ihm zu schaffen gemacht.

Etwas in ihr wurde weicher. Sie legte ihm die Hand auf den Arm. »Es tut mir leid, St. Maur.«

Er betrachtete die Stelle, wo sie ihn berührte. »Das braucht es nicht. Wie ich schon sagte, was geschehen ist, ist geschehen.«

Jetzt hatte sie noch stärker das Gefühl, dass das nicht stimmte. »Stehen Sie sich denn nahe?«

»Meinen Eltern?« Als sie nickte, sah er ein wenig ungläubig aus. »Ist das irgendwie von Bedeutung? Mein Vater ist tot. Und was meine Mutter angeht, wir pflegen einen freundlichen Umgang. Wenn unsere Wege sich kreuzen, grüßen wir einander.«

Sie hatte nicht gesehen, dass er sich bewegt hatte, aber plötzlich war sein Arm außer Reichweite. Sie schob die Hand in die Tasche und ballte sie zur Faust. Sie kam sich unbeholfen vor. Wo sie herkam, freute man sich über eine freundliche Berührung. »Ist wohl eine raffinierte Art, Nein zu sagen.«

Er warf ihr einen undurchdringlichen Blick zu, dann deutete er mit dem Kinn auf das Gemälde. »Sehen Sie das Buch auf ihrem Schoß? Eine wunderbar illustrierte Ausgabe von Dantes Göttlicher Komödie. Ich nehme an, dass Sie die Liebe zu Büchern von ihr haben.«

Nell ging auf den Themenwechsel ein. »Haben Sie es? Ich würde es gern lesen.«

»Nein.« Seine Stimme wurde düster. »Ihre Bücher wurden verkauft.«

»Oh.« Jetzt hatte *sie* vollkommen das Gefühl, aus dem Gleichgewicht zu sein, und suchte nach einem Gegenstand, mit dem sie nicht anecken würde. »Ich möchte ein paar solcher Kleider«, sagte sie. Das Kleid der Countess war über und über mit Schichten von heller Spitze besetzt. Musste ein Vermögen gekostet haben. Wenn man es vorsichtig auseinandernahm, könnte man die Spitze einzeln verkaufen. Das wäre eine hübsche kleine Lebensversicherung.

»Ich fürchte, es ist ein bisschen altmodisch. Aber warum nicht? Sie kriegen eines, wenn Sie möchten.« Er lachte. »Ja, schaffen Sie Ihren eigenen Stil. Führen Sie eine neue Mode ein.«

Natürlich machte er Witze. »Klar doch«, sagte sie.

Sein Lächeln wich einer nachdenklicheren Miene. »Aber Sie begreifen, dass ich Ihnen genau das anbiete, oder? Nicht nur Geld, sondern die Macht und Position, es zu benutzen, wofür auch immer Sie wollen.«

Zwar sah sie keinen großen Unterschied zwischen Geld und Macht, aber sie nickte höflich.

Er fiel nicht darauf herein. »Ach, Nell«, seufzte er. »Darling. Ich weiß, dass Sie Fantasie haben. Wissen Sie denn wirklich nicht, wie Sie sie benutzen können?«

Sie runzelte die Stirn über das Kosewort. Die Typen aus Irland nannten sie ständig so, aber in seinem weichen, gedehnten Tonfall klang es anders. Beunruhigend. Männer wie er nannten Mädchen wie sie nur im Spaß Darling. *Darling, sei ein Schatz und bring mir noch ein Glas. Darling, ich bezahle dich nicht fürs Reden.* »Ich kann Ihnen nicht folgen.«

Er kam näher – und noch näher. »Mein liebes Mädchen«, sagte er sanft. Er hob die Hand und fuhr mit einer Fingerspitze an ihrem Ohr entlang, die Berührung war so warm und weich wie sein Atem.

Nell trat einen Schritt zurück, ihr Magen krampfte sich zusammen. Anders als ihr Kopf hatte ihr dummer Körper nicht ein Jota gesunden Menschenverstand. Ihr Herz klopfte. »Erst, wenn wir verheiratet sind.«

»Nur eine Berührung«, murmelte er. Er hielt ihr Ohrläppchen fest und streichelte es mit dem Daumen. »Nicht einmal annähernd ein Beischlaf.« Dann fuhr er mit der Außenseite der Finger ihren Hals hinab.

Selbst eine einzige Berührung war zu viel, wenn er sie mit diesem Lächeln verband. Ihr Puls schlug heftiger. Wieder erinnerte sie sich instinktiv und heiß daran, dass Teile von ihr sich auflösten, sobald er sie küsste. Unmöglich konnte sie so etwas empfinden und gleichzeitig ihren Verstand beisammenhalten. »Hände weg, habe ich gesagt.«

»Aber Sie sind unwiderstehlich. So sittsam wie die Frau eines Vikars, sauber geschrubbt, gezähmt. Ich kann nicht sagen, ob es schade ist oder eine fürchterlich wirkungsvolle Provokation.«

Nell schob seine Hand weg und wich noch einen Schritt zurück. »Keins von beidem. Ich habe nichts getan.« Sie wollte ihn zu nichts verführen. Es traf sie keine Schuld.

Er sah ihr in die Augen. »Haben Sie Angst vor mir?«

Beinahe musste sie lachen. Natürlich hatte sie Angst vor ihm. Nur ein Neugeborenes hätte das nicht. Er gehörte verdammt noch mal zum britischen Hochadel. War ihm nicht klar, dass sein ganzes Gerede über ihre Geburt und ihr Vermögen nichts wert war, solange niemand außer ihm etwas davon wusste? Wenn er wollte, könnte er ihr süße Märchen darüber erzählen, dass sie eine Kaiserin sei. Nichts davon bedeutete das Geringste, solange er ihr nicht gleichzeitig Bargeld in die Hand drückte.

»Bilden Sie sich bloß nichts darauf ein«, sagte sie.

»Sie brauchen keine Angst zu haben.« Noch immer sah er sie an. Seine verdammten Augen waren zu scharf, sahen zu viel. Sie hatte die schlechte Angewohnheit, ihn zu unterschätzen, zu vergessen, wie klug er war, obwohl man ihn sein ganzes Leben lang in Watte gepackt hatte. »Ihre Interessen überschneiden sich zufällig mit meinen. Das zumindest sollte Sie beruhigen.«

»Sie haben recht, ich bin beruhigt. Zeigen Sie mir doch noch mehr von meiner Familie.«

Er ging nicht darauf ein. »Gleich«, sagte er und fuhr fort, sie zu betrachten. Warum war er so an ihr interessiert? Sie hatte nichts an sich, was die Aufmerksamkeit eines Mannes seines Schlages wecken könnte. Wenn er eine wie sie wollte, könnte er vor die Tür gehen und zehn oder zwanzig Mädchen für eine Nacht kaufen.

Nicht jedoch sie. Sie war nicht sein Spielzeug. Sie wurde seine Frau oder gar nichts.

Er ging wieder auf sie zu, und sie verriet sich durch einen schnellen Schritt rückwärts.

»Da haben wir es«, sagte er und nickte wie ein Mann, dessen persönliche Meinung sich gerade bestätigt hatte. »Aber das ergibt keinen Sinn. Warum sind Sie so ängstlich? Von Natur aus scheinen Sie nicht besonders schüchtern zu sein.«

»Bin ich auch nicht.« Es machte sie wütend, dass ihre Worte so atemlos klangen.

Sein Blick senkte sich, wanderte die Konturen ihres Halses entlang und dann über ihren Busen. Er musterte sie mit freimütigem, sexuellem Interesse. Lächelte ohne jedes Schamgefühl, während er ihre Brüste, ihre Hüften und ihren Mund betrachtete, der unter seinem Blick ganz trocken wurde. Kein Mädchen mit auch nur ein bisschen Selbstachtung würde das begrüßen. Er begutachtete sie wie ein Mann eine gekaufte Hure.

Aber sie konnte sich nicht belügen. Es brachte ihre dumme Seite zum Vorschein, dass dieser Mann vor ihr stand und sie begehrte. Wäre er ein Tier, hätte er bei jedem Wettbewerb den ersten Preis gewonnen. Lange, elegante Knochen wurden von kräftigen Muskeln in einem harmonischen Ganzen zusammengehalten, und alles wies ihn als großartigstes Exemplar seiner

Spezies aus. Auch Menschen waren Tiere, und nie zuvor war ihr das so sehr bewusst geworden wie jetzt, als Hitze in ihrem Magen aufflackerte.

Keuchend atmete sie aus, und er tat nicht einmal so, als hätte er es überhört. Er hob den heißen Blick, und sie dachte unwillkürlich an schmutzige Worte. An Körper, die sich in der Dunkelheit aneinanderrieben, während sein Tonfall die Botschaft seiner Augen Lügen strafte. Leichthin, fast spielerisch fragte er: »Wäre es denn so schlimm, mich zu heiraten?«

Ihre Wangen brannten. Sie wusste genau, was er meinte. *Heiraten* war ihr kleines Codewort geworden, das für andere Dinge stand. »Ich kenne Sie nicht«, presste sie zwischen den Zähnen hervor. »Vielleicht nicht. Woher soll ich das wissen?«

»Ich bin ein offenes Buch.« Wieder ging er vorwärts, aber diesmal wich sie nicht von der Stelle. Zum Teufel mit seinen feurigen Augen und diesen Provokationen!

Er wusste, dass er gewonnen hatte. Das Lächeln auf seinen Lippen bekam etwas Spitzbübisches. »Und Sie sind wirklich ängstlich«, sagte er. Herausforderung klang in seinen Worten mit, als würde er es ihr beweisen wollen. »Nun, ich verspreche Ihnen, schöne Nell, dass ich nicht die Absicht habe, Sie vor dem Abendessen zu verführen.«

In stiller Pein sah sie zu, wie er die Hand ausstreckte und mit dem Finger über den Saum ihres Dekolletés fuhr. Wenn sie erneut zurückwich, würde ihr Unwille nur allzu deutlich werden.

Alles in Ordnung, beruhigte sie ihr klopfendes Herz. Er will nur die Frau anfassen, die er heiraten möchte, und das war normal.

Aber es war absolut nicht normal, wie seine Berührung durch die Wolle hindurch auf ihrer Haut brannte. Tief in ihrem Inneren war sie sündhaft und lüstern und selbstzerstörerisch wie ein Säufer am Zahltag. Nichts Gutes oder Weises kam dabei heraus, wenn man einen Mann begehrte, der die Macht hatte, einen zu Staub zu zermahlen, auch wenn seine Berührungen auf zartere Handlungen aus zu sein schienen. Sanft fuhr er mit dem Finger über ihr Schlüsselbein bis zur Schulter. Dann umfasste er ihre Schulter und streichelte mit der ganzen Handfläche langsam und fest ihren Arm hinab, spürte ihre Konturen nach, und jede Faser in ihr wollte sich an ihn lehnen.

So eine einfache, dumme Berührung. Warum konnte sie sich nicht davon fernhalten?

Auch ihn ließ es nicht kalt. Sein Puls schlug in der Halsgrube. Als er ihr in die Augen sah, war sein Blick wissend. »Sagen Sie es«, murmelte er. »Sie spüren es.«

Ihre Kehle schnürte sich zusammen. »Ich spüre Ihre Hand.«

Er ließ ein leises *tsst* hören, ein tadelndes Zungenschnalzen. »Wie gefühllos«, sagte er, aber sein Tonfall zeigte ihr, dass ihn das nicht abschreckte. Er mochte die Herausforderung, es lockte ihn. »Ich kann so viel für Sie tun.« Beiläufig plaudernd sprach er mit ihr, während er ihren Körper mutwillig berührte. »Ich bin der Letzte, der Ihnen beibringen kann, eine Lady zu sein, aber ich kann Ihnen anderen Unterricht geben. In Lust, Schönheit, Kunst und Glanz – in all den lohnenswerten Freuden. Unterricht in Skandal.« Sein Lachen war sanft, wie eine Einladung: *Denk an die Möglichkeiten*, sagte es. »Ja, darin kann ich Sie wirklich unterrichten. Und in … Macht?« Er schlang seine Finger in ihre, mit dem Daumen streichelte er ihre Handfläche. »Sie wollen Geld. Das weiß ich. Aber was ist mit Macht, Nell?«

Das Wort sandte ihr einen Schauer über den Rücken. *Macht*: die er jetzt ausübte, indem er sie nur mit Worten und dem leichten Druck seiner verruchten Finger fesselte. Was für eine schreckliche Macht – und was für ein schrecklicher Zusammenhang, in dem sie die Existenz dieser Macht entdecken musste.

Ihr wäre lieber gewesen, er hätte Macht in ihren plumperen Formen ausgeübt: rohe Kraft, Muskeln, Gebrüll. Brutale Gewalt, die sie zur Genüge kannte.

Aber nein, etwas so Einfaches würde St. Maur nicht reizen. Macht, die Vorstellung, ja das Wort selbst bekam neue Dimensionen, wenn der Mann es flüsterte, dem dieses Haus gehörte, der die Kleider, die sie trug, bezahlt hatte und der in ein Gefängnis hineinspaziert war und die Gesetzeshüter in einer Viertelstunde über den Haufen geworfen hatte, ohne ins Schwitzen zu geraten oder – wie Hannah behauptet hatte – auch nur die Stimme zu erheben. Er sah jetzt so kalt aus wie der Mond, ein Handlanger des Teufels, der ihre Haut nur durch die Berührung seines Daumens in Flammen aufgehen ließ. Mit einem einzigen Finger übte er magische Gewalt aus, indem er ihr langsam und intim die Handfläche rieb.

Es war mörderischer als ein Schlag mit der Faust. Zuerst hatte er ihren Körper dazu überredet, sich mit ihm zu verbünden, und jetzt bat er ihre Vorstellungskraft, sich der Verschwörung gegen sie anzuschließen. Ihr Begehren, ihr Ehrgeiz und er: Sie konnte nicht gegen alle kämpfen. Sie war sich selbst zum Feind geworden.

Dieser Gedanke traf sie wie ein Messerstich. Sie sah ihm in die Augen. Sie würde nichts fühlen. Sie würde wach bleiben. »Ich bin nicht schwach. Sie irren sich, wenn Sie das glauben.«

»Nicht schwach«, murmelte er, »aber die Hornhaut auf Ihrer Hand erzählt eine Geschichte. Ihre Zeit hat nicht Ihnen gehört. Stellen Sie sich vor, wie es wäre, Ihren Weg selbst zu bestimmen, Nell. Keinen Anweisungen folgen zu müssen. Ich kann Ihnen das ermöglichen.«

Solch ein Versprechen konnten nicht viele machen. Und sie hatte keinen Zweifel, dass er es halten könnte.

Er hob ihre Hand zu seinem Mund. Seine Lippen schlossen

sich über ihren Fingerknöcheln, aber Nell spürte es überall, eine flüssige Wärme, die sie schwach machte.

»Die Meinung der Welt ignorieren zu können«, flüsterte er an ihrer Haut. »Oder neue Meinungen für sie zu schaffen.« Dann hob er ihre Hand noch etwas höher und legte ihre Handfläche auf seine Wange. »Eine berauschende Droge«, sagte er, und für einen verwirrenden Augenblick dachte sie, er meine die Empfindung seiner frisch rasierten, heißen und glatten Haut.

Es war merkwürdig, eine Frau seine Wange berühren zu lassen. Sie starrte auf ihre Hand, die er an sich gepresst hielt. Eine Frau würde den Geliebten so berühren, um ihm wahre und zärtliche Zuneigung zu zeigen.

Der Gedanke versetzte sie in Panik. Er verführte sie nicht nur mit seinem Körper, sondern außerdem mit falschen Hoffnungen. *Sieh dich an*, sagte seine Geste, *du berührst mich, als ob wir einander liebten.* Was für eine grausame Art, sie in Versuchung zu führen. Was für eine böse, heimtückische Strategie. Sie kannte sich, und sie kannte auch Typen wie ihn: Normalerweise traf man sie in einer Seitengasse, nachdem das Geld übergeben worden war.

Mit einem Ruck riss Nell die Hand weg. »Sie wissen, dass ich eine Diebin war?«

Der Wirkung ihrer zornigen Worte auf sein Lächeln nach zu urteilen, hätte er auch taub sein können. »Das habe ich mir gedacht«, sagte er, »als mein Taschentuch im Besitz Ihrer Freundin endete.«

»Das Taschentuch war gar nichts! Ich hätte mehr gestohlen, wenn ich die Gelegenheit gehabt hätte. Ich hätte die Ringe von Ihren Fingern entwendet!«

»Aber das wird jetzt nicht mehr nötig sein.« Er hielt einen Augenblick inne. »Macht Ihnen das Angst?«

»Nein«, flüsterte sie. Diebstahl machte ihr keine Angst. Sie wusste genau, wo die Risiken lagen. St. Maur machte ihr Angst. Diese Gefühle, die er in ihr weckte … die Träume, die zu träumen er sie verleitete.

»Wenn Ihnen etwas Angst macht«, sagte er, »dann ist das der beste Ausgangspunkt für einen Neuanfang.«

Prickelnd überlief sie erstauntes Erkennen. Ja, das war richtig. Wenn man vor seinen Ängsten wegrannte, kamen sie nur immer schneller hinterher.

Nell zwang sich dazu, noch einmal das Gemälde des letzten Earls anzusehen, Paton Park im Hintergrund.

Feiglinge rannten vor ihren Ängsten davon, aber nur ein echter Narr floh vor der Wahrheit.

Langsam holte sie Luft. Ihr war etwas schwindelig, als würde sie taumelnd am Rand eines Abgrunds stehen. »Sagen Sie ehrlich. Glauben Sie wirklich, dass ich dieses Mädchen bin?«

»Ja«, sagte er. »Und Sie tun das auch.«

An diesem Abend, etwa eine Stunde bevor Polly das Tablett mit dem Abendessen brachte, schickte Nell Sylvie in die Bibliothek nach einem Buch, das nicht existierte, und schloss die Tür ab.

Die Sonne war gerade untergegangen, und das Schlafzimmer lag in matten, blauen Dunst getaucht. Das trübe Licht passte zu ihrer Stimmung. Sie riss ein Streichholz an und entzündete eine einzelne Kerze, bevor sie sich vor das Bett kniete.

Sie hatte gar nicht vor zu beten, aber die Haltung erinnerte ihren Körper an Hunderte von Sonntagen, die sie unter Mums wachsamem Blick im Knien verbracht hatte. Einen kurzen Augenblick zögerte sie, dann stellte sie den Kerzenhalter neben sich. Ihre Hände zitterten, als sie sie vor der Brust faltete. Und dann, im nach Kerzenrauch und dem sanften Parfüm des Teppichs duftenden Halbdunkel, senkte sie den Kopf und betete.

Möge sie mir vergeben, dachte sie. *Ich verstehe es nicht, aber ich liebe sie noch immer.*

Ihre Finger verkrampften sich. Sie schluckte und fügte hinzu: *Und bitte vergib auch ihr. Sie hat mich geliebt.*

Mit einem tiefen Atemzug hob sie die Matratze an und zog das Diebesgut hervor. Im Kerzenlicht legte sie die Dinge auf den Teppich: Kerzenhalter, Spitzendeckchen, ein schmaler illustrierter Band über die neueste Mode der Epoche, ein Silberlöffel und eine kleine glasierte Schale von der Farbe des Sommerhimmels. Die Schale passte perfekt in ihre Hand. Sie war klein genug, dass man sie leicht vergessen konnte. Aber ein pfiffiger Trödler würde ihren Wert am Gewicht und der feinen Glasur erkennen. Sie brächte problemlos genügend ein, um fünf Monate lang gut essen zu können.

Nell stand auf und trug sie zum Kamin. Mit ruhiger Hand stellte sie die Schale auf das schmale Bord über dem Kaminsims, wo sie sie gefunden hatte.

Das hübsche Buch mit den Illustrationen – sicher eine Monatsmiete wert – landete auf dem kleinen Teetischchen in ihrem Boudoir. Polly würde es dort entdecken und in die Bibliothek zurückbringen.

Den Löffel legte sie auf den Stuhl vor dem Tischchen. Essen für zwei Wochen. Die Spitzendeckchen – Wert: sechs Wochen lang guter Tee und warme Brötchen – verteilte sie auf der Frisierkommode. Die Kerzenleuchter, schweres Silber, Sicherheit für ein halbes Jahr, legte sie neben die Tür zum Flur, wo sicher jemand darüberstolpern würde.

Jetzt blies sie die Kerze aus, setzte sich aufs Bett und starrte zu den Leuchtern, die jetzt im Schatten lagen. Das sanfte Ticken der Uhr maß die dahinschwindende Gelegenheit, sie doch wieder zu nehmen.

Die Flauheit im Magen war wie das Gefühl zu fallen.

Sie erinnerte sich daran, in der Sonne glänzende Pennys von einer Brücke geworfen zu haben. Sie erinnerte sich an den süßen, blumigen Duft einer Frau, die sie hielt, während durch unglaublich große Fenster mit blassen, transparenten Gardinen Licht in den Raum fiel.

Verhexte Träume, hatte Mum gesagt. *Teufelsgeflüster*. Die Träume hatten sie so aufgebracht, dass Nell sie nicht wieder erwähnt hatte. Sie hatte auch nicht mehr um bestimmte Schlaflieder gebeten. Sie hatte aufgehört nach einer Puppe mit rotem Haar und blauen Augen zu fragen. Und fast hatte sie die große Treppe vergessen, die sie einmal auf dem Bauch hinuntergerutscht war – eine Treppe, die breiter war als jede in Bethnal Green.

Sie hatte es für Träume gehalten.

Es waren keine Träume gewesen.

Also würde sie die Kerzenleuchter nicht wieder an sich nehmen. Sie brauchte sich in diesem Haus nicht wie eine Diebin zu fühlen. Genau wie Paton Park war dieses Haus einmal ihres gewesen.

Ruhig und tief atmete sie aus. Hier gehöre ich hin, dachte sie.

Ihr Geburtsrecht, wie St. Maur es nannte.

Verwunderung überkam sie mit einer Heftigkeit, die an Angst erinnerte, aber so viel süßer. Sie hatte nicht nur ein Vermögen und einen Ort, an den sie gehörte, sondern auch einen Menschen, den sie ihr Eigen nennen konnte: ihn. Simon St. Maur, Earl of Rushden, wollte sie heiraten. Der klügste, schönste und Furcht einflößendste Mann, den sie je kennengelernt hatte, wollte sie zu seiner Frau machen.

Was glaubst du, wer du bist?, hatte Michael sie gern angeschrien. St. Maur hatte es auf den ersten Blick gewusst. Er hatte die Wahrheit erkannt, sobald er sie gesehen hatte.

Gefühle verknoteten sich heiß in ihrer Kehle, zu viele, um alle einzeln zu benennen. Sie dachte daran, wie er sie berührt hatte, und obwohl er nicht einmal in der Nähe war, nahm es ihr plötzlich den Atem. Sie könnte ihn haben, wenn sie wollte. Diesen wunderbaren Mann.

Gott im Himmel, und Nell wollte ihn. Sich selbst konnte sie es jetzt eingestehen, aber es würde ein Geheimnis bleiben, das sie für sich behalten musste.

Sie schlang die Arme um sich und hielt so gut wie sie konnte an dieser wahnsinnigen Vorstellung fest. *Er will nur das Geld*, ermahnte sie sich. Auf dieses Kissen sollte sie nicht allzu viele Hoffnungen sticken. Das würde sie sich nicht erlauben. Sie würde an jemand anderen denken, der auch zu ihr gehörte und nichts mit dem Geld zu tun hatte. Sie hatte eine Schwester. Lady Katherine Aubyn hatte diese Brücke, die Treppe, die gleiche sanfte Umarmung gekannt. Fleisch von ihrem Fleisch, das mit ihr aufgewachsen und groß geworden war.

Es war unglaublich: Irgendwo in London schlief gerade ihre Schwester.

Die heiße Spur einer Träne riss sie aus ihren Gedanken. Sie wischte sie mit dem Handrücken fort und schob gleichzeitig die hart erkämpfte Gewohnheit zu zweifeln und Dinge abzulehnen beiseite. Die sonderbare Wendung der Dinge schien wunderbar, weil sie wunderbar war. Alles war jetzt möglich.

Plötzlich entfuhr ihr ein Lachen. Als sie sich in die Kissen fallen ließ, lachte sie wieder, nur wegen des Gefühls, des einfachen, glücklichen Gefühls zu glauben.

Alles war jetzt möglich … selbst – Gott steh ihr bei – zu lernen, wie man Walzer tanzte.

10

Im Büro des Erzbischofs von Canterbury gab es ein Klatschmaul. Als Simon die Sondergenehmigung für die Hochzeit beantragt hatte, war er gezwungen gewesen, den Namen seiner Braut preiszugeben. Und anscheinend hatte jemand die Neuigkeit ausgeplaudert. Keine vier Stunden, nachdem er die Genehmigung erhalten hatte, erreichte ihn auch eine Drohung – die ihm schweigend in Form eines unversiegelten Briefes von einem Gassenjungen überreicht wurde. Er erhielt sie, während er sich mit Harcourt eine Flasche Portwein genehmigte.

Sie sind verrückt. Ich warne Sie: Dieser Schwindel wird nicht geduldet. Sie sind längst reif für Ihre wohlverdiente Strafe.

Der Autor war zu feige, um mit seinem Namen zu unterschreiben, aber Simon erkannte die Schrift. Über die Jahre hatte er zahllose Briefe von seinem Vormund erhalten, sämtlich in Grimstons hölzerner Schrift geschrieben. Zuerst hatte er sie sogar gelesen. Später dann hatte er entdeckt, wie großartig man damit das Kaminfeuer anzünden konnte.

Lächelnd faltete er den Brief wieder zusammen. Von den vielen Vorteilen, die eine Heirat mit Nell Aubyn ihm brachte, war der süßeste, Grimston zu verärgern.

»Ich komme nicht darüber hinweg.«

Simon sah Harcourt über den Tisch hinweg an. »Das sehe ich.« Harcourts Versuch, sich von der Neuigkeit zu erholen, war wirklich jämmerlich. »Seine Kompositionen sind wirklich schockierend«, fügte Simon ohne eine Miene zu verziehen hinzu. »Dich trifft da keine Schuld.«

Harcourt schloss die Augen. »Die … oh ja. Ziemlich.« Auf dem Weg zum *Strand* hatte er Simon kurz ins Studio eines vielversprechenden, aber unkonventionellen Geigers namens Gardner begleitet. »Die auch«, sagte Harcourt mit einem zaghaften Nicken. »Sehr … kraftvoll.«

»Du meinst derb.« Gardner sägte mit dem Bogen, als wollte er sein Instrument zweiteilen.

Harcourt zögerte. »Eigentlich … ist es mir egal, um die Wahrheit zu sagen. Ich bin noch bei der anderen Sache.«

»Du meine Güte. Es ist fast eine Stunde her, seit ich dir die freudige Nachricht mitgeteilt habe.«

Harcourt schüttelte den Kopf und rieb sich das Gesicht. Er war ein blauäugiger Rotschopf mit dem entsprechenden Teint, aber im Moment war er noch blasser als sonst. »Hör mal, du hattest beinahe fünf Wochen Zeit, um dich an den Gedanken zu gewöhnen, dass sie nicht tot ist. Ich selbst erinnere mich sehr gut an das Mädchen, das in Kleid und Schürze auf der Wiese in Hatby herumgetollt ist. Nachdem sie verschwunden war, ist meine Mutter zwei Wochen lang nicht aufgestanden.« Er zog eine Grimasse. »Ich glaube, mein Vater musste die gesamte Dienerschaft befragen, für den Fall, dass einer von ihnen heimliche Pläne für das Kinderzimmer hatte.«

»Die große Dienstbotensäuberung von 1872«, sagte Simon. »Eine ganze Generation von Kindermädchen ist davon gezeichnet.«

Harcourt runzelte die Stirn. »Aber du musst dich doch an sie erinnern. Du warst auch in Paton Park in jenem Sommer, oder?«

»Nein«, sagte Simon. »Nicht in jenem Sommer.«

»Aber ich erinnere mich an Briefe von dir. Das war der Sommer, als du bei einem Jagdrennen abgeworfen wurdest und dir das Schlüsselbein gebrochen hast. Bilde ich mir das nur ein?«

Simon seufzte. In jenem Sommer hatte er sich in den Briefen an seine Freunde einen Haufen Lügen ausgedacht. Rushden war, aus einem Grund, an den Simon sich nicht mehr erinnerte, wütend auf ihn gewesen und hatte ihn auf irgendein düsteres Anwesen in Schottland verbannt. Auf dem Bahnhof in York war Simon seinen Begleitern entkommen und hatte es bis zu seinen Eltern geschafft. Aber als sie unverzüglich Vorkehrungen trafen, ihn wieder dem Earl zu übergeben, war er erneut abgehauen, diesmal nach London. Die dürftige Summe in seinen Taschen hatte nicht einmal für vier Tage gereicht.

Die Reise zurück nach Paton Park, wo Rushden und die Countess ihn erwartet hatten, war einsam und bitter gewesen. Heranwachsende Jungen konnten ziemlich düstere Gedanken entwickeln, und die Erkenntnis, dass er sich nicht allein durchschlagen konnte – dass er keine Wahl hatte, als mit eingezogenem Schwanz zu Rushden zurückzukehren –, hatte sich damals wie der härteste Schlag angefühlt, den das Leben austeilen konnte.

Jetzt fiel ihm ein, dass Nell im gleichen Alter halbtags in einer Schachtelfabrik gearbeitet hatte. Jedenfalls hatte sie das bei einem gemeinsamen Frühstück behauptet. Sie hätte an seiner Stelle genau gewusst, wie sie sich durchschlagen könnte.

Der Gedanke fesselte ihn. Als Harcourt sich räusperte, kostete es Simon einige Mühe, seine fünf Sinne für eine Antwort zusammenzunehmen. »Ja, das Jagdrennen. Ich muss das vergessen haben.« Er erinnerte sich an kaum etwas aus diesem Sommer, außer an seine Wut. Sie hatte ihn zu einer Reihe von Dummheiten getrieben – zum Beispiel einen unmöglichen Sprung, den er sich auch Jahre später nicht verzeihen konnte. Er selbst hatte sich das Schlüsselbein gebrochen, aber sein Pferd Jupiter hatte nicht so viel Glück gehabt.

Rushden hatte darauf bestanden, dass Simon selbst die Kugel abfeuerte, die Jupiters Leiden beendete. Eine der wenigen Entscheidungen, die Simon respektiert hatte.

»Aber du musst sie doch irgendwann gesehen haben«, sagte Harcourt.

Simon strich mit den Fingern an der Flasche hinunter, die zwischen ihnen stand. »Ein paar Mal. Nur kurz.« Er hatte die Zwillinge kennengelernt, als er in den Schulferien in Paton Park gewesen war. Er wusste noch, dass er Cornelia und Katherine einfach nicht auseinanderhalten konnte. Rückblickend hatte er eine Ahnung. Nell hatte Bonbons von ihm verlangt. Kitty hatte ihm eine Puppe an den Kopf geworfen, als er zugab, keine zu haben.

»Hat sie sich denn sehr verändert?«

»Sie war damals fünf Jahre alt«, sagte Simon trocken. »Denk mal nach.«

»Nein, ich meine, ob …« Harcourt rutschte auf seinem Stuhl herum. »Du sagtest, dass sie in einem Armenviertel gewohnt hat. Merkt man ihr das an?«

»Kannst du dir vorstellen, dass es anders wäre?«

»Ich dachte nur …« Harcourt zögerte. »Ich frage mich, ob sie Teile ihrer Erziehung bewahren konnte. Sie ist ja wohl nicht wie … der Rest von denen?«

Simon war sprachlos. Es war nicht die aberwitzige Frage selbst, die ihm zu denken gab, sondern die Erkenntnis, die sich ihm dadurch aufdrängte. Obwohl Harcourt privilegiert aufgewachsen war, war er vielgereist und aufgeschlossen. Wenn sogar er auf den Gedanken kam, dass Nells hohe Herkunft ihr erlaubt haben könnte, unbeeinträchtigt durch die Umstände ihres Heranwachsens zu schweben, dann würden die meisten ihrer Standesgenossen sich das nicht nur vorstellen, sondern es von ihr erwarten.

Was für ein Jammer. In den letzten Wochen hatte sie ihre

Haltung gegenüber ihren Lehrern verändert. Die Ergebnisse ihrer begeisterten Anstrengungen waren allerdings misslich. Von Bethnal Green nach Mayfair war es ein weiter Sprung. Aber Simon hatte darauf spekuliert, dass sie lediglich die elementare Fähigkeit brauchte, die Menschen, die ihre Eignung zur Lady Cornelia beurteilen mussten, nicht vor den Kopf zu stoßen.

Harcourts Fragen zwangen ihn jetzt dazu, das Problem noch einmal zu überdenken. Selbst wenn sie ihr Erbe erhielt, würde sie nicht automatisch alle Privilegien zurückbekommen, die ihr von Geburt aus zustanden. Kitty Aubyn bewegte sich in dieser Welt mit der Sicherheit, darin erwünscht zu sein. Für Nell wäre es nie einfach dazuzugehören.

Sie ist ja wohl nicht wie der Rest von denen?

Natürlich war sie das.

Er versuchte, sein eigenes Unbehagen zu besänftigen. Ihr Vermögen würde einige der Probleme abmildern, die ihr neues Leben mit sich bringen könnte. Sie hatte kein Interesse an den gesellschaftlichen Kreisen, in denen man ihre mangelhaften Umgangsformen verachten könnte. Warum sollte sie auch? Er hatte früh gelernt, dass die Anerkennung vieler Menschen ihren Preis nicht wert war.

Harcourt wand sich unter seinem Schweigen. »Zum Kuckuck, Rushden, du weißt, was ich meine. Bethnal Green! Das ist wohl der elendste Fiebersumpf in ganz London!«

»Wohl eher nicht«, sagte Simon ausdruckslos. »Ich denke, diese Ehre gebührt Whitechapel.«

Der Kellner erschien und räusperte sich, um diskret ihre Aufmerksamkeit zu erregen. Simon nahm die Rechnung und ignorierte die Klage seines Freundes, als er seine Brieftasche herausholte.

»Ich sollte eigentlich zahlen!«

»Ganz ruhig«, sagte Simon. »Mit meiner Braut aus dem Fiebersumpf kann ich meine Sorgen bald begraben.« Er legte eine Banknote hin und sah in Harcourts aufgerissene Augen.

»Du willst das also tatsächlich tun? Wirklich?«

Guter Gott. »Ich werde dir Lady Cornelia erst vorstellen, wenn ich mir ganz sicher bin, dass sie dich nicht mit irgendwas ansteckt.«

Harcourt atmete geräuschvoll aus und lehnte sich zurück. »Hör mal, alter Freund, ich wollte nicht …«

»Natürlich nicht.« Simon schwieg und fühlte sich noch unbehaglicher. Es war absurd, das übelzunehmen. Harcourt sprach von Nell Aubyn wie von einem gefürchteten letzten Ausweg, weil sie der letzte Ausweg war. »Verzeih mir. Meine Laune ist nicht besonders gut.«

Harcourt zögerte. »Darf ich fragen warum?«

Er nahm Grimstons Brief und schnipste einmal mit dem Finger dagegen, bevor er ihn in die Jackentasche schob. »Nichts von Bedeutung«, sagte er. »Wirklich nicht.«

Vor Nell lag drohend die Treppe und versprach einen langen, kurvenreichen Abstieg bis zum schachbrettartig gefliesten Boden der Eingangshalle.

»Harmonisches Gleichgewicht!«, rief Mrs Hemple nach oben. Sie wartete am Fuß der Treppe neben St. Maur, und der tiefe Ausschnitt ihres feinen dunklen Kleides offenbarte zwei außerordentlich große Überraschungen. Das war schon eine komische Gesellschaft, in der ein Mädchen seine Knöchel nicht zeigen durfte, aber eine sechzigjährige Frau sich für ein vornehmes Beisammensein ein Kleid anzog, das den halben Busen freilegte.

»Wir warten«, sagte St. Maur trocken. »Atemlos und so weiter.«

Ein Lächeln zuckte über Nells Lippen. Garantiert war er atemlos vor Langeweile. Inzwischen stieg sie zum fünften Mal die Treppe hinunter, fest entschlossen, diesmal nicht zu stolpern. Das Abendessen war fertig und ihr knurrte der Magen.

Sie straffte die Schultern und legte eine behandschuhte Hand auf das Geländer. Der schwere Knoten zog den Hinterkopf nach unten und schob das Kinn genau im richtigen Winkel hoch. Mit der freien Hand hakte sie eine kleine Öse ein, mit der sie unauffällig den Saum der Röcke aus goldener Seide anhob. Die unerbittlichen Stäbe ihres Korsetts hielten ihr Rückgrat gerade, und die engen Ärmel bewirkten, dass sie ihre Arme während des Abstiegs gefällig gebeugt hielt.

»Vorsicht in der Kurve! Jetzt anmutig!«, zirpte Hemple, als sie den ersten Treppenabsatz erreichte.

»Ich bin schon zufrieden, wenn sie sich nicht den Hals bricht«, erwiderte St. Maur halblaut.

»Sie muss es einfach schaffen«, sagte Mrs Hemple fröhlich. »Monsieur Delsarte hält Treppen für eine exzellente Prüfung des harmonischen Gleichgewichts.« Diese Woche hatte Nell täglich verschiedene Exerzitien aus Delsartes *System der Ausdrucksformen* üben müssen: zuerst die *Serpentinenbewegung*, dann das *lockere Handgelenk* und die *Kopfrotation in verschiedenen Haltungen*.

Eine Treppe hinabzusteigen war komplizierter, als Nell bisher angenommen hatte.

Aber als sie um die Kurve geschwebt war und nur noch der letzten Treppenlauf vor ihr lag, fühlte sie sich endlich leicht auf den Füßen – endlich nicht mehr von den vielen Metern Seide gestört. Da eine Lady nicht selbstzufrieden aussehen durfte, richtete sie das Lächeln an St. Maur. In der eng sitzenden schwarzen Jacke und der weißen Krawatte gab er für eine junge Frau ein glaubhaftes Objekt der Bewunderung ab.

St. Maur erwiderte ihr Lächeln, während am Rand ihres Gesichtsfelds Mrs Hemples kritische Miene auftauchte. »Achten Sie auf Ihren Schwerpunkt«, warnte sie. »Nicht zu selbstsicher werden.«

Nur dieses eine Mal achtete Nell nicht auf die Anweisung. In St. Maurs Gesicht konnte sie ablesen, dass sie es gut machte. Sein Lächeln verblasste, aber er wandte die Augen nicht von ihrem Gesicht. Kluger Junge. Nell wusste, dass sie umwerfend aussah, das goldglänzende Kleid war wunderschön. Wozu brauchte sie ihren Schwerpunkt? Sie meisterte die Treppe, ein hinreißender Mann liebäugelte mit ihr, und das Dinner würde köstlich werden.

Als sie unten ankam, lachte sie und St. Maur fiel ein. »Hals ist noch heil«, sagte er, als er ihr seinen Arm bot. »Gut gemacht.«

Mrs Hemple schniefte. »Eure Lordschaft, Sie haben zugestimmt, dass Lady Cornelia von der Übung profitieren würde. Bitte überspringen Sie nicht die Förmlichkeiten, jetzt, wo sie in der Empfangshalle angekommen ist. Sie hätten sie um das Vergnügen ihrer Begleitung bitten können, woraufhin sie ihre Zustimmung formulieren müsste. So wird es gemacht, wissen Sie.«

Nell sah St. Maur wieder in die Augen. »Oh ja«, sagte er. »Ich weiß.« Er lächelte Nell kurz an und ließ sie los. Nach einem präzisen Schritt rückwärts deutete er eine geschmeidige Verbeugung an. »Mylady«, sagte er. »Darf ich um das Vergnügen bitten?«

Er befolgte lediglich das Textbuch, aber die satte Betonung, die er auf ein einziges Wort – *Vergnügen* – legte, schaltete Nells Verstand für einen Augenblick aus. Was für ein gefährliches Lächeln.

»Mylady«, ermunterte Mrs Hemple sie.

Nell blinzelte. »Unbedingt«, sagte sie und nahm St. Maurs Arm.

Der Tisch sah aus wie ein Miniaturgewächshaus, es gab so viele Schalen mit Blumen und Farnen, dass sie kaum an das Weinglas kam, ohne in Blätter zu greifen. Kleine, mit bunten Schirmchen versehene Lampen standen in regelmäßigen Abständen auf dem Tisch und tauchten das schneeweiße Tischtuch in ein rosiges Glühen. Das heutige formale Dinner war eine Übung, um sie auf ihr gesellschaftliches Debüt vorzubereiten. Nell hatte nicht geglaubt, dass das nötig wäre, bis sie die Gedecke gesehen hatte: sieben unterschiedliche Bestecke auf jeder Seite des Tellers.

»Sie haben Ihre Austern nicht angerührt«, bemerkte St. Maur. Er saß am Kopfende des Tisches, Nell zu seiner Rechten und Hemple links von ihm.

»Sie sind roh«, sagt sie. Jeder wusste, dass Austern am besten schmeckten – und am sichersten waren –, wenn man sie knusprig frittierte.

»Nun, das ist durchaus Absicht!«, sagte er.

»Ordinär«, sang Mrs Hemple. »Es steht Ihnen nicht zu, sich über das Menü Ihres Gastgebers zu äußern. Jetzt nehmen Sie eine Auster. Sobald man einen Gang akzeptiert hat, muss man wenigstens drei Bissen davon essen, sonst sieht es aus wie Kritik.«

Nell starrte auf die zitternden Klumpen auf ihrem Teller. Auf keinen Fall wollte sie die ganze Nacht über einer Schüssel hängen. Sie wappnete sich mit einem Schluck Wein, weiß und süß, und dann noch einem – und murmelte ein stilles Dankesgebet, als der Hausdiener kam und ihren Teller abräumte.

»Gerettet«, sagte St. Maur so leise, dass Mrs Hemple es nicht hören konnte.

»Frittieren Sie sie«, murmelte Nell. »Bitte.«

Mrs Hemple klatschte in die Hände. »Ein wenig leichte Konversation? Großartig. Seine Lordschaft und ich werden Ihnen den geziemenden Inhalt und Charakter eines Gesprächs demonstrieren.« Sie räusperte sich und richtete sich an St. Maur. »Mylord, gehen Sie gern ins Theater?«

St. Maur zwinkerte Nell zu, bevor er sich Hemple zuwandte. »Oh ja, ich gehe regelmäßig. Und Sie?«

»Ich halte mich sogar für theaterbegeistert«, sagte Mrs Hemple mit einem mädchenhaften Augenaufschlag. »Und vor Kurzem habe ich Mr Pineros neuestes Stück gesehen. Kennen Sie es? Es heißt *Sweet Lavender*.«

»Oh, tatsächlich«, gab St. Maur zurück. »Ein geistreiches Stück. Wer könnte je diese unvergessliche Zeile vergessen: ›Solange es noch Tee gibt, gibt es Hoffnung‹?«

Erwartungsvoll drehte Mrs Hemple sich zu ihr um. »Sie sehen, wie es funktioniert.«

Nell rollte die Lippen nach innen. »Oh ja«, sagte sie. »Ich bin ganz hin und weg.«

St. Maur prustete.

»Passen Sie auf, dass Sie nicht frech wirken«, sagte Mrs Hemple scharf. »Und bitte achten Sie auf Ihre Aussprache! Wenn Sie jetzt bitte ein Gespräch mit Seiner Lordschaft versuchen.«

Nell nickte und wandte sich St. Maur zu. Ein Lächeln umspielte seine Lippen. »Lieben Sie das Theater?«, fragte sie.

»Doch nicht das Theater!«, rief Mrs Hemple aus. »Sie sollten nie eine Frage stellen, die Ihren … Mangel an Erfahrung bloßstellen könnte. Vermeiden Sie Gespräche über das Theater, bis Sie eines besucht haben. Das Wetter, Mylady, ist immer eine kluge Wahl. Oder … lassen Sie mich überlegen …«

»Literatur«, sagte St. Maur. »Lady Cornelia spricht wunderbar über Shakespeare.« Er prostete ihr zu.

Ein angenehmes Gefühl durchflutete sie – noch intensiviert durch Mrs Hemples offensichtliche Überraschung. Sie lächelte der alten Dame zu und sagte zu St. Maur: »Kennen Sie das Buch …«

»Ich würde Literatur nicht empfehlen«, warf Mrs Hemple ein. »Heutzutage wird jeder mögliche Unsinn gedruckt.«

»Dann also das Wetter«, presste Nell zwischen den Zähnen hervor. »Wir hatten herrliches Wetter heute, meinen Sie nicht?«

»Es hat geregnet«, sagte Mrs Hemple.

Unwillkürlich sah Nell sie böse an. »Und wenn ich Regen mag?«

Die Tür öffnete sich und rettete sie vor Mrs Hemples Antwort. Ein Hausdiener trat ein, um eine sahnige Suppe zu servieren, die nach Pilzen und Göttlichkeit duftete. Aber er teilte so winzige Portionen aus, dass Nell fast bis auf den Boden des Tellers blicken konnte. »Ein bisschen«, sagte sie, und bevor sie »mehr« hinzufügen konnte, sah sie aus den Augenwinkeln, wie St. Maur den Kopf schüttelte.

Sobald die Suppe ausgegeben war, schenkte ein weiterer Diener Sherry ein. Nachdem dieser den Raum verlassen hatte, ergriff Mrs Hemple das Wort. »Man fragt nicht nach mehr Suppe«, sagte sie, als Nell den Löffel hob. »Übrigens auch nicht nach mehr von etwas anderem, aber vor allem nicht nach Suppe. Ein voller Teller ist sehr ordinär.«

Nell probierte und wusste, dass dies die dümmste Regel war, von der sie je gehört hatte. Die Suppe schmeckte himmlisch, nach fetter Sahne, ausgeklügelten, leckeren Gewürzen und den zartesten Pilzen, die auf Gottes Erde wuchsen. »Vielleicht«, sagte sie nach dem zweiten Löffel, »könnten wir doch nach mehr fragen, es ist ja nur eine Übung.«

»Auf keinen Fall.«

Nell sah zu St. Maur, aber der zuckte nur mit den Achseln und überließ es Mrs Hemple. Kluger Mann. Er verschwendete keine Zeit mit Worten, wenn eine solche Suppe vor ihm stand.

Nell nahm noch einen Löffel.

»Mylady! Stecken Sie den Löffel auf keinen Fall in den Mund!« Mrs Hemple sah schockiert aus. »Und man nippt seitlich am Löffel, nicht an der Spitze!«

Diese sinnlosen Regeln hielt selbst das beste Essen der Welt nicht aus. »Der Löffel funktioniert ja wohl von beiden Seiten!«

»Übung«, murmelte St. Maur. »Übung und Geduld. Mrs Hemple hat recht. Man trinkt Suppe von der breiten Seite des Löffels, Gott weiß warum.«

Nell trank Suppe normalerweise direkt aus dem Teller. Diese Technik hatte den schönen Nebeneffekt, dass sie einem überdies noch die Hände wärmte.

Aber St. Maurs unverwandter Blick gemahnte sie an ihr Ziel und dass sie es unbedingt erreichen wollte. Sie holte tief Luft und zwang sich, die seichte Pfütze der göttlichen Suppe anmutig auszulöffeln. Als sie geendet hatte, nahm sie einen großen Schluck Sherry.

»Trinken Sie erst, wenn die Suppe abgeräumt wurde«, zischte Mrs Hemple.

Nell stellte das Glas geräuschvoll ab. Was war das denn für ein Unsinn? »Warum wurde es denn gebracht, wenn man es nicht trinken darf?«

»Es steckt keine Logik hinter diesen Regeln«, sagte St. Maur. »Wenn sie logisch wären, könnte sie jeder ableiten, und woher sollen wir dann wissen, wen wir auf unsere Gesellschaften einladen und wen wir meiden sollen?«

Die Ironie in seiner Stimme beschwichtigte sie. Sie lehnte sich zurück und schielte in der Hoffnung zur Tür, dass der Diener bald erschien.

St. Maur beugte sich vor. »Bei unserem nächsten Gespräch über das Wetter könnte ich das Thema Gewitter anschneiden – aber das tue ich nur, weil ich Sie mag.«

Sie brachte ein schwaches Lächeln zustande.

»Eure Lordschaft«, sagte Mrs Hemple gekränkt, gerade als die Tür sich wieder öffnete.

Sofort hob Nell das Glas. Als die Lehrerin sie mit gerunzelter Stirn ansah, sagte sie: »Der Gang wird jetzt abgeräumt!«

»Nur ein Schlückchen«, sagte Mrs Hemple. »Zu jedem Gang wird ein neues Glas serviert, und Sie wünschen sicher nicht, beschwipst zu sein.«

Guter Gott. Nell konnte sich kaum einen besseren Zustand vorstellen, um dieses Dinner zu überstehen. Aber sie nahm sich mit aller Kraft zusammen, lächelte und stellte das Glas nach einem einzigen, aber sehr großen Schlückchen wieder auf dem Tisch ab.

Danach kam der Fischgang. »Die Gabel«, sagte Mrs Hemple belehrend, als Nell den Fisch gerade mit dem Messer entgräten wollte. »Wenn es irgendeinen Zweifel gibt, ja, wann immer es möglich ist, nimmt man eine Gabel. Der Löffel ist etwas ordinär und das Messer ist es ganz unbedingt.«

Warum zum Teufel lag es dann auf dem Tisch? Mit knirschenden Zähnen ergriff Nell die Gabel und fing an, die Gräten damit herauszupicken. Eine sprang von der Gabel und flog davon. Weder St. Maur noch die Hemple schienen es bemerkt zu haben – wobei es in St. Maurs Mundwinkeln verdächtig zuckte, als sie sich noch einmal vergewissern wollte.

Der Fleischgang – kleine Scheiben, in buttriger Sherrysauce geschmort – stellte ihre gute Laune wieder her. Mein Gott, wenn sie jeden Abend so essen könnte, würde sie alles tun und sagen, was man von ihr verlangte. Löffel waren ordinär? Sie würde schwören, nie wieder einen anzurühren, solange dieses

Zeug – *Rih-dü-voh*, wie Mrs Hemple es nannte – jeden Abend auf dem Tisch stand.

Als ihr Teller beinahe leer war und Nell zu den Gemüsebeilagen überging, schlug Mrs Hemple wieder zu. »Nein, Mylady! Das ist *Spargel!*«

Nell sah auf. »Klar … ähm, ja«, verbesserte sie sich. »So ist es.« Und sie würde ihn essen. Er war mit Butter und Rahmsauce bestrichen. Er würde nicht in die Küche zurückgehen.

»Die Stangen isst man nicht«, sagte Mrs Hemple.

Nell war noch etwas schwindelig vom Geschmack des zartesten Fleisches, das sie je gekostet hatte. Über den mit Kerzen erleuchteten Tisch starrte sie jetzt die Frau an, die ganz sicher mehr als ihren gerechten Anteil im Leben verzehrt hatte. »Das ist Unsinn.«

Mrs Hemple schwoll der Busen an. »Es gehört zum guten Ton. Man isst nur die Köpfe der Spargel, nicht mehr.«

Nell drehte sich zu St. Maur. »Ich will die Stangen.«

Er ließ die Gabel auf den Teller sinken und sah sie direkt an. »Meinetwegen«, sagte er. »Ich sag's nicht weiter.«

Zischend atmete sie aus. Er behandelte sie wie ein kleines Kind, dem man seinen Willen ließ. Aber vielleicht verhielt sie sich auch so. Der Unterricht war zu ihrem Besten, nicht für Hemple und St. Maur. Niedergeschlagen ließ sie die Gabel auf den Teller fallen.

Als es klapperte, richtete Hemple sich auf wie ein Hund, der Blut gerochen hatte. »Man macht keine …«

»Geräusche«, seufzte Nell. »Ich weiß. Wir sind mucksmäuschenstill.«

Sichtlich besänftigt lehnte Mrs Hemple sich wieder zurück.

Und so ging es noch eine halbe Stunde weiter. Man schmierte keine Butter aufs Brot. Man benutzte keinen Löffel, außer wenn man keine Gabel benutzte, wie zum Beispiel beim Nachtisch. Da nahm man natürlich einen Löffel, wie sollte man sonst die Sauce aufnehmen?

»Essen Sie nicht den Käse«, befahl Mrs Hemple. »Nur das Obst.«

»Mit der Gabel«, sagte Nell müde voraus. »Oder nein, mit dem Löffel.«

»Natürlich nicht. Nehmen Sie Ihre Finger! Wirklich, Mylady, haben Sie die Bücher nicht gelesen, die ich Ihnen zur Verfügung gestellt habe? Nein, so doch nicht – Ihre Hand darf sich nicht ganz um die Traube schließen. Ja, sehr gut. Jetzt legen Sie die Kerne ganz diskret auf Ihren Teller.«

Man faltete die Serviette nicht nach dem Ende des Mahls. »Legen Sie sie einfach so wie sie fällt neben den Teller«, sagte Mrs Hemple. »Und nun sollten wir Seine Lordschaft dem Portwein und den Zigarren überlassen und uns für den Kaffee und ein wenig Konversation in den Salon zurückziehen.«

Nell, die gerade ihre Serviette losgeworden war und sich abgewandt hatte, hielt jäh inne. Nein, nein, nein. Sie hatte auf die Spargelstangen verzichtet. Sie hatte sich mit einem Fünftel Teller Suppe zufriedengegeben. Die feinen, cremigen Käse hatte sie nur sehnsüchtig betrachtet. Sie hatte sich zusammengerissen und die Erbsen nicht mit dem Messer gegessen. Und sie hatte die Dessertschüssel nicht an die Lippen gehoben, um den letzten Rest Himbeerlikör zu trinken. Noch eine Minute länger und sie … und sie …

»Ich glaube, das ist genug für einen Abend«, sagte St. Maur. Er war ebenfalls aufgestanden und nahm jetzt plötzlich ihren Arm. »Das ist alles, Mrs Hemple. Vielen Dank.«

Als Nell sah, wie Mrs Hemple den Raum verließ, überkam sie aufrichtige Dankbarkeit. Sie ergriff St. Maurs Hand, die ihren Ellbogen hielt. »Danke«, sagte sie inbrünstig. »Danke.«

Er lachte sie an. »Ob Sie es glauben oder nicht, Sie haben es gut gemacht.«

Sie ließ die Schultern sinken. »Und Schweine können fliegen. Macht nichts. Solange Ihr Koch dieses Fleisch zubereitet, werde ich üben, bis ich die Königin der Welt bin.«

»Schön zu wissen«, sagte er. »Für so viel Fleiß haben Sie eine Belohnung verdient.«

»Ja?«, interessiert legte sie den Kopf schief. »Solange es nicht ein weiteres Handbuch über Etikette ist.«

»Sie dürfen bestimmen«, sagte er. »Was möchten Sie gern tun?«

Die weiße Kugel traf die rote und schickte sie trudelnd in das obere Loch. Mit einem breiten Grinsen richtete Nell sich auf. Sie hielt eine nicht angezündete Zigarre zwischen den Zähnen, und als sie den Queue jetzt ablegte, wanderte ihre Hand zu dem Whisky, den sie am Rand des Tisches abgestellt hatte. »Noch drei Punkte für mich«, sagte sie. Dann nahm sie die Zigarre aus dem Mund und deutete damit auf Simons Auge. »Wie fühlt sich das an, Freundchen?«

»Ich zittere«, sagte Simon gedehnt.

»Das sollten Sie auch.« Sie zwinkerte ihm zu und kippte einen großen, unweiblichen Schluck Whisky hinunter. Simons Blick wanderte ihren Hals entlang zum tiefen Ausschnitt ihres goldenen Kleids. Er war fasziniert von den schmalen, anmutigen Muskeln ihres nackten Oberarms. Bedauerlicherweise verbargen die langen weißen Handschuhe die zarte Kurve ihrer Armbeuge. Fantasielose Schüler mochten von Orgien träumen, in denen Nonnen vorkamen, aber frühreife Jungen träumten von einer Frau wie dieser: unkonventionell und immer wieder überraschend. Beherrscht und klug genug, um jeden Mann auf Trab zu halten.

Wenn sie heranwuchsen, stellten die Jungen in der Regel fest, dass solche Frauen nur in Träumen existierten. Jetzt eine in seinem Billardzimmer vorzufinden nahm ihm ein wenig den Atem.

Geräuschvoll schluckte Nell den Whisky hinunter und schmatzte laut, als sie das Glas abstellte. Simon hatte sie dazu aufgefordert, sich um Etikette und Schicklichkeit keine Gedanken zu machen, und sie hatte die letzte halbe Stunde lang getestet, wie ernst er das meinte. »Es steht unentschieden«, sagte sie spöttisch.

Er nahm den Queue und raute das Leder der Pomeranze mit Sandpapier auf. »Das wird nicht lange so bleiben. Aber genießen Sie es, solange es währt.«

»Oh, ich glaube auch nicht, dass es lange währt«, sagte sie ruhig. »Ihr nächster Stoß wird ein Foul.«

St. Maur ließ ein Schnauben ertönen. »Meine liebes, irregeleitetes Schaf, sie spielen gegen den besten Spieler der Oxford-Cambridge-Turniere von fünfundsiebzig und sechsundsiebzig. Man hat mich auf den Schultern aus der St. James Hall getragen.«

»Von wegen, Sie Schwindler!« Sie nahm das Glas und prostete ihm zu. »Sie haben jetzt schon mein Mitleid für die bevorstehende Niederlage. Die wird bitterer als Ihr Whisky.«

Er lachte, als er das Sandpapier jetzt mit Kreide tauschte. Sie war ein gefährlicher Tiger in Seide gehüllt. »Ich denke, ich werde Sie für den Spott bezahlen lassen.«

»Wirklich! Und was kostet Ihre Arroganz, mein Hübscher?«

Er sah von der Kreide auf und lächelte langsam. »Ich bin hübsch, nicht wahr? Höchste Zeit, dass Ihnen das auffällt.«

Farbe stieg ihr ins Gesicht, aber sie schaute nicht weg, nicht einmal, als sie das Glas wieder auf dem kleinen Regal hinter sich abstellte und die Zigarre danebenlegte. Sie wandte den

Blick auch nicht ab, als sie auf Strümpfen um den Billardtisch herumtapste.

Er war es, der den Augenkontakt abbrach, um den Blick auf die weißen Seidenstrümpfe zu werfen, in denen er ihre winzigen Zehen erahnte. Sie bewegte sich anmutig auf ihren kleinen Füßen. Ihre Fesseln waren schmal – sie hob die Röcke höher, als für ihre kurzen Schritte vonnöten war.

Unwillkürlich wurde sein Lächeln breiter. Oh, er wusste genau, was sie vorhatte.

Der zarte Duft von Lilien stieg ihm in die Nase, sobald sie neben ihm stand. Jemand, sicher die französische Zofe, hatte ihr Parfüm aufgelegt, und es schien Fangarme auszusenden, die sich direkt in sein Gehirn bohrten und seinen gesunden Menschenverstand strangulierten.

Als sie sich vorbeugte und die rote Kugel auf den Spot legte, berührte sie aus Versehen mit den Brüsten seine Arme. »Sie werden verlieren«, schnurrte sie und sah unter langen dunklen Wimpern zu ihm auf. »Im Esszimmer mögen Sie wissen, was Sache ist, aber mit diesem Tisch hier kenne ich mich besser aus.«

»Hmm.« Er sah ihr in die Augen und konnte sich nicht von dem Funkeln darin losreißen. Das Funkeln forderte ihn auf, Dummheiten zu machen. Sie war nicht die Einzige, die vorhatte, sich unschicklich zu benehmen. »Vielleicht sollten wir eine Wette abschließen.«

11

Die Idee einer Wette schien Nell nicht zu beeindrucken. Sie zog eine Augenbraue hoch und sagte: »Sicher, wir könnten auch einen Einsatz wagen, aber es käme mir schlecht vor, einen Trottel wie Sie auszunutzen.«

Simon lachte. »Darling, Sie dürfen mich ausnutzen, wann immer Sie wollen.«

Sie senkte den Blick, um ihre Gedanken zu verbergen. »Sie werden sich noch daran erinnern, dass Sie das gesagt haben, St. Maur.«

»Simon«, murmelte er. »Wenn Sie schon unverschämt sein wollen, sollten Sie es richtig anpacken.«

»Simon«, sagte sie. »Ihr Stoß.« Sie deutete mit dem Kopf auf den Tisch.

»Sie werden ungeduldig, ich sehe! Oder gar nervös?«, neckte er sie. »Sehr gut. Wir haben abgemacht zu spielen, bis einer von uns fünfzig Punkte erreicht. Worum wetten wir?«

Mit einem dumpfen Geräusch stellte sie ihren Queue auf den Boden und stützte sich darauf, während sie ihn von oben bis unten ansah. Ein Lächeln zuckte in ihren Mundwinkeln. »Eine Welt voller Möglichkeiten«, sagte sie. »In Ordnung: Ich spiele um das Recht, eines meiner Kleider einer Freundin zu schicken.«

Ihr Vorschlag setzte seinen eigenen Absichten einen gepflegten Dämpfer auf. Er hatte eine sehr viel weniger edle Wette im Kopf. »Einverstanden«, sagte er. »Aber packen Sie noch etwas drauf, um das Geschäft zu versüßen.«

»Es ist schon ziemlich süß«, murmelte sie. »Aber wenn Sie unbedingt das Opfer spielen wollen – dann nehme ich einen Besuch in einer Buchhandlung und die Erlaubnis, zwanzig Pfund aus Ihrer Tasche dort auszugeben.«

Guter Gott. »Was für einen deprimierend tugendhaften Maßstab Sie setzen.«

Ihr Lächeln verzog sich zu einer spöttischen Grimmasse. »Oh, lassen Sie sich nicht stören, *Simon*. Verlangen Sie, was Sie wollen. Da Sie sowieso nicht gewinnen, ist es vollkommen egal.«

»Großartig«, sagte er schnell. »Dann verlange ich fünf Minuten von Ihrer Tugend.«

Ihre Augen wurden schmal. Sie legte die Wange an den Queue und sah Simon finster an. »Was bedeutet das?«

»Da ich ja offensichtlich verlieren werde, ist es egal, oder? Was ich damit meine, entscheide ich während der fünf Minuten.«

»Der fünf Minuten, die Sie nicht haben«, gab sie zurück.

»Das ist richtig.« Grinsend kehrte er ihr den Rücken zu und stützte seinen Queue mit der Hand ab, um probehalber auf seinen Spielball zu zielen.

Sie versuchte nicht, die Abmachung anzufechten. Anscheinend hatte sie den Handel akzeptiert. Nach einem kurzen Moment der Verwunderung war Simon plötzlich fest entschlossen zu gewinnen. Er beugte sich tiefer über den Tisch. Vielleicht könnte er die Rote einlochen, wenn er seinen Spielball gegen den weißen …

»Ein trauriger Anblick«, sagte Nells träge Stimme hinter ihm. »Ich hoffe, Sie weinen nicht, wenn Sie verlieren. In diesem Kleid sind keine Taschen für Taschentücher.«

Er sah nicht auf. »Was haben Sie nur für ein Selbstvertrauen. Hat Mrs Hemple Sie keine Demut gelehrt? Eine sehr damenhafte Eigenschaft.« Vielleicht wäre ein Cannon übersteigert. Ein In-Off in das mittlere Loch …

»In Demut war ich nie besonders gut.«

Erstarrt hielt Simon sich an seinem Queue fest. Sie hatte ihm die Worte direkt ins Ohr geschnurrt. Er spürte die Wärme ihres Atems im Nacken, wo sich die kleinen Härchen aufstellten.

Langsam drehte er den Kopf. Sie wich nicht einen Zentimeter zurück. Ein durchtriebenes Lächeln umspielte ihren Mund. Es traf ihn wie ein elektrischer Schlag und fuhr direkt in seine Leisten.

»Lenke ich Sie ab?«, fragte sie.

»Nicht im Geringsten«, sagte er, aber seine heisere Stimme verriet ihn. Sie lachte und starrte auf seinen Queue.

»Gleich begehen Sie ein Foul«, warnte sie ihn.

Mit einem stillen Fluch nahm er seinen Queue, der ihrem Spielball gefährlich nahe gekommen war, vom Tisch. »Und wo haben Sie so gut spielen gelernt? Ich hätte nicht gedacht, dass es in Bethnal Green viele Tische gibt.«

»Keine wie diesen hier«, sagte sie schnell. »Der ist ziemlich gut. Schiefer und indisches Gummi, oder? Aber wir haben durchaus Tische, auch wenn sie nicht so vornehm ausgestattet sind.«

»Und Sie hatten Gelegenheit, dort zu spielen?« Er konnte sich nicht vorstellen, dass Frauen in Billard-Clubs eingelassen wurden. Nicht einmal im East End.

Sie missverstand ihn. »Auch in Bethnal Green ist nicht alles nur Arbeit. Meine Freunde und ich wussten schon, wie wir mal ein bisschen Spaß haben konnten. In O'Malleys Pub gibt's einen Tisch und man kann auch Karten spielen. Poker mochte ich immer am liebsten. Machen Sie Ihr Spiel bald oder geben Sie auf?«

Er lachte, beugte sich wieder über den Tisch und nahm die Lage der Bälle rasch in Augenschein.

Sie kam wieder näher. »Sie wollen eine Long Jenny versuchen, stimmt's? Empfehle ich jedem Mann mit einer Schwäche für einen guten Stoß.«

Er warf ihr einen scharfen Blick zu. Ihr strahlendes Lächeln verriet ihm, dass sie sich der Doppeldeutigkeit ihrer Bemerkung absolut bewusst war. Sie tänzelte beinahe rückwärts, Lachen glitzerte in ihren Augen. »Was denn?«, sagte sie. »Wenn Sie den ins Loch kriegen wollen, müssen Sie schon ordentlich zustoßen.«

»Ich habe ein großes Talent dafür«, stimmte er zu. »Und ich werde es Ihnen gern demonstrieren. Jetzt, oder sollen wir auf meine fünf Minuten warten?«

»Ha!« Ihr Lachen klang leichtfertig.

Er schüttelte den Kopf und machte dann seinen Stoß, der ihren Ball zur Seite prallen ließ und ins obere Loch ging. »Drei für mich«, sagte er und drehte sich so schnell um, dass sie nicht wieder wegtänzeln konnte. Plötzlich standen sie Brust an Brust, und ihre plötzlich erweiterten Pupillen ließen ahnen, dass sie genauso wenig immun gegen die Spannung zwischen ihnen war wie er selbst.

Er hob die Hand und streichelte mit der Außenseite der Finger über ihre samtige Wange. In ihrer Halsmulde schlug sichtbar der Puls. Sanft legte er den Daumen auf die Stelle. »Ich freue mich schon auf die fünf Minuten«, sagte er ruhig.

Ihre Kehle bewegte sich unter seinem Daumen, als sie schluckte. Die dunkelblauen Augen waren klaftertief und glänzten im Licht des elektrischen Deckenleuchters. So ähnlich war sie Kitty gar nicht. Sie sah überhaupt nicht aus wie Kitty.

»Sie sind eingebildet wie ein Pfau«, flüsterte sie.

»Ja«, sagte er. »Und Sie werden mir sagen, ob mein Selbstvertrauen gerechtfertigt ist.«

»Es ist nicht sehr klug, auf den Sieg zu vertrauen, wenn Sie noch nichts von mir gesehen haben.«

Sie machte Anstalten zurückzutreten, aber er schloss die Hand um ihren senkrecht aufgestellten Queue. »Ich kann Ihnen kaum sagen, wie gern ich das endlich ändern würde.« Er fuhr mit der Hand am glatten Holz hinunter, bis sie kaum einen Zentimeter von ihrer entfernt war, dann streichelte er mit dem kleinen Finger über ihre Knöchel. »Mir fällt niemand ein, mit dem ich lieber spielen würde als mit Ihnen.«

Ein sichtliches Beben überlief sie. »Spielen Sie mit vielen Leuten?«

»In letzter Zeit nicht«, sagte er ruhig.

Ihre Brust hob sich in einem langen Atemzug. »Oh. Und warum?«

»Anscheinend habe ich das Interesse an den anderen verloren.«

Röte zog über Nells Gesicht. Ihr Lächeln zitterte ein wenig und verschwand dann. »Es ist nett, mit Ihnen Zeit zu verbringen«, sagte sie. Dann schüttelte sie den Kopf und lachte. »Wenn Sie nicht ständig übers Wetter reden.«

Auf sonderbare Weise erheitert ließ er ihren Queue los und trat einen Schritt zurück. »Danke«, sagte er. »Dann freuen Sie sich sicher, dass ich auch ab und zu Poker spiele. Ich gestehe, dass Sie die erste Lady in meiner Bekanntschaft sind, die das ebenfalls tut. Wo haben Sie es gelernt?«

Als sie sich abwandte und zum Tisch blickte, verblasste das Strahlen in ihrem Gesicht. »Ach, Michael kann es ganz gut. Mein Stiefbruder«, fügte sie achselzuckend hinzu.

Jetzt wirkte sie genauso steif wie vorhin im Esszimmer. »Bisher haben Sie nie einen Stiefbruder erwähnt«, sagte er.

Für einen Augenblick verharrte sie schweigend. »Nun. Hannah, die Mädchen aus der Fabrik … Einige Leute vermisst man. Andere nicht.«

»Aber Sie haben bei ihm gewohnt?«

Der Blick, den sie ihm jetzt zuwarf, wirkte verbittert. »Wo hätte ich sonst wohnen sollen?«

Die Antwort kam Simon ungewöhnlich vor, und plötzlich begriff er. »Ihr Stiefbruder hat Sie geschlagen.«

Mit teilnahmsloser Miene nahm sie die Kreide auf. »Ja, stimmt. Seine Familie kann man sich eben nicht aussuchen.«

Simon beobachtete sie aufmerksam, als sie die Pomeranze ihres Queues mit Kreide einrieb. »Aber jetzt wissen Sie, dass er nicht zu Ihrer Familie gehört. Obwohl Ihre angebliche Mutter ihn wahrscheinlich ausgesucht hat.«

Nells Augen wurden schmal, als sie ihn über die Schulter hinweg ansah. Wenn es um Jane Whitby ging, war sie immer noch ziemlich empfindlich. Aber nachdem er ihr Gesicht einen Moment lang betrachtet hatte – sie dachte anscheinend darüber nach, ob er die Bemerkung als Spöttelei gemeint hatte –, entspannte sie sich. Sie drehte sich um, lehnte sich an den Tisch und sagte beiläufig: »Sie hatte keine Ahnung, was sie sich mit dieser Ehe einhandeln würde.«

Dieser außergewöhnliche Moment, Nells Entscheidung, ihm zu vertrauen, selbst wenn es nur um eine so geringfügige Sache ging, dass sie nicht bewusst darüber nachgedacht haben konnte, ließ Simon voller Befriedigung erschaudern. Unwillkürlich lächelte er, und erst als Nell die Stirn runzelte, bemerkte er, wie vollkommen unangemessen das war. Er zwang sich zu einer ernsten Miene und sagte: »Erzählen Sie. Was hat sie sich eingehandelt?«

Nell zuckte mit den Achseln, als sie die Kreide beiseitelegte. »Jack Whitby war ein guter Mann. Aber er starb ein Jahr nach der Hochzeit. Und alles, was uns blieb, war sein elender, nutzloser Sohn. Und eine Wohnung«, fügte sie nachdenklich hinzu. »Das heißt …« Sie rollte den Queue in ihren Händen. »Wir durften seine Wohnung nach seinem Tod weiter mieten. Für Mum wäre es schwer gewesen, eine Wohnung für uns zu finden.« Sie verzog das Gesicht. »Niemand vermietet gern an eine Frau. Angeblich kann man sich nicht darauf verlassen, dass sie zahlt.«

»Weil Frauen weniger Lohn bekommen?«, äußerte er vorsichtig.

Ihr Blick legte nahe, dass er etwas sehr Offensichtliches gesagt hatte. Sie griff nach seinem Glas und nahm ohne zu fragen einen großen Schluck. »Wenn die Zeiten schlecht sind, werden Frauen zuerst gefeuert. Oder wenn sie schwanger werden. Im Vergleich sind sie immer weniger wert als ein Mann. Die Leute halten sie nicht für verlässliche Mieter.«

Er trug die Berichtigung mit Fassung. Für sie waren diese Dinge wirklich offensichtlich. Für ihn waren die Regeln der Armut – und übrigens auch die des ehrlichen Geldverdienens – ziemlich schleierhaft. »Und wann fing er an, Sie zu schlagen?«

Eine ganze Weile sah es aus, als würde sie nicht antworten. Dann seufzte sie und leerte sein Glas. »Nun, er hatte immer ein böses Temperament. Aber«, sie sah ihn scharf an, als forderte sie ihn heraus, ihr zu widersprechen, »meine Mutter hat sich ihm meistens in den Weg gestellt. Und solange er jünger war, hat er ihr noch gehorcht. Ohne Zweifel hatte er Angst vor ihr.« Ein atemloses Lachen entfuhr ihr. »Mum konnte ziemlich wütend werden.«

Simon ließ ein einvernehmliches Grunzen hören, obwohl seine Gedanken eine dunklere Richtung nahmen. Wirklich, eine Frau, die fähig war, mitten in der Nacht eine Sechsjährige zu entführen, war wahrscheinlich zu allem bereit, um jemandem Angst einzujagen. »Was hat sich verändert?«

»Er kam ins Gefängnis.« Sie stieß sich vom Tisch ab und betrachtete die Verteilung der Bälle auf dem Tuch. Dann beugte sie sich vor und spielte geschmeidig und flüssig einen Cannon, der die Rote einlochte und ihr fünf Punkte einbrachte.

Simon war etwas fassungslos. Ohne Zweifel ein gelungener Stoß.

Nell wandte sich ihm wieder zu, sagte aber nichts zu ihrem Triumph. »Es war bei den Unruhen letztes Jahr im Hyde Park. Die Polente hat Michael festgenommen. Seitdem ist er nicht mehr derselbe.«

Der Anflug von Sympathie in ihrer Stimme schockierte ihn. Sie hatte Mitleid für einen Mann, der ihr ein blaues Auge verpasst hatte. Und das wahrscheinlich mehr als einmal, wie Simon argwöhnte. »Ich hoffe, Sie hegen ihm gegenüber keine schwesterlichen Gefühle.«

»Nein«, sagte sie nach einem Augenblick. »Aber Sie werden mir beipflichten, dass er eine bejammernswerte Gestalt ist.«

Bejammernswerte Gestalt. Während Simon seinen Stoß plante, musste er bei dieser Beschreibung an ein unheilbar lahmendes Pferd denken. Er wusste, wie man mit so etwas umging. Man verpasste ihm eine Kugel. Er spielte einen Winning Hazard und wandte sich dann zu ihr um. »Sie brauchen sich jetzt keine Sorgen mehr zu machen«, sagte er. »Er wird Ihnen nie wieder zu nahe kommen.«

Nell wurde mulmig, als sie hörte, wie Simon über Michael sprach. Gott behüte, dass sie sich jemals begegneten. Michael würde alles an diesem Mann zutiefst hassen: die schönen Kleider, das sorglose Lachen, selbst die Konturen seiner breiten Schultern und die lässige, muskulöse Anmut seines gepflegten

Körpers. Simon war zu Arroganz erzogen worden, Michael war voller Wut aufgewachsen. Wenn sie jemals aufeinanderträfen, würde Blut fließen.

Ein Schauder überlief sie und hinterließ einen Schmerz, der ihr wie eine Vorahnung vorkam. Nell schob den Gedanken beiseite, als sie sich über den Tisch beugte. In Sekundenschnelle hatte sie ihr Ziel anvisiert. Sie spielte noch einen Cannon, lochte ihren Spielball ein und brachte den Herrn des Hauses damit zum Stöhnen.

Guter Gott, vielleicht hatte er wirklich geglaubt, dass er gewinnen würde. Der Gedanke entlockte ihr ein Grinsen. Jedenfalls konnte er nicht behaupten, sie hätte ihn nicht gewarnt.

All das Gerede über Familie hatte einen Gedanken in Nell aufgerührt, der ihr schon seit Tagen keine Ruhe ließ. »Ich will meine Schwester treffen«, sagte sie und richtete sich auf.

»Okay.« Kurzes Schweigen. Simon richtete die Augen auf die Spitze des Queues und befühlte das Leder mit dem Daumen. »Ich habe ihr heute Nachmittag einen Besuch abgestattet, aber sie war nicht zu Hause. Ich habe eine Nachricht hinterlassen.«

»Sie weiß also jetzt, dass ich hier bin.«

»Das nehme ich an.«

Rasch holte sie Luft und versuchte, die Beklommenheit in ihrem Herzen zu unterdrücken. »Glauben Sie, dass sie mich nicht sehen will?«

Simon sah sie offen an. »Bisher hat sie Sie nicht gesehen. Sobald sie das tut, wird sie ihre Meinung über meine Neuigkeiten ändern.«

»Vielleicht hat sie den Brief nicht bekommen.« Nell konnte sich nicht vorstellen, dass Katherine nicht wenigstens neugierig war. »Wem haben Sie ihn übergeben? Könnte jemand ihn eingesteckt haben? Um sie zu schützen vielleicht. Wenn ihr Vormund mich für eine Betrügerin hält, dann …«

Sein Mund verzog sich zu einer Grimasse, die verriet, dass das durchaus eine Möglichkeit war. »Falls er den Brief abgefangen hat, dann wahrscheinlich nicht das erste Mal. Sie haben Ihrem Vater geschrieben, oder?«

Nell fiel der Queue aus der Hand und prallte mit dem dicken Ende hart auf den Boden, bevor sie ihn wieder auffing. »Er hat auch die Briefe des alten Rushden bekommen? Der Vormund? Grimston?«

Simon nickte kurz.

»Nun.« Sie befeuchtete ihre Lippen. »Grimston.« Der Name fühlte sich ungesund auf der Zunge an, glitschig und sauer wie die Haut auf verdorbener Milch. »Jetzt weiß ich, für wen ich meine Kugeln hätte aufsparen sollen. Er ist ein schlechter Mensch, oder?«

»Er liebt Geld«, sagte Simon. »Ihre Schwester hat welches. Ich glaube, er hat die Absicht, sie zu heiraten, am liebsten als Alleinerbin, Sie verstehen. Ob sie von seinen Plänen weiß oder nicht, kann ich nicht sagen.«

»Vielleicht sollte jemand es ihr sagen.«

»Kitty hat nie auf Ratschläge gehört.«

»Ich könnte es ihr sagen.«

Er schenkte ihr ein zynisches Lächeln. »Oh, natürlich. Aber vergessen Sie nicht, dass Familie … nicht immer so ist, wie man sie sich erhofft. Und Sie sind natürlich ganz anders aufgewachsen. Katherine Aubyn kommt sehr nach Ihrem Vater.«

Nell spürte ein nervöses Flattern im Magen. »War der alte Rushden denn so böse?«

»Zu ihr?« Er zuckte mit den Achseln. »Ich glaube nicht, dass sie das glaubt.«

»Aber zu Ihnen schon.«

»Ach, alte Geschichte, längst vorbei. Zu langweilig für eine solche Nacht.«

»Es ist in Ordnung, wenn Sie nicht darüber sprechen möchten«, sagte Nell. »Aber ich gebe zu, dass ich neugierig bin.« Sie räusperte sich, fühlte sich irgendwie unbeholfen. Verlegen fuhr sie mit dem Finger am Rand des Tuchs entlang und fügte hinzu: »Wissen Sie, ich wuchs in dem Glauben auf, mein richtiger Vater wäre ein Farmer aus Leicestershire. Aber wahrscheinlich sollte ich nicht ausgerechnet Sie zum verstorbenen Earl befragen.«

Simon legte seinen Queue quer über die Ecke des Tisches. »Mich zu bitten, halbwegs überlegt über ihn zu sprechen, wäre wirklich ziemlich viel verlangt.« Er ging zur Hausbar, füllte seinen Whisky nach und schenkte auch ihr noch einen ein. Mit einem gemurmelten danke nahm sie ihn in Empfang.

Sie lehnten sich an den Tisch und tranken, die Blicke auf das schwach brennende Kaminfeuer gerichtet. Der Rauch des Holzfeuers und ein Geruch nach geöltem Leder vermischten sich mit den reichhaltigen Aromen des Drinks in ihrer Hand. Sie hatte ihre Neugierde schon fast vergessen, als Simon schließlich weitersprach.

»Ein paar Dinge kann ich sagen: Er war gebildet. Er mochte das Drumherum seiner Position. Rituale und Traditionen bedeuteten ihm viel. Mannestum«, sagte er und fügte nach einer kleinen Pause hinzu: »Ehre, Mut. Als Soldat wäre er aufgeblüht – als General natürlich, eher jemand, der Befehle gibt, als sie auszuführen. Aber trotzdem hätte er sicher an vorderster Front gestanden und die Kugeln verflucht, die so unverschämt wären, ihn zu treffen.« Er zögerte. »Wahrscheinlich haben Sie diese Eigenschaft von ihm. Sie lassen sich nicht so leicht einschüchtern.«

Das Kompliment überraschte sie, da es ihn einiges gekostet haben musste. Er hatte es indirekt auch ihrem Vater machen müssen. »Danke«, murmelte sie – und focht einen aussichtslosen Kampf mit einem dämlichen Lächeln, dass sie zuerst an den Kaminsims aus Malachit, dann an die Messinghunde richtete, die den Kaminschirm bewachten.

»Natürlich ist Ihr Mut ein ganz anderer.« Simon sprach langsam, mit tiefer Stimme. »Er war absolut eigenwillig, wissen Sie.« Sie warf ihm einen verstohlenen Blick zu und entdeckte, dass er leicht seine Stirn gerunzelt hatte und konzentriert aussah. »Er brachte keine Geduld dafür auf, dass jemand anders war als er.«

Nell begriff, dass Simon nach einem Ausweg tastete. Es sollte auf keinen Fall so aussehen, als ob er irgendwelche freundlichen Gefühle gegenüber dem alten Rushden hegte. Aber um sie selbst nicht dabei zu verletzen, ging er mit großer Vorsicht vor.

Plötzlich dachte sie, dass er netter war, als sie es je bei einem Mann seines Standes für möglich gehalten hätte.

Ohne zu trinken führte sie das Glas an die Lippen.

Sie mochte diesen Mann.

Die Erkenntnis brauchte einen langen, stärkenden Schluck. *Mögen* war nicht gerade ein Gefühl, dem viele Menschen hohen Wert beimaßen. Zusammen mit allem anderen, was Simon St. Maur in ihr auslöste – Anziehung, Interesse, Bewunderung, Dankbarkeit –, ließ freundliche Zuneigung die Balance ihrer Gefühle zu etwas Leidenschaftlicherem umkippen. Eine gierige Sehnsucht erwachte und brannte in ihrem ganzen Körper. Sie war unfähig, ihre Aufmerksamkeit von seinem markanten Profil abzuwenden.

»Sprechen Sie weiter«, sagte sie nur.

Simon nickte abwesend, den Blick auf das Glas in seiner Hand gerichtet. »Feigheit war fast eine fixe Idee von ihm. Ich glaube, er hatte furchtbare Angst, dass man ihn für … schwach halten konnte. Keine Ahnung warum, aber das war seine Obsession. Und deshalb sah er überall Schwäche, an den ungewöhnlichsten Orten.« Er warf ihr einen kurzen, vielsagenden Blick zu. »In harmlosen Neigungen. Einem Blick für Schönheit. Interesse an Kunst oder Musik.«

Nell nickte, um ihm zu signalisieren, dass sie verstanden hatte. »Manchmal höre ich Sie Klavier spielen.« Neben dem Ballsaal gab es einen kleinen Raum mit Instrumenten, darunter ein schwarz glänzendes Klavier. Während der Stunden mit Palmier hörte sie ihn manchmal spielen, ein tiefer, melodischer Kontrapunkt zu Mrs Hemples kurzatmigen Melodien.

»Ja«, sagte er. »Tatsächlich war Ihre Mutter meine erste Lehrerin. Sie war sehr begabt.«

»Wirklich?« Sie gab ihm die Möglichkeit, etwas zu sagen, und fügte dann vorsichtig hinzu: »Sie spielen wirklich hübsch.«

Er lächelte leicht. »Danke.«

Er verdiente etwas Besseres. »Sie spielen … wunderschön.«

Sein Lächeln verwandelte sich in ein breites Grinsen, als er sich ihr zuwandte. »Hören Sie nicht auf.«

Sie lachte. »Ich meine es ernst«, sagte sie, dann zögerte sie. Er sollte nicht denken, dass sie ihm nachspionierte. »Vor ein paar Nächten, kurz nachdem ich mein Tablett mit dem Abendessen bekam, habe ich Sie gehört. Sie spielten ein Stück, das so traurig war, dass ich beinahe geweint hätte.« Nell hatte an Mum gedacht, und es war, als wäre ihr die Musik direkt in die Seele gestiegen und hätte jede schmerzende Faser darin berührt. »Es ging von sehr hoch nach ganz tief, ganz plötzlich – als würde einem das Herz schwer, als würde es brechen.«

Sobald sie die Worte ausgesprochen hatte, bereute sie es schon, und ihr Gesicht wurde brennend heiß. Was für dummes Geschwätz. *Ein gebrochenes Herz.*

Aber er sagte nur: »Oh.« Und dann schwieg er so lange, dass sie glaubte, er würde nichts mehr dazu sagen. Sie sahen sich in die Augen. Es war unerklärlich, aber sie konnte den Blick nicht von ihm wenden.

»Sie beschreiben es sehr gut«, sagte er. »Als ich das Stück schrieb, war mein Herz gebrochen.«

Dieses Eingeständnis – so unvorhersehbar, so verdammt ehrlich – bohrte sich ihr wie ein Nagel ins Herz. Nell starrte ihn an.

Er hatte diese Musik geschrieben?

Eine Sekunde später begriff sie, was das bedeutete. »Die Frau, die sie geliebt haben?«

»Ja.« Als sie ihn lächeln sah, beschloss sie, nie wieder auf seine Miene zu vertrauen. Genau jetzt sah er lässig und charmant aus, und das passte absolut nicht zu dem, was er sagte: »Sie war die Tochter eines Komponisten, bei dem ich in Italien studiert habe. Sobald ich ins Ausland gegangen war, hatte Rushden mir den Geldhahn zugedreht, und ich hatte angenommen, dass er kein Interesse mehr an mir hatte. Als ich mich verlobte, erfuhr ich, dass das nicht der Fall war. Er – oder besser Grimston, sein Scherge – trat mit einem Angebot an die Dame heran, er wollte eine hübsche Summe zahlen, falls sie die Verbindung löste. Was sie tat.«

Er zuckte mit den Achseln. »Ich war sehr jung, einundzwanzig, ein melodramatisches Alter. Die Etüde ist nicht besonders gut, aber sie ist ganz bestimmt extravagant. Ich dachte daran zu …« Er warf ihr ein kurzes Lächeln zu, und sie hatte den Eindruck, dass er gerade beschlossen hatte, etwas zu verschweigen. »Verzeihen Sie, wenn ich Sie zum Weinen gebracht habe.«

Nell schüttelte den Kopf. Nicht wichtig, keine Entschuldigung nötig. »Das ist furchtbar. Kein Wunder, dass Sie den Mann gehasst haben.«

»In der Tat. Obwohl er sicher glaubte, für den Titel das Richtige getan zu haben.«

Diese Nachsicht passte gar nicht zu ihm. Weil sie befürchtete, dass es wegen ihr war, sagte sie: »Ein Titel ist nur ein Name. Verglichen mit der Liebe eines Menschen ist er nichts wert.«

Simon zog eine Augenbraue hoch. »Sie sind also eine Idealistin?«

Was für eine Frage – und er stellte sie ausgerechnet ihr. Sie waren zwei Menschen, die kaltblütig aufgrund der Aussicht auf ein Vermögen heiraten wollten. Hätte er sie nicht so sachlich angesehen, als erwarte er eine bedeutungsvolle Antwort, hätte sie ihn ausgelacht.

Nell forschte in sich nach der Wahrheit. »Wahrscheinlich hängt es davon ab, was Sie mit dem Wort meinen«, sagte sie langsam. »Ich hatte schon immer einen Hang dazu, das Unmögliche zu wollen.« Fenster in der Fabrik. Respekt von der Vorarbeitern und den Jungen auf der Straße. Ein eigenes Zuhause, ein wenig Sicherheit. Irgendwo geborgen sein. Jemanden lieben.

Von jemandem geliebt werden.

»Was ist schon unmöglich, Nell?«, entgegnete er. »Wenn wir Erfolg haben, was wird dann noch unmöglich für Sie sein?«

Erschrocken über eine plötzliche Erkenntnis starrte Nell ihn an. In nur einem Moment, mit einer einzigen Frage, hatte er es versehentlich aufgedeckt: Was sie wirklich wollte, konnte man nicht kaufen, egal wie groß ihr zukünftiges Vermögen war.

Ein Schatten fiel über sein Gesicht. »Was ist?«, fragte er. »Was habe ich gesagt?«

Sie schüttelte den Kopf und wich seinem besorgten Blick aus. Als er ihr sanft die Hand auf den Arm legte, schloss Nell die Augen, von widersprüchlichen Impulsen zerrissen: die Hand wegschlagen oder sie ergreifen.

Sie hatte gedacht, es wäre sicher, ihm außerhalb eines Schlafzimmers Gesellschaft zu leisten, aber seine kameradschaftliche

Art wurde ihr genauso gefährlich – sogar gefährlicher. Er glaubte, er würde ihr alles geben, was sie brauchte. Seine freundlichen Worte, die Gespräche und sein Lachen weckten in ihr jedoch die Sehnsucht nach dem, was sie wirklich wollte – und was sie niemals von ihm bekommen würde. Wie auch. Egal, wo sie geboren war, das Leben hatte sie weit von den Orten weggeführt, wo ein Mann seines Schlags nach Liebe suchte.

Oh Gott im Himmel. Wie dumm, wie unverzeihlich dämlich war es, plötzlich brennend eifersüchtig auf eine Frau zu sein, deren Namen sie nicht einmal kannte.

Sie öffnete die Augen. »Glauben Sie …«

Glauben Sie, Sie könnten ein Mädchen wie mich jemals lieben?

Nur eine Närrin stellte eine Frage, wenn sie wusste, dass ihr die Antwort nicht gefallen würde.

Nell holte tief Luft und zwang sich zu einem Lächeln. »Selbst mit verbundenen Augen würde ich Sie schlagen«, sagte sie und stellte ihr Glas zur Seite. »Sie hätten um einen Vorsprung bitten sollen.«

Dann nahm sie den Queue, beugte sich über den Tisch und machte ihren Stoß: Die Rote traf seinen Spielball, beide fielen ins linke obere Loch, während ihre eigene mit Tempo im rechten oberen landete. Der Stoß brachte ihr die zehn Punkte, die sie noch für den Sieg brauchte.

Als sie ihm ins Gesicht sah, entdeckte sie darin nichts von der erwarteten Enttäuschung. Langsam setzte er sein Glas ab. »Gut gemacht«, sagte er und fing kopfschüttelnd an zu lachen. »Mein Gott, Nell! Ich habe noch nie jemanden so spielen sehen!«

Sie grinste. »Naja«, sagte sie, blickte nach unten, scharrte mit dem Fuß auf dem Teppich und gab ihm eine hübsche, kleine Vorstellung von falscher Bescheidenheit – natürlich nur weil sie wusste, dass er es durchschaute. »Zwar hat man mich noch nie auf den Schultern irgendwo rausgetragen, aber sagen wir mal, dass man mir den einen oder anderen Drink spendiert hat.«

»Darauf wette ich! Oder nein.« Voller Selbstironie verzog er das Gesicht. »Mit Ihnen wette ich lieber nicht mehr.«

»Ja, da haben Sie recht. Sie können sich glücklich schätzen, dass ich nur um das Kleid und die zwanzig Pfund gebeten habe. Wie Sie mit Ihren Einsätzen umgehen, hätte ich um alles mit Ihnen wetten können. Zum Beispiel dieses Haus!«

Sein Lächeln verschwand, aber sein Blick zauderte nicht. »Bitten Sie darum«, sage er. »Es gehört Ihnen.«

Eine merkwürdige Aufregung machte sich in ihrem Magen breit. Die Art, wie er sie ansah …

Sie räusperte sich. »Genug gewettet für heute Nacht. Ich habe Sie vernichtend geschlagen. Ich denke, Sie haben Ihre Lektion gelernt.«

»Aber wie Sie bereits bemerkt haben, bin ich ein ziemlicher Schwindler.« Er nahm den Queue, den sie zwischen ihnen abgelegt hatte, und lehnte ihn mit einer präzisen und wohlüberlegten Bewegung hinter sich an den Tisch. »Sehen Sie, ich werde trotzdem auf meinen fünf Minuten bestehen.«

Ihr Körper begriff vor ihrem Verstand und pulsierte von Kopf bis Fuß. *Ja*, dachte sie und trat auf ihn zu, dann: *Nein, nein, nein*, und wich wieder zurück. Nach den irrwitzigen Gedanken, die sie gerade in Erwägung gezogen hatte, wäre es der Gipfel des Leichtsinns, ihm körperlich näher zu kommen. Wenn eine Frau mit ihrem Körper jemandes Liebe gewinnen könnte, dann gäbe es keine Bastarde auf der Welt.

Aber er sah so großartig aus. Als er die Distanz zwischen ihnen mit einem Schritt überwand, hätte sein träges Lächeln die Engel aus dem Himmel locken können. Mit ausgestreckten Armen hätten sie sich geräuschvoll um ihn geschart, glücklich, für ihn zu brennen.

»Wir hatten eine Abmachung.« Sie fand sich nicht einmal selbst überzeugend. »Sie haben gesagt, Sie würden nicht ...«

Sanft legte er ihr einen Finger auf die Lippen. Plötzlich erstarrte alles in ihr – Atem, Herz, Verstand. In der nächsten Sekunde erwachten ihre Sinne und konzentrierten sich auf den einen köstlichen Zentimeter, wo seine Haut und ihre sich berührten. Unbeweglich stand sie vor dem Billardtisch, und kleine Schockwellen überliefen ihren Körper von der Magengrube aus.

Er beugte sich vor und presste seine Wange gegen ihre. »Was soll ich nicht?«, flüsterte er ihr ins Ohr.

Ihr Mund war staubtrocken. Es gab keine ehrliche Antwort auf die Frage. *Tu alles*, dachte sie.

Während sein Finger noch immer auf ihren Lippen lag, umfasste er mit der anderen Hand ihren Nacken. Geräuschvoll schnappte sie nach Luft, als er seine heißen, weichen Lippen auf die zarte Haut unter ihrem Ohr presste. »Ist es das?«, keuchte er. »Soll ich das nicht tun?«

Die sanfte Berührung seiner Fingerspitzen in ihrem Nacken und auf ihren Lippen glühte wie ein Brandzeichen. Es war nicht Angst, die sie erzittern ließ. Überall spürte sie seine Hitze und schmolz darunter wie weiches Wachs über einer Flamme. »Nein«, brachte sie heraus. *Tu alles, was du willst*.

Sein Finger löste sich von ihrem Mund. Er zog sich zurück, um sie anzusehen, blieb aber so nah, dass Nell den Schatten der Wimpern auf seiner Wange sehen konnte. Mit einem sonderbaren, halben Lächeln legte er den Finger wieder auf ihre Lippen, und mit einem herausfordernden Blick zwang er sie mit leichtem Druck, den Mund zu öffnen.

Sein Finger schlüpfte zwischen ihre Lippen und berührte ihre Zunge.

Wie unter Schock stoben all ihre Gedanken auseinander.

Der Geschmack nach ihm durchdrang sie plötzlich wie Hunger, nur drängender, gieriger. In ihrem ganzen Leben war sie noch nie nach etwas so hungrig gewesen. Im Bann seines Blicks gefangen hielt sie still. Langsam schob er den Finger bis zum mittleren Knöchel in sie. Als er ihn wieder hinauszog, kratzten ihre Zähne über seine Haut. Er tat es wieder, drang mit zartem, gleichmäßigem Druck in sie ein und zog sich mit ernster Konzentration zurück. Und sie konnte nichts tun, außer reglos am Tisch zu lehnen, überwältigt und zum Beben gespannt. Taten Männer solche Dinge? Er tat solche Dinge.

Sie spürte seinen Atem auf ihrer Wange, und dann, seine Fingerspitze war noch in ihrem Mund, legte er seine Lippen auf ihr Kinn, glitt ein Stückchen höher, um an ihrer Unterlippe zu saugen, und noch ein Stückchen höher, um mit der Zunge sanft an ihrer Oberlippe zu lecken. Er leckte an der Unterseite entlang und spielte zart mit dem Mundwinkel. Sie atmete ein, ein unfreiwilliges Stöhnen, und jetzt zog er den Finger heraus.

Sein rauer Atem klang ihr in den Ohren. Er legte eine Hand auf ihre Wange und den Mund fest auf ihre Lippen. Vorsichtig beugte er ihren Kopf nach hinten, dass seine Zunge tief in ihren Mund eindringen konnte.

Etwas zerbrach in ihr. Es war so einfach. Das hier war einfach. Lust und die Lösung dafür: er. Sie packte ihn an den Hemdsärmeln, ergriff dann die Rückseite seiner Arme und zog ihn heftig an sich. Er trat zwischen ihre Beine, und sie spürte vage die kalte Luft, als er ihre Röcke höher und immer höher hob. Mit dem Knie zwang er ihre Beine auseinander und stellte sich unbeirrbar dazwischen. Dann fasste er unter ihre Schenkel und hob sie auf den Tisch. Ihre Münder lagen noch aufeinander, und Nell schloss die Beine um Simons schmale Hüften, dass sich seine harte Männlichkeit an ihrem weichen Schoß rieb.

Sein Kuss kannte kein Erbarmen. Aber das wollte sie auch

nicht. Flehend bog sie sich der Gewalt seines Kusses entgegen, und sie wollte auch mehr von dem Drängen und Stoßen seiner Hüften, die er an sie presste. Seine Hand glitt auf ihre Brust, mit dem Daumen umkreiste er die Brustwarze, einmal, zweimal, und Nells Hände, die plötzlich auf seinem Rücken lagen, krallten sich in ihn und verlangten nach mehr. Seine Finger berührten sie fester, kniffen, zupften und rieben die Spitzen ihrer Brüste, während er ihr den anderen Arm um den Rücken legte und sie langsam hinunterließ und fast zärtlich auf dem Tisch ablegte.

Ein leises Klicken war zu hören: Aus den Augenwinkeln sah sie, wie ein Queue gegen den Tisch fiel, langsam zur Seite wegrutschte und mit einem dumpfen Geräusch auf dem Teppich landete.

Unerheblich, es hatte keine Bedeutung. Simon legte sich zu ihr auf den Tisch. Nell fuhr ihm mit den Händen über den Nacken ins Haar, ihre Finger gruben sich in die kräftigen, weichen Strähnen. Ein dunkler Laut kam aus seiner Kehle. Er war über ihr, seine Hüften wölbten sich, drängten an sie und brachten sie zum Keuchen, bevor ihre Lippen sich wieder berührten. Sie hatte keine Gewalt mehr über sich. Ohne es bewusst zu wollen, wand sie sich ihm entgegen, bebte, als er seine Hand auf ihren Knöchel legte und mit der Handfläche über die Waden und das Knie nach oben glitt. Heiß brannte seine Haut durch die dünne Seide der Strümpfe, bis er die Lücke zwischen Strumpfband und Unterwäsche fand und mit festem Griff ihren Schenkel umfasste.

Mehr, dachte sie. Von ihm gepackt, gehalten, geführt zu werden – er presste sich an ihre Schenkel und zwang sie weiter auseinander – fühlte sich auf eine Weise gut und richtig an, wie sie es sich nie vorgestellt hätte. Sie gab einen Laut des Protests von sich, als er sich von ihr zurückzog, aber dann war seine Hand tief unten zwischen ihren Körpern und rieb ihre Scham. Nell stieß ein Keuchen aus. Ihr Körper gehörte ihr nicht mehr, er bäumte sich auf und presste sich gegen seine Hand, um seine Zustimmung zu zeigen.

»Ja«, sagte er mit heißer, rauer Stimme. Sein Mund wanderte über ihren Hals, ihre Brust, und seine Hände waren überall zugleich, jetzt berührten sie streichelnd ihre Brüste, jetzt waren sie abwärts geglitten und umfassten ihren Po, drückten ihn und hoben ihn an. Dann ergriff er den Halsausschnitt ihres Kleides und zog ihn hinunter. Sie hörte Stoff zerreißen und spürte, wie er mit geschickten Fingern ihre Brüste aus dem Korsett befreite. Sein Kopf bewegte sich weiter nach unten, und mit seinem heißen, feuchten Mund umschloss er die aufgerichtete Knospe. Seine Zähne, Gott im Himmel, er war wie ein Teufel über ihr, ein dunkelhaariger Dämon, der genau wusste, wo er sie berühren musste, wie er an ihr saugen und lecken musste. Jede Faser ihres Körpers drängte pochend nach ihm.

Forschend glitt seine Hand wieder nach unten, tastete sich vorsichtig vor. Ein kleiner Schrei kam aus ihrer Kehle, als er den Punkt fand, wo sich ihre Lust konzentrierte. Als er sie dort streichelte, öffneten sich verborgene Teile ihres Körpers voller Sehnsucht nach ihm, voller Sehnsucht nach der harten Erektion, die sie vorher an sich gespürt hatte. Es war nicht genug oder es war zu viel, diese Qual, die er mit seiner Hand in ihr entfachte. Sie wand sich, und als sein Mund sich wieder mit ihrem vereinte, griff er so fest mit der anderen Hand in ihr Haar, dass es beinahe wehtat. Sein Kuss wurde wilder, die Hand zwischen ihren Beinen bewegte sich beharrlich und weckte ein Verlangen in ihr, das heftiger und schneller wurde, sie aus sich herauslockte, fester, höher, bis an den Rand …

Das Gefühl explodierte jäh über ihr, schlug in kräuselnden Wellen über ihr zusammen, ein so intensiver Genuss, dass sie aufschrie. Er umschloss ihren Schoß mit der Handfläche bis sie entspannt zurücksank. Dann wurde sein Kuss sanfter, er löste den Mund von ihrem und ließ ihn über ihr Gesicht und den Kiefer wandern, bis sie fest die Arme um ihn schlang, und er das Gesicht in ihrem Haar vergrub, sein keuchender Atem laut in ihrem Ohr.

Mit der Hand fuhr sie seinen Rücken hinunter, glitt über die geschwungene Kurve der Wirbelsäule bis zu den festen Muskeln seines Hinterns, die er unter ihrem Griff anspannte. Das zu fühlen erregte sie von Neuem.

Das war nicht wie Hunger, nicht, wenn es nach so tiefer Befriedigung so schnell wieder erwachte. Sie bewegte sich unter ihm, presste sich gegen ihn, über sich selbst verwundert, als sie still ihr Begehren äußerte.

Sein raues Lachen wärmte ihr Ohr. Das Lachen ließ sie still werden. Sie hörte darin eine Fülle von Wissen, das sie noch nicht teilte.

»Morgen«, sagte er, als er den Kopf hob und ihr ins Gesicht sah. Die Kurve seines Mundes ließ Befriedigung erkennen – und ein Versprechen, das er durch eine leichte Berührung ihrer Unterlippe unterstrich. »Morgen bekomme ich die Lizenz«, sagte er, den schläfrigen Blick mit ihrem verschränkt. »Wir werden heiraten und dann …« Sein Lächeln bekam etwas Träges. »Entscheidest du, was dir besser gefällt: dieser Tisch oder mein Bett.«

12

Der Weg zur Trauung führte Simon durch ein verlassen wirkendes Haus. Sicher wütete Rushdens Geist auf dem Dachboden: Die bevorstehende Zeremonie war in vielerlei Hinsicht die perfekte Rache. Hätte der alte Earl auf seine Machenschaften verzichtet, hätte Simon bereits vor langer Zeit geheiratet und wäre für nächtlich auftauchende vermisste Töchter nicht verfügbar gewesen.

Aber Rushden hatte ein Schmiergeld gezahlt, und Maria hatte es genommen und sich von Simon abgewandt.

Seine Schritte verlangsamten sich, als er die Eingangshalle durchquerte. Jahrelang hatte er nicht wirklich an Maria gedacht, aber nachdem er letzte Nacht von ihr gesprochen hatte, war ihr Gesicht wieder lebendig. Aus Liebe Profit zu schlagen war kompliziert in einem Salon, aber Maria hatte es geschafft.

Sie hatte es auch geschafft, ihn zum Narren zu machen. Es war klar, dass er seit Jahren nicht an sie gedacht hatte. Denn an sie zu denken beinhaltete auch, sich daran zu erinnern, wie er hinter ihr hergelaufen war. Zuerst hatte er gefordert, dann darum gebettelt, dass sie ihre Entscheidung überdachte – ohne einen Gedanken an seinen eigenen Stolz oder die Demütigung zu verschwenden. Gegen Rushdens Hohn war er irgendwann immun gewesen, aber ein einziges Wort des Spottes von ihr hätte ihn noch Jahre später niedergestreckt.

Nun. Lange her. Jener Junge – denn er war sehr jung gewesen – kam ihm inzwischen wie ein Fremder vor. Aber als er Maria gehen ließ und den Teil seiner selbst, der Maria geliebt hatte, hatte Simon – und er glaubte für immer – auch eine Vision von sich selbst aufgegeben: als Ehemann, als ein Mann, der jemandem verpflichtet war. Es war nur natürlich, dass ihm der bevorstehende Moment unwirklich vorkam.

Nicht dass er Nell wirklich verpflichtet war. Er zwang sich zu einem Lächeln, als er den Gang zum offiziellen Salon entlangging. Diese ganzen Überlegungen waren lachhaft und unangemessen. Wenn man Nell vor Gericht ihr Geburtsrecht verweigerte, würde er die Verbindung lösen. So leicht, wie man einen Zweig zerbrach. Er hätte keine andere Wahl.

Als er jedoch durch die offene Tür den wartenden Geistlichen erblickte – und daneben Nell mit steifem und geradem Rücken, den Blick auf den Teppich geheftet –, blieb er stehen. Ihn überkam ein Gefühl, auf das er nicht vorbereitet war. Er atmete scharf ein und trat hinter die Tür, wo man ihn nicht sehen konnte. Ein Lachen entfuhr ihm: Was zum Teufel? Warum versteckte er sich wie ein schuldbewusster Schuljunge?

Er blickte an sich herab. Er trug einen taubengrauen, frisch aufgebürsteten Cutaway und diamantenbesetzte Manschettenknöpfe an den Handgelenken. Ein unwissender Beobachter hielte ihn für das Musterbeispiel eines gut angezogenen Bräutigams.

Vielleicht hätte er Nell sagen sollen, dass diese Ehe nicht notwendigerweise von Bestand sein musste. Es war Rushdens Art gewesen, Menschen mit Lügen und Drohungen einzuschüchtern. Simon hatte eine andere Spezialität: Er drängte Leuten unappetitliche Wahrheiten auf und brachte sie dazu, sie zu mögen. Nell zu heiraten, ohne ihr alles gesagt zu haben, fühlte sich irgendwie unsportlich an.

Aber sie war ängstlich. Oh, unter ihm auf einem Billardtisch war sie das perfekte Abbild von weicher, duftender, geneigter Bereitwilligkeit, wie ein Mann es sich nur wünschen konnte.

Aber sobald sie auf ihren Füßen stand, betrachtete sie seine Forderungen mit Skepsis und aus allen möglichen Blickwinkeln. Ihr Vertrauen war neu, zerbrechlich und unzuverlässig.

Derweil würde diese Ehe, ob sie nun Bestand hatte oder nicht, ihren Interessen dienen. Wenn alles klappte, würden sie verheiratet bleiben. Und wenn ... es nicht klappte, würde er eine vernünftige Regelung finden, damit ihre Zukunft rosiger wäre als die Vergangenheit.

Ein Fabrikmädchen, um Himmels willen.

Nein, er würde einen Weg finden, um ihr eine Summe zu überlassen, mit der sie gut zurechtkam.

Vielleicht könnte er einen Kredit aufnehmen.

Aber zweifellos würde alles klappen. Daughtrys Leute waren auf den Fall angesetzt. Jetzt war er an der Reihe, den nächsten Schritt zu tun. Und wenn er gut gespielt hatte, dann war diese Zeremonie trotz des informellen Rahmens verpflichtend. Ein bedeutsamer Anlass. In zwanzig Jahren würde er auf diesen Augenblick im Gang als seine letzte Minute als Junggeselle zurückblicken.

Er zupfte an seinem Krawattenschal. Sein Kammerdiener hatte ihn zu fest gebunden.

Die Ehe würde natürlich nichts verändern. Sowohl Braut als auch Bräutigam vollzogen sie mit der Hoffnung auf Pfunde und Pennys, nichts Erhabenes oder Edles. Pfunde, Pennys und Vergnügen. Nell war eine vernünftige Frau, sie würde niemals auf den Gedanken kommen, mehr von ihm zu verlangen. Was konnte ein Zyniker mehr wollen.

Und er war ein Zyniker, ermahnte er sich.

Er zog die langen Rockschöße hinunter – plötzlich kam es ihm albern vor, so förmliche Kleidung gewählt zu haben – und betrat den Raum.

Das Schweigen, das auf sein Eintreten folgte, kam ihm weniger erwartungsvoll als müde vor. Es hatte vielleicht als Verwirrung begonnen, war dann aber in Langeweile übergegangen. An einer Wand verbargen die artig gestärkten Hauben die Gesichter der sechs Hausmädchen, die simultan vor ihm knicksten. Sein Butler verbeugte sich gesetzt. Mrs Collins Knie knarzten, als sie sich aufrichtete.

Nicht zum ersten Mal wunderte er sich, warum er so verdammt viele Bedienstete hatte. Er könnte ein Vermögen einsparen, wenn er sie feuerte, aber nach wie vor hinderte ihn der Anstand daran.

Am Fenster sah Nell von ihrer Betrachtung des Teppichs auf. Das Nachmittagslicht übergoss sie mit seinem Gold. Madame Debordes hatte vor vier Tagen die neuen Kleider geliefert, und seine Braut hatte für diese Gelegenheit das nüchternste Modell von allen gewählt: ein stahlgraues Nachmittagskleid aus Seide, mit schwarzen Einwebungen.

Das Kleid war um einige Töne dunkler als sein Anzug, und seinem verstörten Geist kam diese Wahl bedeutsam vor. Ein dunkleres Grau, ein blasseres Gesicht, ihre Miene ungerührt und entschlossen. Die Kammerzofe hatte Nells Stirnfransen gebändigt und das Haar streng zurückgebunden. Sie sah ruhiger aus, als er sich fühlte. Irgendwie übertraf sie ihn.

Dieser Gedanke ergab keinen Sinn. Er ließ ihn ziehen und trat an ihre Seite. »Mylady.«

Sie knickste. »Lord Rushden.«

Der leichte Knicks war angemessen und vollendet ausgeführt. Sie ließ sich nicht im Geringsten anmerken, ob sie sich daran erinnerte, wo er sie letzte Nacht mit seinen Händen und seinem Mund berührt hatte, während er selbst bei den Gedanken daran fast bis zum Morgengrauen wach geblieben war.

Das absurde Gefühl von Unzulänglichkeit verstärkte sich. Ihm kam der flüchtige Gedanke, dass die zerlumpten Sachen und der Gossenakzent eine Verkleidung gewesen waren, und dass das ruhige und beherrschte Gesicht, das sie ihm jetzt zeigte, ihrem eigentlichen Wesen entsprach. Dass dies vielleicht nur ein weiterer schlechter Witz war, den ihr verstorbener, nicht beweinter Vater auf seine Kosten gemacht hatte.

Was für ein einzigartiger Unsinn. Er blendete ihn aus, spürte seine Auswirkung aber trotzdem in der plötzlichen Enge seiner Kehle. Er hatte eine Vorahnung, real und unerschütterlich: Komplikationen, unvorhersehbare Folgen, Kosten.

In der nächsten Sekunde wunderte er sich über die Fehlzündungen seines Gehirns. Er nickte Reverend Dawkins zu, der mit der Bibel in der Hand ein paar Schritte neben ihnen stand. Als sie vorhin in Simons Arbeitszimmer gesprochen hatten, hatte Dawkins seine Neugier kaum verbergen können. Was ihn für diese Aufgabe überaus geeignet machte: Innerhalb einer Stunde würde man herumerzählen, dass Lord Rushden geheiratet hatte, trotz Grimstons Bemühungen, es zu verhindern.

Dieser Gedanke beruhigte endlich Simons Nerven. Der Abend in Mayfair würde interessant werden. Das Spiel hatte begonnen.

Dawkins räusperte sich. »Ihre Lordschaft, wenn Sie bitte die Hände der Braut nehmen würden.«

Ihre schmalen Finger waren kühl und ruhig. Sie reagierte nicht einmal mit einem Blinzeln auf seine Berührung. Simon kämpfte gegen den Impuls an, sie so fest zu drücken, bis sie reagierte. Sie müsste nervöser sein als er. Sie hielt diese Heirat für unwiderruflich.

Lächerlich, diese plötzlichen Schuldgefühle.

Jetzt zog sie die Augenbrauen hoch. Betrachtete fragend seinen starren Blick. Er brachte ein Lächeln zustande, das sie bereitwillig erwiderte. Er konzentrierte sich auf ihren Mund, die Stelle, wo sie die Lippen nicht vollständig schloss und er ihre

Zähne aufblitzen sah – diese Lücke, die ihn von Anfang an so gereizt hatte, als würde sie etwas entblößen, das nicht dafür bestimmt war, gesehen zu werden.

Aber fast sofort veränderte sich ihr Lächeln. Sie presste die Lippen aufeinander und ließ die Zähne verschwinden. Ganz bewusst hielt sie sich zurück. Zweifellos hatte jemand ihr gesagt, dass eine Lady nicht so breit grinste. Und sie hatte es geglaubt, was sie natürlich auch sollte, weil es wahr war.

Der Gedanke durchfuhr ihn fast schmerzhaft. Wie schade wäre es, wenn ihre Einzigartigkeit zum üblichen Herdenverhalten eingeebnet würde.

Aber war das nicht das Ziel?

»Eine Ehe soll man nicht unberaten oder leichtherzig eingehen, sondern ehrfürchtig und wohlbedacht«, erklang Dawsons Stimme. Die richtigen Worte, nichts daran verriet, dass diese Ehe letztendlich ein Betrug sein könnte.

Nells Lächeln verblasste ganz leicht, sie sah aus wie eine Frau, die heimlich ihren Gedanken nachhing. Sie hatte Vorstellungen, aber Simon wusste nicht, wie die aussahen. Malte sie sich eine glückliche Zukunft für sie beide aus? Er hatte nicht mit ihr besprochen, was eine Zweckheirat beinhalten könnte. Er hatte nicht geglaubt, dass er sie aufklären müsste: Ihr Zynismus schien so gut zu seinem zu passen.

Die Liturgie schritt voran. Als Nell mit klarer, kräftiger Stimme ihr Ehegelöbnis ablegte, spürte er, wie er unwillkürlich die Stirn runzelte. Plötzlich wurde er unruhig, als hielte nur ihre Hand ihn in diesem Raum fest. Eine in Lumpen gekleidete Frau zu heiraten hätte diese Zeremonie durchsichtiger gemacht. Aber ein Zuschauer könnte es für etwas halten, was es nicht war. Er würde es für eine Liebesheirat halten.

Er könnte denken, dass Simon wirklich etwas für diese Frau empfand.

»Ich will«, hatte Simon gerade gesagt. Jetzt waren sie also verheiratet. Der dicke Priester würde sie zu Mann und Frau erklären. Nell warf dem Geistlichen noch einen misstrauischen Blick zu: War er ein Betrüger? Und doch … da waren all diese Zeugen: Die gesamte Dienerschaft war vor der Wand aufgereiht. Daughtry, der Anwalt, stand ohne eine Miene zu verziehen neben dem Butler und sah ernst und aufmerksam zu. Würde ein Mann des Gesetzes erscheinen, um die Zeremonie eines Betrügers zu bezeugen? Vielleicht wenn Simon ihm genug bezahlte.

Simon selbst sah ehrlich verwirrt aus, als der Diakon seinen Schlusssatz sprach: »Was Gott zusammengefügt hat, soll der Mensch nicht scheiden«, sagte er. Simons Stirnfalten wurden tiefer, wie ohne Zweifel auch ihre eigenen. Dieser gemeinsame Blick bekam den Beigeschmack von einvernehmlicher Verwirrung. Als hätte jeder bei sich darauf gewartet, dass der andere unterbrechen würde – *In Ordnung, erwischt, ich meinte es gar nicht ernst* –, und jetzt fragten sich beide ratlos und verwirrt, ob das wirklich gerade passiert war.

Während der Diakon das Schlussgebet sprach, kitzelte sie ein hysterisches, irres Lachen in der Kehle. Nach den Träumen der letzten Nacht – ein Albtraum nach dem anderen, und in allen hatte Simon sie als Mädchen aus dem Slum verspottet und abgelehnt – war sie mit der Überzeugung aufgewacht, dass heute etwas Schreckliches passieren würde. Simon war nett, aber kein Idiot. Er würde sie nicht heiraten, bevor ihre Erbschaft nicht sichergestellt wäre. Letzte Nacht auf seinem Billardtisch hatten sie zwar nicht richtig gevögelt, aber sonst hatten sie alles getan – und danach hatte sie noch mehr gewollt. Ein Angehöriger des britischen Hochadels würde niemals eine solche Frau heiraten! Seit sie in dieses Zimmer gekommen war, hatte sie sich darauf gefasst gemacht: Er würde vor ihr zurückweichen, den Kopf schütteln und alle hinauswinken, indem er, wie es seine Art war, mit der Hand wedelte, als wolle er die Fliegen von seinem Kuchen vertreiben. *Hab's mir anders überlegt. Wir sagen es besser ab.*

Aber das hatte er nicht. Beinahe konnte sie es nicht fassen. Sie waren wirklich verheiratet.

»Sie dürfen die Braut küssen«, sagte der Priester – um ihre Gedanken zu bestätigen oder einfach um sie zu ermuntern. Sie starrten einander an wie Idioten.

Eines der Hausmädchen hustete. Ein Raunen ging durch den Raum.

Simon blinzelte. »Ja«, sagte er. »Natürlich.« Seine Miene heiterte sich auf. Küssen verwirrte ihn nicht. »Unbedingt.« Er beugte sich hinunter. Sie wartete und sah ihn an, ihr Mund stand noch immer überrascht offen.

Leicht berührten seine Lippen die ihren. Sofort richtete er sich wieder auf.

Ein Prusten entfuhr ihr. *Ups.* Sie fasste sich an die Lippen. Er runzelte wieder die Stirn und sah sie finster an, ganz der Hausherr, der in seinem Stolz verletzt war.

Nell lachte. Sie konnte nichts dagegen tun. Der hochwohlgeborene Lord hatte ihr ein Küsschen gegeben wie eine betuliche alte Tante.

»Das war's schon?«, sagte sie mit übersprudelnder Heiterkeit. Er sah so verdammt missmutig auf sie herab. Wenigstens bekam die Dienerschaft mal etwas zu sehen. Ihr Lachen klang übergeschnappt, betrunken.

Das Raunen hinter ihr wurde zu einem Murmeln. Ja, dachte sie, ganz genau: Die neue Countess ist ein bisschen plemplem.

Der Priester räusperte sich. Pflichtbewusst und fromm versuchte er, sie zur Aufmerksamkeit zu rufen. »Eure Ladyschaft, Eure Lordschaft, erlauben Sie mir, Ihnen Glück zu wünschen.«

Simon presste die Lippen aufeinander und atmete hörbar durch die Nase ein. »Wir bedanken uns«, sagte er. Vielleicht hörte man ein leichtes Zittern auf der letzten Silbe.

»Ja«, sagte sie und sah ihrem neuen Ehemann in die Augen. Sie hob die Brauen. »Wir bedanken uns.«

Seine Wange sah aus, als würde er von innen darauf herumkauen. »Also, Lady Rushden.« Ja, da war ein Zittern. Und dann grinste er sie plötzlich an. »Mylady.«

Sie presste sich die Faust an den Mund. Nickte. »Anscheinend«, sagte sie.

»So sieht es aus«, stimmte er zu und lachte dann, ein kurzer, irgendwie wilder Laut. »Es steht Ihnen gut«, sagte er. »Countess.«

Ihr stockte der Atem. *Countess*. Wenn ein Engelschor aufgetaucht und das Wort gesungen hätte, hätte sie nicht verwunderter sein können.

Er hatte es getan.

Er hatte sie wirklich geheiratet.

Dieser Mann, dieser gut aussehende, charmante, sie in den Wahnsinn treibende Mann war jetzt ihr Ehemann.

Langsam verblasste sein Lächeln. Er musste irgendetwas Sonderbares in ihrem Gesicht lesen. Betuliche Tantenküsschen, also wirklich. Der süße Dummkopf.

Sie trat auf ihn zu, ohne die Dienerschaft, den Priester oder Mrs Hemple zu beachten, die zweifellos darauf wartete, sie wegen irgendeines Fauxpas zurechtzuweisen. Sie war jetzt eine Countess, und was wollten diese Leute schon tun, wenn sie sich danebenbenahm? Sie legte die Hand auf die breite, warme Schulter ihres Mannes – überspielte seine Überraschung mit einem Lächeln – und stellte sich auf die Zehenspitzen, um ihn zu küssen.

Er gehört mir, dachte sie. Mit einer Hand fuhr sie ihm durchs

Haar. Sie wollte keine flüchtigen Küsschen von ihm, ein Ehemann sollte doch etwas frecher sein. Mit der anderen Hand nahm sie seinen Ellbogen und zog ihn an sich. *Er gehört mir.*

Einen Herzschlag lang erstarrte er überrascht. Aber dann umfasste er mit einem erstickten Lachen ihre Taille, zog sie fester an sich und erwiderte ihren Kuss. Tief und heiß spürte sie seine Zunge, ihre Brüste waren an seinen Körper gepresst, seine Knie an ihren Röcken, Hitze flammte wild zwischen ihnen auf.

Als sie sich atemlos von ihm zurückzog, grinste er. »So«, sagte er.

»So«, sagte sie wild.

Er ergriff ihren Arm und riss sie so heftig herum, dass sie beinahe das Gleichgewicht verlor. »Darf ich Ihnen die Countess of Rushden vorstellen?«, fragte er in den Raum hinein, wo alle sie mit offenem Mund anstarrten, als hätte sie sich bis auf die Unterhosen ausgezogen und ein kleines Tänzchen hingelegt.

Aber da alle wussten, dass Lord Rushden ihre Erlaubnis nicht brauchte, verstanden sie die Frage korrekterweise als Befehl. Sie klappten die Unterkiefer wieder hoch, verbeugten sich und knicksten, während Nell sich an Simons großer, wundervoller Hand festhielt und allen zulächelte. »Gott segne Sie«, sagte sie zu der ganzen Gesellschaft.

Gott segne die ganze verdammte Welt!

Wie jedes Mädchen hatte auch Nell schon von einer Hochzeit geträumt: Ein schüchterner Junge, der im einfachen Holzgebäude der Pfarrkirche auf sie warten würde, ein paar Gäste in ihren besten Sonntagskleidern, die sich lächelnd zu ihr umdrehten. Hinterher Tanz im Pub. Ausgelassene Musik und Humpen voller Ale. Nur eine halbe Stunde nach Beginn der Feier würde der Bräutigam sie drängen, heimlich mit ihm zu verschwinden, und sie würden sich durch die Hintertür davonstehlen, um dem Gejohle der Burschen zu entgehen. Im ersten dunklen Raum, in dem sie allein sein könnten, würden sie einander in die Arme fallen.

Bei den Blaublütern ging es anscheinend anders zu. Zuerst kam eine steife Feier in einem der Salons, wo die Dienerschaft auf den Herrn und die neue Herrin anstieß und sich über einen halben Urlaubstag freute. Dann gab es ein formelles Dinner im Esszimmer, bei dem Simon ihr unaufmerksam und überhöflich vorkam, als wäre sie eine Fremde, die er zufällig vor dem Altar kennengelernt hatte. Nach dem Essen zog er sich in sein Arbeitszimmer zurück, was er bisher nie getan hatte, und Nell ging die Treppen allein hinauf.

Sie war nicht nervös, nicht einmal, als Sylvie mit skandalösen Bekleidungsstücken im Schlafzimmer auf sie wartete – Morgenrock und Nachthemd aus weißer Seide, so tief ausgeschnitten, dass man nicht zu schnell aufstehen durfte, weil man befürchten musste, dass einem der Busen vorn hinausrutschte. »Hören Sie schon auf, rot zu werden«, sagte sie zu Sylvie, während sie es anzog. Ein Kostüm zum Vögeln, wozu bitte sollte das gut sein? Jede Mutter auf der ganzen Welt hatte es auch ohne das hingekriegt.

Schließlich zog sich die Zofe zurück, und Nell blieb in der tiefen, zähflüssigen Stille des Hauses allein zurück. Sie verbrachte eine Minute vor dem Spiegel und sah sich an. Ihr Gesicht war in den letzten Wochen ein wenig rundlicher geworden, sie hatte an den Armen zugenommen, und die gelben Tabakflecken an ihren Fingern waren verblasst. Bald würden sich an ihrem Körper keine Anzeichen ihres früheren Lebens mehr finden. Sie war aufgedonnert wie eine Hurenbraut, ganz in Weiß, aber kaum bekleidet.

Unruhig ging sie in ihr Wohnzimmer, nahm sich ein Buch

und rollte sich damit auf einem Sessel zusammen. Aber die Sätze – eine unterhaltsame Historie zur Zeit der alten Perser – ergaben keinen Sinn, auch wenn die Sprache nicht schwierig war.

Nell legte das Buch weg und konzentrierte sich für eine Weile nur auf ihre Atmung. Ihr Blick strebte ständig in eine bestimmte Richtung, doch sie zwang sich, das Feuer zu betrachten, das so fröhlich im blau gekachelten Kamin brannte, in diesem lieblichen, luxuriösen Raum mit goldverzierten Wänden und einer Deckenbemalung, die einem Sommerhimmel nachempfunden war. Sie war ganz ruhig.

Die Tür auf der anderen Seite des Raums – die Tür, die zu den Gemächern seiner Lordschaft führte (Polly hatte es ihr beiläufig erzählt) –, blieb geschlossen.

Sie zwang sich, weiterzulesen. Erst als die gedämpften Schläge der Uhr im Gang elf Uhr verkündeten, hörte sie ein Klopfen. Unwillkürlich schlang sie ihre Finger fester um das Buch. Es gab keinen Grund für Nervosität, aber ihre Stimmbänder schienen das nicht zu begreifen.

Es klopfte wieder.

Sie kniff sich, ein stechender kleiner Schmerz. Wie dumm, nervös zu sein! »Es ist offen«, krächzte sie.

Die Tür öffnete sich nach innen. »Du hast ganz schön lange gebraucht, um zu antworten«, bemerkte St. Maur.

Sehr romantisch. Nell musterte ihn. Anscheinend trug der Mann keine besondere Kleidung. Er sah etwas demontiert aus. Das feine Halstuch war weg, die dunkelgraue Weste hing lose an ihm herab. Der offene Kragen des schneeweißen Hemdes entblößte den Hals und den Ansatz der schwarzen Brustbehaarung. Kein Jackett.

Hinter ihm sah sie die dunklere Möblierung seines Wohnzimmers, einen Orientteppich in Bronze und Grün, eine niedrige, mit kastanienbraunem Samt bezogene Chaiselonge. Maskuline Farben. Auch bei ihm brannte ein Feuer.

Sie sah auf das Buch, dann wieder zu ihm. Ihr Körper hatte anscheinend den natürlichen Atemrhythmus vergessen. Als sie das Buch weglegte, wurde sie sich über ihre Stimmung klar: Sie war verärgert. »Ich habe gewartet«, sagte sie. »Du bist derjenige, der zu spät ist.«

Er lächelte leicht, schob seine Hände in die Taschen und ließ seine Schulter gegen den Türrahmen fallen. Er war so absolut zu Hause in diesem Wohlstand, besaß all den Reichtum auf so lässige Art. Ein düsteres Gefühl stieg in ihr auf. Er stand nur ein paar Meter entfernt, aber es gab eine subtilere Distanz zwischen ihnen, die sie vielleicht niemals überwinden könnten. Sosehr er es auch versuchte, er würde sie nie ganz kennen. Nie könnte er ahnen, dass sie mehr als einmal eine Ratte von einem Stück Brot wegjagen musste, bevor sie es gegessen hatte. Dass sie wegen ein paar Münzen im Dreck gekniet hatte, hingeworfen von Männern und Frauen, die hinter den Fenstern ihrer feinen Kutschen gelacht hatten. Er ahnte das nicht, weil Fantasie allein nicht genügte, um die Distanz zwischen seiner Welt und Bethnal Green zu überbrücken. Nichts konnte das. Gäbe es eine Brücke zwischen beiden Welten, wäre eine von beiden längst niedergebrannt.

»Verzeihen Sie, dass ich Sie warten ließ, Mylady«, sagte er leichthin, spielerisch.

»Das ist in Ordnung«, sagte sie heiser. Sie fühlte sich, als würde sie am Rand von irgendetwas balancieren. Beim nächsten Schritt, dem Schritt in das unbekannte Gebiet, würde die Brücke hinter ihr einstürzen.

Er legte den Kopf schief, hatte die Schläfe an den Türrahmen gelehnt. Er probierte den Titel im Vergleich zu ihrem Anblick. »Lady Rushden«, murmelte er.

Sie wollte den Schritt tun. Es erschreckte sie und zog sie gleichzeitig an. Sie waren jetzt verheiratet – vor Gott und den Menschen, wie man so schön sagte. Sie wollte auf seiner Seite der Brücke bleiben. Sie wollte mit Hunger, Kälte und Angst abschließen. Er war so schön wie die Welt, in der er lebte. Sie wollte für immer bei ihm bleiben.

Entschlossen holte sie Luft und stand auf. Ihre Glieder fühlten sich steif an. Er musste nicht erfahren, wie die andere Seite aussah. Er musste nichts wissen von den Ratten, den bitteren Nächten und der Bettelei. Er gehörte jetzt ihr, und heute Nacht würde ihre Verbindung vollzogen werden. Niemand würde ihn ihr mehr wegnehmen.

Allerdings hatte er sich keinen Zentimeter von der Tür entfernt.

Sie streckte sich und hob das Kinn. Er würde ja wohl jetzt keinen Rückzieher machen. Sie würden das durchziehen. »Können wir vielleicht anfangen?«

Er lachte. »Meine Güte. Ist es wirklich so schlimm?«

Das Lachen machte sie wütend. Den ganzen Abend hatte sie auf diesem Sessel auf ihn gewartet. Sie war krank vor Angst gewesen – das begriff sie erst jetzt –, dass er die Heirat doch bereute und ausgegangen war, um mit seinen Anwälten zu beraten, wie er sie auflösen konnte. Und jetzt lachte er sie aus? Die ganze Zeit hatte sie wie ein ängstlicher, verdrießlicher Hund gewartet. Was für ein Recht hatte er, sie warten zu lassen?

Jedes Recht.

Ihr stockte der Atem. Natürlich, jetzt, wo sie verheiratet waren, hatte sie keine Wahl mehr, oder? Für den Rest ihres Lebens, wann immer er Lust bekam, würde er mit ihr tun, was er wollte, würde verlangen, dass sie durch diese Tür ging und sich vor ihm entblößte.

Oder dass sie wartete. Es wäre seine Wahl, nicht ihre.

Aber eine Wahl hatte sie. Sie war vielleicht unbedeutend, aber es war eine Wahl.

Sie ging auf ihn zu. Er stieß sich vom Türrahmen ab, gespannt, aufmerksam. Sie konzentrierte sich auf den Punkt, wo sein Haar seinen Kragen berührte, pechschwarze Locken, die kreuz und quer über dem frischen weißen Stoff lagen. Sie fuhr durch diese warmen und weichen Locken und spürte die Hitze seiner Haut, als sie seinen Nacken packte. Dann zog sie seinen Kopf zu sich herunter.

Es war heute schon das zweite Mal, dass sie ihn küsste, und diesmal war er bereit für sie: Er umfasste ihre Taille, seine Lippen waren fest. Sie trat dicht an ihn heran, zwang ihn, einen Schritt rückwärts zu gehen. Sie wäre eine andere Art von Ehefrau. Sie würde nicht auf seine Entscheidung warten. Sie entschied selbst.

Simon hatte sich auf eine Herangehensweise festlegen wollen – absurde Aufgabe. Er hatte länger darüber nachgedacht, wie er seine Frau verführen sollte (seine eigene Frau, er war verheiratet!), als jemals über die viel komplizierteren Verführungen von Frauen, deren Ehemänner unvorhersehbare Tagesabläufe hatten, von Frauen mit eifersüchtigen Liebhabern und wichtigen politischen Verbindungen. Letzte Nacht hatte er sie beinahe auf dem Billardtisch genommen, aber heute war es ihm so wichtig erschienen, Zurückhaltung zu zeigen. Sich selbst zu beweisen, dass er zurückhaltend sein konnte.

Er hatte sich von seinen Räumen ferngehalten. Hatte sich absichtlich, vorsichtig und entgegen seinem inneren Drang von der Tür ferngehalten, die ihre beiden Wohnzimmer miteinander verband. Nach dem Essen hatte er einen Brandy getrunken, dann ein oder zwei Stunden lang ein paar Partituren durchgesehen, die irgendwelche Leute ihm auf der Suche nach einem Mäzen zugeschickt hatten. Dann, nachdem er die Treppe hinaufgegangen war, hatte er sich plötzlich in seinem Wohnzimmer wiedergefunden – er erinnerte sich nicht, wie er dort hingekommen war – und auf das Schlagen der Uhr gewartet. Wie ein zitterndes Kind am Weihnachtsmorgen hatte er in die Stille gehorcht, bis sie von den Schlägen zerrissen wurde, und sich für diese feine Darbietung von Selbstkontrolle beglückwünscht. Elf Uhr, eine schöne Zeit, um seine Ehefrau zu beschlafen. Eine sehr respektable Zurückhaltung, diese drei Stunden, die er in keuscher Abwesenheit verbracht hatte.

Aber jetzt wirkte seine Anstrengung weniger edel als lächerlich. Verführung? Er wurde verführt. Sie kam über ihn wie ein Sturm, ihr Mund war hungrig und heiß, die kleinen Hände packten ihn wie die einer animalischen Kreatur, ihr Körper bog sich ihm entgegen.

Er war bereit, entzückt … und verwirrt, für einen flüchtigen Augenblick. Sehr flüchtig.

Simon nahm sie bei den Ellbogen und zog sie in seine Räume, weg von dem Sessel, wo sie es sich mit Herodot gemütlich gemacht hatte – gütiger Gott, er hatte einen Blaustrumpf aus der Gosse zur Frau, wie standen dafür die Chancen? Er führte sie in seine weniger gelehrten Gefilde, wo hinter ihm ein Feuer knisterte und alles vorbereitet war – Champagner, Wein, ein Krug Schokolade, sie mochte Schokolade –, um sie zu umwerben. Aber man musste sie nicht umwerben. Natürlich nicht. Wen hatte er geglaubt zu heiraten? Sie hatte ihn heute vor der gesamten Dienerschaft geküsst. Fast hätte er sie vor aller Augen gegen die Wand gedrückt.

Jetzt keine Zurückhaltung mehr. Er wollte sie verschlingen. Vorsichtig drehte er sie um, beugte sich ein wenig vor, damit er sie nicht loslassen musste. Sie war nicht klein, aber er war groß, vielleicht zu groß. Er hatte den vagen Plan, sie durch die nächste Tür ins Schlafzimmer zu lenken. Die unbedeutenden Fragen der Größe würden sich ganz von selbst lösen, sobald sie sich in der Horizontalen befanden.

Aber dann packte sie sein Hemd, riss einmal kräftig daran, ein Knopf sprang ab, und bei dem Geräusch erschrak sie. Sie erstarrte. Und plötzlich hielt er einen Holzklotz in den Armen.

Er zog sich von ihr zurück, hin- und hergerissen zwischen einem Schnauben und einem Lachen, als er in ihr Gesicht blickte: gerundete Augen, gerundete rosa Lippen. Sie war über sich selbst erschrocken.

»Es ist nur ein Knopf«, murmelte er und strich ihr das Haar hinter ihr kleines Ohr.

Sie blinzelte. Zartes Erröten breitete sich über ihren Wangen aus. »Es tut mir leid«, sagte sie.

»Ich kann mir einen neuen Knopf kaufen.«

Sie biss sich geknickt auf die Lippen und wirkte mit ihrem Schuldbewusstsein und dem folgenden Geständnis wie ein Kind: »Ich glaube, ich habe auch deine Hosen zerrissen.«

Er lachte entzückt. »Ich habe andere.« Eigentlich war er sogar dankbar für die Unterbrechung, weil sie eine Verlangsamung mit sich brachte. Da waren Wunder, die er betrachten wollte. Ihre Haut war warm und elastisch, ihre Wange weich unter seiner streichelnden Hand. Mit dem Blick folgte er dieser Hand, die seitlich an ihrem Hals hinabglitt und ihren Morgenrock über die Schulter nach unten schob. Das Nachthemd darunter war ärmellos und leicht: ein Kleid für eine Hochzeitsnacht.

Sanft zeichnete er die Kurve ihrer Schulter nach. »Beug deinen Arm«, murmelte er.

Verwirrt und misstrauisch blinzelte sie, gehorchte aber, hob die Hand und umfasste damit seinen Ellbogen. Die Muskeln ihrer Glieder waren so fein. Sacht rieb er mit dem Daumen über den kleinen Hügel ihres Bizeps, dann beugte er sich hinunter und nahm ihn zwischen die Zähne. Seit er zum ersten Mal ihre nackten Arme gesehen hatte, hatte er sich danach gesehnt. Leise, aber deutlich hörbar sog sie den Atem ein. Der Muskel wölbte sich etwas mehr, als sie sich anspannte.

Er leckte über die Haut und küsste sie. Wer auch immer beschlossen hatte, dass Muskeln an einer Frau nicht schön waren, war ein Narr und hatte keine Ahnung von der Genialität der Natur. Langsam tastete er bis zur Spitze ihres Ellbogens. Verblüffend, dass er ihn mit seiner Handfläche so vollkommen abdecken, so ganz umschließen konnte. Ihre Präsenz war so übergroß, dass man leicht vergaß, wie schmal und leicht gebaut ihre Knochen waren. Wie zerbrechlich ihr Körper war.

Jetzt fiel ihm auf, dass sie zitterte. Ihr Atem hatte sich beschleunigt. Er richtete sich auf. Sie war errötet, die Lippen leicht geöffnet.

Diese Lippen betrachtete er, als er die Hand hinunter zur ihrer Taille und über die Kurve des unteren Rückens schob. Was für ein eigentümliches Vergnügen lag doch darin, die Ecken, Kurven und Flächen einer Frau nachzuzeichnen, nein, genau dieser Frau, die sich ihm so grimmig zur Wehr gesetzt hatte und jetzt mit aufgerissenen Augen und atemlos dabei zusah, wie er anmaßend und offen ihren Körper anfasste. Es war auch vorher wunderbar gewesen, sie zu berühren, aber jetzt gehörte ihm ihr volles Einverständnis, und diese Bereitwilligkeit übte eine eigene Macht über ihn aus. Selbst der leiseste Kontakt mit ihrer Haut gewann eine fleischliche Hintergründigkeit: Sie würde ihm ganz gehören. Es war keine Frage mehr, wohin diese Berührungen führen würden.

Mit dem Daumen strich er an ihrem Rückgrat entlang, während er sich hinabbeugte. Ihre Augen schlossen sich, sie hob ihr Gesicht zu ihm hoch. Ihre Wangen waren rosig, die Wimpern lang und schwarz. Eine zitternde Braut, die den ersten Kuss ihres Mannes erwartete. Er hatte nicht einmal das Bedürfnis, sich über den Gedanken lustig zu machen.

Sanft umschloss er ihre Unterlippe mit dem Mund. Sie schmeckte nach Schokolade. Sie trank Schokolade wie ein Kind, voll Wonne, freudig, als schmecke jeder Schluck besser als der vorige. Ganze Kannen würde er ihr davon zu trinken geben, zumindest solange es sie nicht langweilte oder noch zum Strahlen brachte. Als er den Geschmack auf ihren Lippen fand, konnte er ihre Begeisterung verstehen. Er leckte in ihren Mund, suchte nach mehr. Schüchtern traf ihre Zunge auf seine, er spürte, wie sie die Hände um seine Taille legte.

Er lächelte an ihrem Mund, entzückt von allem, davon, wie unerwartet und überwältigend dieser Moment war. Als ihre Zungen sich umeinanderschlangen, kamen ihm Hunderte von Klischees in den Sinn, lebendig geworden durch die wunderbaren Wahrheiten, die sie plötzlich zu enthalten schienen. Er schloss die Augen und unterdrückte das Verlangen, sie an sich zu pressen, sich auf sie zu legen und in sie zu drängen. *Mein Gott, sie ist so wundervoll.*

Ihr Körper kam ihm ganz von selbst entgegen, sie tat das. Der Kuss wurde tiefer. Er umfasste ihren Nacken und schob sie rückwärts. Biegsam und elegant folgte sie seiner Führung, anmutig wie eine Frau, die mit komplexen Tänzen aufgewachsen war. Gemeinsam überschritten sie die Schwelle zum Schlafzimmer und setzten sich aufs Bett, während sie nicht aufhörten, sich mit großem Ernst zu küssen. Ja, das hier war ernst. Stundenlang hätte er diese Frau geküsst, egal, wo er sie aufgelesen hatte. Er tastete sich an ihrem Rücken hoch bis zum Haar und bemerkte, dass seine Hand zitterte. Heiß und verzweifelt, gierig und zögernd und unsicher und tastend wie ein Junge bei seiner ersten Frau: Der Augenblick, ein einfacher Beischlaf, verwandelte sich in etwas Merkwürdiges.

Simon unterbrach den Kuss, lehnte sich zurück und atmete tief durch. Plötzlich fühlte er sich unbehaglich. Seine Braut duftete nach Lilien und Lavendel. Sie schlug die Augen auf, die dunkelblau und mit altersloser Tiefe seine Aufmerksamkeit in sich aufsaugten. Schweigend streckte Nell die Hand aus, um mit ernstem Blick sein Gesicht zu berühren, und Teile von ihm, seine Haut, seine Lungen, dehnten sich aus und kribbelten. Er spürte die Berührung tief in den Leisten, wie die Anspannung vor einem heftigen Schlag.

Rasch öffnete er den Mund, um etwas zu sagen, biss sich aber auf die Zunge. Kämpfte gegen den plötzlichen, niedrigen Drang, den Bann mit einer Bemerkung zu brechen, die er nicht mehr zurücknehmen könnte. Das Schweigen war zu bedeutend. Ihre Augen blickten zu willig in die seinen.

»Es ist in Ordnung«, sagte sie sanft.

Ein Knoten bildete sich in seiner Kehle. Aus einem alten, defensiven Reflex heraus formten sich trocken und scharf die Worte: »Ich habe so was durchaus schon mal gemacht.«

Sofort bereute er es. Zischend sog er den Atem ein, als sie zurückwich. *Du verdammter Idiot.* Er ergriff ihre Hand. Entschuldigend presste er die Lippen auf die Innenfläche ihrer Hand, schloss die Augen und rang mit einer befremdlichen Verlegenheit. Im Dunkel der geschlossenen Augen spürte er neben sich ihren Schenkel. Sie fühlte sich nicht wie eine Fremde an, das Ganze fühlte sich nicht einfach nur nach einer Zweckheirat an. Absolut nicht.

Seide raschelte. Er spürte die Hitze ihrer Haut, roch die Lilien deutlicher, bevor ihre Lippen seinen Hals berührten. Ein sanfter Laut entfuhr seiner Kehle. Er presste die Lippen aufeinander, um eine Wiederholung zu vermeiden, und wunderte sich entnervt über sich selbst.

Nell stellte einen Fuß auf seinen, ein warmes, leichtes Gewicht, als wollte sie ihn dort festhalten. Dann presste sie sich an ihn, eine träge Wellenbewegung, bei der er ihre Brüste spürte und ihm der Atem stockte. Sanft leckte sie über seine nackte Haut am Übergang zwischen Hals und Schulter.

Er merkte, wie er steif wurde. Ihr Gewicht zu spüren war alles, was dafür nötig war: Animalische Begierde überwog seine zweifelnden Gedanken. Seine Unsicherheit war nur noch schwache Erinnerung, lächerlich, er wusste genau, was er wollte: über ihr liegen, sie festhalten und in sie eindringen, während sie stöhnte.

Simpel.

Er griff unter ihre Arme und hob sie aufs Bett. Sie legte sich hin, und ihr dunkles Haar ergoss sich über die Bettdecke, als er auf Händen und Knien über sie kroch. Mit dem geöffneten Mund fuhr er von ihren Lippen hinab zu ihrem Hals, biss zart in die weiche Haut ihrer Kehle. Als sie aufseufzte, stellten sich ihm die Nackenhaare auf. Eine solche Frau war ein seltenes Geschenk, sie war hingebungsvoll, hatte seidenweiche Haut, kluge und unberechenbaren Hände, und sie grub die Nägel in seinen Rücken, während sie ihm die Hüften entgegenhob. Ein Traum, der einen Mann aus der Dunkelheit nach Hause führte.

Er zog den Halsausschnitt des Nachthemds zu Seite. Unglaublich, dass er bis jetzt noch nicht einmal ihre Brüste ganz nackt gesehen hatte, deren Schönheit er in seiner Vorstellungskraft nicht erahnen konnte. Dabei hatten sie die ganze Zeit auf seine Liebkosungen gewartet. Sie waren klein, aber perfekt geformt, süß unter seiner Zunge. Er schloss den Mund um eine aufgerichtete Brustwarze, und Nell keuchte.

Er saugte, nahm die harte Knospe zwischen die Zähne und bearbeitete sie mit der Zunge, um wie durch Zauberei einen weiteren Laut aus Nells Kehle zu locken, diesmal klang sie höher und fast verzweifelt, während sie sich unter ihm wand. Seine Hand fuhr über die unebene Landschaft ihrer Rippen bis zur scharfen Kurve ihrer Taille hinab. Das glatte Gefälle ihres Bauches lenkte seine Handfläche weiter, bis er die weichen Locken zwischen ihren Beinen ertastete, die warme, feuchte Mündung, die zwischen den elastischen Schenkeln lag. Sie bäumte sich wilder auf, ihr keuchender Atem wurde fast zu einem Schrei. Sie war heiß, so heiß. Simon hob die Finger an den Mund, um sie zu schmecken.

Geräuschvoll sog Nell den Atem ein. Wie eine mythische Kreatur hatte er sich über sie gebeugt, ein Sukkubus, ein Vampir, der sich an ihr ergötzte. Sein Mund gab sie frei, und er sah auf. Seine funkelnden Augen trafen auf ihre. Hinter einer Wolke tauchte der Mond auf, ließ sein kaltes Licht durch die Fenster scheinen und goss seine harten Züge, die geblähten Nasenlöcher in Silber. Er atmete schwer, keuchte so heftig, als wäre er gerannt.

Simon lächelte nicht. Sie sahen sich in die Augen, und er starrte. Sein Mund war eine schmale, starre Linie, der Ausdruck so intensiv und dunkel, dass sie für einen Moment fast Angst verspürte. So hilflos lag sie vor ihm …

Plötzlich spürte sie, dass er ihr Handgelenk packte und aufs Bett presste. Er stoppte sie, noch bevor sie überhaupt bemerkt hatte, dass sie sich aufrichten wollte. »Ich bin es«, sagte er.

Erstarrt und hilflos in seinem Blick gefangen keuchte sie selbst.

»Ich bin es nur«, sagte er. Er kam wieder über sie, presste seine Hüften an ihre, und der Atemzug, der ihr entfuhr, erzeugte ein tiefes, erstauntes Stöhnen, das sie über und über erröten ließ.

Sie klang wie ein Tier. Sie fühlte sich wie ein Tier, das unter ihm gefangen war. Ihr Körper wusste, was er zu tun hatte. Sie wölbte sich ihm entgegen, und er ließ ihr Handgelenk los, sein Daumen fuhr in einer festen Linie ihren Arm hinauf. »Ja«, sagte er leise.

Seine andere Hand schloss sich um ihren Knöchel, glitt langsam aufwärts und drehte sich dabei um, sodass er mit dem Fingernagel einen prickelnden Strich auf ihre Wade zeichnete. Sie legte ihren Kopf auf das Kissen zurück und starrte an die im Halbdunkel verschwommene Decke. Überall spürte sie ihren Puls, in den Kniekehlen, in den Spitzen ihrer Brüste und am intensivsten und köstlichsten zwischen den Beinen, wo seine ruhige Hand jetzt angekommen war. Leicht verschob er seine Hüfte, um sich Zugang zu verschaffen, und umfasste sanft, viel zu sanft ihren Schoß, um ihn dann plötzlich fest und besitzergreifend mit der Handwurzel zu massieren.

Ein heiserer Laut brach aus ihrer Kehle hervor. Es machte ihr jetzt nichts mehr aus. Ihre Sinne waren zu aufgeheizt und voll für solche Feinheiten wie Wörter.

Sein Daumen tastete sich vor, fand die Quelle ihrer bebenden Lust und umkreiste sie einmal. Er ließ sich hinabsinken, sein langer Körper legte sich überall auf den ihren, sodass seine Hand zwischen ihnen gefangen war. Sein Mund, heißer Atem, leise Stimme, war an ihrem Ohr: »Ich werde dich dort küssen.« Dann drückte er sich hoch und schenkte ihr ein teuflisches Lächeln. Als es verblasste, musterte er sie mit einem dunklen, konzentrierten Blick, verschlang sie mit den Augen. Dann bewegte er sich schweigend abwärts.

Und, oh süßer Gott im Himmel, er küsste sie dort. Zuerst ein kurzes Stupsen mit der Zunge, lockend, nur ein leichtes Lecken – wie um ihr zu sagen: *Hier will ich dich berühren* – und dann eine lange, gierige Liebkosung, die sie dazu brachte, den Kopf anzuheben. Sie legte sich wieder zurück, was konnte sie auch tun, und griff in seine Haare, während er sein Versprechen wahr machte. Als die Lust in ihr wuchs, immer härter in ihr pulsierte und sie zu heftigen, wilden Kontraktionen trieb, dachte Nell an nichts mehr. Sie kostete es einfach nur aus.

Sie hatte die Augen geschlossen und rang nach Atem, als sie das leise Rascheln von Stoff hörte. Für einen Augenblick ließ er von ihr ab. Sie war schlapp, fast zu erschöpft, um die Augen zu öffnen, aber als er sich wieder auf sie legte, trieb die plötzliche Hitze seiner Haut sie in eine wachsende Welle des Verlangens zurück.

»Ja?«, fragte er leise.

Er veränderte leicht die Position seiner Hüften, und sie spürte einen festen, stumpfen Druck, wo er in sie eindringen würde. Aber er fragte sie, und wenn sie Nein sagen würde … *würde er es nicht tun.*

Das durchfuhr sie wie ein elektrischer Schock. Ein Vertrauen, das sie bisher nicht gespürt hatte. Aber er verdiente dieses Vertrauen. Ihr gegenüber würde er seine Macht nie missbrauchen.

Sie hob den Kopf, um ihn zu küssen, die Berührung an ihrem Schoß war fast schmerzhaft, das Gefühl in ihr beinahe brutal. »Ja«, sagte sie an seinem Mund. »Ja.«

Simon hielt ihren Kopf in seiner Hand und wiegte ihn, während er sie küsste und gleichzeitig die Hüften gegen sie drängte. Sie zuckte zusammen bei dem unangenehmen, stechenden Gefühl. Es war nicht schön. Aber dann war er in ihr, stieß in sie, und das Brennen ließ nach. Sie war so unermesslich voll, unter ihm gefangen, durchdrungen, ihr Kopf lag noch in seiner wiegenden Hand. Mit den eigenen Händen glitt sie seinen breiten, starken Rücken hinunter, rutschte weiter zu seinem Gesäß, dessen Muskeln sich rhythmisch anspannten, während er sich in ihr bewegte. Die Empfindung nahm ihr den Atem. Zuerst stieß er gleichmäßig, was für ein sonderbares Gefühl. Sie fühlte sich … besessen. Sie hob ihre Hüften an, und er löste den Mund von ihren Lippen, um ihre Kehle hinunterzuwandern und sanft in ihre Halsbeuge zu beißen. Sein Stöhnen ließ sie erbeben. Ihre Körper waren einander so nah, dass sein Fleisch mit ihrem Fleisch kommunizierte. Mit den Lippen fuhr sie durch sein Haar. Seine Haut roch wie Wald in einer Mondnacht und ließ die wilden Seiten in ihr erwachen.

»Härter.« Das war ihre Stimme. Ihre Nägel gruben sich in die festen Muskeln seines Hinterns, sie lenkte ihn tiefer in ihren Körper hinein. Er schob sein Becken vor und stieß härter zu, und sie spürte, wie die Lust wiederkam: Sie würde mit dem Bett verschmelzen oder ihn blutig kratzen.

Es war so wundervoll ein Mensch zu sein, verletzlich zu sein. Als all ihre Muskeln sich um ihn zusammenzogen, hob er den Kopf und sah ihr in die Augen, und da geschah etwas zwischen ihnen. Sie fiel in ihn hinein wie in ein dunkles, weiches Schweigen, alles in ihr wurde still. Fest schlang sie die Arme um ihn und war für einen schwindelerregenden Moment nicht sicher, wo sie aufhörte und er anfing. Es war, als hätte sie keine Knochen und würde um ihn fließen. Sie war so sehr zu Hause, dass ihr eigener Körper entbehrlich schien.

Sein Ausdruck verhärtete sich. Eine Sekunde lang war sie verwirrt, da sein Gesicht fast aussah, als ob er Schmerzen verspürte. Aber dann schloss er die Augen und zitterte. Sein sanftes Stöhnen zeigte ihr, dass es das Gegenteil war, er verlor sich in einer Lust, die ebenso überwältigend war wie das, was sie selbst gefühlt hatte.

Fasziniert beobachtete sie, wie seine Anspannung sich langsam löste. Der Mund wurde weicher, der Griff seiner Hände lockerte sich. Er sah plötzlich so jung aus – seine Unterlippe war voll wie die eines Kindes.

Jetzt ließ er den Kopf auf ihre Brust fallen, seine Stirn lag in ihrer Halsmulde. Sie streichelte sein Haar, während sein keuchender Atem sich beruhigte. Noch einmal durchfuhr ihn ein kleines Zittern, und sie war voller Staunen. Nie hätte sie gedacht, dass ein Mann in diesem Moment so verletzlich wirkte oder dass sie sich unter ihm so sonderbar stark fühlen könnte. Ihr Körper trug Simons Gewicht mit einer solchen Leichtigkeit. Sie fühlte sich überhaupt nicht benutzt. Sie fühlte sich auf heftige und kraftvolle Weise lebendig.

Diese Nacht lag Nell noch lange wach, nachdem Simon eingeschlafen war. In seinen Armen hörte sich der Klang des Regens an den Scheiben nicht mehr melancholisch, sondern … friedlich an. Geräusche im Dunkeln ließen sie nicht mehr zusammenzucken – sie nahm sie als Vorwand, um sich dichter an ihn zu schmiegen.

Aber nach langen Minuten oder Stunden der Stille – jedes Zeitgefühl war ihr abhandengekommen – überkam sie eine merkwürdige Aufregung. Er lag ohne einen Fetzen Kleidung neben ihr. Es war absolute Zeitverschwendung zu schlafen.

Vorsichtig wand sie sich aus seiner Umarmung. Sie zog ein paarmal sanft an der Bettdecke, und dann lag er vollkommen entblößt im Mondlicht. Als er die Luft auf der nackten Haut spürte, bewegte er sich im Schlaf, und Nell hielt den Atem an, als sie seine Bauchmuskeln sah, die sich bei der Bewegung zusammenzogen.

Sie konnte sich nicht sattsehen: Eine dunkle Haarlinie führte abwärts zu seinem Schwanz, der zwischen den mit mehr schwarzem Haar bewachsenen, harten Schenkeln schlief.

Die Schenkel verengten sich v-förmig zu definierten, quadratischen Kniescheiben. Vorher, als er davongetapst war, um Wasser zu holen, hatte sie seine Wadenmuskeln gesehen, wie sie sich beim Gehen zusammenzogen. Sein Hintern hatte straff ausgesehen, mit zwei Grübchen über jeder Backe.

Ob sie als seine Ehefrau das Recht hatte, hineinzukneifen?

Sie setzte sich auf ihre Hände, damit ihre Finger nicht auf dumme Gedanken kamen, und betrachtete weiter seinen Körper. Seine Schultern waren breit und kräftig, sein Bizeps wölbte sich in dem einen Arm, der über seinem Kopf lag.

Er hatte ein- oder zweimal erwähnt, dass er schwamm: Er ging frühmorgens in einer Sporthalle in Kensington schwimmen. Das erklärte wohl diesen Körper.

Hör niemals auf zu schwimmen, dachte sie.

Sie ertappte sich dabei, dass sie grinste wie eine Idiotin. Sie warf die Decke wieder über ihn und schmiegte sich an seine Seite, den Po gegen seine Leiste gedrückt.

Er schlang einen Arm um sie und zog sie an sich. Für eine Sekunde glaubte sie, ihn geweckt zu haben. »Simon?«, flüsterte sie.

Er murmelte etwas Unverständliches – es klang wie *Gänsepastete* – und grub das Gesicht in ihr Haar.

Sie unterdrückte ein Kichern und zwang sich, die Augen zu schließen. Schlaf, sagte sie sich. Es gibt keinen Grund, nicht zu schlafen. Du bist einfach nur glücklich.

Was an sich schon ein Wunder war.

Das war wahres Glück, dachte sie. Und das war ihr Ehemann. Und beides – beides! – gehörte wirklich und wahrhaftig ihr.

13

Nell St. Maur war kein Geschöpf der frühen Morgenstunden. Simon weckte sie mit einem Kuss, nur um sie wieder einschlafen zu sehen. Er knabberte eine Weile an ihrem Ohr, was ihr ein genießerisches Brummen entlockte, das sich jedoch bald in ein Schnarchen verwandelte. Er saß neben ihr, einen Augenblick lang verlegen und dann eine lange Minute in der Betrachtung ihres Gesichts versunken. Wie deutlich sich ihr Charakter in ihrem Gesicht zeigte. Der störrische, quadratische Kiefer, die freche Spitze ihres Kinns, die verwegenen Linien der dunklen Augenbrauen.

Er strich ihr mit dem Finger über die Wange. Keine Reaktion. Sie schlief tief und fest.

Drolliger Gedanke: Er wollte, dass sie aufwachte, weil er sie vermisste.

Er sprang aus dem Bett und zog die Vorhänge auf, dann sah er amüsiert zu, wie sie das Tageslicht abwehrte, indem sie sich eine Hand vor die Augen warf – oder eher plumpsen ließ. Als er zum Bett zurückging und ihr gegen die Wange blies, gab sie einen irritierten Laut von sich und rollte von ihm weg.

Da kam ihm eine Idee. Er drehte sich um und trottete in ihre Räume, wo die errötende Kammerzofe neben einer kalt werdenden Kanne Schokolade wartete. Nein, sagte er dem Mädchen, er benötige keine Hilfe mit dem Tablett.

Ihr gedämpftes Kichern folgte ihm bis in seine Räume.

Der Duft aus der Tasse, die er ihr kurz unter die Nase hielt, erweckte sie zu mürrischem, zerzaustem Leben. Als sich die

Finger, mit denen sie ihr Gesicht abschirmte, etwas spreizten, sah er Wimpern, die sich hoben, herabfielen und sich wieder hoben. Mit einem hörbaren Schnuppern drückte sie sich auf dem Ellbogen hoch. »Schokolade«, sagte sie heiser und griff nach der Tasse.

Er lehnte sich lächelnd zurück, als sie sich eine Handvoll nerzbraunes Haar aus dem Gesicht schob. Beim ersten Schluck schloss sie wieder die Augen, und ihr Gesichtsausdruck ließ seinen Körper reagieren. Dreimal hatten sie einander letzte Nacht genossen, aber ein neuer Tag brachte neue Gelegenheiten. Und schließlich waren sie bereits im Bett.

»Ich glaube fast, du hast Schokolade lieber als mich«, sagte er neckend.

Sie ließ die Tasse sinken und sah ihm in die Augen. »Nein.« Sie räusperte sich. »Tue ich nicht.«

Die Farbe, die ihr jetzt in die Wangen stieg, fesselte ihn. »Du wirst rot?« Sie war letzte Nacht so wunderbar unbefangen gewesen.

»Nicht aus Scham«, sagte sie leise.

»Nein«, stimmte er zu, genauso leise. »Das wäre wirklich dumm.«

Sie sahen sich immer noch an, es war irgendwie magnetisch: behaglich und doch alles verzehrend. Er spürte nicht das Bedürfnis, wegzusehen, und sie senkte ihre Augen nicht. Vielleicht fühlte sich Besessenheit so an. Ja, dachte er: Er war komplett besessen von der Frau, die er geheiratet hatte. Und es wurde immer heftiger.

Sollte ihn das nervös machen? In der Vergangenheit war das so gewesen. Er wusste nicht mehr, warum. Dieses Erröten, so wunderschön … In jedem Augenblick, in dem er sie ansah, schien sie ihm etwas Neues zu bieten. »Trink«, sagte er.

Sie hob eine Augenbraue und folgte seiner Aufforderung

dann mit Begeisterung. Früher einmal hatte sie geschlürft. Nicht mehr. Der Dreck war weg, ihr Akzent wurde schwächer, sie fiel nicht mehr über das Essen her, als hätte sie Angst, jemand könnte es ihr wegnehmen. Oft ertappte er sich selbst dabei, dass er ihre Wurzeln vollkommen vergaß.

Das heißt – er hatte eigentlich nicht vergessen, woher sie kam. Aber in letzter Zeit hatte er aus Gründen über sie gestaunt, die nichts mit ihrer Herkunft zu tun hatten. Er bewunderte nicht den scharfen Verstand eines Fabrikmädchens oder dass ein Fabrikmädchen raffinierte literarische Methoden erfassen konnte. Er bewunderte einfach sie: eine Frau von ungewöhnlicher Klugheit, die keine Angst vor Meinungsverschiedenheiten hatte, ihm aber auch großzügig entgegenkam, wenn er ein vernünftiges Argument vorbrachte. Eine intelligente, kluge, angenehme Gesellschaft.

Eine köstliche Gesellschaft. Sie gähnte, zeigte ihre kleine rosa Zunge und hielt sich dann die Hand vor den Mund, wie ein Kätzchen, das man einfach berühren muss. Er schnappte sich eine Locke von ihrem Haar und rieb die seidigen Strähnen. Wie sittsam sie aussah, wie klein in seinem Bett. Was für eine trügerische Zerbrechlichkeit. Wenn sie eine Anwandlung bekam, konnte sie jemanden genauso heftig zusammenstauchen wie ihr Vater.

Das gab ihm zu denken. Vielleicht war es kein Zufall, dass die erste Frau, die seit Jahren sein wirkliches Interesse weckte, auch die erste war, die ihn so hart kritisierte. Er war nicht der Typ, der den Kopf in den Sand steckte. Er erkannte deutlich, dass seine Gefühle für Nell vielleicht das Echo seines alten Kampfs gegen Windmühlen war. Wenn sie ihn missbilligte, hatte sie mehr als nur flüchtige Ähnlichkeit mit Rushden – dem er alles hatte recht machen wollen, bis ihm endlich klar geworden war, dass das nur auf Kosten seiner eigenen Seele ging.

Er strich ihr das Haar hinters Ohr, und sie sah ihn mit gerunzelter Stirn an. Paradox, dass ihre Missbilligung eine ganz andere Wirkung auf ihn hatte. Es weckte in ihm den frustrierenden, gierigen und nervtötend intensiven Wunsch, ihr zu gefallen. Und er wollte den Schlüssel zu ihrem Vertrauen finden – und wenn das nicht funktionierte, den Punkt, auf den er mit dem Hammer schlagen musste, um sie aufzubrechen.

»Was ist?«, fragte sie. Er hatte sie zu aufmerksam angestarrt. »Habe ich irgendwo Schokolade?« Sie rieb sich die Mundwinkel und sah verlegen und äußerst feminin aus.

»Nein«, sagte er. »Keine Schokolade. Nur du.« Und das, fürchtete er, war genug.

Ihr Erröten breitete sich über den Hals in das weiche Gebiet unter der Bettdecke aus, die sie sich unter die Arme geklemmt hatte. Ihm fiel wieder ein, dass er sich schon einmal über dieses Erröten gewundert hatte. Er zog an der Decke, und sie quietschte und wich vor ihm zurück. »Hey, was soll das?«, fragte sie.

»Nur die Neugier eines Ehemannes. Hatte ich nicht erwähnt, dass ich unbedingt wissen muss, wie weit dein Erröten sich ausbreitet?«

»Oh.« Sie sah ihn einen Moment lang an, bevor sich ein spitzbübisches Lächeln auf ihren Lippen zeigte. »Nun«, sagte sie und stellte die Tasse weg. »Warum findest es du es nicht einfach heraus?«

Etwa zwei Stunden nachdem sie aufgewacht waren, führte Simon seine neue Frau aus seinen Gemächern in das Frühstückszimmer. »Ich meine es ernst«, sagte er und versuchte ihr Lachen zu übertönen. »Ich werde dich über die eine oder andere Schwelle tragen müssen. Es ist ein Skandal, dass ich dich nicht einmal in meine Gemächer getragen habe. Keine Ahnung, woran ich letzte Nacht gedacht habe.«

Funkelnd sah sie unter ihren Wimpern hervor und sagte: »Oh, mir würden da ein oder zwei Dinge einfallen, die du im Kopf hattest.« Mit verstellter tiefer Stimme machte sie ihn nach. »Du hast ja ziemlich lange gebraucht«, sagte sie barsch.

Er lachte sie an. Er war der ganzen Welt wohlgesinnt, zu erstaunt über sein Glück, über die wunderbare Güte, die das Schicksal ihm in Gestalt dieser Frau zugedacht hatte. »Pass bloß auf«, sagte er. »Ich hätte dich schon vor langer Zeit einfach über die Schulter werfen und in jener ersten Nacht zur Polizei bringen können.« Die Erinnerung daran erstaunte ihn jetzt. Was für ein Glück für ihn, dass er das nicht getan hatte. So leicht hätte er sie verlieren können.

»Du kannst froh sein, dass ich nicht abgehauen bin«, gab sie unverzüglich zurück. »Wäre ich nicht so freundlich gewesen, zu trödeln und mit dir zu plaudern, hätte ich das ziemlich gut hingekriegt.«

»Ich wüsste gern wie«, sagte er. »Ein Schrei von mir und das ganze Haus hätte zu den Waffen gegriffen.«

Sie schnaubte. »Genau hier«, sagte sie und wedelte vor seiner Nase herum. Sie hatten den Anfang der Treppe erreicht. »Ich wäre das Geländer heruntergerutscht, all deine Diener hätten mit offenem Mund zugesehen, und dann wäre ich zur Tür hinausgeflattert.«

»Dieses Geländer?« Skeptisch sah er daran hinunter. »Glücklicherweise hast du dich entschieden zu trödeln. Du hättest dir den Hals gebrochen.«

Sie schnaubte wieder. »Dieses Geländer ist ja wohl wie geschaffen, um daran hinunterzurutschen, St. Maur.«

Er öffnete den Mund, stutzte jedoch bei einer vagen Erinnerung, die ihn zum Lachen brachte. »Du hast recht.« Als Kind hatte er genau das gedacht: Es war das perfekte Geländer. Er hatte es natürlich nie getan. Schon bald hatte er begriffen, dass

Geländer in diesem Haus noch nicht mal dafür gemacht waren, sie anzufassen. Ein richtiger Gentleman stieg die Treppen geradewegs, ernst und unbeeindruckt von jedem Hindernis hinunter, und sei es, dass eine Stufe fehlte.

Eine schalkhafte Idee ergriff von ihm Besitz. »Lass es uns tun«, sagte er. Warum nicht?

Ungläubig lächelte sie. »Das kannst du nicht ernst meinen.«

»Bei Gott, diesen Satz hätte dir niemand beibringen dürfen«, sagte er. »Jetzt klingst du wie jede andere ausgestopfte Lady.«

Ihre Augen wurden schmal. »Ausgestopft bin ich also? Ich wette, du fällst bei der erste Kurve runter.«

Er beäugte den Höhenunterschied an besagter Kurve. Bis zu den Marmorfliesen darunter waren es gut drei Meter. Man konnte sich ohne Probleme den Kopf aufschlagen. »Bei der Ehre der St. Maurs will ich das nicht hoffen. Aber es gibt wohl nur einen Weg, das herauszufinden.« Er hob ein Bein über das Geländer und setzte sich.

Sie schrie auf. »Nein! Ich meinte es nicht …«

»Ernst?«, beendete er ihren Satz und ließ los.

Wie fliegen. Keine Reibung, seine Diener waren zu gut ausgebildet. Sie ölten dieses Geländer bei Tag und Nacht. Nell kreischte immer noch über ihm. Er lachte, als er sich in die Kurve legte, hocherfreut und sich gleichzeitig bewusst, wie absurd es war, sich bei einem kindlichen Spiel kaputtzulachen. So ein simples Vergnügen. Solche Freude.

Er war um die Kurve. Jetzt war er in Sicherheit und raste mit erschreckender Geschwindigkeit auf das Ende der Treppe zu. Sein Körper erinnerte sich noch daran, wie es ging: Er stieß sich vom Geländer ab und landete vor der Treppe auf den Füßen.

Er drehte sich um. Nell stand oben an der Treppe, die Hände vor den Mund geschlagen.

»Anmutig wie der Wind«, rief er zu ihr hoch.

Sie stemmte die Hände in die Hüften. »Wohl eher wie ein Irrenhäusler!«

»Und du bist eine Angeberin. Nur leeres Gerede. Nichts dahinter.«

Er sah selbst aus der Entfernung, wie sie plötzlich ihr Kinn vorschob. Wieder musste er lachen, als sie zum Geländer stakste, ihre Bewegungen abgehackt vor Wut.

Aber sie konnte sich nicht mit der gleichen Leichtigkeit auf das Geländer setzen wie er. Natürlich. Die Röcke waren ihr hinderlich.

Sorge überschattete seine Heiterkeit. »Tu es nicht«, sagte er. »Es war nur Spaß. Du hast nicht die richtigen Kleider an, um …«

Nell setzte sich in Bewegung.

Er wollte die Treppen hinaufrennen, aber sie war zu schnell. Die Wahrscheinlichkeit, sie aus dem Gleichgewicht zu bringen, war genauso hoch, wie sie abzufangen. Fieberhaft überlegte er, wo er sich am besten hinstellen müsste, um den Sturz zu dämpfen, falls sie fallen sollte.

Aber sie jauchzte. »Ich komme!«, rief sie, und er wusste, dass sie es schaffen würde.

Jetzt lachte er auch – vor Erleichterung und Freude zugleich – und trat zurück, um ihr Platz für die Landung zu machen.

Sie landete mit einer fast perfekten Bewegung auf den Füßen. Nur hatte sie noch solchen Schwung, dass sie direkt in seine Arme taumelte.

Doch, dachte er, insgesamt eine perfekte Landung.

Sie atmete heftig, ihr Gesicht war erhitzt, und ihre Augen funkelten. »Ich hab's ja gesagt«, grinste sie. »Ich wäre davongekommen.«

»Und ich hätte dich trotzdem erwischt.« Als er die Aufmerksamkeit auf ihren Mund konzentrierte, erinnerte er sich mit freudigem Erschrecken, dass sie verheiratet waren. In diesem Haus konnte er sie überall küssen, wo er wollte.

Er beugte sich zu ihr hinab. Ihre Pupillen weiteten sich, und während sie sich auf die Zehenspitzen stellte, legte sie die weichen Hände auf seine Ellbogen und zog ihn näher zu sich heran. Ihre Lippen berührten sich, eine warme Erinnerung, zu süß, um nicht das Vorspiel zu etwas mehr zu sein.

»Nach oben«, murmelte er in ihren Mund und spürte ihr lautloses Lachen warm an seinen Lippen. Er drehte sie herum und schob sie die Treppen wieder hinauf, als hinter ihm ein dezidiertes Räuspern ertönte.

Hemple. Verdammt sei diese Frau. An jedem anderen Tag hätte Simon sie ignoriert, aber heute nicht. Seufzend verlagerte er die Hand von Nells Hüften an den schicklicheren Platz auf ihrem muskulösen Oberarm. »Mrs Hemple«, sagte er. Die Lehrerin war rosa angelaufen. »Gerade habe ich Ihren Schützling für Sie geholt.«

»Was für ein Zufall«, sagte die alte Dame und starrte angestrengt zwischen ihnen hindurch. »Es ist ein wichtiger Tag für Ihre Ladyschaft. Ein wirklich bedeutender Tag. Wir dürfen keine Minute verlieren.«

Er spürte die Anspannung seiner Frau. »Was ist denn heute?«, fragte Nell.

Verdammt, hatte er etwa vergessen, es ihr zu sagen? Er ergriff ihre Hand und küsste sie entschuldigend. »Heute«, sagte er, »wirst du in die Gesellschaft eingeführt.«

Nell ging wie betrunken durch den Tag. Sie konnte nur an Simon denken. Hemple prüfte sie auf Herz und Nieren und verlangte, dass sie alle möglichen Situationen durchspielte –

wie man sich verhielt, wenn man einer anderen Countess vorgestellt wurde (einer *anderen* Countess!), einer Marquise, einer Prinzessin oder einem elenden Baron, der kaum einen Knicks verdiente. (Was für eine unglaubliche Vorstellung! Ein paar der erlauchten Herrschaften hatten einen niedrigeren Rang als sie!) Nell knickste wie ihr geheißen, ihr Körper nahm das alles kaum wahr. Er schien nicht mehr ihr zu gehören. Allein beim Gedanken an ihren Mann begann er zu pulsieren.

Sich für eine Gesellschaft anzuziehen war keine geringe Aufgabe. Es begann direkt nach einem späten Tee, als Sylvie, nervös wie ein umherflatternder Vogel, sie nach oben zog, um ein Kleid auszusuchen. Offensichtlich hatte Simon sie mit der Aussage in Aufregung versetzt, dass es sich um eine kleine, aber sehr exklusive Party handelte.

Exklusiv war das Wort, das Sylvie beunruhigte. Das rosa-violette Satinkleid war raffiniert, aber die Volants waren zu frech, um elegant zu sein, wandte sie ein. Das aus saphirblauem Samt würde im elektrischen Licht bei den Allentons entsetzlich aussehen, man sollte es besser für Gaslicht zurücklegen. Das lavendelfarbene Taftkleid, war das nicht zu mädchenhaft? Aber das aus smaragdgrüner Seide mit den pfauenblauen Einschüssen und dem Überrock aus grünem Tüll – das war spritzig und doch auf feminine Weise mysteriös und würde ganz sicher einen eleganten Eindruck machen.

Nell hatte nicht gewusst, dass Kleidern solche Persönlichkeiten innewohnten, und erleichtert äußerte sie endlich ihre Zustimmung. Sie stand auf, um ein Hemd aus feiner Seide anzuziehen und sich auf das Schnüren des Korsetts vorzubereiten.

Als sie die wollene Unterwäsche auszog, wandte Sylvie hastig die Augen ab. Nell sah suchend an sich hinunter und entdeckte einen Knutschfleck auf ihrer Brust.

Sie spürte, wie ihre Wangen Feuer fingen. Und als sie sich eine halbe Stunde später an den Toilettentisch setzte, damit Sylvie ihr Haar machen konnte, war die Röte noch nicht aus ihrem Gesicht gewichen. Dieses fiebrige Mädchen da im Spiegel, mit den strahlenden Augen – das Mädchen, dessen Knie beim Gedanken an die letzte Nacht weich wurden –, war das wirklich sie? So lange hatte sie geglaubt, der einzige sichere Weg, einen Mann zu lieben, war, ihn weniger zu lieben als er einen selbst. Aber der Leichtsinn, der von ihr Besitz ergriffen hatte, ließ keinen Raum für Vorsicht.

Sie waren verheiratet. Das gab ihr doch wohl Sicherheit genug, um alles zu fühlen, was sie wollte?

Sylvie drehte ihr Haar zu einem Knoten zusammen und legte dann eine feine Kette aus Smaragden darum, die wie grüne Sterne funkelten. »Sehr elegant«, verkündete sie.

»Halb nackt«, setzte Nell entgegen. Das Kleid hatte lange, eng anliegende Ärmel, doch der Ausschnitt war sehr tief, und ihre Brüste standen hervor wie zwei frisch gebackene Muffins.

»Elegant«, sagte Sylvie entschieden. »Wie eine Countess.«

»Wunderschön«, erklang eine leise Stimme in der Tür.

Simon, lang und schlank in einem schwarzen Abendanzug, kam mit einer ledernen Schachtel in der Hand näher. Er ging einmal um sie herum, ein Lächeln spielte um seine Lippen. »Natürlich auch elegant«, sagte er, »aber das Wort ist zu blutleer und passt nicht zu dir.«

Sein Mund hatte eine wunderschöne Form. Volle, perfekt gemeißelte Lippen. Sie wünschte, er würde sie nicht für Schmeicheleien verschwenden. Man konnte so viel bessere Dinge damit tun.

Ihre nächsten Worte klangen heiser. »Danke, das ist sehr freundlich.« Mrs Hemple hatte ihr beigebracht, dass eine Lady nicht über Komplimente stritt.

Sein Lächeln wurde für einen Augenblick breiter, bevor es verschwand. »Das ist für dich«, sagte er mit einem anderen Ton, förmlicher.

Nell spürte ein leichtes Unbehagen, als er die Schachtel öffnete – irgendetwas an seinem Verhalten beunruhigte sie. Aber der Inhalt in dem mit Samt ausgeschlagenen Fach nahm ihr alle Bedenken.

An der Kette hingen Smaragde in der Größe von Rotkehlcheneiern. Die Steine am Armband waren nicht viel kleiner. Im Licht wurden sie lebendig und funkelten so strahlend, dass Nell kaum wagte sie zu berühren, aus Angst sich zu verbrennen.

Eine Königin könnte diese Juwelen tragen.

»Sie haben immer der Countess of Rushden gehört«, sagte Simon. »Deine Mutter hat sie getragen. Das Armband hat sie besonders geliebt. In vielen meiner Erinnerungen an sie …«

Nell sah auf, als er verstummte. Seine Miene war ausdruckslos, aber sie ließ sich nicht davon täuschen. Er hatte ein Händchen dafür, seine Gefühle zu verbergen, wenn sie überhandnahmen.

»Ich habe die Countess geliebt, ja«, sagte er leichthin. »Jetzt gehören sie dir.«

Sie hatte keine Ahnung, warum ihr plötzlich Tränen in die Augen traten. Sie sah zu ihm auf und berührte sein Gesicht. Simons Blick war tiefer und ernster, als sie es je gesehen hatte. »Ich danke dir«, sagte sie.

Als Nell sich zum Spiegel umdrehte, bekam sie einen Kloß im Hals. Sie beobachtete, wie er ihr die Kette um den Hals legte. Er küsste ihren Nacken, eine leichte, warme Berührung, die ihr eine Gänsehaut verursachte. Seine Finger glitten über ihre Hand, als er ihr das Armband überstreifte, das langsame Streicheln wie ein Versprechen.

Die Frau im Spiegel errötete. Sie holte tief Luft und lächelte dann – ein sonderbares, weises Lächeln. Erschrocken erkannte Nell dieses Gesicht plötzlich wieder.

Das war kein Fabrikmädchen, das sie im Spiegel sah, sondern eine Frau mit Juwelen um den Hals, eine Frau, die zuversichtlich in einer stolzen Kutsche fuhr und in deren Augen Selbstvertrauen lag.

Sie hatte diese Lady schon einmal gesehen, auf einer Fotografie in einem Schaufenster.

Der Salon der Allentons war mit Kerzen beleuchtet. Von der hohen Decke blickten rosige griechische Götter hinab auf die Gäste, die in Samt und Seide glänzten. Der Goldbrokat der Damastpolster glitzerte im gedämpften, unsteten Licht, Juwelen blitzten an Hälsen und Handgelenken. Ein süßer, dezenter Duft lag in der Luft. Die sanften Klänge eines hinter ein paar Farnen verborgenen Geigers wetteiferten mit dem angenehmen, gleichmäßigen Murmeln der Konversation.

Nell zog sich der Magen zusammen, und sie blieb zögernd an der Schwelle stehen. Das war der perfekte Traum von Reichtum. Luxus, Lächeln und leises, dezentes Lachen von rechts und links. Diese Leute hatten absolut keine Ahnung, dass sie gleich ein Fabrikmädchen kennenlernen und sogar vor ihr knicksen würden.

Simon beugte sich zu ihr. »Dies ist dein Platz«, murmelte er.

Sie zwang sich ein Lächeln auf die Lippen. »Ich bin nicht nervös«, log sie. Sie war kein Feigling. Mit einem tiefen Atemzug ging sie über die Schwelle.

»Lord Rushden!«

Sanft lenkte Simon sie ihrer Gastgeberin entgegen, einer kleinen und molligen älteren Dame mit kastanienbraunem Haar und den unscheinbaren, aber angenehmen Gesichtszügen einer Madonna.

Sobald die Frau Nell erblickte, verschwand ihr gelassenes Lächeln. »Ich …« Lady Allenton straffte sich und sah rasch von einem zum andern. »Lady Katherine, guten Abend.«

»Oh, ich fürchte, das ist ein Missverständnis«, sagte Simon höflich. »Lady Rushden, darf ich Ihnen Lady Richard Allenton vorstellen? Lady Allenton, meine Frau, die Countess of Rushden.«

Als Nell ihr Stichwort hörte, sah sie ihren Arm wie den eines aufgezogenen Roboters nach vorn schießen. Harmonisches Gleichgewicht, tadelte Mrs Hemple mit unhörbarer Stimme.

Aber ihre Gastgeberin war zu verdutzt, um auf die Feinheiten ihres Auftritts zu achten. »Mein Gott«, sagte die Lady. Helles Rot erblühte auf ihren Wangen, als sie Nells Hand ergriff. Sie drückte sie leicht und ging etwas in die Knie.

Da: der erste Knicks. Er löste eine ansteigende Welle von Heiterkeit in Nell aus. Jemand mit dem Namenszusatz Lady hatte vor ihr geknickst.

Simon stupste sie unmerklich mit der Schulter an. Ach ja. Nell befeuchtete ihre Lippen. »Wie geht es Ihnen?«, sagte sie.

»Sehr gut«, antwortete Lady Allenton atemlos. »Ich hatte ja keine Ahnung – ich meine, ich wünsche dir alles Gute, Kitty.« Sie presste die Lippen aufeinander und korrigierte sich: »Lady Rushden.«

Nell stockte der Atem. »Lady Allenton«, sagte Simon sanft. »Ich fürchte, Sie verwechseln meine Frau mit ihrer Schwester.«

Die Lady klammerte sich kurz an Nells Hand fest und ließ sie dann genauso schnell wieder los. Mit riesigen Augen trat sie einen Schritt zurück. »Ich …« Sie schluckte. Schüttelte den Kopf. Dann ließ sie ein kleines Lachen hören. »Habe ich mich verhört? Ich verstehe nicht ganz …«

»Vergeben Sie mir«, sagte Simon, »dass ich Ihnen die Neuigkeit so unvermittelt eröffne.«

Nell wagte einen Seitenblick zu ihm. Simon sah sie an, in den Mundwinkeln den Hauch eines Lächelns. Er sah verdammt lustig aus. Sie versuchte, das Lächeln zu erwidern, aber ihre Lippen gehorchten ihr nicht.

»Nun!« Lady Allenton schüttelte noch einmal den Kopf und verstummte dann, die Augen aufgerissen wie ein Pfaffe im Angesicht des Teufels. In der Halsmulde schlug sichtlich ein Puls. Würde sie sie hinauswerfen? Würde sie die Polizei rufen? Würde sie … »Du kluger und ungezogener Junge«, sagte sie und sah Simon amüsiert an.

Nell atmete aus. Simons Grübchen kamen zum Vorschein. »Was soll ich sagen?«, gab er zurück.

»Ich kann es mir nicht einmal ansatzweise vorstellen.« Lady Allenton richtete ihren Blick wieder auf Nell. »Ich … welche Freude! Wahrscheinlich erinnern Sie sich nicht …« Ihre Worte wurden schneller, stolperten hastig übereinander. »Ich kannte natürlich Ihre Mutter, aber Sie waren noch so klein, nein, Sie erinnern sich sicher nicht, aber danach waren wir am Boden zerstört, so ohne Hoffnung …« Plötzlich biss sie sich auf die Lippen, aber ihr fragender Blick wanderte noch immer über Nells Gesicht. »Ich muss Sie einfach fragen«, brach es aus ihr hervor. »Wo haben Sie nur die ganze Zeit gesteckt?«

»Da bist du ja!« Ein draller, rothaariger Mann tauchte neben Simon auf und schlug ihm auf die Schulter. Er warf der erstarrten Gastgeberin einen komischen Blick zu und sah dann Nell an. »Oh«, sagte er und schluckte geräuschvoll. »Wirklich … ja wirklich. Lady Rushden?«

»Lady Rushden«, sagte Simon gelassen. »Mylady, das ist Lord Reginald Harcourt, ein alter Freund.«

Nell streckte mutig die Hand vor, aber der Rotschopf war ihr zuvorgekommen und hatte sich schon verbeugt. »Wahnsinnig froh, sie kennenzulernen«, sagte er, als er wieder oben war. Mit dem Grinsen auf seinem Gesicht erinnerte er sie an einen Springteufel. Sie kannte diesen Typ. Unternehmungslustig, fröhlich: Er würde sich in einem Pub wohl fühlen, an der Bar mit den Jungs Seemannslieder singen und sich nach dem fünften oder sechsten Glas vielleicht sogar prügeln. »Du willst den Laden ein bisschen durcheinanderbringen, nehme ich an?« Mit Blick auf Lady Allenton zog er eine Augenbraue hoch. »Das erste Opfer?«

»Mir geht es sehr gut«, murmelte Lady Allenton.

»Daran zweifle ich nicht«, stimmte der Mann zu. »Das wird der Abend des Jahres, oder? Der Titel ist nicht so einfach zu erlangen, sobald Juni in Sicht kommt, aber anscheinend hat Rushden das für Sie klargemacht.«

Diese Worte schienen Lady Allenton aufzuscheuchen. Sie blickte um sich, als wäre sie gerade wach geworden. Als sie sich wieder Nell zuwandte, wurden ihre Augen schmal, aber plötzlich erschien ein Lächeln auf ihrem Gesicht, ein perfekter Ausdruck von Freude.

»Was für eine Ehre«, sagte sie. »Was für eine Ehre, dass Sie meine kleine Party ausgewählt haben, um dieses … dieses Wunder zu verkünden!« Ihr zwitscherndes Lachen gewann an Stabilität und lag knapp vor robustem, beständigem Entzücken. »Oh, Lady Rushden, Sie müssen mir erlauben, Sie vorzustellen.«

Und so ging Nell von ihrer Gastgeberin geführt von Grüppchen zu Grüppchen. Die ersten Gäste, denen sie vorgestellt wurde, begrüßten Nell verwirrt und dann schockiert, genau wie Lady Allenton. Aber während sie voranschritten und immer wieder erstaunte Ausrufe ertönten, begriff es langsam der ganze Raum. Die vornehme Atmosphäre wurde von einem schrillen, immer hektischer werdenden Schwatzen abgelöst, das den Klang der Violine übertönte. Nur zwei Worte konnte man immer wieder aus dem Stimmengewirr heraushören: *Cornelia Aubyn*. Zu ihrer eigenen Überraschung war Nell entspannt. Sie amüsierte sich sogar. Mrs Hemple hatte diesen Abend als einen Test betrachtet, aber Simon hatte richtiger gelegen: Es war weniger ein Test als ein Spektakel, und ihre Rolle dabei war ziemlich einfach. Jede neue Person, der sie ihre Hand entgegenstreckte, machte einen oberflächlichen Knicks und trat dann zurück, um sie mit aufgerissenen Augen anzugaffen. Simon erledigte den Rest: Er führte die verblüfften Gäste durch ihre Zweifel bis hin zur Begeisterung, wehrte gewandt die tiefer gehenden Fragen zu ihrem bisherigen Aufenthaltsort ab, lachte häufig und reichlich, bis seine Gesprächspartner ebenfalls lachten. Und er klärte die Situation, wenn jemand ihr eine Frage stellte, die sie absolut nicht beantworten konnte: »Nein, sie ist nicht sehr jagdbegeistert, aber was für eine wundervolle Einladung, und ja, ich arbeite daran, sie umzustimmen.«

»Ich glaube, das Kleid ist von Worth, aber Madame Poitiers hat es geändert, Sie wissen ja, dass sie ein Talent dafür hat, die harten französischen Ecken abzumildern.«

»Oh nein, wir haben gerade letzte Nacht darüber gesprochen, sie hat bisher keinen Favoriten, aber ich wette, dass Hunsdowns Fohlen das Rennen macht.«

Unsinn, kluger Unsinn, hübsch in Simons leise, sanfte Stimme verpackt. Er war ein verdammtes Genie mit diesen Leuten, cleverer als ein Trickbetrüger, beliebter als Whisky in einem Raum voller Iren. Die Leute waren vernarrt in seine Bemerkungen. Sie hofierten ihn, und er belohnte sie dafür, teilte allen, die davon wollten, freigebig seinen Charme aus. Mit der freien Hand flirtete er, berührte flüchtig die Handgelenke der Damen und schlug den Herren männlich auf die Schultern. Er strahlte Anerkennung, Belustigung, Zugehörigkeit aus, und die Leute scharten sich um ihn wie Sterne um den Mond. Unter seinem

Einfluss verwandelte sich die brennende Neugier auf ihre Person in simple Herzlichkeit. Die Leute betrachteten sie ein zweites Mal und erblickten nicht mehr die groteske Überraschung, sondern eine herrliche Entdeckung, Rushdens Entdeckung.

Als jemand ihr ein Glas Champagner in die Hand drückte, prostete Nell ihm schweigend zu, gratulierte ihm zu seiner Klugheit. Mit lachenden Augen blickte er sie an, und unter dem Vorwand, ihr etwas ins Ohr zu sagen, streifte er mit den Lippen ihre Schläfen. »Weiter so«, sagte er. »Du machst es wunderbar.«

Sie errötete über das Kompliment, auch wenn sie es kaum verdiente. Aber bei diesem Affenspektakel merkte niemand, ob ihre Vokale auf gewissen Silben gelegentlich kippten oder dass sie sich einmal vertat und einen Marquis »Ihre Lordschaft« nannte, wie eine Dienstbotin. Aber welch süße Ironie! Ihre Lehrer wären entsetzt gewesen, hätten sie gesehen, wie die reich gekleidete Gesellschaft sie stotternd anglotzte. Als Lady Dingsbums etwas von der wundervollen Berichtigung schrecklicher Ungerechtigkeiten brabbelte, nickte Nell, tätschelte der Frau die Hand und dachte: *Achten Sie auf Ihre Es, Schätzchen, und kommen Sie einer jungen Dame nicht so nah, wenn Sie mit ihr reden. Ist gar nicht vornehm.*

Als diese Lady schließlich ging, nahm eine andere ihren Platz ein: eine Frau in einem scharlachroten Kleid, deren blasses, herzförmiges Gesicht zwischen den anderen untergegangen wäre, hätte Simon nicht kurz gezögert, bevor er sie begrüßt hatte.

Die Viscountess Swanby war groß und hatte dramatische Kurven. Sie nahm die Neuigkeit von Nells Auferstehung mit ungewöhnlicher Gelassenheit auf, nickte, als sie vorgestellt wurden, und fragte dann sofort, ob Simon ihre Einladung zur Vorstellung eines ungarischen Pianisten bekommen hätte.

»Ich danke Ihnen, das habe ich«, sagte er.

Mrs Hemple zufolge sprach man in der Öffentlichkeit nicht über Einladungen, damit die übrigen Anwesenden nicht erfuhren, dass sie vielleicht nicht auf der Gästeliste standen. Die Blonde schien ihren Fauxpas nicht zu bemerken. »Sie dürfen das nicht verpassen«, sagte sie. »Ich glaube, sein *piano* ist eines anderen *pianissimo*.«

Hatte dieser Ungar jemandem das *Piano* geklaut? War *Pianissimo* eine vornehme Klaviermarke? Unsicher blickte Nell zu Simon auf, der nickte. »Sicher, sein Verständnis des Kontrapunkts ist unübertroffen«, sagte er.

Kontrapunkt. Das Wort klang eigentlich ziemlich einfach, Nell hatte jedoch keine Ahnung, was es bedeutete.

Die Viscountess hingegen schien eine sehr genaue Vorstellung davon zu haben. »Oh ja«, schwärmte sie. »Ich habe seit Langem wieder gestaunt über die Verbindung zwischen Musiker und Instrument. Ja …« Ihre Stimme senkte sich. »Niemals hat jemand die Tasten so geschickt und sanft berührt.«

Berührt. In der säuselnden Stimme der Viscountess klang das Wort anzüglich. Nell warf Simon einen scharfen Blick zu und sah, dass er nicht mehr lächelte. Zum ersten Mal an diesem Abend gab er sich keine Mühe, amüsiert auszusehen. »Wirklich?«, fragte er.

»Nun, bisher habe ich es natürlich nur einmal erlebt«, gab die Viscountess zurück. Erschrocken bemerkte Nell, dass die Lady unmerklich an Simon heranrückte. »Aber ich habe es nicht vergessen können.« Ihr eisblauer Blick wanderte an Simons Körper hinunter und landete auf der Höhe … seiner Hände. »Seither habe ich sehnlichst gehofft, ihn noch einmal spielen zu sehen.«

Die böse Erkenntnis traf Nell eiskalt in der Magengrube. Sie hätten dieses Gespräch auch auf Chinesisch führen können, diesen Unterton hätte sie trotzdem verstanden. »Ich könnte mir vorstellen, dass es schwieriger wird, als Sie erwarten«, sagte Nell ausdruckslos. Sie konnte auch eine Botschaft senden. Immerhin hatte sie verstanden, was hier mit *spielen* gemeint war. »Noch eine Vorstellung zu organisieren, meine ich.«

Simons Arm spannte sich deutlich an. *Nein*, dachte sie finster, *ich bin nicht blöd*.

Die Viscountess bedachte sie mit einem abschätzigen Blick. »Hat Lady Rushden denn wahres Interesse an den Künsten?«

»Sie hat einen bemerkenswerten Instinkt dafür«, sagte Simon mit undurchdringlicher Stimme. »Ich würde ihr in allen diesbezüglichen Fragen unbedingt vertrauen.«

Angesichts dieser blutleeren Worte zweifelte Nell eine Sekunde lang an ihrem Verdacht. Aber dann hob die Viscountess die Augenbrauen und verzog die Lippen zu einem höhnischen, überlegenen Lächeln, bevor sie direkt zu Nell sagte: »Wie wundervoll! In der Kunst muss man sich aber doch eine große Vielfalt verschiedener Meinungen wünschen, um die Diskussion etwas anzuheizen. Meinen Sie nicht?«

Der Hohn in ihrer Stimme zerstreute jeden Zweifel. Diese Frau sah in Nell eine Rivalin.

Nell holte stockend Luft. In Bethnal Green würde eine Frau an diesem Punkt ihre Fäuste einsetzen. Ein weiser Ehemann würde sich zurückziehen. Niemand würde sich auf so ein merkwürdiges, indirektes Duell einlassen. »Ich denke, man braucht nur eine Meinung, die richtige, mehr nicht«, sagte sie.

»Wenn Sie uns entschuldigen«, sagte Simon, aber Nell widerstand dem Druck, den er auf ihren Arm ausübte, denn die Viscountess öffnete jetzt den Mund, um zu sprechen, und man drehte einer Schlange nicht den Rücken zu.

»Dann muss ich unbedingt um Ihre Meinung bitten«, sagte die Viscountess zu ihr. »Bei meinem letzten Gespräch mit Lord Rushden hatten wir eine sehr leidenschaftliche Diskussion über Andreassons Klangfarbeneffekte. Ich persönlich glaube, dass Bachs Fugen das sehr gut zulassen, aber vielleicht sind Sie anderer Ansicht.« Ihr Ton war freundlich, aber ihr Blick stach wie Nägel, unnachgiebig und hart, als könnte sie geradewegs die Wahrheit sehen und wüsste, dass Nell nicht die geringste Ahnung von diesen Dingen hatte. »So eine heiße Debatte! Darf ich erfahren, wo Sie stehen?«

»Ich bezweifle, dass sie überhaupt einen Gedanken daran verschwendet hat«, sagte Simon. »Ich gestehe, dass ich nach unserem Gespräch selbst kaum darüber nachgedacht habe. Weder ich noch meine Frau schenken so flüchtigen Erscheinungen des Salonstils viel Beachtung.«

Was immer Simon damit meinte, es hatte die Wirkung einer Ohrfeige, denn die Frau wurde rot und trat einen Schritt zurück. »Ja, ich verstehe Ihr Argument. Meine Güte, ist das nicht Marconi dort hinten? Wenn Sie mich entschuldigen …«

»Oh, wir wollen Sie auf keinen Fall aufhalten«, murmelte Simon.

Die Viscountess machte auf dem Absatz kehrt und stolzierte davon. Nell beobachtete ihren Rückzug. Ihr war schlecht. »Was ist ein Salonstil?«

»Ein Begriff aus der Musik«, sagte Simon. »Nichts weiter.«

Nein, das war es nicht. Ihr Mann hätte auch eine fremde Sprache mit dieser Frau sprechen können – trautes, heimliches Gerede, das Nell niemals verstehen würde. Wie Erwachsene vor einem Kind, dachte sie, die Wörter buchstabierten, damit die Kleinen nichts verstanden.

»Bist du so etwas wie ein Musikexperte?«, fragte sie. Wie wichtig war diese Sache für ihn?

Er zuckte mit den Achseln. »In Kreisen, die nicht viel davon verstehen, hält man mich für einen verlässlichen Kritiker.«

»Aber du schreibst Musik. Du spielst jeden Tag Klavier.« Das deutete wohl kaum darauf hin, dass es nur ein nebensächliches Hobby war.

»Ja.« Eine Falte erschien zwischen seinen Augenbrauen. »Beunruhigt dich das?«

Sie schüttelte den Kopf und schaute blind in den Raum. Sie entdeckte Lady Swanby glatt und selbstzufrieden in innigem Gespräch mit einer Lady in Saphirblau. Ihre blassblauen Augen blitzten im Licht auf, als sie Nell einen kurzen Blick sandte, ohne dass ihr Lächeln ins Wanken geriet.

Und wenn Simon sich irgendwann nach jemandem sehnte, mit dem er über Dinge wie *Klangfarben* sprechen könnte?

»Nell«, sagte er sanft, beharrlich, bis sie ihn schließlich ansehen musste. »Es gibt absolut keinen Grund, wegen irgendeiner der Frauen hier beunruhigt zu sein.«

Ihre Kehle wurde eng. Natürlich, jetzt fühlte er so, aber in drei Monaten, oder sechs, wenn diese Anziehung zwischen ihnen schwächer würde, könnte ihre Unwissenheit ihn stören.

Ein zur Glatze neigender, rundlicher Baron torkelte mit drei Gläsern Champagner auf sie zu. »Ein Hoch«, gluckste er. »Ein Hoch auf Rushdens neueste Entdeckung! Hast du es wieder geschafft, Rush! Hätte ich mir denken können. wenn einer sie finden würde, dann du!«

Nell nahm das Glas mit einem angestrengten Lächeln, der Inhalt schwappte, als die Leute sie umringten und in die Beifallsrufe einfielen. Simon hob seine Champagnerflöte und machte einen Witz, der alle zum Lachen brachte.

Ein sonderbares Frösteln überlief sie. Simon war ein Mann auf einer Party, die ohne ihn begonnen hatte, sich aber jetzt nur um ihn drehte – Nell war vielleicht nur ein Vorwand für die natürliche Ordnung der Dinge: Leute drängten sich um ihren Mann, um sich in seiner Gunst zu sonnen.

Sie sah in ihr Glas, auf die Blasen, die aufstiegen und zerplatzten. Er hatte behauptet, dass sein Ruf zu schlecht war, um eine konventionellere Braut zu gewinnen, dass kein Vater ihn akzeptieren würde, dass die Leute schlecht über ihn redeten. Sie glaubte nicht einmal, dass er sie angelogen hatte, aber offensichtlich belog er sich selbst.

Sie fragte sich, weshalb er seine Aussichten so düster eingeschätzt hatte.

Sie fragte sich, ob diese düsteren Aussichten erklärten, warum er nicht in besseren Kreisen nach einer Braut gesucht hatte.

Dann ertränkte sie den bösen Gedanken in einem großen Schluck Champagner.

Eine Stunde später, es herrschte noch immer gute Stimmung, betrat ein Mann den Raum und begab sich direkt zum Klavier, wo er seine Rockschöße hinter sich warf und auf dem Hocker Platz nahm.

»Ah«, sagte Lady Allenton und stellte sich wieder an Nells Seite. »Andreasson ist so gnädig zu erscheinen!« Sie richtete einen erfreuten Blick auf Simon, deutlich zufrieden mit ihrer Party. Würde sie noch heller strahlen, hätte man die Kerzen löschen können. »Ihre Entdeckung bezaubert noch immer«, sagte sie zu ihm. »Ich finde seine Musik wirklich … transzendent.«

Nell seufzte. Ihre Stimmung hatte sich etwas gebessert, der Anlass war zu fröhlich, der Ort zu schön, um lange zu schmollen. Aber wenn jetzt wieder alle über Musik sprachen, brauchte sie noch ein paar Gläser Schampus, um Haltung zu bewahren.

Der Pianist schlug ein paar Töne an, testete das Instrument. Stille senkte sich – allmählich und nicht komplett, einzelne Stimmen waren hier und da zu hören. Simon nutzte die Gelegenheit, um sie nach hinten an die Wand zu ziehen und ein, zwei Schritte Abstand zur Gastgeberin zu gewinnen. »Alles in Ordnung?«, fragte er.

»Mir geht es gut«, sagte sie, und solange sie seine Hand auf ihrem Arm spürte, meinte sie das auch.

Er lächelte. »Was hältst du von dem Haufen hier?«

Nell hatte das Gefühl, sie wäre durch einen Schwarm Schmetterlinge gelaufen, die alle vor ihrem Gesicht herumflatterten, um von ihr bemerkt zu werden. Meist harmlos. Meist amüsant. »Sie sind freundlich«, sagte sie. *Aber nicht wegen mir.*

Ein Akkord wie ein Donnerschlag zerteilte die Luft. Das letzte Geplapper verstummte. Die nun folgende Pause war einschneidend vor Erwartung. Und dann wurde diese Erwartung von Andreasson erfüllt. Er hämmerte in die Tasten und ließ eine Art dunklen und dynamischen Marsch erklingen, jedenfalls fand Nell das. Brutal und nervenaufreibend. Von der Sorte, die einem Kopfschmerzen bereitete.

Aber die Leute schienen es zu mögen. Bestimmt die Hälfte der Blicke, die sie bis eben bedrängt hatten, lagen jetzt auf dem Klavier. Anerkennendes Nicken von allen Seiten, beifällige Blicke auf nachdenklichen Gesichtern.

Sie biss sich auf die Lippen. Sie wusste auch ohne Mrs Hemple, dass es unhöflich wäre zu lachen.

Simon beugte sich zu ihr. »Wie findest du es?«

»Ich finde, er spielt nicht halb so gut wie du.«

»Das stimmt nicht«, sagte er. »Aber die Technik beiseite – seine Kompositionen sind sehr innovativ.«

Das großkotzige Gerede ärgerte sie. Schließlich sprach er nicht mit Viscountess Swanby. »Ich kann gern mal für dich auf ein paar Blechtöpfen herumschlagen«, bot sie an. »Gilt sicher als sehr originell, wenn ich das in deinem Salon tue.«

Er prustete. Leute drehten sich um, und er lächelte sie an. »Mit solchem Gerede wirst du meinen Ruf ruinieren.«

Jetzt machte er Witze. »Wenn dieser Pianist das noch nicht geschafft hat, würde ich sagen, du sitzt fest im Sattel.«

Sein Lächeln wurde etwas schwächer, aber sanfter, inniger, wie der Blick, mit dem er sie heute Morgen im Bett angesehen hatte. »Du hast noch nicht gelernt, wann man lügen sollte.« Langsam, als würden die Worte aus ihm herausgezogen, fügte er hinzu: »Ehrlich gesagt, Nell, hoffe ich, du lernst es auch nicht.«

Sie ertappte sich dabei, wie sie ihn anstarrte. Beunruhigender Gedanke: Da war etwas Begieriges in seinen Augen, was nicht nur Verlangen war. Es war zu zärtlich, zu … liebevoll.

Unter diesem Blick erwachten geheime Orte in ihr flatternd zum Leben. *Sieh mich für immer so an*, dachte sie. Wenn er sie immer so ansähe, würde sie absolut alles über Musik lernen.

Ein düsterer Gedanke meldete sich störend: Vielleicht sah er sie an, aber wenn er glaubte, sie könne nicht lügen, dann sah er eine Frau, die nur in seiner Vorstellung existierte. Nell konnte den lieben langen Tag nach Strich und Faden lügen. *Tut mir leid, Michael, nur fünfzehn Schilling diese Woche. Hannah, die Handschuhe sind wunderschön. Simon, mir ist egal, was du mit dieser Viscountess gemacht hast, bei dieser Heirat geht es schließlich nur ums Geld. Ich könnte dich verlassen und würde dir nicht nachtrauern …*

Das Stück ging in das nächste über, und Simons Gesicht wurde im gleichen Moment ausdruckslos, in dem Nell die Musik erkannte: das Stück, das er geschrieben hatte, als man ihm das Herz brach.

Lady Allenton kam näher, offenbar war sie der Meinung, das frisch vermählte Paar habe genügend Privatsphäre genossen. »Hatten Sie schon Gelegenheit, Mr Andreasson zu hören, meine Liebe? Ich hoffe, Lord Rushden ist nicht zu egoistisch und lässt sie an seinen Talenten teilhaben.«

»Noch nicht«, sagte Simon, bevor Nell den Mund aufmachen konnte. »Aber ich habe einen Künstler für unser Hochzeitsporträt im Kopf. Ein sehr ungewöhnliches Talent. Bei all der trügerischen Einfachheit seiner Farbpalette ist seine Pinselarbeit wirklich außergewöhnlich. Das Ergebnis ist von erstaunlicher Pracht.«

»Sie müssen mir unbedingt seinen Namen verraten«, sagte Lady Allenton.

Nell versuchte, das Geplänkel zu entschlüsseln. Die Musik spielte weiter, schmerzend wie eine Wunde, blau wie die Dämmerung im Herbst. Es war zu traurig, um es auf einer Party zu spielen. Zuzuhören war ein schreckliches Vergnügen, wie wenn man nach einem Marsch durch die bittere Kälte eine gefrorene Hand zu dicht ans Feuer hielt.

Aber Lady Allenton wollte mehr von ihrer Aufmerksamkeit. »Argos«, sagte sie, als sie näher rückte. »Mein Lieblingsstück von ihm. Bemerkenswert, nicht wahr?«

»Ja«, sagte Nell sanft.

»Einige behaupten, er sei ein Misanthrop«, fuhr die Frau fort. »Aber ich glaube, es gibt einen anderen Grund für seine Zurückgezogenheit. Eine Krankheit vielleicht. Ein Mann, der solche Musik schreiben kann, muss ein sehr großes Herz haben, glauben Sie nicht? Ich kann mir nicht vorstellen, dass er die Welt verachtet.«

»Wer?«

»Argos«, sagte Lady Allenton. »Der Komponist dieses Stückes.«

»Aber das ist …«

»Ihr Geschmack«, sagte Simon und warf Nell einen so scharfen Blick zu, dass ihr Mund sofort wieder zuklappte, »ist wirklich hervorragend, Lady Allenton.«

Lady Allenton war stolz. »Ja, nun, ich verbringe einen guten Teil des Winters in Paris, wie Sie wissen. In so einer Stadt erfährt man unvergleichliche Bildung, wenn man nur gewillt ist zuzuhören.«

Nell starrte Simon an. Er ließ die Leute in dem Glauben, dass die Musik von jemand anderem war? Bisher war er ihr nicht besonders bescheiden vorgekommen, geschweige denn schüchtern.

Das Stück war vorbei. Es herrschte überwältigte Stille, die erst zögerlich, dann mit wachsender Begeisterung von Applaus durchbrochen wurde. *Klick, klick, klick* machten die Fächer der Ladys, die gegen Ringe und juwelenbesetzte Armbänder schlugen. Andreasson stand auf und verbeugte sich, die Stirn noch immer gerunzelt.

»Oh, haben wir die Darbietung verpasst?«, rief eine süße Stimme, und Simon ergriff Nells Oberarm, als müsste er sie aufrecht halten. Sie sah erschrocken zu ihm hoch und folgte dann der grimmigen Bewegung seines Kinns.

Das Erste, was sie hinter dem Kopf der Gastgeberin entdeckte, war ein großer, sehr dünner Mann, der sie mit offenem Entsetzen anstarrte.

Und dann erblickte sie das Mädchen neben ihm, eine zum Gruß erhobene Hand in der Luft gefroren. Lady Katherines Lächeln zerbröckelte, als sie Nell in die Augen sah.

»Oh, großartig! Ich hatte gehofft, Sie würden kommen«, sagte Lady Allenton.

14

Es gab sie wirklich. Nell hätte Katherine Aubyn ewig zusehen können: wie sie sich bewegte, mit den Händen herumfuchtelte, mit etwas schriller Stimme sprach.

»Das kann einfach nicht wahr sein«, sagte Lady Katherine. »Was ist das für ein Schwindel?« Wütend schritt sie den Teppich in Lady Allentons Bibliothek auf und ab und trat dabei gegen ihre rostbraunen Röcke. Die Gastgeberin hatte ihnen äußerst beflissen und mit der größten Freude – für ihr *historisches Wiedersehen*, wie sie es nannte – einen Raum zur Verfügung gestellt.

Nell für ihren Teil stand steif neben einem Stuhl. Sie fühlte sich, als hätte ihr jemand eine Bratpfanne über den Kopf gezogen. Trotz aller Bemühungen konnte sie keinen anderen Gedanken fassen als: *Es gibt sie wirklich.* Was dumm war. Natürlich gab es sie wirklich. Hatte es je einen Zweifel gegeben?

Aber die Fotografie hatte sie nicht in all ihrer Lebendigkeit gezeigt.

Die Frau, die da auf dem Teppich hin und her lief, hätte Nells Doppelgängerin sein können.

Es kam ihr vor, als würde sie sich selbst beobachten.

Sie konnte nicht wegsehen, obwohl sie ihrerseits ebenfalls angestarrt wurde. Eine korpulente Lady, Katherines Anstandsdame, konnte die Augen nicht von ihr abwenden. Und der Vormund – ein zur Glatze neigender Mann mit näselnder Stimme, der Grimston hieß – gaffte sie aus der Ecke an, wo er mit Simon knapp ein paar Worte wechselte.

Plötzlich machte Lady Katherine eine abrupte Kehrtwendung. Sie hielt die Hände vor der Taille verschränkt, der Blässe ihrer Finger nach zu urteilen ein wütender, fester Griff. »Wer sind Sie«, brach es aus ihr heraus.

»Katherine«, kam eine leise, schmierige Ermahnung aus der Ecke. Sir Grimston trat vor. »Vielleicht sollten wir gehen.«

»Nein.« Katherine kam auf Nell zu. Sie war elegant gekleidet, mit Diamanthalskette, das Haar hoch aufgetürmt, das Gesicht blass, in den Augen ein Hauch von Wildheit. »Sie können nicht … Ich kann nicht …« Zitternd hob sie die Hand, wie um Nells Wange zu berühren, zog sie aber in letzter Sekunde wieder weg wie vor einer Flamme. »Sie sind …«

»Ja«, brachte Nell heraus. »Ich denke schon.«

»Es reicht«, sagte Grimston. »Das ist ein sehr kluger Betrug, Kitty, aber du darfst dich nicht …«

»Ein Betrug«, flüsterte Katherine und starrte sie an. »Sie tragen das Armband meiner Mutter. Ihre Halskette. Sind Sie eine Betrügerin?«

Nell atmete ein und betrachtete die Smaragde um ihr Handgelenk, die makellosen, bis zum Ellbogen reichenden Handschuhe, unter denen ihre Hände, die Sommersprossen, die rauen Schwielen auf den Handflächen verborgen waren. »Nein«, sagte sie sanft. Sie sah auf. »Ich denke nicht.«

Katherine öffnete den Mund. Schüttelte den Kopf, als würden keine Worte herauskommen.

Nell wusste, wie Katherine sich fühlte. Sie spürte, wie Mitgefühl ihren Herzschlag beschleunigte und sie vorwärtsdrängte. Unsicher hob sie die eigene Hand und ergriff Katherines.

Sie starrten einander an. Es … es war einfach unmöglich, dass sie sich so ähnlich sahen. Dieses hinreißende Geschöpf, das so lässig in den Salon getreten war und nun mit einem Vermögen in Diamanten behängt vor ihr stand, dessen Gesicht in

Bethnal Green auf ihre Lumpen herabgesehen hatte, sollte mit ihr verwandt sein?

Blutsverwandt. Ihr *Zwilling*.

Katherine blinzelte, Tränen glänzten in ihren Augen. »Wo warst du all die Jahre? Warum bist du nicht zu mir zurückgekommen?«

»Ich wusste es nicht. Ich habe mich nicht erinnert. Ich konnte nicht.«

»Oh!« Ein weicher, zittriger Ton. Katherine drückte jetzt Nells Hand, packte sie fest. »War sie sehr grausam zu dir?«

»Nein«, sagte Nell sanft. »Sie war … Ich hielt sie für meine Mutter.«

Katherine ließ sie los und wich einen Schritt zurück. »Dieses Monster! Deine Mutter!«

»Ich wusste es nicht«, sagte Nell. »Wie hätte ich es wissen sollen?«

»Aber du musstest es doch fühlen!« Katherines Stimme wurde flehentlich. »Hast du mich nicht vermisst? Hast du keine Sehnsucht nach deiner Schwester gehabt? Keine Nacht verging, in der ich mich nicht nach dir gesehnt, für dich gebetet habe.«

Nell schüttelte stumm und elend den Kopf. »Es tut mir leid«, flüsterte sie. »Ich habe es einfach nicht …« *Gewusst*.

Wie hatte sie es nicht wissen können? Als sie jetzt dieses Mädchen vor sich sah, kam ihr das eigene Unwissen merkwürdig vor. Verabscheuungswürdig. Hätte sie nicht wissen müssen, dass eine Hälfte von ihr fehlte?

»Aber wo warst du?« Katherine atmete schluchzend ein. »Vater hat dich überall gesucht – hat sie dich ins Ausland gebracht?«

»Nein, ich war hier in London. So nah. Nur in Bethnal Green.«

»Bethnal Green …« Katherine zog die Stirn in Falten. »Aber das ist im East End? Mein Gott«, keuchte sie. »Und du … du hast in diesem Dreck gelebt? Wie hast du das …« Sie musterte Nell von oben bis unten, als würde sie an Nells Körper nach Beweisen für diese Geschichte suchen. »Wie hast du das überlebt?«

»Ich habe gearbeitet«, sagte Nell – und begriff zu spät, dass die Frage nur rhetorisch gemeint war: der Schock, das Entsetzen im Gesicht ihrer Schwester verrieten es. »Anständig«, stammelte sie. »Schickliche Arbeit, in Fabriken.« Es schien nicht zu ihrer Schwester vorzudringen, denn Katherine starrte sie mit offenem Mund an. »Nichts Schändliches«, sagte sie. »Zuerst habe ich Schachteln gemacht, dann Zigarren gerollt.«

»Zigarren!« Das Mädchen lachte: ein schriller, hysterischer Klang. Zitternd brachte sie die Hände vor den Mund. »Oh mein Gott.« Sie drehte sich zu Grimston um. »Ein Fabrikmädchen?«

»Lächerlich«, sagte der rundheraus.

»Können Sie sich vorstellen, was die Leute sagen werden?« Katherine drehte sich wieder zu Nell um.

»Beruhigen Sie sich«, sagte Grimston. »Bisher ist nichts bewiesen.«

»Du siehst mir so ähnlich«, sagte Katherine langsam. »Aber …« Ihre Augen wurden schmal. »Du sagst, dass du dich nicht an mich erinnerst? Ich habe mich an dich erinnert – jeden Tag meines Lebens!«

Nell schluckte. »Ich kann es nicht erklären. Aber …«

»Wie konntest du es vergessen?«

»Ich …«

»Du warst in derselben Stadt, so nah, und hast nicht ein einziges Mal versucht, nach Hause zu kommen?« Katherine wich noch einen Schritt zurück. »Du kannst nicht meine Schwester sein«, sagte sie heiser. »Cornelia hätte es versucht …« Sie schüttelte den Kopf. »Sie sind nicht Cornelia«, zischte sie. »Ich habe nie vergessen. Niemals. Meine Schwester hätte auch mich nicht vergessen!«

Hörbar sog Nell den Atem ein. Die Worte kratzten an ihr wie Rasierklingen. Schmerzten ihr in den Ohren. Wie konnte sie sich so schnell gegen sie stellen? Hatte dieses Mädchen keine Augen im Kopf? Sah sie es denn nicht?

Oh ja, Katherine sah alles klar. Sie betrachtete Nell wie Ungeziefer, das gerade unter dem Teppich hervorgekrochen war.

Zorn fühlte sich gut an. Heilsam. Was für ein Recht hatte dieses Mädchen, über sie zu urteilen? Natürlich hatte Lady Katherine ihre Schwester nicht vergessen: Die ganze Welt hatte sie daran erinnert, was sie verloren hatte. Wahrscheinlich war sie jedes Mal, wenn sie geweint hatte, umarmt und getröstet worden. Sie hatte im ganzen Leben keinen verdammten Finger krumm gemacht. Wie konnte ausgerechnet sie es wagen, Nell zu verurteilen?

Nell sprach hart und scharf, voller Verachtung für dieses Mädchen und auch für sich selbst, weil sie zuließ, dass so eine Puppe sie verletzte. »Klar bin ich nicht Ihre Schwester«, sagte sie. »Lustig, dass Sie so schnell Ihre Meinung änderten, nachdem sie erfuhren, dass ich ein bisschen ehrliche Arbeit geleistet habe. Wahrscheinlich wären Sie glücklicher, wenn ich die ganzen Jahre in einer Schachtel gehockt hätte.«

»Unterstehen Sie sich!« Das Mädchen drehte sich zu Grimston um, hob das Kinn und verkündete: »Das ist nicht meine Schwester.« Plötzlich zitterte ihre Stimme. »Meine Schwester ist tot.«

»Wie sonderbar«, sagte Simon. Plötzlich stand er neben Nell, und sie spürte warm und ruhig seine Hand auf ihrem Rücken. »Letzten Herbst vor Gericht hast du so deutlich das Gegenteil gefühlt.«

»Es reicht«, knurrte Grimston missbilligend. »Das war niederträchtig von Ihnen, St. Maur.«

»Rushden«, korrigierte Simon ihn milde.

»Diese Frau hierherzubringen und diesen nichtsahnenden Leuten aufzudrängen! Und Sie …« Mit hochrotem Gesicht wandte Grimston sich jetzt Nell zu. »Sie, junge Dame, sind entweder eine sehr geschickte Trickbetrügerin …«

»Klar«, sagte Nell trocken. »Es war ziemlich viel Arbeit, dieses Gesicht hinzukriegen. Und ich frage mich ehrlich, warum ich mir nicht ein hübscheres ausgesucht habe.« Sie warf der auffahrenden Katherine einen ostentativen Blick zu.

»Eine uneheliche Tochter des verstorbenen Earls«, sagte Grimston barsch. »Daran habe ich keinen Zweifel. Aber ob Sie eine vorsätzliche Betrügerin sind oder nur das unschuldige, unwissende Opfer von Lord Rushdens üblen Machenschaften, kann ich nicht sagen. In jedem Fall sollten Sie sich bewusst sein, dass Sie mit dieser Nummer auf gefährlichen Wassern segeln. Wir werden Sie wegen Betrugs und Erpressung anzeigen.«

»Ganz nach Art der Aubyns«, sagte Simon. »Vertraut und wohlbekannt.«

»Glauben Sie nicht, dass Sie einfach so in einen Raum voll höherstehender Personen hineinschweben können. Der Affront!« Der Mann sah sie finster an. »Eine Unverschämtheit! Ihre Ansprüche werden leicht zu widerlegen sein. Es gibt Erkennungsmerkmale, Beweise, von denen Sie«, Grimston warf Simon einen giftigen Blick zu, »niemals in Kenntnis gesetzt wurden.«

»Offenbar genauso wenig wie Lady Katherine«, erwiderte Simon.

Die Besagte verbannte den verdutzten Ausdruck aus dem Gesicht. »Du weißt gar nichts von mir«, fauchte sie ihn an. »Du bist ein Flegel und ein Schuft und ein – die schlimmste Sorte eines Gentlemans! Du bist überhaupt kein Gentleman, sondern ein Wolf im Schafspelz! Du hast meinen armen Vater ins frühe Grab getrieben und …«

»Bewahren Sie sich das für die Bühne auf«, fiel Nell ihr ins Wort.

»Wir haben genug ertragen.« Grimston richtete sich auf und schnipste mit den Fingern nach Katherines Anstandsdame, als würde er einen Hund rufen. »Ihre Anwälte werden von uns hören, Rushden. Darauf können Sie sich verlassen.«

»Oh, das hoffe ich sogar«, sagte Simon. »Ich glaube, Sie schulden meiner Frau ein erhebliches Vermögen. Etwa neunhunderttausend Pfund?«

Katherine gab ein ersticktes Keuchen von sich. »Das ist mehr als vulgär! Der würdevolle Titel meines Vaters reduziert auf diesen – auf dich … der einen so grausamen, geschmacklosen Scherz … wo ich solche Sehnsucht hatte nach … oh, ich ertrage es nicht!« Sie machte auf dem Absatz kehrt und floh aus dem Zimmer. Grimston und die Anstandsdame folgten ihr.

Als die Tür hinter ihnen zuschlug, stand Nell stocksteif da, sprachlos und von Staunen überwältigt.

Sanft ergriff Simon ihre Schulter. »Es tut mir so leid«, sagte er ruhig. »Ich dachte …« Sein Lachen war kurz und humorlos. »Ich dachte gar nicht«, korrigierte er sich. »Ich habe nicht erwartet, sie heute Nacht hier zu treffen, aber trotzdem, es war schrecklich nachlässig, es nicht einzuplanen.«

Sie schüttelte den Kopf. Was für einen Unterschied machte es schon, wo sie ihr begegnet war. »Kein Wunder, dass Mum mich mitgenommen hat«, sagte sie. »Meine … andere Mum, meine ich.«

»Ja«, sagte Simon nach einem Moment. »Aber auch schade, dass sie es tat.« Er streichelte ihr mit dem Finger über die Wange, und erschrocken bemerkte sie, dass sie weinte. »Was für ein schreckliches Verbrechen«, sagte er. »Du hast etwas Besseres verdient.«

»Wirklich?«, flüsterte sie.

Keine Nacht verging, in der ich mich nicht nach dir gesehnt habe, hatte Katherine gesagt.

Aber dann hatte sie es zurückgenommen. Schließlich galten diese Worte doch nicht Nell.

Die Tränen sickerten aus ihr heraus wie Eiter aus einer Wunde. Sie fühlte sich infiziert, schmutzig, verseucht von diesem Wissen, um das sie nicht gebeten hatte. *Ich bin dieses verschollene Mädchen*, dachte sie, *und es ist niemand mehr da, der mich zurückhaben will.*

Der Landauer war geräumig. Auf dem Weg zu Lady Allenton hatte Simon ihr gegenüber gesessen, um ihre Schleppe nicht zu zerknittern. Jetzt ließ er sich neben ihr nieder und entlockte den seidenen Röcken und Unterröcken ein protestierendes Knistern.

»Ich hätte das anders angehen sollen«, sagte er, als die Kutsche anfuhr. »Hätte beharrlicher sein sollen …« Er seufzte. »Wäre sie vorbereitet gewesen, wäre es vielleicht anders gelaufen.«

Nell zuckte mit den Achseln. Ihre Zunge fühlte sich taub an. Jetzt, da die Tränen getrocknet waren, schämte sie sich. Weinen war wie Verrat an sich selbst. Sie hatte sich alberne Vorstellungen davon gemacht, wie es wäre, ihre Schwester zu treffen. So viel dazu. Warum sollte es sie kümmern, ob dieses Weibsstück sie akzeptierte oder nicht?

Weil dieses *Weibsstück* ihre Schwester war. Nell hatte heute in ihr Gesicht gesehen und … eine unaussprechliche Verwunderung gespürt. *Du könntest mich erkennen. Du gehörst zu mir.*

Aber es war nicht so. Katherine Aubyn wollte nichts mit ihr zu tun haben.

»Natürlich macht es keinen Unterschied«, sagte Simon. »Ihre Unterstützung wäre hilfreich gewesen, aber sechzig von Londons herausragendsten Persönlichkeiten haben dich heute Abend anerkannt. Das ist in jeder Hinsicht ein Triumph. Und morgen wird jede Zeitung der Stadt deine Rückkehr verkünden.«

Seine Stimme klang überzeugend. Er wollte sie ermutigen, sie einwickeln, damit sie seine Sicht der Dinge teilte, genau wie er es mit den Gästen heute Abend getan hatte.

Aber ihr schnürte sich nur die Kehle zusammen. Ohne ihn anzusehen, tastete sie nach seiner Hand und schlang ihre Finger in seine. Die Trauer war zu groß, zu schmerzhaft, um ihr mit Vernunft oder Worten zu begegnen. Ihre Haut würde noch bersten beim Versuch, sie zu unterdrücken.

Mum, was hast du nur getan?

Jane Whitby hatte sie der Möglichkeit beraubt, die Menschen kennenzulernen, die rechtmäßig zu ihr gehörten. Ihre Mutter, ihren Vater, eine Schwester, die sie geliebt hätte.

Simon ergriff ihre Hand fester. »Du musst dir keine Sorgen machen«, sagte er.

»Nein.«

»Glaubst du mir?«

Sie nickte und lehnte sich an ihn. Wahrscheinlich konnte er ihre Chancen vor einem Gericht besser einschätzen als sie.

»Du hast es sehr gut gemacht, weißt du.« Mit der Außenseite seiner Finger streichelte er ihre Wange. »Auf einen besseren Auftritt hätten wir nicht hoffen können.«

Die Worte bohrten sich tief in sie hinein. Genau, es war nur ein Auftritt. Sie hatte sich großartig amüsiert, hatte sich diebisch gefreut, als wäre sie mit etwas durchgekommen. Aber Katherine hatte sie sofort durchschaut. *Ein Fabrikmädchen*, hatte sie verächtlich gesagt.

Vielleicht hatte sie auch die Viscountess nicht täuschen können. Vielleicht hatte sie sich nicht nur aus Eifersucht so böse verhalten. »Hast du mit Lady Swanby geschlafen?«, fragte sie.

Er straffte sich neben ihr. Nach einer langen Pause sagte er: »Ja. Bevor ich dich kannte.«

»Und jetzt?«

Er fasste unter ihr Kinn und schob es hoch, bis sie sich in die Augen sahen. Die Schatten standen ihm gut, betonten die schroffe Schönheit seiner Gesichtsknochen. »Jetzt bin ich verheiratet«, sagte er.

Ein Moment verging. Sein Blick blieb entschlossen und unbeirrt.

»In Ordnung«, sagte sie sanft.

Der Landauer hielt schlingernd an einer Straßenkreuzung. Nell entzog sich Simon unter dem Vorwand, aus dem Fenster sehen zu wollen. Unter der hellen Beleuchtung der Läden stolzierten Dutzende von Fußgängern in feinen Samstagabendkleidern umher, die Herren trugen Spazierstöcke mit falschen Goldbeschlägen, Federn wippten auf den breiten Hüten der Damen.

»Ich werde nie auch nur halb so viel wissen wie sie«, sagte sie an die Straßenszene gerichtet.

»Wie Katherine?«

»Die auch.«

Langsam antwortete er. »Ich glaube, du verstehst die Sache mit der Viscountess falsch. Es hatte nie eine Bedeutung … in keiner Weise.«

Sie wollte nicht weitersprechen, aber ihre Ängste mussten hinaus. »Ja, aber das ist egal. Ich weiß nichts über Musik, Simon. Darüber wie sanft ein Mann die Tasten berühren kann.«

Ein leises, glucksendes Lachen sprudelte aus ihr heraus. »Mir genügt es, wenn er die richtigen berührt.«

»Aber du weißt zahllose Dinge, die ich nicht weiß«, sagte er schnell. »Wir können voneinander lernen, Nell.«

Sie schüttelte den Kopf. Er wusste immer das Richtige zu sagen. Daraus bestand sein Charme. Eine Stimme in ihrem Bauch sagte ihr, dass sein Charme nicht leer war, dass er meinte, was er sagte.

Jetzt meinte er es. Aber würde das immer so sein?

Sie wandte sich ihm wieder zu, legte den Kopf an seine Brust und atmete den Duft der Stärke, die Zitrusnote seines Eau de Cologne und den Geruch seiner Haut. Sie wollte ihm so sehr glauben. Es war fast schmerzhaft, das Bedürfnis ihm zu glauben.

Er legte die Arme um sie, und das Gefühl war wie ein Wunder. Plötzlich begriff sie, wozu Gott Arme gemacht hatte.

Ihr kam der Gedanke, dass es vergebliche Mühe war, auf ihr Herz aufzupassen. Sie hatte es bereits verloren.

Ein Klopfen drang in die Stille. Sie spürte, wie Simons Kinn durch ihre Haare streifte, als er den Kopf in Richtung Geräusch drehte.

Nell biss sich auf die Lippen. Sie kannte die Quelle dieses Klopfens. Jemand hatte Hunger draußen in der Nacht. »Gib ihm eine Münze«, flüsterte sie. Seine Brust vibrierte an ihrem Ohr, als er sprach. »Ich trage keine bei mir.«

Sie öffnete die Augen. Der Zorn stieg so rasch in ihr hoch, ihr war sofort klar, dass er nur auf die erstbeste Gelegenheit gewartet hatte. Es war so viel einfacher, zornig zu sein als zu hoffen.

Sie entzog sich ihm mit einer einzigen ruckartigen Bewegung und griff nach ihrem Pompadour, den sie auf der Bank gegenüber abgelegt hatte. Eine Lady sollte eigentlich nichts bei sich tragen außer einem Taschentuch, Riechsalz und vielleicht einem Fläschchen Parfüm. Sie wühlte darin nach den Münzen, die Simon ihr lachend überreicht hatte, als sie nach ihrem Gewinn aus der Billardwette gefragt hatte. Ohne ihn anzusehen, riss sie das Fenster auf und warf das Geld hinaus.

Die Bettlerin hatte graues Haar und ihr Gesicht war gezeichnet vom Alter und vielen Sorgen. Über den knochigen Schultern trug sie einen fadenscheinigen Schal. Sobald die Kutsche vorwärtsschwankte, konnte Nell ihren Kopf nicht mehr sehen. Sie hatte sich hingekniet, um nach den Münzen zu suchen.

Nell sank auf die Bank, auf der ihr Pompadour gelegen hatte, Simon gegenüber. Der starrte sie an, als hätte er gerade eine unglaubliche Entdeckung gemacht.

»Du trägst Geld bei dir?«, fragte er.

Ja, und ich bin auch schon auf Knien herumgekrochen, dachte sie. *Ich habe nach Münzen gesucht, die eine schöne Frau mir hingeworfen hat.* Kurz bevor sie angefangen hatte zu stehlen. *Ich habe im Dreck gewühlt und ich will verdammt sein, wenn ich nicht immer eine Münze dabeihabe, solange ich eine besitze.*

Es gab so viel, das er nicht wusste und das sie ihm nie erzählen könnte. Hundert oder mehr Dinge tummelten sich plötzlich in ihrem Kopf – darunter die Tatsache, dass sie ihm nichts beibringen könnte, was ihn interessierte. Sie wusste nur, wie man einen Schilling oder einen Topf Suppe streckte, damit sie länger reichten. Wie man einen Riss in Guttapercha mit einer Kerzenflamme flickte. Sie kannte die beste Zeit, um beim Schlachter ein Sonderangebot zu bekommen. Den sichersten Weg im Dunkeln nach Hause.

Was aus ihrem Mund kam war: »Ich schäme mich nicht.«

Er beugte sich vor. »Du musst dich auch nicht schämen«, sagte er nachdrücklich. »Mein Gott, Nell – wofür solltest du dich schämen? Katherine Aubyn ist ein dummes, verwöhntes

Gör. Die Viscountess ist ein leeres Nichts. Ihre Meinungen zählen absolut gar nichts.«

Sie versuchte zu lächeln. »Ich weiß«, sagte sie. Sie hatte den leichteren Part in dieser Ehe: Sie hatte beide Seiten gesehen, inzwischen jedenfalls, während er nur seine eigene Welt kannte. Sie konnte ihm nicht zeigen, wie sich der Matsch angefühlt hatte, als sie darin herumgewühlt hatte, oder wie hart der Boden unter ihren Knien gewesen war. Er konnte niemals ahnen, dass ihr selbst jetzt noch, nachdem sie sich den Bauch bei einem wunderbaren Mahl gefüllt hatte, die Erinnerung an den Hunger in den Knochen saß.

Und sie wollte nicht, dass er das ahnte. Sie war froh, dass er die Schwäche und die Angst nicht sah, diesen kleinen, feigen Teil in ihr, der sich niemals sicher fühlte. Wenn er das jemals zu Gesicht bekäme, würde er sie anders sehen. Und oh, wie sehr sie den Blick mochte, mit dem er sie jetzt bedachte.

»Was quält dich?«, fragte er. Ein Hauch von Enttäuschung klang in seiner Stimme mit, aber sie nahm es ihm nicht übel. Sie wusste, dass er nicht sie damit meinte.

»Ich werde niemals richtig zu deiner Welt gehören.« Sie sprach behutsam, mit all der Ehrlichkeit, die sie aufbringen konnte. »Auch in zwanzig Jahren nicht, Simon. Oder vierzig.« Die Erinnerung an den Hunger wäre immer noch da. Deshalb könnte sie Reichtum nie für so selbstverständlich halten wie er.

»Aber niemand gehört zu dieser Welt, Nell. Zumindest kommt es niemandem so vor. Alle beobachten sich gegenseitig und fürchten das Lachen aus der anderen Ecke des Raums, weil sie sich immer fragen, ob sie selbst der Grund für dieses Lachen sind. Ob man Witze über sie macht.«

Sie biss sich auf die Lippen. Er glaubte, dass sie Angst hatte, von seinen Kreisen beurteilt und für unzulänglich befunden zu werden. Offensichtlich war es ihm nie in den Sinn gekommen, dass sie ihre eigene Unzulänglichkeit fürchtete.

»Wenn sie mit dir zusammen sind, fühlen sie sich nicht so«, sagte sie. »Bei dir fühlen sie sich wohl.«

»Nicht ganz«, sagte er. »Niemals ganz. Es ist eine Welt voller Anmaßung, weißt du – ohne Substanz. Niemand ist fähig, ganz er selbst zu sein.«

Seine Worte erinnerten sie daran, dass sie sich früher am Abend über etwas gewundert hatte. »Unterschreibst du deine Musik deshalb nicht mit deinem Namen? Lässt du die Leute im Glauben, jemand anders habe sie geschrieben, weil du Angst hast, dass sie sich über dich lustig machen?«

»Ich habe keine Angst«, sagte er. »Ich habe doch gesagt, dass mir Anerkennung nicht wichtig ist. Nicht in diesen Kreisen.«

»Glaubst du nicht, dass man dir Anerkennung schuldet? Ich meine für deine Musik?«

»Vielleicht. Es bedeutet mir nichts.«

Sie sah auf ihre Hände hinunter. In solchen Momenten fühlte sie die Distanz zwischen ihnen am deutlichsten. Er sprach von seiner Gleichgültigkeit, als wäre es ein Anzug, den er heute gewählt hatte. Dabei war Gleichgültigkeit ein Luxus, den sich nur die Wohlhabenden leisten konnten. Als sie damals nach dieser Münze gesucht hatte, war die Laune einer glitzernden Frau alles für sie gewesen.

Mit einem ungeduldigen Laut setzte er sich neben sie. Er nahm ihr Gesicht in beide Hände, hielt es fest und sah sie an. »Erzähl es mir«, sagte er.

Sie schluckte. Als hätte man ihn nur dafür gemacht, ihr Angst und Schrecken einzujagen – nicht unbedingt wie ein lebendig gewordener Traum, sondern eher wie die Summe von allem, was sie sich nicht einmal erlaubte zu träumen. »Ich kann es nicht erklären.«

»Doch du kannst«, sagte er. »Wenn es nicht Katherine ist … ist es vielleicht die Ungerechtigkeit, die dir Sorgen macht? Die Bettlerin, meine ich? Du hast jetzt die Macht, das zu verändern. Das begreifst du doch, oder?«

Er sprach so ernst mit ihr, versuchte, ihre Gedanken zu entwirren, sie zu verstehen. »Das auch«, flüsterte sie. Aber sie war viel selbstsüchtiger. Er war es, der sie am meisten quälte. *Dieser Schmerz, wo eigentlich mein Herz sein sollte*, dachte sie. *Der quält mich.*

Aber es war ein süßer Schmerz. Wie erstaunlich, sich an den zweiten Abend ihrer Bekanntschaft zu erinnern, als Simon sich um ihr Auge gekümmert hatte. Er hatte sich so schlecht dargestellt. Und sie hatte jede Lüge geglaubt, die er über sich erzählt hatte: ein Tunichtgut, den nichts auf der Welt kümmerte außer seiner Brieftasche.

Aber schlechte Lügen hielten nie lange stand. Sie hob die Hand, legte sie an seinen markanten Kiefer und erwiderte seinen durchdringenden Blick. Er war freundlich und furchterregend klug, geistreich und lustig und – obwohl er das wahrscheinlich selbst dann leugnen würde, wenn man ihn mit der Waffe bedrohte – einfühlsam. Es war ihm nicht egal, was andere von ihm dachten. Sonst würde er sich niemals so sehr bemühen, sein wahres Gesicht und seine Musik vor der Welt zu verbergen.

»Du bist ein guter Mann«, sagte sie. »Weißt du das?«

Er missverstand sie. »Du hast recht, daran zu denken«, sagte er. »Es darf uns nicht egal sein. Und diese Weltverbesserer, die nichts verbessern – du kannst es anders machen. Wie ich gesagt habe, alles ist jetzt für dich möglich.«

Zuerst spürte sie ihr eigenes Lächeln, dann seine Finger, die ihre Lippen nachzeichneten. »So ist es besser«, flüsterte er.

»Ist es«, stimmte sie zu. Sie zog seinen Kopf zu sich herunter und presste ihre Lippen auf seinen Mund, drängte nach der Berührung seiner Zunge. Die bekam sie. Simon presste sie gegen die Polster und küsste sie ernst. Als er Nell mit seinen kräftigen Armen umschlang, flohen ihre Ängste wie Nachttiere vor dem Licht. Zähne, die Zunge, dunkel und süß drang er in sie. Sein Griff war fest und erklärend: Sie gehörte ihm, und deshalb würde sie bei ihm bleiben.

Ihre Hand glitt nach oben und grub sich immer tiefer in sein Haar. Simon gab einen schwachen Laut der Überraschung von sich, küsste sie aber noch leidenschaftlicher. Kein Versuch, ihren Griff zu lockern oder sich ihr zu entziehen. Er würde nicht weichen, nicht nachgeben. Das liebte sie an ihm.

Er war wie sie.

Der Gedanke leuchtete in ihr auf wie ein Feuerwerk in einer mondlosen Nacht. Hier hatte sie ihre Gemeinsamkeit: dieser Starrsinn, hart und unerbittlich wie ein Diamant. Das war der Stoff, der sie zusammenhielt. Sie waren aus demselben harten Stein gemacht. Sie würden unnachgiebig aneinander festhalten. Katherine hatte sie nicht gewollt, aber er schon. Er hatte sie geheiratet und würde auf sie aufpassen.

Tief nahm sie seine Zunge in ihrem Mund auf, als sie nach ihren Röcken griff. Zentimeter für Zentimeter füllten sich ihre Hände mit der raschelnden Seide, bis ihre Waden und Knie entblößt waren. Dann tauchte sie unter seinen Armen hindurch, stieß ihn zurück und setzte sich rittlings auf ihn.

Sie spürte sein sanftes, heißes Stöhnen an ihrer Kehle, als sie sich an seinen Körper schmiegte. Er war groß und breit, agil, aber von robustem Knochenbau. Die Muskeln seiner gespreizten Schenkel trugen sie so leicht, der Griff um ihre Taille war sicher und fest. Wie wunderbar musste es sein, er zu sein, und wie wunderbar war es, sich an ihn zu lehnen. Er fühlte sich an wie die Antwort auf jede kleine Frage, die sie je gehabt hatte, das Versprechen von immer mehr und immer schöneren Überraschungen. Er enttäuschte sie nie.

Sie schlang die Arme um ihn und hielt ihn fest, als sie sich auf ihn zubewegte und keinen Zentimeter Platz zwischen ihnen ließ. Auf ihr Gleichgewicht brauchte sie nicht zu achten, er würde sie halten. Sie musste sich nur auf diesen Kuss konzentrieren, der wie ein Sturm zwischen ihnen aufzog. Sie bog sich zurück, als seine Finger sich in ihre Wirbelsäule gruben. Sie wollte in seine Haut schlüpfen und diesen wunderbaren Körper bewohnen, wissen, wie es sich anfühlte, als er durch die Welt zu gehen. In einem alten irischen Gebet gab es eine Stelle, wo die Straße sich emporwölbt, um einem Menschen entgegenzukommen. Ihm wölbte sich die Welt entgegen, die Welt verlangte nach ihm. Er hatte einen Zauber, den Nell auch haben wollte.

Der Umhang glitt von ihrer Schulter und fiel zu Boden. Simon fuhr mit den Zähnen an ihrem Hals hinunter. Zwischen ihren Brüsten war ein kleines Stück Spitze, ein Fichu, festgesteckt, das er bewusst und konzentriert mit den Zähnen packte und herauszog. Seine Hände glitten über ihren Körper, und plötzlich nahm Nell sich selbst viel deutlicher wahr als ihn: Er hatte seine Lippen auf die Rundung ihrer Brüste gepresst, und sein weiches, heißes Flüstern war gedämpft, zu undeutlich, um es zu verstehen … aber der Tonfall war voller Verehrung. Dieser Mann wollte sie – und sie war sein Verlangen wert.

Sie lachte leise, jubelnd. Sie schob die Hand zwischen ihre Körper und fand sein steifes Geschlecht, zeichnete die Wölbung unter seiner Hose nach. Oh ja, hier wollte sie sein, den Rock über die Knie hochgezogen und er unter ihr, für immer. Sie rang plötzlich voller Ungeduld mit den Haken, sie wollte ihn ganz, seine Haut auf ihrer Haut, seinen Schwanz in ihr.

Er stöhnte ihr ins Ohr, stieß seine Hüften vor, um seine Erektion an ihrer Hand zu reiben, der dünne Stoff trennte sie noch für eine weitere ärgerliche Sekunde. Und dann war er frei und lag in ihrer Hand. Sie führte ihn in sich ein, ließ sich langsam auf ihn herabsinken. Ein langes Seufzen brach aus ihr hervor, als die Empfindung durch ihren Körper fuhr. Er füllte sie mit einer solchen Bestimmtheit aus, als hätte er nie auch nur eine Sekunde an ihr gezweifelt. Sein Haar streifte ihr Gesicht, und seine harte, heiße Zunge schob sich in ihren Mund, wie in einem Echo seines Eindringens unten.

Sie umschloss seine schlanken Hüften mit ihren Schenkeln, presste sich an ihn und grub ihre Nägel in seine muskulösen Schultern, während sie sich auf- und abwärts bewegte. *Er gehört mir*, dachte sie. *Mir.*

Er gehörte ihr, und sie würde ihn nicht gehen lassen.

In den folgenden Tagen verrutschte etwas in Nell, und sie fühlte sich als wäre sie leicht aus dem Gleichgewicht. Schräg, das Wort zeigte sich ihr in einem neuen Blickwinkel, offenbarte ihr alle möglichen Freuden, von denen sie nichts geahnt hatte.

Die Vormittage verbrachte sie mit Simon im Bett. Nachmittags lasen sie sich gegenseitig in der Bibliothek vor oder machten einen Spaziergang durch den Park. Sie besuchten das British Museum und diskutierten über die Gemälde. Auf dem Rückweg gingen sie durch die Stallungen, um die Zeitungsreporter zu vermeiden, die sich trotz der Bemühungen der Polizei auf dem Gehweg versammelt hatten.

Im Haus konnten sie kaum die Hände voneinander lassen.

Abends spielte Simon Klavier. Seine Musik überwältigte sie, und danach übersetzte er ihre Geheimnisse in Worte, erklärte ihr, dass Musik genauso eine Wissenschaft sein konnte wie eine Kunst. Jetzt verstand sie, was Lady Swanby damit gemeint hatte, dass eines Mannes *piano* eines anderen *pianissimo* war. Nell legte selbst die Hände auf die Tasten und lachte, als Simon sie durch einfache Tonleitern führte. Er küsste sie an der Stelle, wo Hals in Schulter überging und sagte, dass Magie in ihren Fingern wohnen würde.

Sie drehte sich auf der Bank um, zog ihn zu sich hinunter und zeigte ihm, welche Art von Magie ihre Hände bewerkstelligen konnten.

Sie lasen Seite an Seite am Kamin. Sie waren … häuslich, wie Mann und Frau. Sie sprach ehrlich mit ihm, und nur Sekunden oder Minuten danach fiel ihr ein – als gehörte das in eine unbedeutende Vergangenheit –, dass sie sich vielleicht vorsehen musste.

Aber eines sonnigen Morgens nach dem Frühstück kam ein Brief, der Nell die zerbrechlichen Grundlagen ihres Glücks in Erinnerung rief. Er war in Hannahs holpriger Handschrift verfasst und versprach geheimnisvolle Neuigkeiten, die mit Michael zu tun hatten. Obwohl ihr Stiefbruder erwähnt wurde, hätte die Einladung, Hannah zu besuchen, sie überglücklich machen müssen, denn sie vermisste ihre Freundin fürchterlich.

Die Einladung machte sie nicht überglücklich. Sie weckte plötzliche panische Angst, so heftig, dass ihr der Atem stockte.

Nell sah auf, und im hellen Licht des Frühstücksraums fiel ihr Blick auf den Diener, der den Brief gebracht hatte. Er war jung und schlank, und sein glattes, hartes Gesicht zeigte keine Regung, als er sagte: »Soll ich auf die Antwort warten, Mylady?« Aber in den blassen Augen sah sie ein hinterlistiges Glitzern, das besagte, dass er alles gesehen hatte: die krakelige Schrift, die falsch geschriebene Adresse, das Fehlen eines Siegels und den billigen braunen Umschlag.

»Nein«, sagte sie. »Das ist alles.«

Als er den Raum verließ, folgte sie ihm in die Eingangshalle. Sie zerknitterte den Brief in ihrer schweißigen, von der abfärbenden Tinte fleckigen Hand. Erst als sie fünf Schritte durch die Halle gemacht hatte, begriff sie, was sie vorhatte: Sie suchte einen sicheren Ort, um den Brief zu verbrennen – als wäre Hannahs Freundschaft etwas Schmutziges, das man verleugnen und zurückweisen musste.

Der Gedanke ließ sie vor Scham stehen bleiben. Sie liebte Hannah. Sie sehnte sich danach, sie zu besuchen. Aber wenn sie die Einladung annahm, würde Simon sie begleiten wollen. Er war so neugierig zu erfahren, wo sie aufgewachsen war. Er hatte Hunderte von Fragen über ihre Jugend gestellt, aber erst jetzt begriff sie – in markerschütternder Erkenntnis –, dass sie ihm so offen geantwortet hatte, weil ihm die Fragen, vor denen sie sich wirklich fürchtete, niemals einfallen würden.

Langsam atmete sie ein. Was war schon dabei, wenn er sah, wie heimisch sie in den Slums war? Was kümmerte es sie, ob er sich ekelte? Verdammt, sie hatte fast ihr ganzes Leben von Schweinefraß gelebt, in der Wohnung nebenan war an neun der zwölf Monate des Jahres jemand am Fieber erkrankt. Und wenn schon. Sein Urteil konnte ihr egal sein!

Aber diese Fragen, die bisher immer gesunde, zuverlässige Wut geweckt hatten, konnten sie jetzt nicht mehr schützen. Es war ihr nicht egal. Seine Meinung war ihm wichtiger als alles andere. Und sobald er begriff, wie es in Bethnal Green wirklich aussah, würde seine Vorstellungskraft sich auf dunklere, wahrere Wege wagen. Anstatt nach ihrer Tätigkeit in der Fabrik zu fragen, würde er vielleicht fragen: *Wie bist du nachts sicher nach Hause gekommen? Wie hast du dich ohne fließendes Wasser gewaschen?*

Es war leichter, eine Frau zu lieben, wenn man sich nicht vorstellen musste, dass sie auf der Straße von Trunkenbolden angegrabscht wurde oder sich Läusebisse aufkratzte.

Sobald er sie in Bethnal Green sähe, würde er begreifen, dass unter den feinen Kleidern noch immer ein Mädchen steckte, an dem er unter normalen Umständen vorbeigehen würde, ohne sich umzudrehen. Nell schloss die Augen. Sie hasste es, so von ihm zu denken. Hasste sogar sich selbst dafür, ihn so kleinherziger Dünkelhaftigkeit für fähig zu halten.

Ein Geräusch drang an ihr Ohr: Simons Stimme erklang gedämpft hinter einer Tür am anderen Ende der Empfangshalle. Der tiefe Klang löste einen stupiden Reflex in ihr aus, und auf ihren Lippen erschien ein Lächeln – das Lächeln wiederum wirkte wie Medizin. Als sie die Augen öffnete, konnte sie plötzlich nicht mehr an ihm zweifeln.

Er konnte ruhig mit ihr kommen. Sie vertraute darauf, dass er nicht über sie urteilen würde. Nell strich den Brief glatt und ging weiter, ihr Herzschlag beschleunigte sich. *Hannah hat Neuigkeiten über Michael,* würde sie sagen. *Nein, ich weiß nicht, worum es geht, aber ich dachte, ich könnte sie besuchen. Vielleicht möchtest du mitkommen, weil du so neugierig auf Bethnal Green warst.*

Gerade wollte sie klopfen, als sie die Worte hörte.

»… sieht wirklich schlecht aus«, sagte jemand. Nicht Simon. Sie glaubte, es war Daughtry, der Anwalt. »Wir hatten bereits angenommen, dass Grimston zu einer der Zeitungen gehen würde, wir sollten also eigentlich nicht überrascht sein.«

Seit ihrem Erscheinen bei Lady Allenton waren die Zeitungen voll gewesen mit Spekulationen über Lord Rushdens neue Countess. Erst diesen Morgen hatte sie mit Simon über die Möglichkeit gesprochen, einem wohlwollenden Reporter ein Interview zu geben.

»Das ist mir bewusst«, gab Simon mit scharfer Stimme zurück. »Aber alle anderen Artikel sind recht positiv. Eine öffentliche Äußerung über Sensationsjournalismus kann sicher nicht schaden.«

»Ich verstehe, dass Sie etwas gegen den Artikel sagen wollen«, sagte Daughtry. »Aber ich muss es noch einmal sagen: Ich empfehle Ihnen dringend, die Sache zu ignorieren. Sobald Sie diese Beschuldigungen öffentlich zur Kenntnis nehmen, könnte, im Falle, dass die Countess zu einer Betrügerin erklärt wird, Ihre Unwissenheitsbehauptung in Zweifel gezogen werden. Es wäre sehr viel schwieriger für Sie, die Ehe zu lösen.«

Die Ehe lösen.

»Aber das ist nicht länger von Bedeutung«, sagte Simon – plötzlich wie aus der Ferne und vom laut in ihren Ohren donnernden Puls gedämpft. »Ich habe kein Interesse an einer Annullierung.«

»Gewiss«, gab der Anwalt zurück. »Trotzdem wäre es klüger, so vorzugehen, dass Ihnen alle Optionen offen bleiben. Darauf werden wir uns doch einigen können.«

Alle Optionen?

Nell wandte sich von der Tür ab und starrte blind in die vornehme, stille Eingangshalle. Die schöne Täfelung aus Holz und Saffianleder, die Steinbüsten mit ihren arroganten Nasen: All das war ihr plötzlich fremd. Hatte nichts mit ihr zu tun. Nell bekam keine Luft, sie keuchte wie ein bedrängtes, in die Enge getriebenes Tier.

Die Ehe lösen.

Diese Zeremonie – sie hatte befürchtet, dass der Geistliche ein Betrüger war. Dabei war es der Bräutigam gewesen, der sie betrogen hatte. Die ganze Zeit hatte Simon gewusst, dass die Ehe annulliert werden konnte.

Plötzlich wurde ihr bewusst, dass sie die Empfangshalle durchquerte. Wo wollte sie hin? *Närrin*, klickten ihre Schritte, als sie über das Schachbrettmuster der Fliesen ging. *Närrin, Närrin, Närrin.*

Die Treppe. Sie legte die Hand auf das Geländer. Die ganze

Zeit hatte er vorgehabt, sie einfach abzuschieben, wenn man sie als Betrügerin verurteilte. *Mein Gott*, dachte sie. Die Stufen türmten sich wie ein endloser Aufstieg vor ihr auf. Ihre Knochen fühlten sich brüchig und verrostet an, ihre Gelenke schmerzten. *Alles tut weh*.

Langsam ging sie hinauf. Zu langsam: Das Gespräch war rasch beendet worden, jetzt standen Simon und Daughtry unten in der Halle und hatten sie entdeckt. Sie hörte Simon nach ihr rufen. Es kostete sie ihre ganze Kraft, die Hand auf dem Geländer liegen zu lassen und weiterzugehen. Sie durfte nicht stehen bleiben. Ihr ganzer Körper pochte, als hätte jemand sie gegen eine Wand geschleudert. Warum tat alles so weh? Das Geländer war so glatt, er war lachend wie ein kleiner Junge hinuntergerutscht, sorglos, seine Lügen hatten ihn nicht beunruhigt. Nell hatte es ihm gleichgetan und war so glücklich gewesen, dass es sich angefühlt hatte wie fliegen.

Dieses verdammte Haus! Schon in der ersten Nacht hatte sie gewusst, dass es sie umbringen würde.

Dann plötzlich kamen die Tränen, eine heiße, kummervolle Flut, die langsam und stetig aus ihr herausleckte. Sie riss sich zusammen. Was war sie nur für ein Dummkopf, kein Blick für die Realität, nur alberne Hoffnungen. Sie hatte ihrer Mum getraut. Sie hatte ihm getraut. Inzwischen war wohl klar, dass sie nicht einmal mehr sich selbst trauen konnte.

Guter Gott. Und sie hatte ihn ins East End mitnehmen wollen, um ihre letzten Zweifel zu zerstreuen! Ein fremdartiges Lachen kam aus ihrer Kehle.

»Nell.« Simon legte ihr fest und erschreckend warm den Arm um die Taille. Jetzt, da er sie eingefangen und ihren Schwung unterbrochen hatte, konnte sie nur noch starr stehen bleiben. Sie wankte leicht, als er sie zu sich umdrehte.

Simon sah ihr ins Gesicht und wurde blass. »Was ist?«

Langsam befeuchtete Nell die Lippen. *Ich habe dich gehört.*

Aber obwohl sich die Lippen bewegen, kam kein Ton heraus. Ein Instinkt ermahnte sie, besser still zu sein. Er konnte sich ihrer entledigen, wann immer er wollte. Besser verärgerte sie ihn nicht.

Mein Gott, dachte sie. *Schon wieder muss ich einen Herrn bei Laune halten, um nicht auf der Straße zu landen.*

Sein Griff wurde fester. »Bist du in Ordnung? Was ist passiert?« Er sah an ihr hinunter, aber ihr Körper zeigte natürlich keine Verletzungen. Ihr Inneres war in Fetzen gerissen, aber äußerlich war nichts zu sehen.

Sein Blick fiel auf den Brief. Er nahm ihn ihr aus der Hand und las ihn rasch, bevor er aufsah. »Ist etwas mit Hannah? Ich verstehe nicht. Dass sie deinen Stiefbruder erwähnt, verheißt nichts Gutes, aber der Brief scheint doch gefasst …«

Gott mochte ihr vergeben, dass sie aus Angst vor seinem Urteil Bedenken gehabt hatte, Hannahs Einladung anzunehmen. Hannah war zehn Mal so viel wert wie er. Hannah hatte ihr immer zur Seite gestanden, während er von Anfang an geplant hatte, sie zu verlassen, wenn nicht alles so lief wie vorgesehen.

Sie sah die Verwirrung in seinem Gesicht und spürte hämische, schreckliche Freude, der Grund dafür zu sein. Wie leicht war ihm das Leben gemacht worden. Er hatte die ganze Zeit geplant, sie beiseitezuschaffen, wenn es ihretwegen schwierig werden würde.

Sie war ihm keine Erklärung schuldig. Gar nichts war sie ihm schuldig. Sie ertrug es nicht, ihn jetzt anzusehen, geschweige denn, mit ihm zu sprechen.

»Ich fahre zu ihr«, sagte Nell zu der Luft über Simons Schulter. Ihre Stimme gehörte nicht ihr. Leise und erstickt. Warum tat es so weh? Wenn sie ihr Herz verloren hatte, würde sie es sich zurückholen. Sie würde nicht zulassen, dass man sie so sehr verletzte.

»Natürlich«, sagte er. »Ich werde die Kutsche vorfahren lassen. Warte hier.«

Wie aus großer Entfernung sah sie zu, wie er sich umdrehte und die Treppen wieder hinunterstieg, athletisch und so verdammt besorgt. Er wusste immer, welches Gesicht er aufsetzen musste, mit welchem Verhalten er ein Mädchen einwickeln konnte. Aber es war eine fadenscheinige Maske, denn sie bedeckte das Gesicht eines Lügners.

Warum nur hatte er sie angelogen? Sie hatten nur wegen der Aussicht auf ein Vermögen geheiratet. Er hätte ihr sagen können, dass er die Ehe lösen wollte, falls sie nicht als Cornelia Aubyn durchging. Nichts hätte er durch Ehrlichkeit verloren.

Sie legte sich die Faust auf die Brust, wo ein schweres Gewicht sie langsam zu erdrücken schien. Was hatte er von seiner Lüge gehabt?

Hätte er ihr die Wahrheit gesagt, wäre sie niemals mit ihm ins Bett gegangen.

Wenn sie gewusst hätte, dass man die Ehe annullieren konnte, hätte sie niemals riskiert, von ihm schwanger zu werden.

Nell schluckte schwer und unterdrückte den Impuls, sich zu übergeben. Oh Gott, sie durfte nicht schwanger sein. Sie durfte nicht noch eine Kreatur in die Welt setzen, die nach den Launen eines reichen Mannes tanzen und zittern musste!

»In Ordnung«, rief er und stieg wieder zu ihr hinauf. »Fünf Minuten«, fügte er hinzu.

Ihr träges Hirn registrierte, dass er sich Handschuhe anzog. »Du kommst mit?«

Er sah sie überrascht an. »Natürlich«, sagte er. »Ich würde dich nicht allein fahren lassen.«

»Natürlich«, echote sie. Klar, er wusste, wie man den aufmerksamen Ehemann spielte. Er war gut darin, den Schein zu wahren. Und warum auch nicht? Er befahl der Welt, sich nach seinen Wünschen zu richten. Er log, wann es ihm passte, und sie hatte ihn immer nur selbstbewusst gesehen.

Aber nicht in Bethnal Green. Das war ihre Welt. Dort würde er sich unbehaglich fühlen. »Gut«, sagte sie.

Irgendetwas im Klang ihrer Stimme brachte ihn dazu, die Stirn zu runzeln. »Machst du dir Sorgen, weil sie Michael erwähnt? Du brauchst keine Angst zu haben …«

»Nein. Es ist nichts.« Nichts machte ihr Sorgen, nur er, und das würde nicht mehr lange so bleiben. Seine gute Meinung interessierte sie nicht mehr. Sie hatte ihre Lektion gelernt. Es war ihr wie ein Märchen vorgekommen, weil es nie real gewesen war. Jetzt sah sie die Wahrheit. Seine Meinung war so verfault wie seine Worte und genauso nutzlos.

Ihre Wut wuchs heiß und böse zu einem Entschluss heran. Sollte er die Wahrheit nur sehen. Sollte er sie sehen, wie sie wirklich war.

Sollte er doch versuchen, Krankheit und Armut mit seinem Charme hinwegzuzaubern und sich in einer mit Abwasser gefüllten Gasse wohlzufühlen. Im East End war sein Charme zu gar nichts nütze.

Laut sagte sie: »Du wirst die Kleider wechseln wollen. Zieh besser deine abgetragensten Sachen an, wenn du mit nach Bethnal Green kommst.«

15

Auf der Hauptstraße brannte hell die Sonne. Aber in die matschige Gasse, die für Simons Einspänner zu schmal war, drang kaum ein Lichtstrahl. Auf beiden Straßenseiten zeigten windschiefe Gebäude ihre bröckelnden Fassaden. Hinter mit Lumpen und Zeitungspapier verdeckten Fenstern erklangen Geräusche: ein schreiendes Kind, das heisere Stöhnen eines Mannes, das raue Lachen einer Frau. Von Zeit zu Zeit zogen die süßen Töne einer Fiedel an ihnen vorüber und verloren sich wie Gespenster in den Schatten.

Simon bemerkte diese Details nur am Rande, er war ganz auf die Frau an seiner Seite konzentriert. Die stolperte jetzt, aber als er ihr unter den Arm greifen wollte, entzog sie sich seiner Berührung und ging schneller.

Er ballte die Hand zu einer Faust und schob sie wieder in die Tasche. Was quälte sie? Auf der Fahrt hatte sie geleugnet, dass irgendetwas nicht stimmte, aber seit der Einladung von Hannah Crowley war sie so düsterer Stimmung, wie er es noch nie erlebt hatte.

Vielleicht war sie nur nervös, weil sie ihm ihre alte Welt zeigte. Er würde sie jetzt nicht drängen. Aber sobald sie wieder im Einspänner säßen, würde er den Grund für ihre Laune erfahren wollen.

»Pass auf, wo du hintrittst«, warf sie ihm über die Schulter zu. Ihr Gesicht lag dunkel unter der Kapuze des einfachen Mantels, den sie trug. »An einigen Stellen ist der Abflussgraben offen.«

Er brauchte keine Augen, um das zu bemerken. Ein Geruch nach Abwasser, Innereien und vergammeltem Gemüse lag in der rauchigen Luft. Zerbrochenes Glas knirschte unter seinen Stiefeln. Am meisten verwunderte ihn der Schlamm. »Im West End hat es letzte Nacht doch nicht geregnet«, bemerkte er.

»Kaputtes Rohr.«

Er blickte die Gasse hinunter, aber der Schlamm nahm kein Ende. »Muss ein ziemlich großes Rohr gewesen sein.«

»Überrascht dich das?«

Die Wut in ihrer Stimme machte ihn ratlos. »Meinst du die Größe? Oder die Tatsache, dass es kaputt ist?«

Sie schnaubte ungeduldig. »Egal. Der Schlamm erfüllt seinen Zweck, macht das Hinknien ein wenig weicher für die Knie.«

Er runzelte die Stirn. Musste er jetzt verstehen, warum man sich hinknien musste? Ihr versteinertes Gesicht lieferte ihm keinen Hinweis auf ihre Gedanken.

»Im Mile End Way gibt es das gleiche Problem«, fuhr sie fort. »Erinnert mich daran, dass einer von deinen Leuten mal so freundlich war, mir eine Münze vor die Füße zu werfen. Ich stand bis zu den Knien im Schlamm und musste suchen, wohin sie gefallen war.«

Aha. »Ich verstehe«, sagte er ruhig. Das erklärte zweifellos ihre Reaktion auf die Bettlerin, der sie nach Lady Allentons Gesellschaft begegnet waren.

»Ich sollte wohl dankbar sein, dass ein paar der vornehmen Leute Bargeld dabeihaben«, sagte sie. »Sonst hätte ich umsonst im Dreck gewühlt.«

Sie funkelte ihn an, als hätte er selbst jene Münze geworfen. »Und dann hast du mich kennengelernt«, sagte er langsam. »Und jetzt brauchst du dir um diese Dinge keine Sorgen mehr zu machen.«

Ihr Gesicht war rot angelaufen. »Soll ich dir dankbar sein?«

»Nein«, sagte er, aber so langsam war er auch gereizt. Wenn er ihr irgendetwas getan hatte, würde er es gern erfahren. Soweit er wusste, war er jedenfalls nicht ihr Feind.

»Du erwartest sicher Dankbarkeit von mir. Es hat mich wirklich vorwärtsgebracht, dass ich dich geheiratet habe. Stell dir vor, bevor du mir Beachtung geschenkt hast, musste ich mit Ratten um mein Brot kämpfen. Einmal wollte ich sogar eine kochen, nur dass Suzie gesagt hat, ich könnte krank davon werden. Und, wie findest du das?«

Simon blieb stehen und starrte sie durch das kärgliche Sonnenlicht an, das die stinkende Dämmerung durchdrang. »Worum in Gottes Namen geht es eigentlich, Nell?«

Ihr Lachen klang schrill und wild. »Worum es geht? Habe mir schon gedacht, dass du dich das fragst – ich wette, du hättest nie gedacht, dass du mal eine Frau heiratest, die Ratteneintopf gegessen hat! Und wo diese Geschichte herkommt, gibt es noch mehr, *Eure Lordschaft*. Was ist zum Beispiel mit dem Winter, als mein Stiefbruder sich angepinkelt hat, um sich warm zu halten? Ich war echt neidisch, wie gut er zielen konnte. Was denkst du jetzt über deine Frau?«

Seine Verblüffung war für einen Augenblick zu groß, um irgendetwas zu begreifen. Bevor ihm eine Entgegnung einfiel, war sie an ihm vorbei ein paar Stufen hinaufgerannt und hatte mit ihrer Schulter eine Tür aufgestoßen.

»Nell«, sagte er, als er ihr nachlief – fand sich jedoch allein in einem kleinen Treppenhaus wieder. Eine durchhängende Treppe, der er sein Körpergewicht unter normalen Umständen lieber nicht zugemutet hätte, führte nach oben.

Nell war vorgegangen, und er folgte ihr. Auf dem ersten Absatz machte er den Fehler, die Hand auf das Geländer zu legen. Das ganze Ding wackelte, und ihm entfuhr ein ungläubiges, unglückliches Lachen.

Als er um die Ecke kam, starrte sie zu ihm herunter.

»Wenn du fällst«, sagte sie, »kommt übrigens kein Arzt. Ich habe einmal einen ganzen Monat lang gestohlen, um einen Doktor zu bezahlen. Und trotzdem erklärte er sich nur bereit, meine Mum in der Kirche zu treffen.«

Zur Hölle mit dieser Behandlung. Er hatte nichts getan, um diese Verachtung zu verdienen. »Sie würden kommen«, presste er zwischen den Zähnen hervor. »Für den Earl of Rushden würden sie zu jedem Ort auf der gottverdammten Welt kommen. Und wahrscheinlich macht dich das umso wütender.«

Ihr Gesicht war kreideweiß. Sie wirbelte herum und lief weiter die Treppen hinauf. Auf dem nächsten Absatz schlug sie mit der Faust gegen die erste Tür, die sich sofort öffnete.

Eine kleine, schlanke, silberhaarige Frau trat lächelnd heraus. »Nell!«, rief sie. »Was für eine Wohltat für meine armen Augen!«

Er blieb auf der obersten Stufe stehen, als seine Frau sich der Fremden in die Arme warf. Der Anblick des angespannten Gesichts, das sie am Busen der älteren Frau verbarg – die Heftigkeit, mit der sie die Arme um sie schlang –, löste eine kalte Vorahnung in ihm aus. Sie sah … niedergeschmettert aus.

Und was auch immer sie quälte, hatte nichts mit Bethnal Green zu tun. Sein Bauchgefühl informierte ihn, dass nur er selbst der Grund sein konnte.

Er trat auf den Treppenabsatz. Die ältere Frau sah ihn stirnrunzelnd an. »Wer ist das?«, fragte sie, während sie sich von Nell freimachte.

Auch Nell drehte sich zu ihm um, und in ihrem Gesicht sah er etwas Dunkles, Vertracktes und Unversöhnliches. Seine Kehle wurde eng.

Seit Jahren hatte er nicht einmal mehr ansatzweise seine frühere Unsicherheit gespürt, die Unfähigkeit zu gefallen oder jemanden zufriedenzustellen. Aber in diesem lächerlichen, klapprigen Treppenhaus erinnerte er sich plötzlich tief in seinem Inneren, wie es gewesen war, beurteilt und für ungenügend befunden zu werden.

Gequält durchforstete er sein Gehirn. Was hatte er nur getan?

»Das ist mein Mann«, sagte Nell und ging an der Frau vorbei in die Wohnung der Crowleys.

Hannah legte ihr Strickzeug weg und stand aus dem Schaukelstuhl auf, um Nell zu umarmen. Als Nell ihre Freundin losließ, starrte sie den Stuhl an. Vor nicht einmal acht oder zehn Wochen hatte sie genau dort gesessen (so still wie möglich, denn dem Stuhl hatte schon immer eine Kufe gefehlt) und sich wunderbar wohl gefühlt. Jetzt war ihr alles andere als behaglich zumute. Ihre Haut schien ihr zu klein zu sein, als wäre sie bei all ihrem Elend eingelaufen.

Simon nahm Hannahs Hand und murmelte irgendwelche leeren Schmeicheleien. Nell schlang die Arme um sich. Sie hatte sich nie gestattet, Dinge zu wollen, die sie nicht haben konnte, und jetzt, da sie wusste, dass sie sich nicht mehr darauf verlassen konnte, Simon zu bekommen, tat ihr sein bloßer Anblick weh. Wenn er nur nicht so gut aussähe – dunkel und schlank und anmutig, selbst in seinen ältesten Klamotten.

Mrs Crowley hatte auf den ersten Blick gesehen, dass er hier nicht hergehörte. Die Arroganz stand ihm auf die Stirn geschrieben. Für jemanden aus Bethnal Green war offensichtlich, dass man sich vor ihm fürchten musste.

Nell setzte sich schwer in den Windsor-Stuhl. Ihre Dummheit brannte ihr in der Brust. Um Gottes willen, sie hatte sie für gleichberechtigt gehalten. Sie hatte geglaubt, dass für ihn das gleiche Gesetz galt wie für sie. Ihr verdammtes, kaputtes

Gehirn! Wie hatte sie die Lektionen vergessen können, die das Leben ihr erteilt hatte? Für Leute seines Schlags war alles anders.

Sie hatte ja gewusst, dass es zu schön war, um wahr zu sein.

Und für ihr gebrochenes Herz war niemand verantwortlich als sie selbst.

Hannah wollte Simon den Schaukelstuhl anbieten. »Bleib sitzen«, sagte Nell – so barsch, dass alle sie überrascht ansahen.

»Aber es ist der größte, den wir haben«, sagte Hannah. »Und er hat mich aus dem Gefängnis gerettet, oder?«

Bei diesen Worten hellte Mrs Crowleys Miene sich auf. »Oh ja, natürlich! Wie dumm von mir, dass ich nicht gleich zwei und zwei zusammengezählt habe. Ich muss Sie wohl auch in die Arme schließen, mein Junge.«

Über die Schultern der Frau hinweg sah Simon Nell an und zwinkerte ihr zu. Er begriff natürlich nicht, dass er auch einem Stein hätte zuzwinkern können. Er war noch nie jemandem begegnet, der ihm am Ende nicht nachgab.

Mein Vater hat ihm nicht nachgegeben.

Der Gedanke gab Nell Kraft. Ja, sie wäre wie ein Stein. Sollte er tun, was er wollte. Denken, was er wollte. Sollte er sie ihretwegen sogar verspotten.

Die Vision stand ihr plötzlich lebendig vor Augen: seine gemeißelten Lippen, die sich geringschätzig kräuselten, während er sie musterte.

Gott im Himmel … sie hatte ihm erzählt, dass sie auf Knien gebettelt hatte.

Sie biss die Zähne zusammen und ballte im Kleid versteckt ihre Fäuste. Ja, das hatte sie ihm erzählt, und wenn er sie deshalb verhöhnte, war es ihr egal. Sie würde ihn auch verhöhnen.

Er setzte sich in den Schaukelstuhl und sah sich im Raum um, inspizierte ihn, als machte er einen Hausbesuch für einen

Wohltätigkeitsverein. Aber die Crowleys brauchten sein Mitleid nicht. Ihre Wohnung hatte drei gut belüftete Zimmer, das größte ging auf das Green selbst. Der frische Wind trug sauber und angenehm den Duft der Pflanzen aus dem Park herein. Nell hatte hier immer gern Zeit verbracht – ein sicherer und geräumiger Ort, gesegnet von einer Familie, die füreinander sorgte.

Aber als sie Simons Augen folgte, verzerrte seine Anwesenheit ihren Blick. Zum ersten Mal bemerkte sie, wie schäbig die rau verputzten Wände waren, dass der Putz an einigen Stellen abblätterte und an anderen vor Feuchtigkeit vergilbt war. Die groben Dielen passten nicht ganz und rangen miteinander im hoffnungslosen Versuch, flach auf dem Boden liegen zu bleiben. In der Schüssel, auf der Mrs Crowley jetzt Kekse und Kuchen servierte, war ein großer Sprung.

In der Welt, die sie gerade verlassen hatte, galt das ohne Zweifel als armseliges Leben.

Wieder sah sie Simon an. Ihretwegen konnte er sie verurteilen, wenn er wollte. Aber wenn sich ihre Freunde durch ein einziges Wort oder einen Blick von ihm unbehaglich fühlten, dann würde sie ihm das Herz herausreißen.

Offensichtlich hatte er sich entschlossen, sie zu ignorieren. Lächelnd nahm er einen Keks von Mrs Crowley, die errötete, als er sich bedankte. Er lehnte sich zurück und machte es sich irgendwie auf Hannahs Platz bequem – obwohl seine Knie höher aufragten als seine Oberschenkel. Als er Hannah mit einer freundlichen Bemerkung bedachte, lachte sie.

Er spürte, dass Nell sich etwas entspannte, und sah sie mit hochgezogenen Brauen an. War das eine Frage auf seinem Gesicht? Oder glaubte er, man müsse ihm gratulieren, weil er es wagte, mit der arbeitenden Bevölkerung zu essen?

»Mum hatte auch so einen Stuhl«, sagte sie. »Wir mussten

ihn in einem Winter verbrennen, um das Feuer am Laufen zu halten. Sonst wären wir erfroren.«

Aus dem Augenwinkel sah sie Hannahs erschrockenen Blick. »War das im gleichen Jahr, in dem Michael sich angepinkelt hat, um warm zu bleiben?«, fragte Simon unbeteiligt.

Mrs Crowley hustete erstickt. »Mein Gott«, stotterte sie. »Ich habe mich wohl am Tee verschluckt.« Nell spürte, wie ihr Gesicht feuerrot wurde.

»Michael hat sich angepinkelt, um warm zu bleiben?«, fragte Hannah mit sehr runden Augen.

»Warum erzählst du Nell und seiner Lordschaft nicht von deinen Neuigkeiten?«, sagte Mrs Crowley hastig.

»Oh ja, dein Stiefbruder war hier, Nell«, rief Hannah aus. »Er hat etwas für dich dagelassen!«

Nell riss ihre Augen von Simons los und zögerte einen Augenblick, bevor sie das kleine Stoffbündel vom Tisch nahm, das Hannah ihr zuschob. Eigentlich war Michael nicht der Typ, der Geschenke machte. »Wahrscheinlich ist es vergiftet«, murmelte sie. »Was hat er gesagt?«

»Mach es auf«, drängte Hannah sie. »Wir haben das auch gedacht, aber dann hat er es uns gezeigt – mach es auf, Nell!«

»Halt vielleicht zur Sicherheit den Atem an«, sagte Simon. Nell überraschte sich selbst mit einem kurzen, harten Lachen. »Oh ja, gute Idee.« Ihre Hand zitterte ein wenig, als sie das Bündel aufrollte.

Ein feiner Silberlöffel glitzerte ihr entgegen.

»Was zum Himmel?« Sie nahm den Löffel auf. Drehte ihn in der Hand. Auf dem Griff waren versetzt drei Initialen eingraviert: CRA.

Simon streckte die Hand aus. Arroganter Mistkerl, hätte sie fast gesagt, als er fragte: »Darf ich?«

Zögernd gab sie ihm den Löffel. »Es sieht wie ein Tauflöffel aus«, sagte er sofort. »CRA: Cornelia Rose Aubyn.« Er zog eine Augenbraue hoch. »Nun«, sagte er. »Das ist interessant.«

Ein bisschen zu interessant, dachte Nell. »Wo zum Teufel hat Michael den her?«

»Er hat gesagt, er gehörte deiner Mum«, erklärte Hannah. »Er hat ihn zusammen mit einer Bibel unter einer Diele gefunden.« Sie zog eine Grimasse. »Und mit der Bibel konnte er sicher nicht viel anfangen. Wahrscheinlich verrottet sie irgendwo im Müll.«

Wahrscheinlich hatte er die Bibel verkauft. »Warum hat er den Löffel nicht versetzt? Hatte er eine Erklärung dafür?«

Hannah rutschte auf ihrem Stuhl hin und her. »Nun, er hat ihn nicht einfach so hergegeben. Die zehn Pfund, die du mir dagelassen hattest …«

»Die hast du ihm gegeben?« Nell schlug mit der Handfläche auf die Armlehne ihres Stuhls. »Die waren für dich bestimmt! Ich habe dir gesagt, wenn ich nicht zurückkomme …«

»Aber sie gehörten doch dir«, sagte Hannah. »Beruhige dich, Nellie. Ich hatte keine Wahl. Er kam vorbei, und ich sollte mit dir reden, ob du ihn kaufen würdest – wahrscheinlich glaubte er, dass er mehr von dir bekäme als von Brennan. Und du kennst doch Michael. Wenn ich auf dich gewartet hätte, wäre er weggegangen und hätte sich betrunken. Vielleicht wäre er ausgeraubt worden – oder hätte sogar den Löffel verspielt. Und das konnte ich doch nicht zulassen, oder? Es ist ein Beweis! Ist es doch! Dieser Löffel muss dir gehört haben!«

»Sie haben das sehr gut gemacht«, sagte Simon, liebenswürdig wie ein Lord zu seinen Pächtern. »Und wir werden Ihnen zurückzahlen, was Sie ausgegeben haben. Mit Zinsen«, fügte er hinzu. Er ignorierte Hannahs Protest und fuhr fort: »Das ist wirklich eine sehr glückliche Entwicklung, genau wie Sie sagen.«

»Aber ich traue der Sache trotzdem nicht«, sagte Nell zu Hannah. »Wenn dieser Löffel Mum gehört hat, hätte er gewusst, was es bedeutet. Er hätte sehr viel mehr aus mir herausquetschen können.«

Hannah öffnete die Lippen, schwieg jedoch einen Augenblick. Dann sagte sie zögernd: »Zehn Pfund, Nellie. Das ist nicht wenig.«

Nell spürte, dass sie eine Gänsehaut bekam. »Natürlich.« Sie warf Simon einen schnellen, beschämten Blick zu und erwartete einen Ausdruck von Selbstgefälligkeit: Etwas Ähnliches hatte er auch einmal zu ihr gesagt.

Aber sie sah etwas vollkommen anderes in seinem Gesicht.

Rasch wandte sie den Blick ab und starrte auf ihre Hände in ihrem Schoß. Das Blut pochte ihr bis in die Wangen. Dieser verständnisvolle Blick war viel schwerer zu ertragen als ein Grinsen. Nell fühlte sich bloßgestellt – und ertappte sich bei dem sonderbaren Gedanken, dass er sie besser verstand, als sie angenommen hatte.

Aber es war egal. Wenn er sie wirklich verstehen würde, dann hätte er sie niemals angelogen. Er wäre offen zu ihr gewesen, anstatt sie mit Lügen in sein Bett zu locken.

»Nun«, sagte Simon. Er schob den Löffel in seine Jackentasche und fragte dann nachträglich: »Darf ich das für dich aufbewahren?«

Nell realisierte, dass die Frage an sie gerichtet war. Selbstherrlich, sogar wenn er sich von seiner besten Seite zeigte. »Nur zu«, sagte sie.

Sein zaghaftes Lächeln traf sie wie ein Messer. Ihr verräterisches Herz zitterte. Wie wunderschön war ihr das Leben vorgekommen, als sie noch glaubte, sie würden es gemeinsam verbringen.

Oh Gott, sie war schwach! Plötzlich bekam sie Angst bei der

Vorstellung, wieder mit ihm in der Kutsche zu sitzen. Er würde erneut fragen, was sie quälte. Er würde immer wieder fragen, und sie wusste selbst, dass sie am Ende nachgeben und sich fügen würde. Sie war so nah dran gewesen, ihn ganz zu lieben. Jetzt waren ihre Gefühle wie ein Riss, der mitten durch sie hindurch verlief. Wenn er ihr zu nahe käme, wenn er ihr nur einen einzigen Schlag versetzte, würde sie entzweibrechen.

Sobald die Sache mit dem Löffel erledigt war, widmeten die Damen sich ihrem Tee und plauderten, sprachen ungezwungen über die Neuigkeiten, die sich während Nells langer Abwesenheit ereignet hatten. Simon lauschte mit wachsender Fassungslosigkeit.

Harry Connor hatte einen Finger in der Schneidemaschine verloren. David O'Riordan war von den Bullen aufgegriffen worden, weil er sturzbetrunken auf der Straße gelegen hatte, seine Frau war in den Pub heruntergekommen und hatte sich gleich mit drei Männern für draußen in der Gasse verabredet, damit sie ihm Geld schicken konnte. Ein Weber hatte einen seiner Lehrlinge beim Stehlen erwischt und ihn mit der Peitsche auf die Straße gejagt. Ein paar Prügel hätten niemanden aufgeregt, aber der Weber hatte nicht einmal aufgehört, als Blut floss. Alle Frauen liefen runter auf die Straße, um ihn zu stoppen, aber dann hatte der Dieb sich nicht entschuldigt, was nicht richtig war, oder? Und schließlich hatten Peggy Hart und die Miller-Zwillinge beschlossen, ihm zusätzlich noch ein paar Ohrfeigen zu verpassen.

Krisen und ihre Lösungen, Gerechtigkeit und gelegentliche, herzzerreißende Grausamkeiten der Straße, alles erzählt im fröhlichen Ton harmlosen Klatsches.

Er sah zu seiner Frau, die schwach lächelte, nickte, um zu zeigen, dass sie zuhörte, und unverwandt seinem Blick auswich. Sie war in dieser rauen Gegend aufgewachsen, hatte sich vor der Faust ihres Stiefbruders geduckt und an einem Ort gearbeitet, wo Männer ihre Finger verloren, um ihre Familien zu ernähren. Und irgendwie hatte sie sich mitten in dieser furchtbaren Welt zu einer starken, ehrlichen, intelligenten Frau entwickelt.

Seine Wut verpuffte einfach und ließ ihn vollkommen leer zurück.

Eine halbe Stunde später wurde das Gespräch ruhiger, und seine Frau schien sich an seine Gegenwart zu erinnern. Sie stand auf, aber als er sich ebenfalls erhob, sagte sie: »Ich bleibe heute Nacht hier.«

Die Worte schienen sie genauso zu erschrecken wie ihn – und ihre Freundinnen, die einen vielsagenden Blick wechselten.

»Nein«, sagte er. Auf keinen Fall würde er sie in dieser gottverlassenen Gegend allein lassen.

Ihr Gesicht verdüsterte sich. »Nur diese Nacht«, sagte sie.

Mit drei Schritten stand er neben ihr und nahm ihren Ellbogen. »Danke für die Gastfreundschaft«, sagte er zu Mrs Crowley, die ihnen mit weit aufgerissenen Augen nachblickte, als er seine Frau Richtung Ausgang führte.

Sobald sich die Tür hinter ihnen geschlossen hatte, riss sie sich los. Schweigend stiegen sie die Treppe hinab. Als sie wieder auf die Gasse traten, sagte er: »Wenn du mehr Zeit mit ihnen verbringen möchtest, kannst du sie gern nach Hause einladen.«

»Sicher«, sagte sie tonlos. »Bis mein Geld auf deinem Konto liegt, bin ich zu wertvoll, als dass du mich der Gefahr hier im Slum aussetzen könntest.«

Geräuschvoll stieß er den Atem aus. Weiß Gott, die Bewohner dieser Gasse fänden einen Ehestreit in der Öffentlichkeit kaum originell. In der Tat könnte es lehrreich für sie sein, dass man seine Differenzen auch ohne Peitsche beilegen konnte. Aber er zankte sich nicht auf der Straße.

Ihr spöttischer Blick verriet, dass sie wusste, dass er sich eine Erwiderung verbiss. »Stell dir vor, wenn deine Freunde dich sähen, wie du mit einem Mädchen aus der Gosse durch den Dreck spazierst.«

»Mit meiner Ehefrau«, sagte er.

Ein unangenehmes Lächeln zeigte sich jetzt langsam auf Nells Lippen. »Aber wie lange noch?«

Er schritt schneller aus, sehnte sich heftig nach der Straßenbiegung, nach der seine Kutsche endlich in Sichtweite käme.

Leise hörte er hinter sich ihre Stimme. »Ich habe dich gehört«, sagte sie.

Er drehte sich um. »Du hast mich gehört«, wiederholte er. »Was bedeutet das?«

Sie fixierte ihn durchdringend und lief dann an ihm vorbei, um voranzugehen.

Die Kutsche stand genau, wo sie sie verlassen hatten. Der Anblick, wie sie dort in der Sonne stand – und der Anblick des Dieners, der die Tür öffnete und sie beide von hier fortbringen würde –, gaben ihm das Gefühl, endlich aus einem bösen, sinnlosen Traum aufzuwachen.

Ihre nächsten Worte machten jedoch deutlich, dass es gerade erst anfing, böse zu werden.

»Ich habe gehört, wie du mit dem Anwalt geredet hast«, sagte sie über die Schulter hinweg, während der Diener ihr in den Wagen half.

Für einen Augenblick, den Fuß schon auf der Stufe, begriff Simon nicht. Er hatte sich mit Daughtry getroffen, um über eine unverschämte, als Journalismus maskierte Verleumdung zu sprechen, einen Artikel, den zweifellos Grimston in Auftrag gegeben hatte. Darin wurde Nell als schlaue Betrügerin bezeichnet, die mit der Hilfe ihres Ehemannes plante, ein Vermögen zu stehlen. Simon hatte etwas gegen die Zeitung unternehmen wollen. Eine Frau sollte dankbar sein für einen so treusorgenden Ehemann.

Und dann erinnerte er sich plötzlich, was genau Daughtry dagegen eingewandt hatte.

Er sprang in die Kutsche.

Nell hatte sich in eine Ecke gedrückt. »Nun?«, fragte sie.

»Bevor ich dich kannte«, sagte er schnell, ergriff die Handschlaufe und setzte sich hin, als der Einspänner vorwärts ruckelte, »bevor ich dich wirklich kannte, habe ich Daughtry um Rat gefragt.«

»Ja«, sagte sie. »Du wusstest, dass du die Ehe auflösen konntest, wann immer du wolltest.«

»Ich will aber nicht«, sagte er erbittert. Die bloße Idee kam ihm lächerlich vor. Sie war seine Frau. »Hast du nicht gehört, was ich Daughtry geantwortet habe? Dass ich kein Interesse an einer Annullierung habe?«

»Ich habe es gehört«, sagte sie. Ihre Ruhe kam ihm unheilvoll vor. Sie wirkte wie eine Überlebende, die sich von einer Krankheit erholte, die sie wider Erwarten doch nicht töten würde. Sie sah nicht mehr im Geringsten besorgt aus. »Soll ich mich dafür bedanken, dass du mir heute zugetan warst? Und wenn unser Plan nicht aufgeht? Wenn sich der Richter nicht von meinem Gesicht und einem Silberlöffel überzeugen lässt?«

»Auch dann«, stieß er hervor. »Wir sind verheiratet.«

»Auch dann?« Ihr Lächeln sah freundlich aus. »Du würdest um meinetwillen in Armut leben?«

»Ja.« Er war erstaunt über die Bereitwilligkeit seiner Antwort – und über die Tatsache, dass er keinen Zweifel hatte. »Ja, das würde ich.«

Die Nachmittagssonne schien durch das Kutschenfenster

und beleuchtete lebhaft die kurze Unsicherheit in ihrem Blick, die rasch von etwas anderem vertrieben wurde. War das Angst?

Dann verhärtete sich ihr Gesicht. »Du kannst immer schön daherreden«, sagte sie. »Daran habe ich nie gezweifelt.«

»Aber an mir zweifelst du«, sagte er.

»Du hast keine Ahnung, was es bedeutet, arm zu sein. Ohne einen Pfennig in der Tasche wäre deine *Zuneigung* zu mir garantiert das Erste, das verschwindet.« Ein leiser, giftiger Laut entfuhr ihr. »Was auch immer sie wert ist.«

Für einen Moment sprachlos lehnte er sich zurück. »Wahrscheinlich hast du recht«, sagte er nach einer Weile. »Ich habe keine Ahnung, was Armut bedeutet.« Weiß Gott, er liebte den Wohlstand. Ihm widerstrebten all die Möglichkeiten, wie er sie beide ernähren könnte – der Gedanke, bleichgesichtigen Töchtern aus der Mittelschicht Klavierunterricht zu geben, war lächerlich.

»Aber ich würde einen Weg finden«, sprach er langsam weiter. »Wenn es wirklich so weit kommt, wird mir etwas einfallen.« Eine Million von Unsicherheiten können durch eine einzige Sicherheit aufgewogen werden, oder? »Du und ich …«, sagte er und verstummte. Er fand keine Worte, die sie davon überzeugen könnten, dass sie ihm hundert Gründe für Hoffnung gab, und noch tausend mehr für eine gemeinsame Zukunft. Solche Gedanken waren ihm neu, für ihn waren sie ebenso überraschend, wie sie für sie gewesen wären.

Aber als sie sich nun entfalteten, war er fasziniert von dem, was sie offenbarten. Vorher, als er allein gewesen war, hatte er keine Veranlassung gehabt vorauszudenken, keine Freude daran, sich vorzustellen, was die kommenden Jahre bringen könnten. Es hatte immer nur diesen Tag, diese Nacht gegeben, den kranken Rausch unmittelbarer Freuden und den leeren Morgen danach.

Aber Nell hatte eine neue Zeit in sein Leben gebracht. Er dachte an morgen.

Wenn er jetzt am Klavier saß, spielte er nicht, um sich in Gesellschaft der Musik weniger allein zu fühlen. Er spielte, damit sie zuhörte und vielleicht ein wenig näher an ihn heranrückte.

Voller Verwunderung sah er sie an, und ihm dämmerte, dass er sich, seit sie ihn sein Leben getreten war, nie allein gefühlt hatte.

»Mir würde etwas einfallen«, sagte er. »Aber es wird nicht so weit kommen, Nell. Daughtry ist sich sicher, dass wir gewinnen. Der Tauflöffel ist nur eine weitere Hilfe dabei.«

Nell wandte den Blick von ihm ab. Offensichtlich machte das für sie keinen Unterschied. Oder vielleicht schwächte es auch seine Glaubwürdigkeit, dass er nicht davon ausging, sie würden gemeinsam der Armut ins Gesicht sehen müssen.

Er versuchte es anders. »Eine Annullierung ist ein legales Mittel. Keine geheime Verschwörung, die ich gegen dich betrieben habe. Denk darüber nach, Nell. Als wir uns kennenlernten, hast du gedroht, mich zu töten. Du hast dich angehört wie eine Verbrecherin. Ich wusste nichts über dich, außer dass du einen Mord begehen wolltest und einer Frau, die ich nicht ausstehen kann, auf wunderbare Weise ähnlich sahst. Natürlich habe ich mich erkundigt, wie ich mich absichern kann, falls du und ich nicht miteinander zurechtkommen sollten. Ich dachte …«

Der Blick, den sie ihm zuwarf, glitzerte verdächtig. Ihm stockte der Atem. Waren das Tränen in ihren Augen? »Du dachtest, ich wäre ein Tier«, zischte sie. »Das war ziemlich deutlich.«

Der Wunsch, sie in den Arm zu nehmen, war kaum zu unterdrücken. Nur die Ahnung, dass sie das nicht begrüßen würde, hielt ihn auf seinem Platz. »Bitte hör mir zu«, sagte er. »Ich hätte dir offen sagen müssen, dass die Ehe gelöst werden kann.

Ich gebe zu, dass meine Gründe feige waren und bitte dich dafür um Vergebung. Aber du kannst meine Fehler der Vergangenheit nicht einfach mit der Gegenwart über einen Kamm scheren.«

»Und warum sollte ich deinen Worten jetzt glauben, wenn das vorher falsch war?«, fragte sie. Sie schob das Kinn hoch und sah ihn über die Nase hinweg an. »Warum sollte ich einem Mann Vertrauen schenken, der sich damit brüstet, sich um niemandes Meinung zu scheren. Das ist nicht gerade eine Empfehlung, St. Maur!«

Das hatte gesessen, ihre Verachtung traf ihn wie ein Dolch. »Was glaubst du eigentlich?«, sagte er heiser. »Dass ich dich in den Slum zurückschicken würde? Denkst du das von mir?«

Sie zuckte mit einer Schulter. »Ich glaube, du hast gelogen, weil es dir in den Kram passte. Weil du wusstest, dass ich sonst nicht das Bett mit dir geteilt hätte.«

Zischend atmete er ein. »Das ist die größte Unverschämtheit, die mir je …«

»Hast du eine andere Erklärung?«

»Du warst ängstlich.« Verdammt, das klang nicht einmal in seinen eigenen Ohren überzeugend. Hilflos und frustriert fuhr er sich mit der Hand durchs Haar.

Die Kutsche wurde langsamer, die Räder rumpelten in einem regelmäßigeren Muster, als sie in den gepflasterten Hof vor den Stallungen einfuhren.

»Ich werde mein Geld bekommen«, sagte sie nach einer Weile. »Und dann«, sie atmete stockend, »werden wir sehen, wer diese Ehe löst. Auch eine Frau kann eine Annullierung beantragen. Vielleicht kann Daughtry mich beraten, wie ich dich wieder loswerde!«

Ein kaltes Lachen entfuhr ihm. Großartig. Das war wirklich großartig. Vor nicht einmal sechs Stunden hatte sie noch an seinem Hals gekichert, und jetzt wollte sie ihn verlassen. »Er wird dich ganz sicher nicht beraten.«

Sie schlug mit der Hand auf den Sitz. »Wer bist du, dass du mich aufhalten könntest!«

Er beugte sich zu ihr vor. Mit Zorn kam er zurecht. Zorn war sehr viel einfacher. *»Dein Ehemann, der Earl of Rushden!«*

Sie starrte ihn an. »Und ich bin die Countess«, sagte sie schwach.

»Ganz recht«, sagte er. »Was auch immer das Gericht entscheidet, wer du bist, *das* wird sich nicht ändern. Ich bin Rushden und du bist meine Frau. Und wenn du glaubst, dass mir das keinen Vorteil über dich verschafft, dann bist du naiver, als ich gedacht habe.«

Jetzt schlug sichtbar in ihrer Kehle ein Puls. »Ich bin weit davon entfernt, naiv zu sein«, sagte sie. »Endlich sehe ich, wer du wirklich bist.«

»Oh? Und deshalb glaubst du, dass du mir nicht trauen kannst? Wirklich, Nell«, sagte er, »seit du mein Haus betreten hast, hätte ich tausend schlimmere Dinge mit dir tun können, als dich zu bitten, mich zu heiraten. So leicht, so leicht hätte ich dich missbrauchen können. Du warst niemand – hattest keinen Namen – und hast damit gedroht, einen Angehörigen des britischen Hochadels zu töten. Meine Dienerschaft hätte dir nicht geholfen. Das Gesetz hätte dir nicht geholfen, und das wusstest du damals. Du warst nicht so naiv. Aber du bist trotzdem geblieben, und warum? Weil du mir vertraut hast. Du hattest das Vertrauen, dass ich dir nichts tun würde. Und habe ich dein Vertrauen enttäuscht? Habe ich je die Hand gegen dich erhoben oder dich meine Macht spüren lassen?«

Ihr Gesicht verlor jede Farbe, ihre Augen waren weit aufgerissen. »Was jetzt? Soll ich dich dafür bewundern, dass du nicht den Mistkerl gespielt hast?«

»Nein«, sagte er scharf. »Und bewundert hast du mich nie. Aber du hast dich auf dein Vertrauen zu mir verlassen, und das tust du immer noch, auch wenn du es nicht zugibst, selbst in diesem Augenblick. Die Kutsche, in der du sitzt, das Haus, in das du zurückkehrst, die Schlösser an der Tür zu deinem Schlafzimmer, selbst die Kleider, die du trägst, all das gehört mir. Ich kann es dir wegnehmen oder gegen dich verwenden. Ich kann die Türen abschließen und den Bediensteten befehlen, dich einfach zu vergessen. Ich kann alles tun, was ich will. Und trotzdem zitterst du nicht vor Angst!«

»Vielleicht sollte ich das«, flüsterte sie.

»Dann entscheide dich«, fuhr er sie an. »Was ist es? Zitterst du? Bin ich der Bösewicht, der dein Vertrauen nicht verdient? Oder bist du vielleicht selbst böse – zu feige, um deine eigenen Gefühle anzuerkennen, obwohl ich bewiesen habe, dass ich dein Vertrauen verdiene?«

Der Wagen kam ruckelnd zum Halten. Es wurde furchtbar still.

»*Was ist es?*«, fragte Simon.

Nell öffnete die Lippen einen Spalt und presste sie dann stumm aufeinander.

»Schön.« Er lehnte sich zurück. »Sehr gut. Dann werde ich dir die Last deiner Feigheit abnehmen. Ich spiele gerne den Bösewicht. Du wirst mich nicht verlassen, Cornelia St. Maur. Du bleibst bei mir, ob du willst oder nicht.«

Die Wagentür öffnete sich. Sie sah ihm in die Augen, ihr Gesicht eine ausdruckslose Maske. Sie machte keine Anstalten aufzustehen.

»Na los«, sagte er barsch. »Geh ins Haus. Du weißt jetzt, dass ich dich nicht gehen lasse. Du hast keine Wahl.«

Ein Schaudern durchfuhr sie. Dann sprang sie auf die Füße und glitt die Trittstufen hinunter. Als der Diener auch Simon helfen wollte, winkte er ab und starrte ausdruckslos auf den Platz, wo sie gesessen hatte.

Sein Zorn war verraucht. Plötzlich empfand er nur noch Abscheu. *Der Earl of Rushden*. Ganz genau, dachte er düster. Nie hatte er sich seinem Vorgänger so verwandt gefühlt. Seine Worte hätten aus dem Mund des alten Rushden kommen können. *Du hast keine Wahl.*

Hatte sie diesen Akt der Tyrannei von ihm verlangt? War sie so an Raufbolde gewöhnt, dass sie seinen Drohungen mehr Glauben schenkte als seiner Bitte um Vergebung? Sollte er seine Liebe besser nie wieder erwähnen und stattdessen von Lust und Besitzgier sprechen?

Möge Gott ihm beistehen. Er liebte sie wirklich. Wenn sie ihm aufmerksam zugehört hatte, müsste sie das wissen. Er hing viel zu sehr an seinem Wohlstand, um ihn für etwas Geringeres aufzugeben.

Sein unfrohes Lächeln erlosch, als Simon die Augen schloss. Er war nicht wie der alte Rushden. Niemals würde er seine Macht missbrauchen, um jemandes Willen zu brechen.

Aber Nell war seine Frau. Ob sie glaubte oder nicht, dass er mit ihr zusammenbleiben wollte, hatte keine Bedeutung. Er *wollte* mit ihr zusammenbleiben.

Und wenn er deswegen dem alten Rushden ähnlich war, sei's drum. Er würde sie nicht gehen lassen.

In dieser Nacht erwachte Nell vom Klang des Klaviers – eine leise, zarte Melodie, die so gedämpft durch die Wände drang, dass sie zuerst glaubte, sie würde noch träumen. Feenmusik, dachte sie erstickt. Schmerzlich schön, wie die Klagelieder alter Seeleute, wenn sie ans Meer dachten.

Eine Weile ließ sie sich von Kummer erfüllt auf den Tönen treiben, bis ihr ein Gedanke kam. Sie musste es wissen, musste sein Gesicht sehen, während er spielte. Leise stand sie auf und schlüpfte in den Flur.

Durch das Fenster am Ende des Ganges sah sie den Vollmond vor dem mit Mitternachtswolken marmoriertem Himmel. Die Steinbüsten an der Wand waren in Dreiviertelansicht erstarrt, die knochigen Nasen und gemeißelten Perücken warfen fremdartige Schatten auf den Teppich.

Die Klänge huschten wie Gespenster durch die Luft und führten sie Richtung Empfangshalle.

Vor dem Gesetz war sie die Herrin dieses Haushalts. Aber heute Nacht fühlte sie sich anders. Als würde sie sich heimlich in ein fremdes Zuhause stehlen, außer Atem und voller Angst. Vor jedem Ding in der Dunkelheit zuckte sie zusammen.

Hinter der letzten Tür, ganz nah an der breiten Galerie, fand sie die Musik. Als sie durch die Tür spähte, entdeckte sie Simon am Klavier. Seine Hände waren bleich im Mondlicht und bewegten sich fließend über die Tasten.

Er saß mit dem Rücken zu ihr. Weder Lampen noch der Kerzenständer neben ihm waren angezündet. Sie konnte sein Gesicht nicht sehen. Aber seine Haltung beim Spielen verriet, dass er ganz in dieser Musik aufging, die mit ihrer Traurigkeit eine Seele vergiften könnte.

Sie hatte dieses Stück noch nie gehört.

Im Vergleich dazu klang die andere Etüde wie ein Wiegenlied.

Eine lange Minute blieb sie dort stehen, durchbohrt von den Klängen, zerrissen von einem Wunsch, dem sie nicht nachgeben konnte: zu ihm zu gehen und ihn zu berühren. Sich an ihn zu schmiegen und zu weinen.

Die Musik erklärte ihr etwas, das sie nicht wissen wollte. Tiefer als Worte es vermochten, zeigte sie ihr seinen Kummer. Wenn er in dieser Musik aufging, litt er genauso wie sie.

Was sollte sie mit diesem Wissen anfangen? Es konnte ihr nicht helfen. Ihr Schmerz wurde dadurch nur noch heftiger. Beinahe hätte sie sich ihm ganz hingegeben. Ihm mehr vertraut als je einem anderen Menschen zuvor – sogar mehr als sich selbst. Und all das hatte auf einem falschen Versprechen beruht. Er hatte immer gewusst, dass er sie verlassen konnte, falls ihre Pläne nicht aufgingen. Er hatte das sogar geplant.

Jetzt behauptete er, dass er sie nicht verlassen wollte, aber stimmte das? Katherines Feindseligkeit hatte deutlich gemacht, dass es nicht leicht werden würde, Nells Geburtsrecht wiederzuerlangen. Vielleicht würde sie nie bekommen, was Cornelia zustand – und niemand würde St. Maur dann Vorhaltungen machen, wenn er seine mittellose Frau aus den Elendsvierteln wieder verstieß.

Der Gedanke enthüllte eine Leere in ihr, die finsterer war als jeder Hunger, den sie hatte aushalten müssen.

Ich verdiene dein Vertrauen, hatte er gesagt.

Aber sie war es, die alles riskierte.

Hier zu stehen und sich nach ihm zu sehnen … auf ihn zu hoffen, obwohl er schon geplant hatte, wie er sie fortschicken konnte … Das könnte wirklich ihr Tod sein.

Als die erste Träne fiel, atmete sie langsam ein und hob dann die Röcke für den einsamen Weg über den Flur zurück.

16

Am nächsten Morgen wachte Nell mit Kopfschmerzen auf, die mit dem heller werdenden Licht nur schlimmer wurden. Sie ließ sich das Frühstück in ihre Zimmer hinaufbringen und stocherte lustlos darin herum, während die Uhr im Gang das quälend langsame Voranschreiten des Tages zählte.

Sylvie bot an, sie auf einen Spaziergang zu begleiten. Aber der Gedanke, von Reportern verfolgt zu werden, war nicht sehr verlockend.

Schließlich begab sie sich in die Bibliothek, um sich abzulenken. An jeder Ecke machte sie sich darauf gefasst, mit Simon zusammenzustoßen. Aber die Flure waren leer, genauso wie die Bibliothek. Dort, im trüben Licht des wolkenverhangenen Himmels, das durch die Oberlichter drang, roch die Luft nach Papier und altem Leder. Sie schritt die Regale entlang durch eine Stille, die mit jedem Schritt undurchdringlicher zu werden schien. Plötzlich war sie seltsam befangen angesichts der in den zahlreichen Bänden gesammelten Worte, der unruhigen Gedanken lange verstorbener Männer, die alle schweigend um ihre Aufmerksamkeit buhlten.

»Eines davon wird es schon tun.«

Erschrocken schnappte Nell nach Luft und drehte sich um. Simon saß in einem Ohrensessel am anderen Ende des Raums, seine weiße Krawatte fing alles Licht im Raum und schnitt eine präzise, gespenstische Form in den Schatten.

Ihr Mund war trocken. Sie zwang sich, auf seine Bemerkung zu antworten. »Störe ich dich?«

Er legte ein Lesezeichen in das Buch auf seinem Schoß und nahm das Glas vom Tisch neben ihm. Etwas an seiner Bewegung – eine kalte, geruhsame Effizienz – brachte ihr Herz zum Pochen. »Meine Frau fragt, ob sie mich stört«, murmelte er. »Wirklich bemerkenswert.«

»Ja?« Wenn er so kühl zu ihr war, kam es ihr vor, als redete sie mit einem Fremden – einem aalglatten, gut aussehenden Fremden, der keine Verwendung für sie hatte. »Ich dachte, es wäre höflich.«

»Oh, das ist es. Sehr korrekt, kann ich dir versichern. Wir Ehemänner und -frauen der Aristokratie müssen peinlich genau darauf achten, nicht unmanierlich mit unseren Angetrauten zu reden.«

Etwas Düsteres klang in seiner Stimme mit – scharf und leise und schneidender als einfache Ironie. Nell beschloss kurzerhand, später wiederzukommen, wenn er weg wäre.

Aber als sie sich umdrehte, fiel ihr ein Buch auf dem langen Lesetisch auf. Es war sehr alt, das sah sie auf den ersten Blick. Vorsichtig fuhr sie mit den Fingern über den Umschlag und fühlte das weiche und abgegriffene Leder. Sie wusste, dass es zwei Kategorien von alten Dingen gab. Für die Armen bedeutete alt, dass etwas abgetragen und nutzlos war. Für die Reichen war eine Sache je wertvoller, je älter sie wurde, denn wenn jemand genügend Geld hatte, um sich etwas Neues zu kaufen, musste es einen guten Grund geben, das Alte zu behalten. Diese Logik hatte sie aus der schlichten Tatsache gelernt, dass so viele Teppiche im Haus vollkommen abgewetzt waren. »Aus dem siebzehnten Jahrhundert«, hatte Polly ihr über einen verraten – auch wenn ein vernünftiger Mensch das für einen guten Grund halten mochte, endlich einen neuen anzuschaffen.

Dieses Buch gehörte jedenfalls in die Kategorie der alten Dinge der Reichen. Aber als sie es aufschlug, stellte sie fest, dass es nicht mit einem fadenscheinigen Teppich zu vergleichen war.

Es war wundervoll. Illustrationen der Martyrien der Heiligen in lebendigen, schrecklichen Farben. Simon sprach, als sie umblätterte.

»Es gehörte deiner Mutter.«

Sie richtete sich auf. »Ich dachte, die wurden alle verkauft?«

Er zuckte mit den Schultern und trank einen Schluck.

»Du hast es zurückgekauft?«, fragte sie.

»Ja.«

Schweigend nahm sie das in sich auf, während sie die nächste Seite aufschlug. »Auch noch andere?«

»Alle, die ich finden kann.«

Ihre Hand erstarrte in der Bewegung. Bei seinem Eingeständnis spürte sie einen Stich, einen Stich, der sich zu einem Schmerz ausweitete und ihren ganzen Körper wie eine offene Wunde pochen ließ.

Er hatte ihr genug von seiner eigenen Geschichte erzählt, dass sie wusste, wie wichtig die Freundlichkeit der Countess für ihn gewesen war. Selten und kostbar. Jetzt gab er das zurück, indem er die Bücher ihrer Mutter aus den Händen von Fremden zurückkaufte.

Etwas entwirrte sich in ihr bei diesem Gedanken. Simon wusste, wie es war, verletzt zu werden, genau wie sie selbst. Seine Familie hatte ihn einfach einem gefühllosen Fremden übergeben. Ihre Familie hatte sie verloren, aber als Nell sie wiedergefunden hatte, wollte sie nichts von ihr wissen. Beide hatten etwas verloren, das ein Mensch nicht verlieren sollte. Beide waren davon gezeichnet.

»Nimm es mit, wenn du möchtest«, sagte er.

Sie presste das Buch an ihre Brust und verließ rasch das Zimmer, lief durch die Eingangshalle und die Treppen hinauf. Als sie endlich in ihren Räumen angekommen war, warf sie sich in einen Sessel und starrte das Buch an.

Simon hatte es aufgespürt, weil es ihrer Mutter gehört hatte. Er konnte keinen Nutzen davon gehabt haben. Aber er hatte es trotzdem getan, weil er die Countess geliebt hatte.

Stockend holte sie Luft. Das war wichtig. Er hatte ihre Mutter geliebt, selbst noch nach ihrem Tod. Er hatte nicht aufgehört, sie zu lieben, auch wenn es praktischer gewesen wäre, das zu tun.

Nell versuchte, diesen Gedanken beiseitezuschieben. Aber beim Lesen verschwammen ihr die Worte vor den Augen, und ihre Hand zitterte, als sie umblätterte.

Gestern war ihr Zorn klar und stark gewesen und hatte sie geschützt. Aber in der Nacht hatte Simons Klavierspiel den Schild zum Zerreißen gebracht, der sie vor dem trüben Chaos ihrer Gefühle schützte. Sehnsucht und das verzweifelte Bedürfnis, ihm nah zu sein, waren jetzt genauso stark wie zuvor ihre Wut.

Sie beschwor sich, ihrem Urteilsvermögen nicht zu trauen, wenn es um ihn ging. Aber vielleicht war das falsch. Vielleicht hinderte nur ihre Angst sie daran.

Vielleicht hatte er recht, und sie war ein Feigling.

Als die Tür aufging, machte ihr Herz vor Vorfreude einen kleinen Hüpfer. Nell stand auf.

Aber es war nur Polly, die im Türrahmen knickste. »Lady Katherine Aubyn für Sie, Mylady. Soll ich sagen, dass Sie zu Hause sind?«

Sie konnte keinen klaren Gedanken fassen. »Was … was hat Seine Lordschaft gesagt?«

»Seine Lordschaft ist gerade ausgegangen«, gab Polly zurück. »Aber Lady Katherine hat nach Ihnen gefragt, Madam.«

Lady Katherine wartete im rosa Salon und starrte aus dem Fenster auf die feuchte Straße. Als Nell eintrat, erschrak sie und wirbelte herum, als hätte man sie bei irgendetwas ertappt. Die behandschuhten Hände hielt sie fest vor der Taille verschränkt. »Guten Morgen«, sagte sie steif. Sie trug ein dunkelblaues Tageskleid und einen passenden Hut mit schmaler Krempe, auf dem zwei ausgestopfte Wachteln in einem unwahrscheinlich steilen Winkel die Flügel erhoben.

Wäre Nell nicht durch Mrs Hemples strenge Schule gegangen, hätte sie die beleidigende Tatsache, dass Katherine ihre Handschuhe anbehalten hatte, übersehen. Dieser Besuch diente keinem geselligen Anlass und würde nicht lange dauern.

Nell atmete einmal tief durch und schloss die Tür. »Guten Morgen«, sagte sie.

Katherine ging auf einen Brokatstuhl zu, war dann aber doch nicht anmaßend genug, sich einfach zu setzen, und blieb daneben stehen. »Ich … hatte gehofft, mit Ihnen sprechen zu können«, sagte sie.

Das war eine indirekte Aufforderung, Platz zu nehmen, damit sie selbst sich ebenfalls hinsetzen könnte. Für einen Moment hielt Nell noch den Türknauf fest, ein finsterer Winkel in ihrem Herzen brachte sie beinahe dazu, einfach wieder zu gehen.

Aber nach oben zurückzukehren hieße auch, sich dem schrecklichen inneren Kampf auszusetzen, den die Gedanken an Simon in ihr auslösten. Sie war froh über eine Ablenkung. Und als sie ihre Besucherin jetzt ansah, wurde sie neugierig. Lady Katherine trat wie ein nervöses Schulmädchen von einem Fuß auf den anderen, und ihr blasses Gesicht deutete darauf hin, dass die Situation ihr jetzt schon unangenehm war. Warum war sie hier?

Nell ermahnte sich, auf der Hut zu sein. Dann ließ sie den Türgriff los und setzte sich.

»Das ist furchtbar peinlich«, räumte Lady Katherine ein, als sie Nell gegenüber Platz nahm. »Ich hatte gehofft, dass wir vielleicht bei einem gesellschaftlichen Ereignis aufeinandertreffen würden, aber seit der Sache bei Lady Allenton sind Sie nirgendwo mehr aufgetaucht.«

Nell zuckte mit den Achseln. »Jetzt sind Sie ja hier«, sagte sie. »Und ich höre zu.«

»Ja.« Katherine holte sichtbar Luft. »Sir Grimston hat sich heute Morgen mit Rushdens Anwälten getroffen. Gibt es neue Beweise? Jedenfalls sagte er mir, dass er Ihre Forderung nicht länger anfechten würde. Er wollte Sie als meine Schwester anerkennen.«

Langsam nickte Nell. Sie waren nicht vollkommen identisch. Katherine war insgesamt in einem größeren Maßstab angelegt. Sie überragte Nell um ein paar Zentimeter in der Höhe und hatte breitere Schultern und Hüften. Als Nell sie das erste Mal gesehen hatte, war das durch ihre Schlankheit kaschiert worden. »Und Sie? Werden Sie mich anerkennen?«

Die andere Frau blickte auf ihre Hände hinab, die an ihrem Kleid herumgenestelt hatten und jetzt still auf ihrem Schoß lagen. »Ich lasse mich von meinem Vormund leiten.«

Dieser spindeldürre Mann, der gefaucht und geblafft hatte? »Was ich so gesehen habe, scheint mir das keine sehr angenehme Lage zu sein.«

Katherine sah sie erschrocken an. »Er handelt nur in meinem Interesse«, sagte sie nach einer kurzen Pause.

Wie praktisch, dass dieses Interesse auch seine eigenen Taschen füllte. Nell gab sich mit einem weiteren Achselzucken zufrieden. Es ging sie schließlich nichts an.

Katherine räusperte sich. »Aber weshalb ich hier bin: Es

war … falsch, dass ich so kalt zu Ihnen war. Sie müssen verstehen, wie fassungslos ich war – ich fürchte, meine Gefühle gingen mit mir durch.«

»Das verstehe ich.« Nun, im Moment hatte Katherine ihre Gefühle fest unter Kontrolle. Vielleicht hielt sie Nell noch immer für eine Betrügerin und fühlte sich nur durch die Umstände gezwungen, ihre Zweifel zu verbergen.

»Gut … Das ist sehr freundlich von Ihnen. Großzügig.« Katherine rollte die Lippen nach innen, ihr Mund war nur noch eine schmale Linie. Nein, sie glaubte es nicht. Der Tauflöffel machte für sie nicht den geringsten Unterschied. Aber da Nells Forderungen anscheinend akzeptiert wurden, hatte sie keine andere Wahl, als gute Miene zum bösen Spiel zu machen.

Lady Katherine sah nicht glücklich aus, überhaupt nicht erfreut über ihre nächsten Worte: »Gleichwohl, ich fühle mich verpflichtet, meinen Fehler wiedergutzumachen. Ich frage mich … ob Sie so freundlich wären, mich auf eine kleine Fahrt durch den Park zu begleiten?«

Nell starrte sie an. »Warum?«

»Nun … es ist ein schöner Tag«, sagte sie und wedelte linkisch in Richtung Fenster.

Nell sah in ebendiese Richtung und hob die Augenbrauen. Das Fenster zeigte einen wolkenverhangenen Himmel, die Blätter noch feucht vom Nieselregen.

Katherine gab ein kleines Lachen von sich. »In Ordnung, es ist ein furchtbarer Tag. Aber trotzdem, um diese Zeit ist immer jemand im Park. Und ich kann genauso gut ehrlich zu Ihnen sein. Wenn wir in den gleichen gesellschaftlichen Kreisen verkehren, sollten wir so bald wie möglich gemeinsam in der Öffentlichkeit auftreten. Es wäre wirklich unangenehm, wenn die ganze Welt Spekulationen darüber anstellt, was wir voneinander denken – wenn man uns beobachtet und hinter unserem

Rücken tuschelt. Meinen Sie nicht? Wenn die Leute sehen, dass wir freundlich miteinander umgehen, kann man die Frage nach unseren Gefühlen direkt zur ewigen Ruhe betten. Auf keinen Fall möchte ich das Opfer von Gerede werden. Und Sie sicherlich auch nicht«, fügte sie hastig hinzu.

Unwillkürlich lächelte Nell. »Mir bleibt wohl kaum etwas anderes übrig. Sie haben die Herde von Reportern vor dem Haus sicher nicht übersehen.«

»Nein«, murmelte Katherine. »Vielleicht könnte … mein Fahrer uns in den Stallungen abholen?«

Nell zögerte. Die Erinnerung an ihre letzte Begegnung sprach kaum für diese Einladung. Aber vielleicht … Vergebung war nicht immer töricht. In schwierigen Situationen begingen Menschen Fehler, sie versuchten sich zu schützen, ohne an die Konsequenzen zu denken.

Simon hatte sie nicht gekannt, als er Vorkehrungen für die Annullierung getroffen hatte.

Katherine war nicht darauf gefasst gewesen, ihre lang verlorene Schwester bei Lady Allenton wieder zu treffen.

Nell blickte in das Gesicht ihrer Schwester – dem Gesicht, das dem ihren so ähnlich sah. Natürlich wollte sie die Frau dahinter kennenlernen. Katherine musste das Gleiche fühlen.

»In Ordnung«, sagte sie. Vielleicht war das ein neuer Anfang.

Schweigend saßen sie im sicheren Innenraum der Kutsche, als der Fahrer langsam auf die Straße fuhr. Fast wurde das Klappern der Hufe vom Geschrei auf der Straße übertönt:

»Lady Rushden – nur eine Frage …«

»Stimmt es, was Mr Norton sagt, dass Sie in seiner Fabrik in Bethnal Green als einfache Arbeiterin gearbeitet haben?«

»Ist sie Ihre Schwester, Lady Katherine? Bestätigen Sie das?«

Katherine klopfte gewandt gegen ihren lächerlichen Hut –

vorsichtig, wie Nell bemerkte, um die unglücklichen Wachteln nicht zu beschädigen. »Einer von ihnen hat mit der Kamera durch das Geländer gezielt«, sagte sie mit einer Grimasse. »Ich glaube, ich wurde fotografiert.«

»Sie sehen gut aus«, sagte Nell unwillkürlich, als säße da Hannah oder irgendjemand anders, den sie beruhigen könnte. Nicht dieses Mädchen, das es ihr gegenüber kaum aushielt, ohne sie anzufauchen. »Der Hut sitzt gerade.«

Katherine beäugte sie kritisch. »Die Toque soll nicht gerade sitzen. Sondern in einem leichten Winkel über der Stirn.«

»Oh.« Hannah hätte so etwas gewusst. »Nun, dann ... soll ich einfach ...« Nell beugte sich vor und versetzte dem Hut einen leichten Stups, dass er etwas tiefer rutschte und Katherines Stirn verdunkelte.

Katherine blieb reglos sitzen und protestierte nicht, aber als Nell sich zurücklehnte, stellte sie fest, dass das Mädchen sie mit weit aufgerissenen Augen anstarrte und bestürzt aussah.

Nell war wie gebannt von diesem Blick und starrte mit wachsender Hilflosigkeit und Verwirrung zurück – da war noch immer das verstörende Gefühl, sich selbst zu betrachten. »Glauben Sie es wirklich nicht?«, fragte sie leise.

Zischend holte Katherine Luft und wandte den Blick ab. Die Kutsche beschleunigte und fing an zu ruckeln und zu schwanken. »Jetzt wird es sicher sein«, murmelte sie und zog das Rouleau mit einer ruckartigen Bewegung nach oben.

»Es tut mir leid, dass ich mich nicht erinnere«, flüsterte Nell. »Ich wünschte, ich könnte es.«

Als Reaktion kam nur ein kurzer Blick. Katherine schien entschlossen, sie so wenig wie möglich anzusehen.

Nell biss sich auf die Zunge. Eigentlich besaß sie den natürlichen Instinkt oder auch die Gewohnheit, die sie sich durch viel Übung über die Jahre angeeignet hatte, nicht mehr zu geben, als sie im Gegenzug bekam.

Aber sie war es sich schuldig, es wenigstens zu versuchen. Sie wollte ihre Schwester kennenlernen. »Ich war … vollkommen am Boden zerstört«, gab sie zu, »nachdem wir uns bei Lady Allenton getroffen haben.«

Katherine sprach mit erstickter Stimme. »Nicht. Bitte nicht.«

»Warum nicht?« Enttäuscht rückte Nell auf ihrem Sitz etwas vor. »Deshalb sind Sie doch gekommen, oder? Um mit mir zu reden? Um eine Antwort auf die Fragen in Ihrem Kopf zu bekommen? Das ist eine geschlossene Kutsche, Katherine. Wenn Sie uns im Park umherzeigen wollten, hätten sie in einer Kalesche kommen sollen.« Simon hatte einen Witz darüber gemacht, als sie einmal die Rotten Row im Hyde Park entlanggefahren waren. Ein Brougham war für Geschäfte, eine Kalesche zum Sehen und Gesehenwerden.

Katherine schüttelte den Kopf. Sie biss sich auf die Lippe, runzelte heftig ihre Stirn. Plötzlich drehte sie sich um und klopfte hinter sich ans Fenster. »Sie haben recht«, sagte sie. »Das Wetter ist furchtbar. Kaum eine passende Gelegenheit.« Als der Kopf des Dieners am Fenster erschien, sagte sie eilig: »Bringen Sie uns sofort nach Rushden House zurück.«

Nell spürte einen harten Kloß in der Kehle. »Sie nehmen die Einladung also zurück?«, sagte sie heiser.

»Es war nicht richtig, Sie zu fragen. Ich möchte Ihnen keine Unannehmlichkeiten bereiten. Sie sind noch nicht bereit für einen Auftritt in der Öffentlichkeit. Ihr Mann hat Ihnen nicht die Erlaubnis gegeben.«

»Ich brauche seine Erlaubnis nicht. Und wenn Grimston darauf besteht, dass Sie auf ihn hören, ist er wohl eher ein Gefängniswärter als ein Vormund!«

Katherine blinzelte, als sähe sie in zu helles Licht. »Sie verstehen gar nichts. Sie …« Ihre Stimme überschlug sich. Dann befeuchtete sie die Lippen und beugte sich etwas vor. Die Anspannung, mit der Katherine sich an den Sitz klammerte, und die Dringlichkeit ihrer Miene verrieten eine Furcht, die plötzlich ansteckend war. Nell ertappte sich dabei, wie sie den Atem anhielt. »In Zukunft«, sagte Katherine, »verlassen Sie bitte, *bitte* niemals das Haus ohne Ihren Mann.«

Die Kutsche wurde langsamer. Kam ruckelnd zum Halten. Gleichzeitig sahen beide aus dem Fenster. »Das ist zu früh«, murmelte Nell, als jemand an der Tür rüttelte.

»Oh mein Gott«, sagte Katherine leise. Sie warf sich auf den Türgriff, packte ihn und drückte sich gegen die Tür, um sie zuzuhalten. »Gehen Sie!«, schrie sie.

Panik überfiel Nell. »Was tun Sie da?«

Von draußen kam gedämpft eine Stimme: »Katherine, geht es dir gut?«

»Gehen Sie«, sagte Katherine mit schriller Stimme. »Ich habe es mir anders überlegt! Gehen Sie!«

Vor lauter Angst rutschte Nell von der Sitzbank. Sie duckte sich und blickte vorsichtig aus dem Fenster. Draußen entdeckte sie zwei Polizisten, und das Herz hämmerte ihr gegen die Rippen. »Was haben Sie getan?«, flüsterte sie.

Mit kreideweißem Gesicht starrte Katherine sie an. Noch immer hielt sie die Tür zu. »Ich wusste es nicht«, sagte sie. »Oder ich … ich war so verwirrt …«

Die Tür wurde aufgerissen, und Katherine fiel direkt in Grimstons Arme. Nell blickte in seine dunklen Augen. »Das ist sie«, sagte er barsch.

Ein Polizist tauchte in der Tür auf. Er sah böse aus, der Anblick war Nell vertraut: hohlwangig, mit dichten Augenbrauen und dem selbstzufriedenen Blick eines Mannes, der sich auf seine Autorität etwas einbildete. Mit wachsamen Augen fixierte er sie, während er die dicken Lippen zu einem Grinsen verzog.

»Sei ein braves Mädchen und komm heraus«, sagte er.

Katherine wand sich in Grimstons Griff. »Lasst sie in Frieden!«, schrie sie.

Nell wich zurück, aber sie konnte nirgendwohin. »Sie dürfen mich nicht mitnehmen«, sagte sie, als der Bulle in die Kutsche stieg. »Das dürfen Sie nicht.« Hastig sprudelten die Worte aus ihr heraus. »Ich bin jetzt verheiratet. Ich bin die Countess of Rushden. Das dürfen Sie nicht.«

Der zweite Polizist erschien mit einem schweren Schlagstock in der Hand vor der Tür. Als der erste seine dicke Hand um ihren Arm legte, sagte er: »Ich weiß nur, dass Sie mit uns kommen müssen.«

Der Inspektor, Mr Hunslow, war ein schmaler, glatzköpfiger Mann, dessen fahles Gesicht im Gaslicht glänzte, als hätte jemand es in Öl getaucht. Alle paar Sekunden unterbrach er sich, um seine rissigen Lippen zu lecken. »Der zuständige Richter ist erst morgen früh um zehn wieder anwesend«, sagte er. »Sie sollten offen sprechen, solange Sie es hier gemütlich haben.«

Nell verstand das als Drohung, und so war es auch gemeint. Der Raum war klein, die Luft war abgestanden, und nur ein einziges hohes Fenster zeugte von der Existenz der Außenwelt. Aber sie war hier allein. Das war nicht die übliche Unterbringung für Gefangene.

»Ich habe es Ihnen schon gesagt. Ich habe diesen Löffel nicht gestohlen. Ich bekam ihn von einem Mann namens Michael Whitby.« Sie würde ihn nicht länger ihren Stiefbruder nennen. Sie würde auch an Katherine nicht als ihre Schwester denken. An keinen von ihnen würde sie noch einen einzigen Gedanken verschwenden.

Hunslows Kiefer ruckte von einer Seite auf die andere. Durch die rohen, weiß getünchten Wände drangen die Geräusche des ordentlichen Strafvollzugs. Jemand jammerte, ein Baby schrie, zwei Stimmen erhoben sich im Streit. Der Inspektor befand sich in einem Dilemma. Er hielt sie für eine Betrügerin und Diebin, wusste – und hatte es auch direkt erwähnt –, dass sie aus einem Teil der Stadt kam, wo die Leute sich noch in angemessener Weise vor Polizisten fürchteten. Er habe die Zeitungen gelesen, hatte er sie mit einem dünnen Lächeln informiert.

Aber er wusste auch, dass sie mit einem Lord verheiratet war. Er konnte ihr kein Haar krümmen, und offensichtlich wagte er nicht einmal, die Stimme zu heben. Und ohne seine üblichen Methoden hatte er absolut keine Ahnung, wie er sie einschüchtern sollte.

Nell starrte unverwandt zu ihm hoch, bis er zischelnd ausatmete und sagte: »Wir werden nach diesem Mann suchen. Aber bedenken Sie eines: Falls wir ihn nicht finden, bringt Ihnen diese Geschichte mehr Ärger als Nutzen.«

»Suchen Sie ihn«, sagte sie. »Ich kann nichts tun, außer die Wahrheit zu sagen.«

Es klopfte an der Tür. Hunslow stand auf, zog an der dunklen Jacke und verschwand, um zu öffnen.

Nell richtete ihre Aufmerksamkeit wieder auf den Riss in der weiß getünchten Wand gegenüber. Es war wichtig, sich auf diesen Riss zu konzentrieren. Im ersten Moment nach ihrer Ergreifung hatte sie Panik verspürt, und als sie dann in Katherines tränenüberströmtes Gesicht geblickt hatte, war ihr langsam bewusst geworden, dass ihre Schwester sie verraten hatte. Danach war alles einer angenehmen Gefühllosigkeit gewichen, die sie um jeden Preis aufrechterhalten wollte. Sie würde nicht über ihre Lage nachdenken, über die Umstände oder die Tatsache, dass Simon keine Ahnung hatte, wo sie war. Sie würde sich einfach auf den Riss in der Wand konzentrieren.

»Sehr gut«, hörte sie Hunslow sagen, und bei dem Triumph, der in seiner Stimme mitschwang, wurde ihr flau im Magen. Sie schluckte schwer. Die Wände brauchten dringend neue Tünche. Farbschuppen sprenkelten die hölzernen Dielen direkt an der Wand. Solche Wände färbten ab, wenn man sich dagegenlehnte. Es war furchtbar mühsam, die weißen Schlieren wieder herauszukriegen.

Die Tür schloss sich. Hohle Schritte kündigten Hunslows Rückkehr an. Aber als sie aufsah, stand da nicht Hunslow, sondern Sir Grimston, leichenblass in einem schwarzen Anzug, die winzige Andeutung eines Lächelns auf den schmalen Lippen.

»Ja«, sagte er bedächtig. Er nahm den Stuhl, auf dem eben noch der Inspektor gesessen hatte, und setzte sich so steif hinein, als ob seine hölzernen Glieder nie zuvor gebeugt worden waren. »Diese Umgebung passt besser zu Ihnen«, sagte er.

Sie hatte noch nie einen dermaßen ausgezehrten Mann gesehen, der noch gehen konnte. Es lag etwas zugleich Faszinierendes und Schreckliches darin, wie ausgeprägt die Knochen unter der eingefallenen Haut seines Gesichts hervorstachen. Sein Adamsapfel wölbte sich zu deutlich vor, es sah aus, als wäre ein Ball in seiner Kehle stecken geblieben.

Wenn ein so hässlicher Mann sich vorstellen konnte, Katherine Aubyn zu ehelichen, musste eine schreckliche Arroganz in ihm stecken – so extrem, dass er jede Sünde rechtfertigen würde. »Ich nehme an, Sie haben Michael den Löffel gegeben«, sagte sie.

»Reine Mutmaßungen«, murmelte er. »Sehr schwer zu beweisen. Sogar fast unmöglich.« Er überschlug die Beine, die Hosenbeine raschelten. Seine langen, in dunkles Leder gehüllten Finger trommelten einmal auf sein Knie. »Die Hüter des Gesetzes werden feststellen, dass Whitby am Tag des Diebstahls seinen freien Tag in Ramsgate verbracht hat. Seine Freunde, ein Wirt und ein Barmädchen, werden sein Alibi bestätigen.«

Ruhig atmete sie weiter. Sah ihm direkt in die kalten, dunklen Augen, die tief in den Höhlen lagen, schwarze Löcher in einem Schädel. Man sah nicht weg, wenn man Angst hatte. Man wich nicht zurück. »Sie haben einen Fehler gemacht«, sagte sie. »Sie haben Ihre Karten auf einen gierigen Trunkenbold gesetzt. Den Löffel habe ich von einer anderen Person erhalten, die beschwören wird, dass sie ihn hatte, bevor ich ihn je zu sehen bekam.«

Grimstons Lachen klang wie das Rascheln vertrockneter Blätter. Sie bekam davon eine Gänsehaut. Es schien sich auszubreiten und an den Wänden entlangzukratzen. »Sie meinen wahrscheinlich Miss Crowley? Oh bitte, erzählen Sie dem Inspektor von Ihrer Rolle bei der Sache. Eine Frau, die eigentlich wegen Diebstahls in Newgate sitzen sollte und die ihre Freiheit nicht durch ein rechtmäßiges Urteil, sondern simple Bestechung erlangte. Es wäre sicher interessant für den Inspektor, dass sie in einen weiteren Diebstahl verwickelt ist. Erzählen Sie es nur, Miss Whitby.«

Ihr schnürte sich die Kehle zusammen. Okay, er hatte gründlich recherchiert. Er hatte alle Eventualitäten einkalkuliert, bevor sie überhaupt angefangen hatte nachzudenken. Und er hatte recht. Niemals würde sie Hannahs Namen da hineinziehen. »Was wollen Sie?«, flüsterte Nell.

»Oh«, sagte er. »Nichts allzu Schlimmes. Ich wünsche einfach, dass Sie verschwinden, Miss Whitby. Allerdings muss es nicht gleich das Gefängnis sein. Aber Sie verstehen, mit diesem neuen Schandfleck auf Ihrer Reputation …« Er hielt inne, als fiele ihm plötzlich etwas ein. »Und schließlich ist es nicht das erste Mal, dass Sie eine Straftat begehen, nicht wahr? Sehen Sie, meine Leute haben einige Aussagen über ein Treffen einer gewissen Hilfsgesellschaft gesammelt. Ich habe den Eindruck, dass Sie Ihre diebischen Tendenzen dort im Beisein mehrerer Personen leidenschaftlich verkündet haben. Könnte das sein?« Er schenkte ihr ein wohlwollendes Lächeln. »Was mag Sie nur zu einer so erstaunlichen Indiskretion getrieben haben?«

Fest biss sie die Kiefer aufeinander. Er hatte mit den Ladys von der GFS gesprochen. Sie hatten ihm von dem Tag erzählt, als Hannah verhaftet worden war und Nell so lautstark die Schuld auf sich genommen hatte, wo sie ja auch hingehörte.

Sie hatte diese Weiber mit den schlimmsten Schimpfwörtern belegt, die sie kannte. Ganz bestimmt wären sie froh, vor Gericht gegen sie auszusagen.

»Nun«, sagte Grimston und musterte sie neugierig. »Ich sehe, dass Sie nichts zu Ihrer Verteidigung zu sagen haben. Wie auch. Die Zeuginnen Ihres früheren Geständnisses werden Ihrer Verteidigung kaum helfen, falls ich Sie für den Diebstahl des Löffels belange.«

»Kommen Sie zum Punkt«, presste Nell zwischen den Zähnen hervor.

»Der Punkt ist ganz einfach: Ihre letzte Straftat macht all Ihre Hoffnungen auf Lady Cornelias Erbe zunichte. Sollte ich meine Anklage nicht zurückziehen, werden Sie wegen Diebstahls vor Gericht gestellt und mit großer Wahrscheinlichkeit verurteilt. Und sobald dieses Urteil ergangen ist, wird kaum ein Richter so wohlwollend sein und Sie auf eine Stufe mit Lady Katherine stellen. Schwindlerin und Trickbetrügerin«, fuhr er fort. »So wird man sie nennen. Und darauf stehen schwere Strafen. Ihre Unterbringung« – er ließ einen vielsagenden Blick über den primitiven kleinen Raum wandern – »wird dieses Zimmer hier im Vergleich ziemlich prächtig erscheinen lassen.«

Nell klammerte sich so fest an ihre Bank, dass sie sich einen Splitter zog. Grimston hatte ein ziemlich überzeugendes Bild entworfen. Sie hatte immer gewusst, dass die Gerichte dagegen wären, ein Mädchen mit ihrem Hintergrund auf eine höhere Position zu heben. Arme Leute sollten bloß nicht auf dumme Gedanken kommen. Michaels elender Zustand bei seiner Entlassung aus dem Gefängnis zeigte deutlich genug, wie das Gesetz mit Leuten umging, die es wagten, sich über ihren Stand zu erheben.

Aber Simon würde nicht zulassen, dass man sie einsperrte.

Wo war er?

Er würde bestimmt kommen. In dieser Sache waren ihre Zweifel nichts im Vergleich zu ihrem Vertrauen. Er würde sie befreien. Es wäre ganz leicht für ihn, wie bei Hannah.

Aber Hannah war nicht von einem so mächtigen und beharrlichen Gegenspieler wie Grimston angeklagt worden.

Plötzlich bekam sie nicht mehr richtig Luft. Simon würde dieses Problem nicht so leicht beseitigen können. All die Unterrichtsstunden in Benimm, Sprache und die hübschen Kleider wären umsonst. Niemand sähe eine Countess auf der Anklagebank. Alle sähen ein Fabrikmädchen, das einen verdammten Löffel geklaut hatte.

Nell sprach langsam, die Stimme schien von irgendwo außerhalb von ihr zu kommen. »Und wenn Sie Ihre Anklage zurückziehen?«

»Eine sehr kluge Frage«, sagte Grimston erfreut. »Oder vielleicht nur animalischer Instinkt: Sie riechen das Blut bei diesem Vorschlag. Ich bin kein hartherziger Mann, Miss Whitby. Ich weiß, dass Ihr Hintergrund bescheiden ist und Ihre Aussichten – bis vor Kurzem – außerordentlich trüb waren. Ich könnte Sie kaum darum bitten, Ihre einzige Chance auf sozialen Aufstieg aufzugeben, selbst wenn Sie jetzt nur noch schlecht aussieht. Aber es ist gar nicht Ihre einzige Chance«, fuhr er fort. »Ich freue mich, Ihnen einen anderen Weg eröffnen zu können. Ich würde Ihnen eine nicht zu verachtende Summe schenken, mit der Sie an Ihren alten Wohnort zurückkehren und bequem leben könnten. Aber Sie müssten dorthin zurückkehren. Sie dürften nie wieder mit Höherstehenden verkehren und müssten öffentlich zugeben, dass Sie einfach nur Nell Whitby sind, nichts weiter. Die Behauptung, die verlorene Tochter der Aubyns zu sein, müssten Sie zurückziehen.«

Nell atmete hörbar aus. »Das hieße, einen Betrug zuzugeben.«

»Vielleicht aber auch nur Verwirrung«, sagte er mit einem Achselzucken. »Sie sind eine Frau. Ignorant, ungebildet, leicht in die Irre zu führen. Vielleicht wurden Sie von den Lügen eines bösen Mannes beeinflusst, der Sie zu seinem eigenen Vorteil verführt hat.« Er lächelte schmallippig. »Lord Rushden ist dafür bekannt, Leute zu manipulieren, die sehr viel kultivierter sind als ein Fabrikmädchen. Niemand wäre allzu überrascht, wenn sich herausstellte, dass er Sie beeinflusst hat.«

Alles in ihr lehnte sich auf. »Das tue ich nicht«, sagte sie. »Wenn Sie ihn verletzen wollen, müssen Sie sich jemand anderen suchen.«

Das Lächeln verschwand. Für einen Moment kämpfte er sichtlich mit dem Ärger. »Sie können nicht so dumm sein«, sagte er. »Sagen Sie bloß nicht, dass dieser Mann Ihnen etwas bedeutet.«

»Ich tue es nicht«, wiederholte sie.

Geräuschvoll stieß er Luft durch die Nase aus, dann zuckte er wieder mit den Achseln, aber diesmal etwas ruckartiger. »Wie Sie wünschen. Dann erzählen Sie eben, dass es in einem Anfall von Wahnsinn geschah. Das ist mir egal, solange Sie zugeben, dass Sie ein Niemand sind, nur Nell Whitby, die Tochter eines Bauern aus Leicestershire. Verstehen Sie das? Ich werde dafür sorgen, dass Sie weder wegen Betrugs noch irgendetwas anderem angeklagt werden. Im Austausch gegen Ihre Bemühungen erhalten Sie die Freiheit und tausend Pfund, mit denen Sie machen können, was Sie wollen. Was meinen Sie?«

Tausend Pfund.

Sie hätte nicht gedacht, dass er ihr eine so hohe Summe anbieten würde. Unfähig, etwas zu sagen, befeuchtete sie ihre Lippen.

Er bemerkte ihr Erstaunen und beugte sich leicht zu ihr vor, als ob der Anblick ihn so sehr erfreute, dass er eine nähere Betrachtung verdiente. »Ganz genau«, sagte er leise. »Tausend Pfund ohne jedes Risiko. Auf der anderen Seite Gefängnis und Armut. Ihre Entscheidung sollte wohl klar sein.«

Sie rang um einen klaren Gedanken. Er sprach so verführerisch wie der Teufel, aber alles in ihr sträubte sich dagegen. *Simon wird das aufklären*, sagte ihr Herz.

Ihr Herz! Hatte ein Herz jemals vernünftige Entscheidungen getroffen? Wenn das Leben sie eines gelehrt hatte, dann wie gefährlich romantische Vorstellungen waren und was für eine giftige Wirkung Wunschdenken entfalten konnte. Immer hatte sie einen besseren Weg gesucht, niemals die Hoffnung aufgegeben, aber all ihre Mühen hatten doch nur Unheil gebracht. Anstatt sich zu prostituieren hatte sie gestohlen, Hannah hatte darunter gelitten, und Mum war trotzdem gestorben. Anstatt in der Fabrik ihren Mund zu halten, hatte sie um Verbesserungen gebeten und war gefeuert worden. Simon war ihr wie durch ein Wunder begegnet, und für eine kurze, glückliche Zeit hatte es so ausgesehen, als ob all ihre geheimen Wünsche in Erfüllung gehen würden. Doch dann hatte sie Daughtrys Worte gehört.

Die Geschichte war lehrreich, wenn man aufpasste: Warum

sollte es sie überraschen, dass wieder einmal alle ihre Hoffnungen vergeblich gewesen waren?

Fieberhaft suchte sie nach einem stichhaltigen Einwand, der nicht auf dummen Träumen beruhte. Auf Hoffnung, Vertrauen oder irgendetwas anderes, das sie im Herzen für ihren Ehemann fühlte, würde sie sich nicht verlassen können.

Aber er war ihr Ehemann. »Ich bin verheiratet«, sagte sie heiser – unsagbar erleichtert, als sie feststellte, dass das wirklich ein Einwand war. »Selbst wenn Sie recht haben und ich nie als Cornelia anerkannt werde, kann ich nicht einfach dorthin zurück, wo ich herkomme.«

Grimston brach in ein Lachen aus. Die Überraschung in seinem Gesicht war das erste echte Gefühl, seit er hier war, und der Anblick packte ihr Herz wie eine kalte Hand. »Armes Kind«, sagte er. »Ehen können heutzutage sehr leicht wieder gelöst werden.« Sie bemühte sich, keine Reaktion zu zeigen, aber sein Lachen verstummte, und er beugte sich weiter vor. »Oh«, sagte er mit öliger Stimme. »Ich sehe, dass Ihnen diese Tatsache bekannt ist.«

Nell starrte ihn an. Er stocherte in einer offenen Wunde, die mit jeder Stunde, die verging, nur noch heftiger wehtat. Sie würde ihm nicht die Genugtuung verschaffen, das zu erfahren. »Sie sollten gehen«, sagte sie.

»Fünftausend Pfund.« Er seufzte. »Aber das ist mein letztes Angebot, Miss Whitby. Sie haben eine Minute, um sich zu entscheiden.«

Fünftausend Pfund.

Sie schluckte die aufsteigende Galle hinunter und wandte den Blick ab, besorgt, was er noch alles in ihrer Miene würde lesen können. Hinter dem kleinen, hohen Fenster sah man ein Stück vom Himmel, der ständig dunkler wurde. Die Nacht brach herein, und Simon war noch nicht hier.

Wenn er erfuhr, was geschehen war, musste er entsetzt sein. Damit waren all seine Hoffnungen auf die Erbschaft zerschlagen.

Natürlich wusste er, dass sie unschuldig war, aber was für einen Unterschied machte das noch? Er hatte gesagt, dass ihm das Geld egal wäre ... dass er sie trotzdem nicht verlassen würde ... aber wenn Nell nun wirklich nicht erben würde, war sie für ihn nur ein schrecklicher Fehler – und er würde ihn sein ganzes Leben lang bereuen.

Zu allem Überfluss würde sie jetzt noch ins Gefängnis kommen.

Sie schloss die Augen und kämpfte gegen die Verzweiflung. Sie musste sich an die Tatsachen halten. Weder bräuchte Simon eine Frau, die im Gefängnis saß – schon eine mittellose Frau wäre wie ein Mühlstein um seinen Hals –, noch würde sie selbst hinter Gittern leben und sterben wollen.

Das Geld von Grimston zu nehmen würde für Simon Freiheit bedeuten. Und auch für sie selbst. In Freiheit fortgehen und dieses ganze Schlamassel hinter sich lassen. Kein Gericht, um das sie sich Sorgen machen müsste. Keine quälenden Abende mehr, an denen sie vorgeben musste, jemand anders zu sein, und ständig fürchtete, jemanden zu enttäuschen. Fürchtete, dass ihr Mann – ihr Ehemann – sich von ihr abkehrte oder, schlimmer noch, die Entscheidung bereute, an ihrer Seite zu bleiben.

Eigentlich täte sie Simon einen Gefallen, wenn sie Grimstons Angebot annahm. Er brauchte Geld. Er musste von seiner Ehe profitieren.

Aber Grimstons Geld zu nehmen und Simon zu verlassen ... hatte das nicht schon eine andere Frau getan?

Ihr Magen krampfte sich zusammen und sie spürte ein Brennen in den Augen. Sie biss sich in die Wange und holte stockend

Luft, um die Tränen zu unterdrücken. Die Frau, die er einmal geliebt hatte – genau das hatte sie ihm angetan. Sie hatte ihm das Herz gebrochen. Viel hatte er nicht darüber gesprochen, aber das Musikstück, die schmerzliche, traurige Etüde, hatte alles gesagt.

»Die Zeit ist um, Miss Whitby.«

Nell öffnete die Augen und sah Grimston ins Gesicht. Es wäre dumm, die fünftausend Pfund nicht anzunehmen. Wenn sie sein Angebot ablehnte und sich damit die Zukunft ruinierte, müsste sie immer nur sich selbst die Schuld dafür geben. Im Rückblick wäre es genau dieser Moment, der ihren Untergang besiegelte.

»In Ordnung.« Sie brachte ein Nicken zustande. »Ich nehme Ihr Angebot an, wenn ich diesen Ort jetzt sofort verlassen kann.«

Ein breites Lächeln erschien auf Grimstons Lippen. »Aber natürlich. Ich bin froh, dass Ihre Klugheit die Oberhand behalten hat.« Er stand auf, warf die Rockschöße nach hinten und schnippte mit den Fingern in ihre Richtung, während er sich auf dem Absatz umdrehte. »Kommen Sie«, sagte er.

Nell hatte ihre Rolle zur Genüge verstanden. Mit gesenktem Kopf folgte sie ihm ins Vorzimmer, wo er verkündete, dass ein Missverständnis vorläge. Der Löffel sei gar nicht gestohlen, sondern nur verliehen worden. Kühl und effizient tat Grimston den lauten Protest des Inspektors ab, dann packte er sie hart am Ellbogen und eskortierte sie zur Tür hinaus in seine Kutsche.

Nell wurde zusehends übel. Fünftausend Pfund. Ein verdammtes Vermögen und ihre Freiheit obendrein.

Auf der anderen Seite … Simon.

Ja, er hatte sie angelogen.

Aber dann hatte er gesagt, er würde sie nie verlassen.

Glaubte sie ihm? Jetzt, da ihre Zweifel auf die Probe gestellt wurden, konnte sie nicht an ihnen festhalten. Sie konnte nur immer denken, wie schwer dieser Verrat ihn treffen würde. Der Teufel persönlich hätte diesen Plan aushecken können. Ihm genau das Gleiche anzutun wie jene andere Frau … selbst wenn ihr Vorteil unermesslich groß war, die Freiheit und ein Vermögen …

Oh Gott. Oh gottverdammt. Sie könnte niemals ertragen, ihre Freiheit zu verlieren, aber sie ertrug es auch nicht, sie zu kaufen, wenn der Preis dafür ihre Seele war.

»Wo fahren wir hin?«, fragte sie, sobald sie in dem dunklen, kleinen Innenraum der Kutsche eingeschlossen waren und die Straße entlangschlingerten. Ihre Stimme klang zittrig, aus gutem Grund. In einem Augenblick fühlte sie sich wie betäubt, im nächsten brach sie fast in hysterisches Lachen aus. Sie konnte nicht glauben, was sie hier tat. Sie war eine dreimal verdammte Idiotin.

»Ich bringe Sie zu meinen Anwälten«, sagte Grimston, »wo Sie ein Schriftstück unterzeichnen, in dem Sie sich von Ihren früheren Forderungen distanzieren und einen Bankscheck erhalten, der Ihre Vernunft belohnt.«

Sie nickte und lehnte sich zurück in die Sitze. Tränen brannten ihr in den Augen – Tränen des Unglaubens, des dumpfen Erstaunens. Simon hatte recht gehabt. Sie liebte ihn, es gab keine andere Erklärung für dies. Sie hatte ihm nur misstraut und ihn beschimpft, weil es so viel einfacher war, ihn zu hassen. Natürlich fiel es ihr leichter, ihm zu misstrauen, als ihn zu lieben. Schließlich hatte sie aus nächster Nähe die Hölle gesehen, in die das Herz ein Mädchen führen konnte. Sie hatte gesehen, was die Liebe aus Michaels Frau gemacht hatte.

Und hier saß sie nun und beging Simon zuliebe Verrat an ihm. Für diese unverzeihliche Dummheit würde sie sich zweifellos noch in zwanzig Jahren verfluchen.

Als die Kutsche abrupt in eine scharfe Kurve fuhr, gab Nell ein würgendes Geräusch von sich.

»Was ist?«, fragte Grimston.

»Nichts«, flüsterte sie.

Ein kurzes Schweigen.

Nell atmete tief ein und zwang all den Schmerz, die Verwirrung und Verzweiflung in ihren Magen. Wenn sie all das nur loswerden könnte und überhaupt nichts mehr fühlen – nicht einmal Liebe. Vor allem keine Liebe.

Sie würgte.

»Guter Gott!«, blaffte Grimston sie an. »Wird Ihnen etwa schlecht?«

»Ich glaube, die Nerven«, murmelte sie.

Er schlug an die Decke. »Sie werden sich nicht in diesem Wagen übergeben!«, sagte er scharf.

»Nein, nein …« Nell hielt sich den Magen und würgte noch einmal, als die Kutsche langsamer wurde.

»Öffnen Sie die Tür!«, schrie Grimston. Dann flutete kühle Nachtluft herein, starke Hände packten Nell um die Taille und hoben sie auf den Boden.

Sie beugte sich weit vor, als müsse sie sich übergeben, dann richtete sie sich auf und zielte mit dem Ellbogen direkt in den Unterleib des Dieners.

Der Mann jaulte, als sie traf. Nell riss die Röcke hoch und rannte los.

Grimstons Gebrüll hallte über die Straße. »Sie machen einen schlimmen Fehler!«

Sie verschwendete keinen Atem an eine Antwort.

Simon entdeckte Nell auf der Straße, als sie stolpernd stehen blieb und zaghaft seiner Kutsche winkte, als fürchtete sie, er würde nicht anhalten. Seine Wut war wie ein lebendiges Wesen, das über jeden ihm bekannten Teil seines Selbst die Kontrolle übernommen hatte. Er schlug an die Decke, und ohne zu warten, dass die Kutsche langsamer wurde, riss er die Tür auf. Dann sprang er auf das Pflaster und packte Nell unter den Armen, als sie sich kraftlos an ihn lehnte.

Ihre Wärme, ihre Wange an seinem Gesicht war seit einer gefühlten Ewigkeit die erste klare und reine Empfindung. »Geht es dir gut?«, fragte er.

Sie war außer Atem, ihr schweißnasser Körper bebte vor Anstrengung. Er drückte die Lippen auf ihre Stirn und hielt sie an den Armen fest, bemüht, nicht zu heftig zuzupacken, ihr nicht wehzutun.

»Mir … mir geht es gut«, keuchte sie. »Bitte, lass uns fahren, er hat die Kutsche wenden lassen, um mir zu folgen.«

»Grimston«, sagte er.

Sie nickte an seiner Brust.

Er würde diesen Mann Stück für Stück auseinandernehmen. Er würde dem Bastard das Herz herausreißen und es an die Krähen verfüttern. Simon hob Nell hoch, ohne auf ihren erschrockenen Aufschrei zu achten, und setzte sie in die Kutsche. »Bringen Sie sie nach Hause«, sagte er zum Kutscher, der den Oberkörper verdreht hatte, um einen Blick auf das außergewöhnliche Schauspiel zu erhaschen.

»Was …« Nell beugte sich vor, das Licht einer Straßenlaterne verlieh ihrem Gesicht einen bläulichen Ton und tauchte ihre angsterfüllte Miene in ein dramatisches Schattenspiel. »Du kommst mit mir!«

»Du hast gesagt, dass er kommt«, sagte Simon ausdruckslos. »Ich muss … mit ihm sprechen.«

Ihre Augen weiteten sich. »Nicht jetzt! Simon, bitte …«

Bitte. Ihre Stimme überschlug sich auf diesen Silben. Geräuschvoll sog er den Atem ein. *Bitte*. Sie war verhaftet worden. Katherine hatte ein verdammtes *Briefchen* geschickt. Ein Briefchen, um diese Neuigkeit zu überbringen, ein Stück Papier, das in der Empfangshalle zwischen einem Haufen verdammter Einladungen lag – und er wusste nicht einmal, wie lange schon.

»Bitte«, wiederholte sie, und ihre Stimme riss ihn aus seinem wütenden Wachtraum. Mit einem Blick zu ihr atmete er langsam aus, sprang in die Kutsche und knallte die Tür zu.

Sobald er sich neben ihr auf die Bank gesetzt hatte, setzte sich das Gefährt schlingernd in Bewegung, und Nell wurde gegen ihn geworfen. Die Berührung wirkte wie ein Schock, wie ein Schlag auf den Kopf. Seine Gedanken verschoben sich und rasteten an anderer Stelle ein. Er zog sie so schnell und heftig an sich, dass sie einen leisen Protestlaut ausstieß.

Langsam atmete er aus und zwang sich, seinen Griff zu lockern. Vorsichtig streichelte er ihr durchs Haar und starrte blicklos aus dem Fenster, während er ihren keuchenden Atem an seinem Hals spürte.

»Wie lange?«, fragte er.

»Was?«

»Wie lange warst du dort?«

»Oh. Vielleicht ein paar Stunden?«

Er knirschte mit den Zähnen. Wo sollte er mit diesen Gefühlen hin. Reglos saß er da und wagte für einen langen Moment nicht einmal zu atmen, weil seine Muskeln sich verkrampften und Nell zerbrechlich und zitternd an ihm lehnte. Er würde Grimston im Geheimen töten. Der Mann verdiente keine Gerichtsverhandlung oder einen ruhmreichen Tod, er musste ausgelöscht werden wie eine Ratte, exekutiert in einer Seitengasse.

Nell versuchte sich von ihm zu lösen. Zuerst hielt er sie fest, fing sich dann aber und ließ sie los. Sicher war sie wütend auf ihn. Und sie hatte jedes Recht dazu. Sie war seine Frau. Sie war … *Nell*, und er hatte sie stundenlang allein gelassen, umgeben von Feinden. »Ich wusste es nicht«, sagte Simon heiser. »Ich schwöre dir, ich bin sofort losgefahren, als ich es herausgefunden habe. Die Kutsche stand schon bereit, ich wollte nach dir suchen. Mein Gott, hätte ich nicht daran gedacht, mir die Briefe anzusehen, wäre ich in die entgegengesetzte Richtung gefahren, nach Bethnal Green!«

Die Kehle schnürte sich ihm zusammen. Die Vorstellung, dass sie auf der Flucht vor Grimston allein durch die Nacht gelaufen wäre, dass Simon sie nicht gefunden hätte, sondern Grimston sie erwischt …

»Es ist in Ordnung«, sagte sie sanft. Sie rieb sich mit der Hand über die Nase und blinzelte ihn an. Ihre Gesichtszüge, die großen, dunklen blauen Augen – nie wieder würde er sich von der quälenden Hilflosigkeit erholen, die er noch vor wenigen Minuten gespürt hatte.

Simon atmete aus. Ordnete seine Gedanken. »Warum haben sie dich mitgenommen?«

Ihr heiseres Lachen überschlug sich. »Weißt du das nicht? Der Löffel. Grimston behauptet, ich hätte ihn gestohlen.«

Er nickte. Er konnte den Blick nicht von ihr abwenden. »Geht es dir gut? Hat dich irgendjemand angerührt?«

Sie blinzelte. »Nein. Ich bin in Ordnung.«

Natürlich. Sie war immer in Ordnung. »Geht es dir *gut*?«

»Ja«, sagte sie nach einer Pause. »Wirklich, Simon.« Sie zog ihre Stirn in Falten. »Komm her«, flüsterte sie und widersprach sich, indem sie selbst wieder in seine Arme kroch.

Mit geschlossenen Augen hielt Simon sie fest. Endlich verlangsamte sich sein Puls. »Als ich Katherines Brief las …« Er schluckte. »Nell, ich hätte …« Er spürte, wie ihn ein Schauder durchfuhr. Worte konnten diese Empfindung nicht ausdrücken.

»Ich kann es mir vorstellen«, murmelte sie. Sie drehte den Kopf und presste die Nase an seine Brust. »Er hat mir Geld geboten, um dich zu verlassen«, flüsterte sie.

Seine kurze Überraschung wich Sarkasmus. Natürlich hatte Grimston ihr Geld geboten. Er hatte damals auch mit Maria verhandelt.

Aber anders als Maria hatte Nell sein Schmiergeld abgelehnt.

Er grub das Gesicht in ihr Haar und atmete tief. Nichts auf der Welt hatte sich je so richtig angefühlt, wie diese Frau in den Armen zu halten.

»Was werden wir tun?«, fragte sie.

Wir. Nie hatte ein Wort süßer geklungen. »Die Beschuldigung ist vollkommen aberwitzig«, sagte er. »Wir werden ihnen Michael liefern.« Und um Grimston würde er sich selbst kümmern.

Sie schüttelte den Kopf. »Michael war in Ramsgate, als der Löffel gestohlen wurde. Und die Crowleys können wir nicht mit hineinziehen.«

Nichts davon interessierte ihn. Er wollte, dass sie schon zu Hause war, im Obergeschoss, so weit weg vom Ausgang wie möglich, alle Türen zwischen ihr und ihren Widersachern verschlossen und verriegelt. Er wollte sie in Sicherheit und gut versteckt. Wunder musste man beschützen. Er würde sie mit seinem Leben beschützen.

»Jetzt nicht«, sagte er. »Wir besprechen das später.«

»Aber …« Sie setzte sich auf und drückte sich von ihm weg. »Ich kann die Crowleys wirklich nicht da hineinziehen. Wir können nichts beweisen.«

»Ich werde das erledigen.«

»Und wenn du das nicht kannst?« Mit aufgerissenen Augen suchte sie seinen Blick.

»Ich kann.« Wenn er irgendetwas konnte, auch wenn er seinen ganzen Verstand und all seine Energie dafür aufbringen müsste, dann das.

Einen weiteren Augenblick sah sie ihn an und öffnete den Mund, wie um etwas zu sagen, überlegte es sich dann aber anders. Seufzend legte sie den Kopf an seine Schulter, genau wo er hingehörte.

17

Diesmal ließ Nell sich nicht davon abhalten, beim Gespräch mit Daughtry zugegen zu sein. Als der Anwalt kam und Simon sie nach oben schicken wollte, blieb sie stur. Sie behielt die Fassung, als Daughtry sagte: »Ehrlich gesagt, sieht es schlecht aus.« Auch als er hinzufügte: »Es wäre unverantwortlich von mir, zu behaupten, dass Sie sich wegen dieser Vorwürfe keine Sorgen machen müssten«, nahm sie die Worte ruhig auf.

Anders als Simon.

Er verlor die Beherrschung, obwohl der Anwalt seine Schmähungen nicht verdiente. Sie lauschte seiner Wut, die sich so sehr von Michaels unterschied. Worte, keine Fäuste, unterlegt mit einer Kälte, die viel gefährlicher war als Michaels Feuer – nur nicht für sie. Plötzlich wurde ihr klar, dass er nie eine Gefahr für sie gewesen war.

Der Anwalt versuchte, sich zu verteidigen. An den unbehaglichen Seitenblicken, die er ihr zuwarf, erkannte sie, dass er nicht aussprach, was er eigentlich sagen wollte. Zweifellos wollte er Simon drängen, die Ehe zu annullieren. »Ich muss Sie an die Möglichkeit erinnern, über die wir in der Vergangenheit gesprochen haben«, sagte er schließlich rot vor Frustration. »Wenn Ihre finanziellen Interessen im Vordergrund stehen, müssen Sie diese … Möglichkeit in Betracht ziehen.«

Simon fluchte. »Auf gar keinen Fall.«

Also doch, dachte sie. Es war also so weit gekommen.

Sie schlüpfte aus dem Zimmer. Simon holte sie auf der Treppe ein. Er ergriff ihren Arm, hielt sie fest und lenkte sie, vielleicht, um den Eindruck zu erwecken, als würde sie sich auf seinen Befehl hin bewegen. Er war schließlich der Earl von Rushden.

Nell wehrte sich nicht. Sie blieb stehen. »Er hat recht«, sagte sie. »Es kommt nichts Gutes mehr dabei heraus.«

»Du kannst nicht ernsthaft aufgeben wollen«, sagte er.

»Es ist kein Aufgeben. Es ist eine vernünftige Strategie.«

Heiser erklang seine leise Stimme in ihrem Ohr. »Verdammt, Nell. Verstehst du nicht, dass ich dich liebe?«

Blind starrte sie vor sich hin. Diese Worte. »Ich wünschte, du tätest es nicht«, sagte sie. Es machte alles so viel schwerer.

Auf einmal schob er den Arm unter ihre Knie und hob sie hoch. In seinem Gesicht war etwas Wildes, als er jetzt auf sie hinabsah. »Du läufst mir nicht davon«, sagte er.

Sie wandte das Gesicht ab. Er trug sie die Treppe hoch und durch den Flur, die steinernen Büsten auf ihren bequemen Sockeln zogen an ihr vorüber und beobachteten sie. *Liebe*, hatte er gesagt.

Er verlagerte sie in seinen Armen und stieß die Tür zu seinen Räumen mit der Schulter auf. Sie spürte seine Kraft, wie die Muskeln in Brust und Bauch sich anspannten und plötzlich hart wie Stein waren. Ein kluger Trick, eine praktische Fähigkeit für Leute wie ihn. Nach dem Tod wurden sie als Steinbüsten verewigt, im Leben wurden sie zu Stein, wenn sich die Ereignisse gegen sie stellten. Nell wand sich, aber Simon ließ sie nicht los und betrat den Raum.

In seinem Wohnzimmer befreite sie sich aus seinen Armen und drehte sich zu ihm um.

Simon starrte sie an. Er war gar nicht aus Stein. Er sah … völlig fertig aus. Erschöpft. »Ich würde dich niemals gehen lassen«, sagte er langsam. »Glaubst du mir jetzt?«

»Ja«, sagte Nell. Am liebsten hätte sie um sie beide geweint.

Langsam strich er sich mit der Hand über das Gesicht und durchs Haar, das er völlig verstrubbelte. Wunderschön, müde und gleichzeitig sichtlich wütend: auf sie, auf sich selbst oder sie beide, weil sie ein einfaches Geschäft zu einem vertrackten Schlamassel gemacht hatten.

Jetzt wandte er sich ab und ging zu einer Vitrine. Holte eine Karaffe mit bräunlichem Inhalt heraus und goss ungestüm und mit zitternden Händen zwei Gläser voll.

Ihre Benommenheit verflüchtigte sich so plötzlich und vollständig, dass sie den Verlust still beklagte. Ohne diesen dämpfenden Schutz fühlte sie sich hohl, als würde sie gleich zerbrechen. Simon hatte beschlossen, dass Liebe ein Teil dieser Sache sein sollte. Die ganze Zeit war es ihm nur um das Geld gegangen, und jetzt – jetzt, wo sie eine Kriminelle war, keine Erbin mehr – sollte es plötzlich anders sein.

»Du wolltest das Geld«, sagte Nell. Diese Ermahnung fühlte sich an, als täte sie ihm auf ihre Kosten einen Gefallen. Die Worte zerfleischten ihre Kehle.

Simon liebte sie. Sie liebten *einander*. Nell liebte ihn auch, obwohl das jetzt ihr Geheimnis blieb. Denn morgen, oder am Tag darauf oder am Tag nach diesem Tag – was würde ihn halten, wenn sie nichts mehr besaßen? Was würde ihn halten, sobald ihm klar wurde, dass er arm war?

Er wusste so wenig über Armut. Wie sollte er verstehen, was es bedeutete? Er lebte auf Kredit, aber der Kredit würde nicht ewig währen. Das Leben würde bitterer werden, als er sich vorstellen konnte. Es gäbe kein Klavier mehr, auf dem er spielen könnte. Hatte er jemals so weit gedacht?

Simon drehte sich wieder zu ihr um. Zuerst dachte sie, er würde ihr eines der Gläser geben – und das wollte er vielleicht auch. Aber er kippte das erste direkt hinunter und, während er sie ansah, hob er das zweite und leerte es ebenfalls.

Dann setzte er sich in einen Ohrensessel. »Ja«, sagte er dumpf. »Ich wollte das Geld. Genau wie du.«

Sie sank ihm gegenüber auf einen Stuhl, unfähig, den Blick von seinem Gesicht zu wenden. Komplizierte, wichtige Gedanken waren darin zu lesen, sein Mund wurde hart und die Augen zu schmalen Schlitzen, während er blind in den Raum blickte, zu ihr, zum Feuer und dann zu den Gläsern in seinen Händen, deren Anblick ihn dazu brachte, eine Grimasse zu ziehen. Er stellte die Gläser auf den Tisch und verschränkte die Hände ineinander, legte sie an den Mund, während er langsam einatmete.

»Es wird schwierig werden«, sagte er. »Schwieriger als wir gedacht haben.«

Er klang verwirrt. Ein schrilles kleines Lachen kitzelte in ihrer Kehle. Die Niederlage, die Tatsache, dass die Welt sich ihm nicht beugen wollte, machte ihn fassungslos.

»Aber das heißt nicht …« Er sah ihr in die Augen, und sie fühlte sich wie durchbohrt, geblendet von plötzlichem hellem Licht. Sie blickte nach unten und blinzelte die Tränen fort.

»Das heißt nicht«, sagte er heiser, »dass wir aufgeben.«

Er klang verzweifelt, aus gutem Grund. Falls er eine Bestätigung wollte, dann konnte sie ihm keine geben. Sein Anwalt wusste es besser. Grimston wusste es besser als sie beide. Selbst Nell selbst hatte immer gewusst, dass es ein gewagtes Spiel war. Und ein guter Spieler wusste, wann er aufhören musste.

Nell atmete aus, schlang die Hände ineinander und presste sie zusammen. Simon würde sie hier festhalten und zusehen, wie man sie verhaftete. Sie würde für ihn ins Gefängnis gehen, denn er war der einzige Grund, weswegen sie Grimstons Angebot letzte Nacht ausgeschlagen hatte. Sie würde im Gefängnis verrotten und er ginge Bankrott – er würde langsamer zerbrechen, aber doch zerbrechen.

Er glaubte, es war aus Liebe, dass er sie hier festhielt. Und beide würden sie es büßen.

Es war nur natürlich, dass sie es deutlicher sah als er. Seine Selbstsicherheit machte ihn blind für die Tatsachen. Bei aller Liebe zu Simon konnte Nell nicht warten, bis sie Grimston in die Falle ging. Einer von ihnen musste vernünftig sein, und sie würde diese Rolle übernehmen, weil sie am meisten zu verlieren hatte.

Nell hatte das schon einmal geplant. Es war hart, sich an das Gespräch mit Hannah in der Kutsche zu erinnern. Es schien ewig her zu sein. Die … Kleider, dachte Nell. Ihr Gehirn funktionierte nur schleppend. Sie hatte versprochen, die Kleider mitzunehmen, wenn sie ihn verließ.

»Nell«, sagte er. »Sieh mich an.«

Sie hob den Kopf und konzentrierte sich auf einen Punkt genau rechts von ihm. Sie wollte ihn nicht so sehen. Verlangen war ihm so deutlich ins Gesicht geschrieben, und er war verletzlicher, als sie ihn sich je gewünscht hatte. Nell wollte ihm nicht wehtun. Aber er hatte selbst einmal geplant, sie zu verlassen, und wenn sie bliebe, würde er ihr wehtun – und nicht nur ihr, sondern auch sich selbst.

Woher hatte er nur dieses Vertrauen, dass am Ende alles gut werden würde? Vielleicht war das seine besondere Gabe. Er glaubte daran, trotz allem, was ihr Vater ihm angetan hatte. Vielleicht hatte er sich vor der Welt versteckt, damit niemand seine romantischen Vorstellungen korrigieren konnte.

So gern hätte sie in seiner intimen kleinen Welt gelebt. Diese kostbare Verschwörung zu zweit aufrechterhalten, ihre kühne, berauschende Verbindung. Aber Liebe allein genügte nicht – nicht in einer Welt, in der ihre Herkunft aus Bethnal Green als Waffe gegen sie eingesetzt wurde. Nicht wenn ihrer beider Zukunft auf dem Spiel stand.

»Du bist wirklich feige«, sagte Simon ausdruckslos. Vielleicht hatte er ihr angesehen, welchen Weg ihre Gedanken eingeschlagen hatten.

Nell zuckte mit den Achseln. Vielleicht war sie feige. Aber sie konnte hier nicht am Rande des Abgrunds leben. Sie würde immer weicher werden, zahllose Triebe würden aus ihrem Herzen herauswachsen und sich so fest um Simon ranken, dass sie in ihrer eigenen, unabhängigen Gestalt nicht länger existieren könnte – und gleichzeitig könnte sie nie vergessen, dass man sie eines Tages trennen und ihr das Herz dabei aus der Brust reißen würde.

Das Gesetz würde sie voneinander trennen. Und wenn Nell erst einmal allein im Gefängnis säße, würde Daughtry kommen und mit Engelszungen auf Simon einreden. Vielleicht würde er seine Liebe zu ihr überdenken. Vielleicht nicht. Am Ende wären sie doch beide verloren.

Langsam stand sie auf. Sie musste die Kleider holen.

In der nächsten Sekunde stand er vor ihr. Sie hatte nicht wahrgenommen, dass er sich bewegt hatte, erst als seine großen Hände ihren Kopf umfassten und durch ihr Haar fuhren. Er schob ihr Gesicht nach oben und ließ seinen Mund auf ihre Lippen sinken.

Ein erstickter Laut entfuhr ihr. Sie lehnte sich in seinen Kuss hinein, ließ zu, dass ihre Arme sich um ihn legten. So schmerzlich sehnte sie sich nach ihm, aber als er sie berührte, wurden Sehnsucht und Schmerz nicht weniger. Sie verstärkten sich noch, wurden unerträglich – und gleichzeitig süß. Dieser dunkle, verzehrende Kuss sagte ihr, dass es einen Grund für ihre Sehnsucht gab, dass sie heute Nacht etwas Großes und Wunderbares verlieren würde: Simons Zauber, seine Vollkommenheit, die Stärke und Geschicklichkeit und Lebenskraft, die ihm eigen waren. Und all das war ihre Sehnsucht wert. Es war, als hielte sie ihre Hand in eine Flamme, aber sie schmiegte sich an ihn und schwelgte im Schmerz.

Irgendwie bewegten sie sich jetzt. Irgendwie lag sie jetzt auf dem Bett und er war über ihr. Sie küssten sich wie im Fieber, berührten sich überall, als ob ein Auslassen dieser Kurve oder jener Stelle hieße, Teile ihrer Körper dem Nichts zu überlassen, als ob sie nur durch die gegenseitige Berührung Wirklichkeit würden. In Nells Hinterkopf warnte kreischend eine pochende, erschrockene Stimme, die sich um das Überleben und die Zukunft sorgte, dass sie dieses Risiko nicht eingehen sollte. Wenn sie seinen Bastard im Leib trüge, wäre der steile Weg vor ihr noch schwerer zu erklimmen.

Es war ihr egal. Das Leben hatte ihr so vieles vorenthalten, nicht zuletzt die Chance, ihre wahre Familie kennenzulernen. Und jetzt sollte sie auf ihn verzichten. Das Leben war grausam, kein Märchen, man musste sich das Glück holen, bevor es vorbei war, denn das Ende war niemals schön oder gut.

Wütend schlug sie gegen seine Schulter, und dadurch wurde ihre Wut noch heftiger entfacht. Alles war so ungerecht. Er verstand sie. Er ergriff ihre Hand und hielt sie fest, während er sich mit ihr umdrehte und sie auf ihm war – wenigstens einmal in diesen kurzen Momenten hatte sie die Kontrolle.

Sie wollte ihn unter sich, aber dann wieder doch nicht. Sie wollte ihn nicht ansehen. Sie schüttelte den Kopf, als ihre Blicke sich trafen. Wütend, wirklich wütend packte sie sein Haar und zog seinen Kopf hoch, zog seinen ganzen Oberkörper hoch und riss ihm die Jacke vom Leib. Weg mit der Weste und den Hosenträgern und dem Hemd und dem Unterhemd darunter, dann fiel sie wie ein gefräßiges Tier über ihn her, grub die Zähne in den festen Muskel seiner Schulter und spürte fast brutale Freude, als er unter ihr zitterte.

Er brauchte Narben. Seine glatte Haut brauchte Wunden,

blaue Flecken, Male von dem, was hier geschah und morgen vorüber wäre. Sie grub ihre Nägel in ihn, während sie mit den Zähnen an seiner Brust entlangfuhr und sie um einen seitlichen Muskel über der Taille schloss. Simon stieß einen kehligen Laut aus, aber es war kein Protest. Er wand sich unter ihr, während er mit geschickten Fingern ihr Kleid öffnete. Der Stoff glitt an ihr hinab wie die alte Haut einer Schlange, die darunter stärker und widerstandsfähiger erschien. Sie war ein Wesen, das sich selbst schützte, das den Schutz in der eigenen Haut trug. Nackt presste sie sich an ihn, frohlockte in der Hitze seines Körpers.

Wieder rollten sie mit verschlungenen Gliedern herum. Simon packte ihre Hände und drückte sie mit einer Hand über ihrem Kopf auf die Matratze, während er mit der anderen nach unten griff, um seinen Schwanz in Position zu bringen. Seine Augen schienen von hinten erleuchtet zu sein, sein Ausdruck war grimmig, düster, als er jetzt in sie eindrang.

Verzweifelt wand sie sich ihm entgegen, sie wollte mehr. Sie wollte diesen kleinen Schmerz, den sie beim ersten Mal gespürt hatte – oder nein, sie wollte etwas Schlimmeres, etwas Schreckliches, das die Perfektion dieses Augenblicks aufwiegen sollte. Es war zu viel. Es würde ihr für den Rest ihres Lebens den Schlaf rauben. Er ließ ihre Hände los und ergriff ihren Kiefer, während er langsam und gleichmäßig in sie hineinstieß. Unverwandt sah er ihr in die Augen und forderte sie heraus, wegzusehen, während er sie nahm. Ihre Körper klatschten immer lauter gegeneinander, sie hätte es als Vorwand nehmen können, aber sie hielt seinem Blick stand, ohne zu blinzeln.

Erst als er den Kopf senkte und ihren Mund nahm, schloss sie die Augen. Sie schlang Arme und Hände um seinen Kopf und zog ihn zu sich hinunter, dann drehte sie sich um und war wieder über ihm. Es hätte ihr Triumph sein sollen, auf ihm zu sitzen und ihn in sich aufzunehmen, aber er legte die Hände auf ihre Hüften und lenkte sie, zwang sie, sich schneller zu bewegen. Als sie kam und sich über ihm zusammenkrampfte, hatte es nichts mehr mit Freude zu tun. Die Lust tat ihr weh, schraubte sich höher und höher, über das Erträgliche hinaus, bis sie am Ende der Mut verließ und sie das Gesicht an seiner Brust verbarg, als er sich in ihr ergoss. Sie hoffte, betete, dass er ihre Tränen nicht spürte.

Als er am Morgen erwachte, war sie fort.

Simon brauchte nicht einmal eine Viertelstunde, um es zu begreifen. Er hatte leicht geschlafen, war zweimal nachts aufgewacht, das letzte Mal in der Stunde vor der Dämmerung. Er erinnerte sich fast körperlich an die Erleichterung, dass er sie noch in seinen Armen vorgefunden hatte und ihre Glieder sich so nachgiebig um ihn schlangen, als er sie dichter an sich heranzog. Wie war er eingeschlafen? Wann hatte sie sich aus seinem Bett gestohlen?

In ihren Räumen war sie auch nicht.

Das Frühstückszimmer war leer, obwohl die Speisen verdeckt bereitstanden und auf ihr übliches Erscheinen warteten.

Sie war nicht in der Bibliothek.

Es war das kleine blonde Hausmädchen, das seinen wachsenden Verdacht bestätigte. Als er wieder hinaufgehen wollte – noch dachte, dass er sie verpasst hatte, dass sie oben sei –, stand das Mädchen hilflos oben an der Treppe, die Hände vor der Taille ringend.

»Die … die Kleider sind weg«, stammelte sie. »Myladys Kleider!«

Er nickte einmal und machte auf dem Absatz kehrt, ohne einen Schimmer zu haben, wo zum Teufel er hinging.

Er fand sich in der Bibliothek wieder. Starrte blind auf die Bücherreihen. Eines lag noch auf dem Tisch, dort aufgeschlagen, wo Nell aufgehört hatte zu lesen. Es war eines der Bücher ihrer Mutter. *Der Sturm*. Vor ein paar Wochen hatten sie sich über das Stück unterhalten – eine lebhafte, wunderbare Diskussion. War sie in der Dämmerstunde hier unten gewesen, um an dieses Gespräch zurückzudenken? Er erinnerte sich kaum noch daran. Nur an seine eigene Verwunderung, sein wachsendes Staunen, als er bemerkt hatte, dass die Frau ihm gegenüber so viel mehr war, als er geahnt hatte – eine eigene Welt, die darauf wartete, erforscht zu werden.

Eine Passage auf der Seite sprang ihm ins Auge.

Ihr lehrtet Sprache mich, und mein Gewinn
ist, dass ich weiß zu fluchen. Hol die Pest Euch
fürs Lehren Eurer Sprache!

Worte von Caliban, dem armen, wilden Monster, das Prospero zu zähmen versucht hatte. Nell hatte Caliban geschmäht, nicht einen Anflug von Mitleid mit ihm gehabt. Damals hatte Simon ihre Meinung amüsant gefunden. Selbstgefällig hatte er sich gefragt, ob sie begriff, wie ironisch es war, dass eine Frau aus einem Elendsviertel, die zu einer Lady geworden war, eine Kreatur verspottete, die sich von der heuchlerischen und beschränkten Zivilisation Prosperos nicht hatte unterjochen lassen.

Mit zitternder Hand berührte er die Seite. Die Erinnerung an seine Belustigung widerte ihn jetzt an. Caliban hatte nichts mit ihr zu tun. Nicht sie, sondern er, Simon, der verdammte Earl of Rushden, hatte eine neue Sprache gelernt, während sie hier war. Oder vielleicht hatte er sie wiederentdeckt, verstand sie jetzt besser und sprach sie mit neuer Geläufigkeit.

Er hatte keinen Zweifel daran, wo sie hin war. Nicht zum ersten Mal hatte eine Frau, die er liebte, ihre Aussichten abgewogen und das bessere Angebot angenommen. Er konnte es ihr nicht vorwerfen. Letzte Nacht waren ihre Aussichten düster gewesen. Grimstons Geld war in jeder Hinsicht die bessere Wahl.

Er ballte die Hand zur Faust. Die Seite zerriss, ein langes, hässliches Geräusch. Langsam atmete er aus.

Dann nahm er das Buch und schleuderte es krachend in den Kamin. Die Seiten flatterten wie die Flügel von Trauertauben.

Simon wartete auf den Peitschenhieb der Demütigung, das tiefe, brennende und erdrückende Gefühl, das ihn nach Marias Verrat heimgesucht hatte und noch Jahre danach antrieb: *Du bist nicht gut genug. Du bist ihrer nicht wert.*

Aber es kam nicht. Stattdessen füllte ihn wilde, unkontrollierbare Trauer. Er konnte Nell nicht vorwerfen, fortgegangen zu sein. Er kannte sie gut genug, um ihre Beweggründe zu verstehen. Vielleicht erwiderte sie seine Liebe sogar, aber in ihren Augen war diese Liebe keine Garantie. Seit sie von der Möglichkeit der Annullierung erfahren hatte, wusste sie, wie wenig seine Worte bedeutet hatten, als er schwor, sie zu lieben und zu ehren, in guten wie in schlechten Zeiten. Was war seine Liebe schon neben der Sicherheit, die Grimston ihr bot?

Aber sie sollte diesem Mistkerl nicht vertrauen. Sie war schlau, gerissen und gewitzt, aber ihr Herz war nicht schwarz genug, um sich die finsteren Wege vorzustellen, die Grimston für sie plante.

Er lehnte sich schwer auf den Tisch und starrte auf das zerfledderte Buch.

Sie war zu seinem schlimmsten Feind gegangen, und es machte nicht den geringsten Unterschied.

Er musste sie trotzdem finden.

Als er in der Empfangshalle Geräusche hörte, richtete er sich auf. Die Tür flog auf. Für einen Augenblick gelähmt – Freude, Erleichterung, Zorn und Liebe stiegen in ihm hoch – starrte er sie nur an. Sie sah verweint aus, und ihre Lippen zitterten.

»Ich wollte nach dir suchen«, sagte er heiser und verstummte dann, die Worte verhedderten sich in seinem Kopf: Es hätte keine Bedeutung gehabt, wenn sie zu Grimston gegangen wäre, das sollte sie wissen, sie musste wissen, dass er mit seinem Stolz abgeschlossen hatte: Er hätte trotzdem nach ihr gesucht.

Und dann blinzelte sie und schluckte, und diese kleine Bewegung genügte, um ihn aus seiner Lähmung zu reißen, sie in winzige Splitter zu zertrümmern, die sich in einer prickelnden, stechenden Erkenntnis in ihm ausbreiteten.

»Katherine«, sagte er langsam. »Was tust du hier?«

Sie gab einen panischen Laut von sich und kam auf ihn zu. »Hör mir bitte zu«, sagte sie. »Es … es war falsch von mir, sie zu verleugnen. Aber er … du kannst es nicht verstehen, er hat mich so lange gepiesackt. Ich wollte ihn nicht heiraten, er wollte nur das Geld, aber er hat gesagt, ich könnte wählen, wen ich wollte, solange ich sie nur verleugnete. Und ich war mir nicht sicher!« Ihre Stimme klang hoch, verängstigt. »Ich war mir ihrer nicht sicher bis … bis …«

»Mach dir keine Sorgen«, sagte er sanft. »Ich habe so einiges vor mit deinem Vormund.«

»Oh.« Sie wurde noch blasser. »Aber ich glaube … ich glaube, er hat etwas mit ihr vor. Ich habe ihm gesagt, dass ich sie als meine Schwester anerkennen werde. Und er benimmt sich, als wäre es sein Vermögen, das dann halbiert wird. Ich glaube, sie ist in großer Gefahr!«

Nell hatte die zwei schlichtesten Kleider bei Hannah gelassen und den Rest in eine einfache Reisetasche gepackt, die sie sich geliehen hatte. Die Tasche, die sie aus Mayfair mitgenommen hatte, würde zu viele Blicke auf sich ziehen. Zu Brennan war es ein langer Weg über das holprige Pflaster. Hannah hatte sie begleiten wollen, aber sie konnte es im Moment nicht ertragen zu sprechen. Es reichte schon, sich immer weiterbewegen zu müssen. Sie brachte nicht die Kraft auf zu erklären, in Worte zu fassen, was sie getan hatte: Sie hatte sich selbst die Eingeweide aus dem Leib gerissen, ihr Leben mit einem Messer zerstückelt und sich die trostlose, verdammte Seite ausgesucht, um den Rest ihrer Tage zu verbringen.

Sie würde ihn nie wieder sehen.

Ihn nie wieder berühren.

Nie mehr seine Stimme hören.

Tief holte sie Luft, als sie die Straße überquerte. Ihr Kopf war leer, aber ihr Körper erinnerte sich an den Weg und brachte sich reflexartig vor einer Kutsche in Sicherheit. Während der Kutscher ihr im Vorbeifahren einen Fluch an den Kopf warf, trat sie in eine matschige Pfütze, ohne zu spüren, wie die Feuchtigkeit durch ihre Ziegenlederschuhe drang.

Es war gut, dass die Schuhe dreckig wurden. Neue, glänzende Schuhe waren für neugierige Augen ein Hinweis auf einen Komfort, den sie sich jetzt nicht mehr leisten konnte. Sie war wieder, wo sie hingehörte, auf der schmalen Gasse zwischen den baufälligen Gebäuden, wo zerbrochenes Glas auf dem Boden lag und die Leute an den Hauswänden lehnten, sich laut unterhielten, Passanten neugierig beäugten und Bekannten zunickten.

Aber ihr nickte niemand zu. Bekannte Gesichter verfielen in Schweigen, sobald Nell sie ansah. Der Gemüsehändler hob die Augenbrauen und wandte sich erstaunt pfeifend ab, während der Ladenjunge sie mit offenem Mund anstarrte.

Es kribbelte ihr im Nacken. Blicke folgten ihr, hefteten sich an ihren Hinterkopf. Sie zwang sich ein verächtliches Lächeln auf die Lippen und ging einfach weiter. »Nellie«, hörte sie jemanden murmeln. »Das ist Nellie.«

»Was ist nur? Glaubst du …«

»… hat sie sitzengelassen?«

»Gott schütze sie«, flüsterte jemand.

Ein Schauder überlief sie. Für einen Moment, in einem stupiden Reflex, flogen ihre Gedanken in die Peacock Alley, den einzigen Ort, der je ihr Zuhause gewesen war. Bevor Mum krank wurde, hatte jene Wohnung Geborgenheit bedeutet.

Nell dachte an Mums Grab, an das grobe Holzschild mit den aufgemalten Worten: »Von Herzen geliebt. Für immer vermisst«.

Hier in der engen Gasse, während sie an zerbrochenen Fenstern und Gaffern vorbeiging, dachte sie zum ersten Mal seit Wochen an Jane Whitby, ohne Schmerz zu fühlen. Sie hatten etwas gemeinsam. Beide waren sie vor jener parfümierten, vornehmen Welt in diese Straßen geflohen. Beide hatten es aus Verzweiflung getan, keine andere Empfindung hätte das vermocht.

Ob es richtig war oder nicht, sie würde Mum immer vermissen. Liebe musste nicht rein oder schuldlos oder frei von Wut sein, um wahr zu sein. Man konnte jemandem etwas vorwerfen und ihn trotzdem lieben. Man konnte ihm etwas vorwerfen und liebte ihn nicht einmal weniger.

Nell verbannte Simons Gesicht aus ihren Gedanken.

In den dunklen Räumlichkeiten von Brennans Laden fiel dem Eigentümer vor Schreck beinahe die Pfeife aus dem Mund.

»Du bist zurück!« Brennans feuchte blaue Augen verengten sich, als er die Tasche bemerkte, die Nell umklammert hielt. Dem alten Knacker entging wirklich nichts. Er sah an ihr vorbei in einen der gesprungenen Spiegel, die er überall aufgehängt hatte, um Diebe zu fangen: Er hatte jeden Winkel unter Kontrolle.

Jetzt nahm er die Pfeife in die Hand und klopfte nachdenklich damit auf die Theke. Asche wirbelte heraus und setzte sich auf Nells dunklem Wollkleid ab. Sie hatte es in der Stunde vor dem Morgengrauen selbst angezogen und geweint, als sie mit den Schnüren des Korsetts und den vielen Knöpfen gekämpft hatte.

»Hat er dich rausgeschmissen?«, fragte Brennan.

Mit einem Schwung beförderte sie die Tasche auf die Theke. »Ich habe hier eine ganz schöne Ladung für dich.«

»Ich habe in der Zeitung darüber gelesen.«

Ihre Hände lagen für einen Moment still auf der Verschnürung der Tasche. In seiner Stimme hörte sie den üblichen, starken irischen Akzent, aber keine Schadenfreude über ihre verdiente Strafe. »Wirklich?«

»Aber klar, wer hat das nicht?« Er steckte sich die Pfeife wieder in den Mund und blinzelte, als der Rauch sich um seinen Kopf kringelte. »Bist du allein gekommen? Pass lieber auf, Nellie. Gab zu viel Gerede, als dass du hier nach Lust und Laune herumlatschen könntest.«

Sie nickte einmal mit vorgeschobenem Kinn. Das war eine Warnung, aber die brauchte sie gar nicht. Sie wusste, was es bedeutete, wenn die Leute sie nicht grüßten.

Der Knoten, der die Tasche zuhielt, widerstand ihren Fingern. »Das sollte einen guten Preis bringen«, sagte sie. Die Worte kamen ihr gekünstelt vor. Sie hörte sich weitersprechen. »Alle nur ein- oder zweimal getragen. Glaub also nicht, dass du mich reinlegen kannst, alter Mann.«

»Würde ich doch nie«, sagte er, viel zu freundlich, ohne das Geschwätz, das er normalerweise bei einer solchen Fracht an den Tag legte. Er lehnte sich auf einen knochigen Ellbogen und senkte die Stimme: »Was ist passiert, Nellie? Ich dachte, wir würden dich hier nie wieder zu Gesicht kriegen. Du bist doch dieses Mädchen, oder?«

Ihre Hände wurden still. Sie sah auf in sein so vertrautes Gesicht – plötzlich vertrauter als ihr eigenes im Glas hinter ihm. Schwindel ergriff sie, das Gefühl, in der eigenen Haut nicht mehr zu Hause zu sein. Das blasse Mädchen mit den Ringen unter den Augen: Wer war sie jetzt? Nicht Cornelia. Aber auch nicht die Nell, die sie vorher gewesen war. Sie hatte sich verändert. Selbst ihre Lungen waren andere. Der Rauch aus Brennans Pfeife war ihr unerträglich, dicht und giftig. Eine Minute länger in diesem Laden und sie würde sich über ihrer eigenen Ware übergeben.

Sie schüttelte den Kopf und schob ihm die Tasche hin. »Ich vertraue dir«, sagte sie rasch. »Und ich habe jeden einzelnen Stich gezählt. Schick eine Nachricht mit einem Angebot zu den Crowleys, ja? Ich komme dann und lasse dich wissen, was ich davon halte.«

»Komm nicht allein«, sagte er leise. »Bring Garod Crowley mit, hörst du?«

Sie starrte ihn an. »Ja«, sagte sie. »Ja, mache ich.«

Draußen auf der Straße wurden die Wolken dünner. Die Sonne war deutlicher zu sehen, und Nells Augen brannten. Sie stolperte auf dem Pflaster und lief direkt in jemanden hinein. Eine Entschuldigung murmelnd ging sie weiter – und wurde gepackt und zurückgerissen.

Sie blinzelte.

»Dich habe ich gesucht«, sagte Michael mit einem breiten Grinsen.

18

Nell testete noch einmal die Fesseln, bewegte die Finger und versuchte, das Gefühl darin wiederzuerlangen. »Hol einfach ein Messer«, flehte sie. »Bitte, Suzie.«

Auf der anderen Seite des Zimmers kauerte Suzie, die Knie an die Brust gezogen, an der Wand. Mit leeren Augen starrte sie Nell an, als würde sie Sprache nicht länger verstehen. Suzie war böse zusammengeschlagen worden und zitterte wie Espenlaub. »Du hättest nicht zurückkommen dürfen«, sagte sie mit kaum hörbarer Stimme. »Du hättest es wissen müssen, Nellie.«

»Es wissen müssen?« Das Lachen kratzte Nell in der Kehle. Suzie drückte sich dichter an die Wand. »Was hätte ich wissen müssen?« Nell war an einen Stuhl gefesselt, so gut verschnürt wie ein Stubenküken. Es war ein guter, fester Stuhl, ein Neukauf, den Michael zweifellos von dem Geld angeschafft hatte, das er von Hannah für den Löffel bekommen hatte. »Dass Michael ein verdammter Irrer ist? Du hast recht, das ist wirklich nichts Neues!«

Suzie schlang sich die Arme um die Beine und legte den Kopf auf die Knie. »Es ist nicht nur Michael«, flüsterte sie.

Nell starrte auf Suzies Kopf, das Haar und den krumm gezogenen Scheitel. Nicht nur Michael? Sie biss die Zähne zusammen und riss einmal heftig am Seil, dann stöhnte sie vor Schmerz. Trotz all ihrer Mühen rieb sie sich nur blutig. »Wer hat noch etwas damit zu tun?« Sie hatte schon eine Ahnung. Wo sonst hatte Michael das Geld für die Droschke her, in die er sie verfrachtet hatte?

Suzie sah nicht auf, als sie den Kopf schüttelte. »Ich weiß nicht, wie er heißt.« Schaudernd atmete sie ein. »Vornehmer Typ. Groß, dünn ...« Keuchend brach sie ab, als im Treppenhaus draußen Schritte zu hören waren.

Michaels schneidende, zornige Stimme drang durch die Tür. Er war nicht betrunken, leider. Nüchternheit, Größe und Kraft hatten ihm auf der Straße einen Vorteil verschafft. Ein paar Leute hatten protestiert, als er sie herumgestoßen hatte. Brennan war sogar aus dem Laden gekommen – wahrscheinlich das erste Mal seit zehn Jahren. Aber als Michael die Waffe gezogen hatte, hatte kein Einziger gewagt, ihr zu Hilfe zu kommen.

»... besseres Geschäft als Ihr Angebot«, blaffte Michael draußen im Gang. »Ich sollte vielleicht Rushden fragen, wie viel er für sie zahlen würde.«

Die Antwort war zu leise, um sie zu verstehen, aber Nell erkannte trotzdem die Stimme. Grimston. Was in Teufels Namen wollte er von ihr? Er war klug genug, um zwei und zwei zusammenzuzählen. Ihm musste klar sein, dass sie Simon verlassen hatte, wenn sie hier in Bethnal Green war. Er sollte dankbar sein. Schließlich hatte er bekommen, was er wollte, ohne einen einzigen Penny auszugeben.

Die Tür öffnete sich, und Michael trat fluchend ein. Direkt hinter ihm kam Grimston, von Kopf bis Fuß in Schwarz, den Zylinder unter den Arm geklemmt. Er starrte Nell mit einem verdrießlichen Lächeln an – das verschwand, als er Suzie wimmern hörte.

Auf dem Absatz drehte er sich um. »Was ist das?«, fragte er. »Wer ist diese Frau?«

Michaels Kiefer zuckte. Er war streitlustig wie ein Maulesel. Grimston hatte einen Fehler gemacht, ihn in diesem schmutzigen Geschäft zum Partner zu wählen. »Das geht Sie nichts an«, sagte er.

Grimstons Lachen knackte wie trockene Zweige. »Mein Gott, was glauben Sie, was wir hier vorhaben? Und Sie laden Zeugen ein?«

Nell wurde eiskalt. Zeugen wofür? Was hatten die beiden vor? Suzie starrte zu Grimston hoch. Das tränenverschmierte Gesicht und ihr schlaffer Kiefer verliehen ihr einen sonderbar ehrfürchtigen Ausdruck, als hätte der hochgewachsene Mann in den feinen Kleidern sie all ihrer Sinne beraubt.

Und als Grimston nun auf sie hinabsah, veränderte sich seine Miene. Für einen Augenblick sah er leicht angeekelt aus, als hätte er etwas Unbekömmliches erblickt, das er sich gerade von den Schuhen geschüttelt hatte. Dann wurde sein Gesicht ruhig. Mit einem kalten Lächeln wandte er sich ab und griff in seine Jacke. »Nun gut«, sagte er. »Sie kann bleiben. Kein Problem.«

Jedes einzelne Haar an Nells Körper stand zu Berge. *Mein Gott*, dachte sie. Ihr Verstand kämpfte darum, es zu verleugnen, aber ihre Instinkte waren beharrlich: Grimston war nicht nur hier, um sie einzuschüchtern.

Außer ihm selbst sollte niemand den Raum wieder verlassen.

»Michael«, sagte Nell. »Michael, schick Suzie weg.«

Michael sah sie seltsam an. Grimston zwinkerte ihr zu. Sein Lächeln wurde breiter.

»Schaff sie hier raus«, sagte Nell und riss noch einmal erfolglos an ihren Fesseln, während Michael, der Idiot, beschloss, den Moment zu genießen, und sie angrinste. Seine Lippen bewegten sich schon für eine hämische Bemerkung, als Grimston die Pistole aus der Jacke zog und schoss. Geistesgegenwärtig ließ Nell sich im selben Augenblick zur Seite kippen.

Ohrenbetäubend erklang die Detonation, hallte nach, übertönte die Welt und alle anderen Geräusche und richtete sich immer lauter in Nells Kopf ein. Da war Blut. Sie sah die sich ausbreitende Lache, aber es war nicht ihres. Sie konnte nicht sagen, von wem es kam, ihre Wange lag flach auf die rauen Dielen gepresst, auf denen Mum gestorben war.

Man hörte ein Krachen. Dann rollten Michael und Grimston miteinander ringend an ihr vorbei. Michael hatte Grimstons Hand gepackt und hielt die Pistole hoch, dass sie von beiden weg zeigte. Michael blutete. Sie sah, wie ein Fleck sich auf seiner Seite ausbreitete und sein Hemd färbte.

Eine kalte Hand schloss sich um ihren Arm. Erschrocken zuckte sie zusammen und schrie dann auf, als sie einen stechenden Schmerz spürte.

Die Stricke lösten sich von Nells Handgelenken. Dann kniete Suzie neben ihren Füßen und schnitt mit einem Messer die Fußfesseln auf. Als Suzie aufstand, herumwirbelte und mit dem Messer in der Hand auf die beiden Männer zuging, die noch immer kämpfend über den Boden rollten, rappelte Nell sich auf.

»Nein«, sagte sie und packte Suzie an der Schulter. »Geh … lauf! Hol die Polizei!«

Mit schlaffen Gesichtszügen sah Suzie sie an und verstand überhaupt nichts. Nell entwand ihr das Messer und schubste sie vorwärts Richtung Tür. Dann stolperte sie ihr hinterher aus der Wohnung. Im Treppenhaus knallten oben und unten die Türen, aber niemand sah nach, was los war. Ein Pistolenschuss war wie Fieber. Wenn man überleben wollte, blieb man auf Abstand.

Hinter ihnen ertönte ein weiterer Schuss. Suzie kreischte. »Nein! Michael …«

Nell schob Suzie die Treppe hinunter, aber ihre eigenen Füße waren noch taub von der einschnürenden Fessel und gehorchten ihr nicht. Sie griff nach dem Geländer, das wackelnd unter ihrer Hand zusammenbrach. Dann fiel sie auf die Knie und kopfüber die Treppe hinunter. Lichtblitze drangen krachend in ihren Kopf.

Als Nell die Augen öffnete, war es still. Suzie stand neben ihr. Die Hände vor den Mund geschlagen starrte sie die Treppen hinauf.

»Keine Bewegung«, erklang eine kühle Anweisung von weiter oben.

Die Stufen knarrten. Grimston. Er kam runter.

Nell befeuchtete die Lippen. Verdammte Suzie, die so dumm war und doch nicht dumm genug: Ihre Schwägerin wusste genau, was es bedeutete, dass Grimston dort oben stand. Mit einem unartikulierten Klagelaut taumelte sie gegen die Wand und rutschte zu Boden.

Wo Nell bereits lag. Wo sie beide sterben würden.

Nein.

Fest packte Nell das Messer, das sie noch immer in der Hand hielt. Der Griff fühlte sich glitschig an. Blut. Suzie hatte sie geschnitten, als sie sie von den Fesseln befreit hatte. Sie starrte an die Stelle über Suzies Kopf und wartete, zählte die Schritte auf den Stufen. Vielleicht würde er erst schießen, wenn er ihr in die Augen sehen konnte. Vielleicht würde er einen Fehler machen und Nell zu nahe kommen.

Vielleicht wartete er aber auch nicht. Und sie lag hier und verspielte ihre Chancen, während Grimston auf sie zielte.

Nell holte tief Luft und zwang sich auf die Füße. Als sie sich umdrehte, starrte sie auf die Mündung von Grimstons Pistole, die langsam höher wanderte. Aber plötzlich bekam das Messer ein Eigenleben. Das Messer und ihre Hand verstanden einander, zusammen flogen sie auf Grimstons Bauch zu wie Eisen zu einem Magneten.

Sie krachten auf Knochen. Heißer Schmerz durchfuhr ihr Handgelenk und riss sie wieder aus dem Gleichgewicht, aber wie durch ein Wunder brachte sie auch ihn aus dem Gleichgewicht. Kurz fühlte sie die Pistole zwischen ihren Körpern, als er gegen sie taumelte und stolperte. Er streifte sie mit der Schulter, dann fiel er an ihr vorbei auf die Knie und krachte polternd die Stufen hinunter. Nell konnte ihm gerade noch ausweichen, fing sich und blieb aus reinem Instinkt auf den Füßen stehen. Aus langer Gewohnheit war ihre Hand nach oben geschnellt und hatte sich an der Treppe über ihr festgehalten.

Grimston landete mit dem Gesicht nach unten auf dem nächsten Treppenabsatz.

Jetzt erwachte Suzie plötzlich wieder zum Leben. Sie rannte ihm die paar Stufen nach, stieß einen schrecklichen, wortlosen Schrei aus und trat ihn in die Seite, ein heftiger Tritt mit dem dick besohlten Schuh einer Arbeiterin – nicht mit einem leichten Pantoffel. Stöhnend hob Grimston eine schlaffe Hand, um sich zu schützen. Die Pistole konnte Nell nicht sehen – vielleicht war sie unter seinem Körper eingeklemmt. Aber sie würde nicht warten, um das herauszufinden.

Rasch sprang sie hinunter, packte Suzie am Handgelenk und zog sie mit sich weiter. Auf dem nächsten Treppenabsatz hörte sie, dass Grimston wieder auf die Füße kam und ihnen folgte. Jetzt war das Licht des Hauseingangs zu sehen. Suzie schluchzte, brabbelte etwas über Michael. Aber Nell achtete nicht auf sie und rannte immer schneller, nahm jetzt zwei Stufen auf einmal, leichtsinnig und ohne daran zu denken, welche Stufe wackelte oder lose war und nachgeben könnte.

Ein Schuss pfiff dicht an ihren Köpfen vorbei, vor Nell flog Putz in die Luft. Die Haustür war nur noch vier Schritte entfernt, drei …

Da verdunkelte sich das Licht, ein großer Mann trat in die Tür. Ein grimmiger, kalter Blick, unbewegliche Augen. Er hob seine Pistole und zielte. Dann schoss er.

Ein abgehacktes Röcheln. Und dann hörte man einen Körper schwer auf die Treppen fallen.

Nell ließ Suzie los. Sie taumelte vorwärts und fiel in der Tür auf die Knie.

Auch der Mann kniete jetzt. Es war Simon. Er sah erschöpft aus, überhaupt nicht kalt und unbeweglich. Seine Hände zitterten, als er ihr Gesicht berührte, aber als er sie an sich zog, war seine Umarmung fest, sein Griff war ruhig und unnachgiebig.

Nell saß in Simons Wohnzimmer am Feuer, eine Decke über den Schultern, und beobachtete, wie der Arzt den letzten Stich machte. Die Nadel blitzte, als sie wieder zum Vorschein kam. Er zog den Knoten fest. Ihr Körper fühlte sich an wie Gummi, sie spürte keine Schmerzen.

Der Arzt warf ihr über den Rand seiner Brille hinweg einen Blick zu, als er eine Schere hervorholte. Hinter ihm sah sie die offene Tür zu Simons Schlafzimmer. In diesem Bett mit den massiven Walnusspfosten war sie Simons Frau geworden.

Sie starrte das Bett an, es war ein Teil ihrer Geschichte, wo sie gelacht und sich eine andere Zukunft erträumt hatte, eine schöne Zukunft, voller Licht und ohne Blut. Die Erinnerung daran war schon in weite Ferne gerückt. Und sie würde immer mehr verblassen.

Warum hatte Polly sie unbedingt nach oben bringen wollen? Sie hätte im Salon bleiben können, wo die Polizei alle befragte. Michael und Grimston waren tot, und sie mussten wissen, was geschehen war. Nell könnte dabei helfen. Sie konnte alles ganz genau erklären.

Aber bei diesem Anblick konnte sie überhaupt keinen klaren Gedanken fassen. Alle Fakten, selbst die einfachsten Ideen entglitten ihr immer wieder. Dieses Bett. Sie hatte nicht geglaubt, dieses Haus je wiederzusehen.

»Das müsste reichen«, sagte der Arzt. Er verzurrte die Bandage um ihren Unterarm. Nell hatte seinen Namen nicht verstanden, aber für einen Augenblick, als er beruhigend ihre Hand tätschelte, spürte sie, wie ein realer Gedanke ihre Benommenheit durchdrang: *Mum hätte einen Arzt wie Sie gebraucht*, dachte sie.

Kaum registrierte Nell den Beigeschmack dieses Gedankens – Trauer, bittersüßes Bedauern oder vielleicht nur Dankbarkeit für die erhaltene Versorgung –, als er schon verblasste und ihr wieder kalt war.

Der Arzt stand auf und wandte sich ab. »Wenn Sie Fieber bekommt«, sagte er, »rufen Sie mich auf der Stelle.«

»Natürlich«, kam die Antwort, die ihre Betäubung sofort durchbrach. Katherine Aubyn war durch die andere Tür hineingeschlüpft und ließ sich nun wie eine Schlange auf den Stuhl gleiten, auf dem der Doktor gesessen hatte. »Nell«, sagte sie. Ihre Finger legten sich kühl auf Nells Hand, erst leicht wie ein Lufthauch und dann fest und drängend. »Es tut mir so leid«, flüsterte Katherine.

Nell dachte über Neugier nach und dass sie eine gesunde Dosis Neugier fühlen sollte. Vielleicht sollte sie ein paar Fragen stellen. *Wer hat Sie hergebeten?* Auch ein Hauch Sarkasmus könnte nicht schaden. *Die Polizei ist unten. Vielleicht möchten Sie dafür sorgen, dass Sie mich wieder verhaftet?*

Aber Katherine kam ihr zuvor. »Ich erwarte nicht … hoffe nicht auf Ihre Vergebung.«

»Gut.« Wie dumm musste man sein, um dieser falschen Schlange noch einmal zu vertrauen.

Katherine befeuchtete ihre Lippen. »Aber wenn Sie … wenn Sie jemals Erbarmen haben und mich erklären lassen …«

Nell gestattete sich ein schwaches Lächeln. Was erklären? *Das mit der Verhaftung tut mir leid, ich war* … Gelangweilt? Geldgierig? Sie zuckte mit den Achseln. »Ich habe kein Interesse.«

»Ich will mich nicht rechtfertigen«, sagte Katherine heiser. »Ich weiß, dass es unverzeihlich war. Aber … wenn ich etwas über mich sagen dürfte … darüber, was Grimston über Sie und mich gesagt hat, und vielleicht bei einem Gespräch auch etwas über Sie erfahren könnte … Es wäre mein größter Wunsch, dich kennenzulernen …« Sie stieß den Atem aus, und ihre Hand verkrampfte sich, bevor sie abrutschte. »Meine Schwester kennenzulernen«, sagte sie sehr leise. »Nell, ich wäre so dankbar dafür.«

Nell starrte sie an. »Deine … Schwester.«

»Ja«, Katherine machte eine Faust und legte sie sich auf die Brust. »Hier«, sagte sie. »Hier weiß ich es.«

»Und wo hast du es gewusst, als du mich verhaften ließest?«

Katherine wurde bleich und ließ den Kopf sinken.

Nell wollte ihr diesen Moment nicht einfach machen. Während sie darauf wartete, dass das Mädchen weitersprach oder ging, fragte sie sich, wie sie jemals dieses Gesicht mit ihrem eigenen verwechseln konnte. Sie waren wie aus derselben Form gegossen, aber nicht der gleiche Schmied hatte ihre Züge bearbeitet. Katherines glatte Stirn bedeutete, dass sie nie so finster geblickt hatte wie Nell. Sie hatte keine Falten um die Augen, weil sie nie in die Sonne geblinzelt hatte. Ihr einheitlich dunkles Haar verriet ein vor den Elementen geschütztes Leben.

Aber als sie den Kopf wieder hob, erkannte Nell etwas wieder: ihren Blick.

Zum ersten Mal blickte Katherine sie an, wie sie selbst einmal eine Fotografie von Katherine betrachtet hatte. Voll Verwunderung und Erstaunen und mit einer langsam größer werdenden Angst.

»Vielleicht …« Katherine schluckte schwer. »Vielleicht hatte ich Angst, es zu sehen. Vorher, meine ich. Ich war mir immer so sicher gewesen, dass du dich an mich erinnern würdest. Ich kann dir nicht sagen, wie lange ich für dich gebetet habe. Wie tief ich gefühlt habe, dass …« Sie schüttelte den Kopf. »Ich wusste immer, dass du am Leben bist, und …« Ihre Wimpern zitterten. Zu Nells Erstaunen zeigte sich eine Träne. »Ich war mir sicher, dass du zurückkommen würdest«, sagte sie mit erstickter Stimme. »Ich dachte nur, du würdest wegen mir zurückkommen.«

Nell war sprachlos – wie gelähmt –, nicht sosehr wegen der Worte des Mädchens, sondern weil plötzlich ein starkes Gefühl in ihr anstieg.

Mein Gott, dachte sie. *Nach all dem?*

Nach all dem, also. Sie konnte immer noch hoffen.

»Ich war töricht, furchtbar dumm«, sagte Katherine schnell. »Und was ich getan habe, … ja, es ist unverzeihlich. Ich kann nur sagen, dass ich vor so vielem Angst hatte, was jetzt sehr … feige aussieht, im Vergleich mit dem, was du durchgemacht hast.«

Nell schnaubte. »Ich bin keine Heldin«, sagte sie. »Wenn jemand etwas anderes gesagt hat, dann ist es gelogen.« Plötzlich war ihr in den Sinn gekommen, dass Hannah genau wusste, was Katherine getan hatte, dass sie sie vielleicht unten getroffen und ihr offen und laut die Meinung gesagt hatte.

»Nein«, sagte Katherine. »Er hat sicher nicht gelogen.« Sie nahm noch einen Atemzug. »Nun. Du bist in meinem Haus willkommen. Erwünscht. Immer.« Sie biss sich auf die Lippen. »Natürlich bist du das. Ich wollte sagen, es ist auch dein Zuhause.«

Dein Zuhause. Diese beiden einfachen Worte unterdrückten Nells spontanen Impuls, das Angebot geradeheraus abzulehnen. *Auch dein Zuhause*.

Vor langer Zeit hatten sie und Katherine ein gemeinsames

Zuhause gehabt. Ein gemeinsames Kinderzimmer. So vieles geteilt. »Erinnerst du dich an die Puppe?«, fragte Nell – und spürte, wie sie errötete. »Vielleicht bilde ich es mir nur ein. Aber … rote Haare. Blaue Augen. Stupsnase, ein glänzendes Kleid. Ein großer Kragen um den Hals, etwas mit Spitzen – eine Halskrause?«

Katherines Lippen formten ein O. »Elizabeth … Elizabeth Regina haben wir sie genannt.«

Nells Kehle war wie zugeschnürt. Elizabeth Regina. »Ja.« Sie rieb sich mit dem Handrücken über die Nase. »Das hört sich richtig an.« Sie hatte diese Puppe geliebt. Schwach, aber deutlich erinnerte sie sich daran, dass sie nicht die Einzige gewesen war, die diese Puppe geliebt hatte. Jemand hatte ihre Liebe geteilt.

Da war dieses andere Mädchen gewesen, das gemeinsam mit ihr geliebt hatte.

»Hast du sie noch?«, fragte Nell, sobald ihr die Stimme wieder gehorchte.

»Ich kann sie suchen«, flüsterte Katherine. »Ich verspreche dir, dass ich sie für dich finde.«

»Das wäre schön. Und vielleicht … komme ich für eine Zeit zu dir.« Es war nur vernünftig, einen Plan B zu haben, sagte sich Nell. Sie musste ja nicht gleich in die alte Wohnung zurück, wo noch das Blut durch die Dielen tropfte.

Was sie an etwas erinnerte. »Hast du auch Platz für Suzie bei dir?«

Katherine runzelte leicht die Stirn. »Die … Lady unten?« Offensichtlich war sie sich unsicher, ob der Begriff Lady wirklich passend war, denn sie verbesserte sich sofort: »Ich meinte, die Frau, die mit …«

»… meinem Stiefbruder verheiratet war«, ergänzte Nell. »Genau die.«

»Oh.« Die Silbe klang sehr hoch. Katherine presste die Lippen aufeinander, ihre Brust hob und senkte sich in einem langen Atemzug. Suzie war wahrscheinlich ein ziemlicher Anblick, mit Nells Blut auf den zerlumpten Röcken und so traurig, dass sie sich sicher sehr linkisch benahm. »Ja«, sagte Katherine schließlich, aber ihre Stimme wankte und ließ das Wort wie eine Frage klingen.

Nell amüsierte sich langsam. Wie sehr sich dieses Mädchen bemühte. Und wie offensichtlich sie scheiterte. »Ist dir zu gewöhnlich, was?«

»Nein!« Katherines Augen weiteten sich. Für einen Augenblick sah sie einfach nur entsetzt aus. Aber dann richtete sie sich auf und blickte Nell entschlossen an. »Sie ist willkommen«, sagte sie fest. »Alle deine Freunde sind willkommen. Wen auch immer du möchtest. Es ist dein Zuhause, wie ich gesagt habe.«

Ein kleiner Schalk saß Nell im Nacken. »Das ist so außerordentlich freundlich von dir«, sagte sie näselnd und affektiert.

Sofort kniff Katherine die Augen zusammen. Sie war nicht dumm. Sie wusste genau, dass Nell sich über sie lustig gemacht hatte. Aber nach einer Sekunde kroch ihr ein winziges Lächeln über die Lippen. »Das habe ich wohl verdient.«

»Und noch sehr viel mehr«, stimmte Nell zu, aber irgendwie musste sie jetzt ebenfalls lächeln.

Katherine warf einen Blick über Nells Schulter und erhob sich. »Nun«, sagte sie rasch. »Ich bin unten.« Sie sah Nell an und beugte sich in der gleichen Sekunde zu ihr hinunter – ein Kuss, eine kurze Berührung auf Nells Wange.

Verwirrt über diesen abrupten Rückzug drehte Nell sich nach ihr um und entdeckte Simon in der Tür. Er trat zur Seite, um Katherine vorbeizulassen, und murmelte etwas, das Nell nicht verstehen konnte.

Der Klang seiner Stimme traf sie wie ein Blitz. Vor ihrem inneren Auge sah sie sein Gesicht in dem Augenblick, als er die Pistole gehoben hatte. In jenem Moment hatte sie so viel gefühlt, die plötzliche Gewissheit, in Sicherheit zu sein, eine so tiefe Erleichterung, dass ihre Knie nachgaben und sie zu seinen Füßen kniete, als er die Waffe wieder sinken ließ.

Sie ertappte sich dabei, wie sie aufstand, gepackt von einem plötzlichen Drang zu fliehen, dem sie nur widerstand, indem sie vollkommen still stehen blieb.

Er kam auf sie zu. »Ich habe den Inspektoren gesagt, dass sie morgen mit dir sprechen können, falls sie es für nötig halten«, sagte er. Seine Stimme war ausdruckslos. Undurchdringlich.

Sie konzentrierte ihren Blick auf den fadenscheinigen Teppich, bei dem das orientalische Muster an einer Stelle neben ihren Füßen fast völlig abgetreten war. Sie schabte mit den Zehen darauf herum – so würde sie ihn noch ein bisschen verschleißen und noch wertvoller machen, dachte sie. »Danke«, sagte sie.

Seine Stimme kam jetzt aus größerer Nähe. »Willst du mich nicht ansehen?«

Nein. Sie hatte diesen Ort – und ihn – aus guten und vernünftigen Gründen verlassen. Es war richtig gewesen zu gehen. Wie die Dinge lagen, hatte sie keine Wahl gehabt. Aber sie hatte ihn trotzdem verlassen.

Sie war geflohen wie ein Dieb in der Nacht.

Ich hatte keine Wahl, dachte sie, aber vielleicht verstand er das nicht – und sie wollte ihm nicht ins Gesicht sehen und entdecken, dass ihre Entscheidung seine Meinung von ihr verändert hatte.

»Du musst keine Angst mehr haben«, fuhr er fort. »Beide sind tot. Sie können dir nichts mehr …« Der Rest des Satzes wurde vom dröhnenden Nachhall eines einzigen Wortes übertönt: Angst.

Nell hob den Kopf. »Ich habe keine Angst.« Ihn zu verlassen hatte ihr übermenschliche Kraft abverlangt. Wenn sie den Mut gehabt hatte, ihn zu verlassen, dann brachte sie auch den Mut auf, ihn jetzt anzusehen. »Ich hatte nie Angst vor ihnen.« Sie hatten nichts damit zu tun, dass sie ihn verlassen hatte. Glaubte er etwa, Grimston hatte sie auseinandergebracht?

All ihre Ängste hatten sich immer nur um den Mann gedreht, der vor ihr stand, jetzt blinzelte und den Kopf schief legte. Er sah sie an wie eine Fremde. »Freut mich zu hören«, sagte er.

Sein distanziertes Verhalten traf sie wie eine Ohrfeige. In der nächsten Sekunde hatte sie eine schreckliche Erkenntnis, als hätte sie diese Szene schon einmal durchlebt. Und in Albträumen hatte sie es auch schon durchlebt. Sie hatte immer befürchtet, dass seine Illusionen eines Tages verwelken würden und er endlich sah, wer sie wirklich war.

Ja, dachte sie. *Ich bin dir weggelaufen. Jetzt siehst du in mir einen Feigling, eine selbstsüchtige Frau.*

Sie atmete schwer und zwang sich, seinem Blick standzuhalten. »Ich gehe dann mal.«

»Gehen«, wiederholte er langsam, als wäre es ein Wort aus einer fremden Sprache.

»Ja.« Sie schluckte und sprach schneller. »Katherine hat mir angeboten, mich aufzunehmen. Natürlich gebe ich dir die Hälfte meiner Erbschaft. Das war unsere Abmachung. Ich werde mich daran halten.«

Er fuhr sich mit den Fingern durch das schwarze Haar und zerzauste es. Plötzlich fiel ihr die Müdigkeit in seinem Gesicht auf.

Oh Gott, er hatte heute einen Mann umgebracht. Um ihretwillen hatte er jemanden getötet.

Sie ging auf ihn zu. »Geht es dir gut?« Um Himmels willen,

sie hatte überhaupt nicht daran gedacht. »Du bist nicht verletzt?«

Er starrte sie an. »Was meinst du?«

»Ich frage, ob du verletzt bist?« Mit panisch pochendem Herzen sah sie an ihm auf und ab. Es waren Schüsse gefallen. Aber sie hätte doch sicher erfahren, wenn … »Hast du mit dem Arzt gesprochen?«

Er runzelte die Stirn. »Nell, ich wurde nicht verletzt. Aber …« Ein brüchiges Lachen löste sich kurz und freudlos aus seiner Kehle. »Fast wäre ich zu spät gekommen«, sagte er. »Eine Sekunde später …«

»Aber es geht dir gut.« Plötzlich musste sie sich wieder setzen, so groß war ihre Erleichterung. Sie zitterte. »Es geht dir gut«, wiederholte sie sanft. Gott sei Dank.

»Nein.« In zwei großen Schritten war er bei ihr. »Nein«, sagte er nachdrücklich und hockte sich neben sie. »Es geht mir nicht gut.« Er griff ihr unters Kinn und hob es hoch, bis sie sich direkt in die Augen sahen. »Nell. Du siehst mich jetzt an und hörst mir zu. Hör zu, was ich dir zu sagen habe. Hörst du zu?«

Seine Nähe ließ sie nur noch heftiger zittern. Der Abstand zwischen ihnen betrug nur wenige Zentimeter, aber er war doch zu groß. Die Welt bemühte sich so sehr, die Menschen voneinander zu trennen. Sonst wäre es leicht gewesen, eine Brücke zwischen den verschiedenen Universen zu schlagen. Für menschliche Körper, die sich berührten, war nichts unmöglich.

»Ja«, flüsterte sie. »Ich höre zu.«

Er nickte einmal kurz. »Als ich aufwachte und entdeckte, dass du fort warst, glaubte ich, dass du Grimstons Angebot schließlich doch angenommen hättest.«

Ihre Hände verkrampften, schlossen sich eisern um die Polsterung des Stuhls. Als sie fortging, hatte sie gewusst, dass sie niemals zurückkehren könnte. Sie hatte ihn genauso verlassen wie diese andere Frau. Das würde er ihr nie verzeihen. »Ich habe sein Geld nicht genommen«, sagte sie.

»Das weiß ich.« Seine Augen suchten nach ihren. »Aber es hätte auch keinen Unterschied gemacht.«

Ihre Kehle verschloss sich. »Was?« Wie konnte das wahr sein. »Nach allem, was diese andere Frau dir angetan hat …« Wut schwappte in ihr hoch. »Du wärst ein Idiot, mir zu vergeben.« Oder ein eingebildetes Arschloch. Glaubte er etwa, er könnte nichts Besseres von ihr erwarten als Verrat?

»Vielleicht.« Er lächelte schwach. »Aber ich glaube, das ist Liebe. Sie existiert nicht getrennt von Vertrauen, jedenfalls nicht in irgendeiner bedeutsamen Weise. Du konntest das eine nicht ohne das andere zerstören. Und als das eine stark blieb, hat das andere nur für einen kurzen Moment etwas nachgegeben. Für einen Augenblick hat es mir etwas ausgemacht, dieser Gedanke, dass du Grimstons Geld genommen hattest. Aber dann tat es das einfach nicht mehr.«

Er ließ sie los und atmete tief ein. »Ich liebe dich wirklich«, sagte er langsam. »Ich habe das schon einmal gesagt, aber inzwischen habe ich besser verstanden, was es bedeutet. Wärst du heute gestorben, dann hätte es mich in ein frühes Grab gebracht.«

Tränen ließen ihren Blick verschwimmen. Sie zwinkerte sie fort und fuhr sich mit der Hand über die Augen. Die Wut war jetzt verraucht, und sie sah nur noch sein dunkles, entschlossenes Gesicht, als er sagte: »Und nur aus diesem Grund denke ich, du solltest gehen.«

Verständnislos schüttelte sie den Kopf. »Was?«

»Du hast jetzt alle Möglichkeiten. Es war nicht ganz richtig, als ich dir das früher gesagt habe. Wie du selbst bemerkt hast, habe ich dich getäuscht. Aber jetzt, wo Katherine dich anerkennt, ist es wahr, es gibt keinen Zweifel daran. Es steht nicht in meiner Macht, es zu ändern. Ich möchte, dass du das wirklich begreifst.«

Er trat einen Schritt zurück und legte die Hände auf den Rücken. In gemessenem, höflichem Tonfall sagte er: »Daughtry kann diese Ehe für uns lösen. Natürlich nicht mit der Begründung, dass du eine Betrügerin wärst, sondern weil ich dich zur Heirat genötigt habe. Das wäre kein Problem für ihn. Ich bin bereit, ihm den Auftrag zu erteilen. Du hast die Wahl.«

Sie sollte also die Entscheidung treffen? Er machte es sich ja ziemlich einfach! »Du willst mich also loswerden?«

»Dich loswerden?« Er presste die Lippen zu einer dünnen Linie zusammen. Er wandte sich ab, drehte sich dann mit einer Heftigkeit wieder um, die sie zusammenzucken ließ. »Sag mir eines«, sagte er langsam und schneidend. »Warum stellst eigentlich du mir diese Frage? Du hast mich bereits einmal verlassen. Ich bin dir nachgekommen, ich habe dir gesagt, dass ich dich liebe. Wie zum Teufel kommst du darauf, dass ich dich loswerden will?«

»Ich …« *Weil ich ein Fabrikmädchen bin und du ein Lord.*

Diese Worte klangen selbst in ihren Gedanken albern und lächerlich. Sie klangen, als ob sie Angst hätte. Sie konnte sie nicht aussprechen.

»Du willst mit mir verheiratet bleiben?«, flüsterte sie stattdessen. Er warf ihr nicht vor, dass sie ihn verlassen hatte?

»Wir haben genug davon geredet, was ich will«, sagte er ausdruckslos. »Was willst du? Willst du den Rest deines Lebens mit mir verbringen?«

Ja.

Nell holte Luft, um es auszusprechen, aber Angst ließ sie jäh innehalten. Eiskalt überflutete sie eine Erkenntnis.

Immer hatte sie gewusst, dass Simon ihr niemals gehören würde. Sie hatte nur auf das traurige Ende gewartet. Nur eine Närrin, eine schwache Frau, die ein böses Ende verdiente, hätte zu glauben gewagt, dass Wunder wahr werden konnten.

In der Nacht im Gefängnis war sie zwar verzweifelt gewesen, hatte jedoch keine Sekunde lang Überraschung gespürt.

Nell betrachtete ihre Hände, deren kräftige Finger sie fest ineinander verschränkt hatte. Sie presste sie noch fester zusammen und konzentrierte sich auf den Schmerz. Katherine würde sie also als Cornelia anerkennen. Aber das könnte die Vergangenheit nicht ändern. Sie wäre immer eine Frau, die in Bethnal Green aufgewachsen war, für die hübsche Kleider nicht selbstverständlich waren und die keine Ahnung von Musik hatte. Mit der Zeit, wie ein Tier, dem man ein paar Kunststücke beigebracht hatte, wäre sie vielleicht weniger amüsant für das Publikum.

»Ich liebe dich, Simon.« Es war, als hätte eine äußere Kraft die heiseren Worte aus ihr herausgerissen. Dann erstarrte sie, weil Angst und Schrecken in ihr aufwallten.

»Ja«, sagte er ruhig. »Aber willst du hier bei mir bleiben?«

Sie zwang sich, aufzusehen. Sein fester Blick schien sich direkt in ihren Schädel zu bohren.

Er sah sie so viel klarer, als sie sich selbst gesehen hatte.

Sie wollte mit ihm zusammen sein. Aber hier? Auf der Brücke, über die sie in diese Welt gelangt war, konnte sie nicht in der Mitte stehen bleiben. Und im Gefängnis hatte sie der Wahrheit in Gestalt eines höhnisch grinsenden Inspektors ins Gesicht geblickt, der in der Zeitung alles über sie erfahren hatte. Man konnte die Vergangenheit nicht hinter sich lassen. Sie würde ihr über die Brücke folgen.

»Ich werde niemals hierher gehören«, sagte sie. »Das weißt du.«

»Aber hier lebe ich nun mal.« Die Härte in seiner Stimme ließ sie zusammenfahren. »Wenn du glaubst, dass es einen besseren Ort für dich gibt, dann such ihn. Ich werde dich nicht aufhalten. Ich mag nicht länger den Tyrannen spielen. Aber wenn du mich willst, dann musst du auch meine Welt nehmen.«

»Für dich ist es einfach«, sagte sie mit erstickter Stimme. Er musste nicht über diese Brücke gehen. All seine Rebellionen waren aus der Welt entstanden, in der er immer gelebt hatte. Er würde in Zukunft nicht auf Schritt und Tritt von Menschen auf die Probe gestellt werden, die genau wussten, wie wenig er auf ihre Beurteilung vorbereitet war.

Seine Kiefermuskeln wurden hart. »Ja«, sagte er. »Sehr einfach. Denn es ist *meine* Welt, Nell – nicht die Welt von diesen oder den anderen oder die Welt der Weltverbesserer oder Richter, sondern meine. Und diese Welt braucht dich. Ich brauche dich.« Er holte tief Luft. »Und wenn du bezweifelst, dass wir einen Ort schaffen können, an den wir gehören, wir beide zusammen, … dann unterschätzt du meine Liebe. Oder ich überschätze deine. In jedem Fall scheint deine Entscheidung klar: Du musst gehen und dich über deine Freiheit freuen.«

Sie starrte ihn an. »Freuen?« Dieser Idiot, dieser arrogante Mistkerl. Wie könnte sie sich jemals darüber freuen, ihn zu verlassen! »Du kannst nicht so ein Idiot sein.«

»Nein?« Er schnaubte ungeduldig, dann griff er ihren Arm und zog sie auf die Füße. »Komm schon, du weißt doch noch, wie man solche Entscheidungen trifft. Man geht einfach.«

Sie versuchte sich loszureißen, aber er schob sie mit eisernem Griff zur Tür. Im Flur ließ er sie los, sah ihr ins Gesicht und fuhr sie an: »Siehst du? Man *geht*. Du hast es einmal getan. Ist das so schwer gewesen?«

Als er sich abwenden wollte, stürzte sie auf ihn zu, packte jetzt ihn am Ellbogen und riss ihn herum. »Es ist meine Entscheidung. Nicht deine! Ich gehe, wenn ich bereit dazu bin!«

Sie starrten einander an. Aus irgendeinem abgelegenen Bereich des Hauses drang das schwache Echo eines Lachens durch den Gang, so verwirrend und fremd in Nells Ohren wie die Sprache eines fernen Landes. Es gab nichts, worüber man lachen könnte.

Bei dem Ausdruck, der über sein Gesicht huschte – Enttäuschung, Trauer, Resignation – wurde ihr kalt. »Mein Gott, Nell. Du würdest Tage bleiben … vielleicht sogar Jahre, solange du glaubst, dass mich zu verlassen nur bedeutet, deine eigene Schwäche einzugestehen.« Er schüttelte den Kopf. »Ich könnte dich dazu bringen, für immer zu bleiben – und bei Gott, ich bin wahrlich versucht, das zu tun. Aber das werde ich nicht«, fügte er mit einem Achselzucken hinzu. »Das werde ich nicht, Nell.«

Er drehte sich auf dem Absatz um und ging weg.

Dieses Achselzucken verschlug ihr den Atem. Es hatte so vollkommen … gleichgültig ausgesehen.

Sie wich zurück an die Wand, traf dabei eine Vase mit der Schulter, die zu wackeln anfing. Mit geballten Fäusten starrte sie auf seinen Rücken. Verdammter Feigling! Er gab auf. Er ging, noch bevor sie das Haus verließ.

In der nächsten Sekunde richtete sich all ihre Wut gegen sich selbst. Er hatte gesagt, dass er sie liebte. Und sie liebte ihn auch. Was hatte er überhaupt falsch gemacht? Sie allein traf die Schuld.

Warum war es so viel einfacher, auf Verzweiflung zu bauen als auf Glück? Aus Liebe zu Simon hatte sie auf fünftausend Pfund verzichtet, sie war nach Bethnal Green zurückgekehrt und hatte all ihre Hoffnungen aufgegeben. Liebe war ein vernünftiger und guter Grund gewesen, um die Verzweiflung auszuhalten. Nur die Liebe hatte ihr die Kraft dafür gegeben.

Warum war es so viel schwieriger, in der Liebe auch einen Grund für Hoffnung zu sehen? Warum gab sie ihr nicht die Kraft, an ihr künftiges Glück zu glauben?

»Ich bin ein Fabrikmädchen«, flüsterte sie.

Er war schon zehn Schritte entfernt.

Irgendwie hatte er sie gehört.

Er drehte sich um und sah sie ruhig und ernst an. »Ja«, sagte er. »Ein Fabrikmädchen. Meine Frau. Die Countess of Rushden.«

Sie legte sich die Hand an die Kehle, weil sie dort Panik aufsteigen fühlte. »Ich wäre nie eine Lady wie die anderen. Ich … mache mir nichts daraus, im Park spazieren zu fahren.« Mit jedem Wort fiel es ihr schwerer, zu sprechen, noch einen Streifen ihrer Haut abzuziehen, ihre hässlichen, gelblichen Eingeweide bloßzulegen. »Höfliche Konversation auf Partys wird mich nicht interessieren. Ich werde es nie lernen. Werde nie lernen, wie man Menschen bezaubert, so wie du. Werde mir nie so viel aus Musik machen wie du. Ich gehe lieber nicht so oft auf die Konzerte von anderen, weil …« Plötzlich brachen die Worte aus ihr heraus: »Weil es Zeitverschwendung ist und ich andere Dinge zu tun habe.«

»Als da wären?« Er sah sie sehr aufmerksam an, aber sein Tonfall verriet nichts.

»Ich möchte diese Fabrik kaufen, aber …« Sie befeuchtete ihre Lippen. »Das ist nur der Anfang. Ich glaube, ich möchte so viele kaufen, wie ich kann. Und ich will alle verbessern.«

Er nickte und ging wieder einen Schritt auf sie zu.

»Und ich möchte auch etwas dafür tun, dass arme Frauen von Ärzten behandelt werden.« Sie zögerte, überrascht, wie flüssig all diese Pläne aus ihr heraussprudelten. Sie kamen ihr bekannt vor, vertraut, als wären sie irgendwo in ihrem Verstand langsam herangereift und kämen jetzt endlich fertig aus ihr heraus. »Dieser Arzt heute … Ich möchte ein Krankenhaus bauen, wo solche Männer sich um Frauen wie meine Mum kümmern.«

»Ich verstehe«, sagte er langsam.

»Wirklich?« Die Welt wollte nicht hören, dass sie Jane Whitby geliebt hatte. Also schön. Sie würde zeigen, dass sie das tat.

»Ich denke schon«, sagte er.

Sie starrten einander an. Es überraschte sie vage, dass es ihr nicht albern vorkam, diese Ideen laut auszusprechen. Dann ertappte sie sich erschrocken bei dem Gedanken, dass ihr die Ideen so gut und wahr erschienen, weil er ihr zuhörte.

»Du glaubst, dass ich das kann«, sagte sie. »Du glaubst das.«

»Natürlich glaube ich das«, sagte er.

Sie nickte einmal, ganz behutsam, weil etwas in ihr wuchs und sich so groß und mächtig anfühlte, dass es sie vielleicht von den Füßen reißen könnte, wenn sie sich zu plötzlich bewegte. Bis sie Simon getroffen hatte, waren ihre Träume zwangsläufig nur klein gewesen.

»Nur du hast mich dazu gebracht, an mich zu glauben«, sagte sie. Wenn er sie nicht gedrängt hätte, größere Träume zu haben und über Macht nachzudenken, darüber, was Geld alles bewirken könnte, dann wären ihr diese großen Wünsche niemals eingefallen. Vielleicht hätte sie sich damit zufriedengegeben, Hannah jeden Frühling ein lila Kleid zu schicken. »Aber der Punkt ist«, fuhr sie schnell fort, »dass ich mich nicht fernhalten werde, wie all diese Weltverbesserer es tun. Ich werde mittendrin sein und mich selbst vergewissern, dass mein Geld nicht verschwendet wird. Das wird absolut nicht schicklich sein.«

»Gute Dinge sind das selten«, sagte er behutsam.

Ihr entfuhr ein ersticktes kleines Lachen. »Du bist es jedenfalls nicht«, sagte sie. »Du bist …« Das Leben in Bethnal Green hatte sie nicht auf einen Mann wie ihn vorbereitet.

Vielleicht lebte sie schon in seiner Welt, wenn sie all das erträumen konnte.

Sie sah, wie er schluckte. »Dann«, sagte er, »soll ich dich jetzt zu deiner Schwester bringen?«

»Nein«, sagte sie.

Er öffnete den Mund. Zögerte. Schob sich die Hände in die Taschen und sah sie an.

Es würde nicht einfach werden, ihn zu lieben. Es würde bedeuten, niemals ganz an einen Ort zu gehören … nur mit ihm.

Aber sie würde zu ihm gehören. Er wäre ihr Zuhause, dachte sie. Und mit ihm an ihrer Seite könnte sie alles erreichen. Alles auf der Welt wäre möglich.

Er verlagerte das Gewicht auf den anderen Fuß, und plötzlich erkannte sie, dass er gar nicht ruhig wartete. Steif, die Hände tief in den Taschen, stand er da und biss sich mit sichtlicher Anstrengung auf die Zunge.

Er war absolut nicht gelassen.

Der erstaunliche Anblick eines sich unwohl fühlenden Simon St. Maur brachte eine sehr merkwürdige Reaktion zutage: Sie kicherte. Und schlug sich die Hand vor den Mund, als sie den leicht hysterischen Ton darin wahrnahm. »Simon«, sagte sie durch die Finger hindurch. »Ich kann dich nicht verlassen. Ich liebe dich. Ich kann nicht gehen.«

Er nickte, seine Lippen waren weiß. »Aber vertraust du mir auch, Nell?«

Sie war so überwältigt von ihren Gefühlen, dass sie die Bedeutung des Wortes Zweifel kaum begriff. »Auf allen Wegen, wohin wir auch immer miteinander reisen. Du bist mein, und ich werde bei dir bleiben, Simon.«

Sie hörte ihn langsam aufatmen. »Und du«, sagte er, als er auf sie zukam, »bist die unglaublichste, außergewöhnlichste und dickköpfigste Frau …«

Ein Schluckauf – ein Krächzen –, irgendein komisches Geräusch kam aus ihrer Kehle. »Erinnere mich daran«, sagte sie. »Erinnere mich daran.« Sie trat einen Schritt vor, ergriff seinen Kragen und zog ihn zu sich hinunter.

Es war nichts Zartes oder Raffiniertes an diesem Kuss. Er war dunkel und grob und kümmerte sich nicht um die Welt. Da war nur Simon, den sie mit ihren Händen ertastete. Nell griff in sein Haar und er drückte sie mit dem Körper an die Wand. Darüber hinaus wollte sie nichts.

»Ich bitte um Verzeihung«, tönte hinter ihnen eine entsetzte Stimme. Nell erkannte sie, es war Mrs Hemple, die einen Fauxpas von unverzeihlichen Ausmaßen erblickte.

Simon kümmerte sich nicht um sie. Nell lachte in seinen Mund und küsste ihn heftiger, während ein empörtes Schnauben und das Klicken von Absätzen verkündete, dass Mrs Hemple weitergegangen war.

Als sie nach einer Minute oder länger schwer atmend voneinander abließen, lächelte sie. »Ich werde eine sehr ordinäre Ehefrau«, sagte sie. »Ganz, ganz schrecklich ordinär.«

»Das will ich hoffen«, lachte Simon.

So, so! Nell packte Simon am Handgelenk und zog ihn in seine Räume zurück. »Hoffen ist zwecklos, denn Eure Lordschaft kann sich absolut sicher sein«, flüsterte sie ihm ins Ohr.

Meredith Duran

Rühr nicht an mein dunkles Herz

Roman

Einen Ehemann finden – dieses Glück blieb Lady Lydia Boyce stets versagt, und so steckt sie all ihren Eifer in die Geschäfte ihres Vaters, einem angesehenen Archäologen. Als Lydia entdeckt, dass einige seiner Fundstücke gefälscht sind, versucht sie, die Missetäter auf eigene Faust zu ermitteln. Dabei kreuzen sich ihre Wege mit denen des attraktiven, aber verrufenen Viscount Sanburne, der ihr seine Hilfe anbietet – zu einem unverschämt hohen Preis!

Band 1: Rühr nicht an mein dunkles Herz
384 Seiten, kartoniert mit Klappe
€ 9,99 [D]
ISBN 978-3-8025-8779-5

Band 2: Die Wahrheit deiner Berührung
400 Seiten, kartoniert mit Klappe
€ 9,99 [D]
ISBN 978-3-8025-8780-1

Band 3: Suche nicht die Sünde
416 Seiten, kartoniert mit Klappe
€ 9,99 [D]
ISBN 978-3-8025-9092-4

www.egmont-lyx.de

LYX
EGMONT